Roland Geisler
Interficere – und das Wartenbergrad

Roland Geisler

Dadord in Frangn

Band 4

Interficere
und das Wartenbergrad

Ein Kriminalroman
aus der Schorsch Bachmeyer Reihe

Bibliografische Information der Deutschen Nationalbibliothek

Die Deutsche Nationalbibliothek verzeichnet diese
Publikation in der Deutschen Nationalbibliografie;
detaillierte bibliografische Daten sind im Internet über
http://dnb.dnb.de abrufbar.

Dadord in Frangn 2018 © by Roland Geisler
Veröffentlicht im Dadord-Frangn-Verlag Roland Geisler,
Nürnberger Straße 52, 90559 Burgthann.
Umschlaggestaltung: Guter Punkt, München
Umschlagsmotive: © Thinkstock
Abbildungen: © Thinkstock, suljo/süs_angel und Roland
Geisler
Druck: CPI books GmbH, Leck
Made in Germany
Erstausgabe 2018
ISBN 978-3-00-057716-1

2. Auflage

Das Schmerzende verweilt nicht lange Zeit gleichmäßig im Fleische, sondern, sofern es aufs äußerste schmerzt, ist es nur ganz kurze Zeit gegenwärtig, sofern es aber das Lusterzeugende im Fleische bloß überwiegt, dauert es nicht viele Tage. Langandauernde Schwächezustände schließlich zeigen ein Überwiegen des Lusterregenden im Fleische über das Schmerzende.

Epikur

Für Lydia ...

Prolog

Dienstag, 21. Mai 1996, 19.55 Uhr,
Rochus Kapelle, Gebetsraum III,
Karl-Rahner-Platz, A-6020 Innsbruck

Sie knieten andächtig nebeneinander vor dem Kreuz Christi. Der Blick des älteren Priesters war stoisch auf die Mutter Gottes gerichtet, die links vom Kreuz in einer holzgeschnitzten Madonna dargestellt war.

»Und was machen wir, Bruder, wenn uns doch einmal die Fleischeslust überkommen sollte?«, flüsterte er seinem Nebenmann zu. »Wir sind von Gott berufen, wir haben diesen Weg und damit die Verpflichtung zur Ehelosigkeit gewählt und nun unsere Priesterweihe empfangen.«

Der jüngere Priester wandte sein Antlitz von der Madonna ab und sah ihn aus funkelnden Augen an.

»Wohl wahr, mein Bruder«, erwiderte er leise, »die Jahre unseres Studiums haben uns reifen lassen. Wir werden künftig geistlich leben, theologisch arbeiten und Gott und den Menschen in Demut und Gehorsam dienen. Und wenn uns irgendwann das Verlangen überkommen sollte, so werden wir das Zölibat nicht brechen, sondern unsere Lust auf unsere Art befriedigen. Denn niemand, mein Bruder, soll uns den steinigen Weg zum Generalvikar und die Folgen einer Suspension aufbürden. Niemand. Und wenn es irgendwann einmal so kommen sollte, dann lass uns diese Tat vor Gott entschuldigen. ›*Wenn nämlich die Menschen von den Toten auferstehen, werden sie nicht mehr heiraten, sondern sie werden sein wie die Engel im Himmel.*‹ Markus 12, 25.«

Die Priester sahen sich an und reichten sich die mit einem Rosenkranz umwickelte rechte Hand.

»Denn wie im 4. Buch Mose, Kapitel 33, Vers 55 geschrieben steht, mein Bruder: ›*Werdet ihr aber die Einwohner des Landes nicht vertreiben vor eurem Angesicht, so werden euch die, so ihr überbleiben laßt, zu Dornen werden in euren Augen*‹«, sagte der Ältere der beiden leise. »Diese Geißel, das Abverlangen der Schmerzen, mein Bruder, sollte uns wieder auf den rechten Weg führen.«

»Ja, so soll es sein, dieses Gelübde soll uns für immer vereinen – in guten wie in schweren Zeiten«, erwiderte der jüngere Priester.

Sie bekreuzigten sich und verließen den abgelegenen Teil der Kapelle.

1. Kapitel

Freitag, 13. November 2015, 18.42 Uhr
Internetcafé, Bayreuther Straße, 90409 Nürnberg

Da war es wieder, dieses Verlangen nach sexueller Befriedigung. Seine Lust, seine Gier, sie in seinen Besitz zu nehmen, sie zu steuern, dabei ihre Unterwürfigkeit bis zur letzten, ihrer letzten Sekunde auszukosten, war allgegenwärtig. Ihr all das Leid, all die Schmach zuzufügen, die ihn so sehr in seiner Kindheit verletzt hatte, danach strebte er.

Er registrierte die ansteigende Erektion. Seine Wut verursachte ein unaufhaltsames Pochen in seinen Schläfen.

Mit zitternder Hand öffnete er den Browser, gab die Webadresse *www.call-an-escort.de* ein, wählte die Region Bayern, Neumarkt, aus und scrollte auf »Escort Ladies«. Das Fenster öffnete sich.

Die Auswahl an Begleitdamen jeden Alters war beachtlich. Die Frauen zeigten sich dem Betrachter in ausgewählten Dessous, ihre Körper waren makellos. Offensichtlich verstand der Fotograf sein Handwerk, diese Edelhuren verlockend in Szene zu setzen. Lediglich ihre Augenpartie war verpixelt.

Er merkte, wie sich ein leichter Schweißfilm zwischen der Innenfläche seiner Hand und der Computermaus bildete. Seine Atmung wurde tiefer, sein Brustkorb hob und senkte sich schneller, um die Luft seiner Lungen in kürzeren Intervallen auszustoßen. Er musste seine Erregung unter Kontrolle bringen, um nicht aufzufallen.

Er blickte über die Trennwand, die die einzelnen Arbeitsplätze des Internetcafés voneinander abgrenzte, und beobachtete sein Umfeld. Seine Augenlider begannen dabei, leicht zu zittern.

Ein paar Reihen vor ihm beschäftigten sich drei Jugendliche mit einem Ballerspiel. Sie hatten das Headset angelegt und waren mitten im Spielgeschehen. Von ihnen ging keine Gefahr aus. Ansonsten war das Café leer.

Sein Blick wanderte wieder abwärts zu seinem Bildschirm. Er klickte sich durch die Auswahl an Frauen. Nach kurzer Zeit hatte er sie gefunden.

»Stella«, hauchte er. Das sollte sie sein.

Er betrachtete ihr Profil.

»Stella Backhaus, Alter Ende 20, Größe 168 cm, Gewicht 53 kg, Maße 90B-64-90, Augen grün, Haare brünett.«

Sein Lidschlag wurde heftiger. Angespannt öffnete er die Seite, die über Stellas »Vorlieben« Auskunft gab.

»Die warmherzige Stella wird dich nicht nur mit ihrer wundervollen Oberweite entzücken. Ihre einfühlsame und zuvorkommende Art lässt deine Träume Wirklichkeit werden. Stella ist aufgeschlossen, unkompliziert und für jedes erotische Abenteuer zu haben.

Stellas spezielle Vorlieben erstrecken sich auf:

- Verbalerotik, gern im Duo
- Erotische Massage auf die natürliche französische Art
- Softsklavin mit verbaler Erniedrigung
- Bizarr mit Wachsbehandlung
- Deep Throat
- Rollenspiele mit Zungenküssen
- Spanische Erotik mit extravaganten Dessous
- Erotisches Spielzeug

Stellas Vorlieben schließen ebenso mit ein:

- Handicap-Personen
- Frivoles Ausgehen
- Bisexualität im Duo, gern auch mit zwei Männern
- Die griechische Variante
- Pärchen-Besuche, gern auch im Swinger-/Pärchenklub

Treffpunkt bei dir, im Hotel oder an einem sonstigen geheimnisvollen Ort, aber auch bei Stella nach Vereinbarung.«

Seine Erregung war unter Kontrolle. Er hatte gefunden, was er wollte. Ihrem Profil nach war Stella ein Volltreffer. Sie erfüllte genau das, wonach er seit Langem suchte. Für diese Frau wollte er sich genüsslich Zeit nehmen.

Der Honorarseite entnahm er, welchen Preis er für Stella zu bezahlen hatte. Für das, was er mit ihr vorhatte, waren neunhundert Euro ausreichend – es sollten vier Stunden werden, die er niemals vergessen würde.

Über die Zahlungsmodalitäten hatte er sich bereits vor Wochen informiert und seine Vorgehensweise sorgfältig geplant. Alle notwendigen Vorbereitungen inklusive einer erfolgreichen Testüberweisung waren reibungslos verlaufen. So war sichergestellt, dass er unentdeckt in der Frankenmetropole agieren konnte.

Er würde einen Überweisungsträger von Robert Maiwald, einem Rentner aus Pfeifferhütte, der seine GEZ-Gebühren quartalsweise beglich, verwenden, den er aus dem Papierkorb eines Geldinstituts in Burgthann gefischt hatte. Es handelte sich um ein fehlerhaft ausgefülltes Formular, das der Kontoinhaber unachtsam entsorgt hatte. Mit Maiwalds Kontodaten würde er Stella buchen. Bis es dem Rentner auffiel, dass jemand seine Daten missbraucht hatte, sollte das Mädchen längst nicht mehr am Leben sein.

Er griff zum Headset, öffnete das Skype-Fenster, sperrte die Kamerafunktion, um nicht gesehen werden zu können, und gab die angegebene Mobilfunknummer von *Call-an-Escort* ein. Dann drückte er die Wählfunktion und wartete.

»*Call-an-Escort*, Sie sprechen mit Miriam«, ertönte es am anderen Ende der Leitung.

»Guten Tag, Maiwald, ich bin auf Ihrer Seite auf Stella Backhaus aufmerksam geworden und möchte das Mädchen für eine Nacht entführen. Wäre das am nächsten Wochenende möglich?«, fragte er betont freundlich. »Ich bin vom 20. bis 22. November in Nürnberg. Daher würde ich gern einen Abend ab neunzehn Uhr mit Stella verbringen. Sagen wir, bis dreiundzwanzig Uhr, vielleicht aber auch eine Stunde länger.«

»Einen kleinen Moment, da muss ich kurz nachsehen«, sagte Miriam.

Er hörte, wie seine Gesprächspartnerin im Hintergrund die Tastatur betätigte.

»Freitag und Samstag wären okay«, sagte sie kurze Zeit später. »Am Sonntag leider nicht, da ist Stella schon gebucht.«

»Gut, darf ich Klartext mit Ihnen reden?«

»Gern, wir sind für alles offen«, erwiderte Miriam.

»Ich bin in der Politik tätig und setze absolute Diskretion voraus, um eine Ihrer Damen treffen zu können. Deshalb erscheint in Ihrem Display auch nicht meine richtige Telefonnummer. Ihre Zahlungskonditionen zur Buchung habe ich gelesen. Ich bitte Sie, meine Kontodaten nicht in Ihren Buchungsunterlagen abzuspeichern. Es wäre fatal für mich, wenn ein politischer Gegner auf irgendeine noch so dumme Weise auf mich stoßen sollte, sei es bei einer Buch- oder Steuerprüfung Ihres Unternehmens oder durch jedwedes Verplappern. Diskretion ist außerordentlich wichtig für mich.«

»Herr Maiwald, Diskretion ist bei uns Ehrensache«, versicherte ihm Miriam Scheitel. »Ihre gesamte Buchung wird selbstverständlich vertraulich behandelt.«

»Gut«, sagte er. »Ich gebe Ihnen eine E-Mail-Adresse, an die Sie mir nach Zahlungseingang Stellas Kontaktdaten zusenden können, und ein Kennwort.«

»Gern, ich bin schreibbereit«, sagte Miriam.

»Meine E-Mail-Adresse lautet: *mitternachtsspitzen1@gmx.de*, Kennwort: Mitternachtsspitzen.«

»Habe ich mir notiert, Herr Maiwald«, sagte Miriam. Ihrer Stimme war anzuhören, dass sie ihre Belustigung ob der Auswahl des Kennworts nur schwer verbergen konnte. »Steht der konkrete Buchungstermin nun fest?«

Er überlegte kurz. »Samstag, den 21. November um zwanzig Uhr«, sagte er schließlich. »Den genauen Treffpunkt gebe ich noch durch – und sollte sich etwas ändern, melde ich mich bei Ihnen beziehungsweise direkt bei Stella, wenn Sie meine Buchung bestätigen sollten. Wäre das okay?«

»Sobald der Zahlungseingang erfolgt ist, erhalten Sie eine Nachricht von uns«, sagte Miriam.

»Bestens. Sollte ich sonst noch etwas wissen?«, fragte er. »Sie verstehen, Diskretion, Vertra…«

»Nein«, unterbrach ihn Miriam. »Ich kann Ihre Nervosität sehr gut verstehen, aber machen Sie sich bitte keine weiteren Gedanken. Sie hören von uns, Herr Maiwald.«

»Na dann, besten Dank.«

Er beendete das Telefonat, nahm das Headset vom Kopf, legte es neben seiner Computertastatur ab und korrigierte den Sitz seiner Sonnenbrille. Zufrieden blickte er auf die drei Jugendlichen, die immer noch in ihr Computerspiel vertieft waren und nichts von seinem mörderischen Vorhaben mitbekommen hatten.

Entschlossen stand er auf, zog sein Basecap tief ins Gesicht und verließ das Café.

2. Kapitel

Freitag, 20. November 2015, 10.55 Uhr
irgendwo in Franken

Er saß vor seinem PC und öffnete den Posteingang, an dessen Icon ein blinkendes Signal den Eingang einer neuen E-Mail signalisierte. Es war eine Nachricht an seinen Account »Mitternachtsspitzen«.

Erst am Morgen zuvor hatte er den Überweisungsträger von Robert Maiwald in den Auftragskasten der Raiffeisenbank in Burgthann eingeworfen. Nun erhielt er bereits die angeforderte Eingangsbestätigung des Zahlungsbetrages. Gespannt las er die E-Mail.

»Guten Tag, ›Mitternachtsspitzen‹, wir bestätigen den Zahlungseingang und den Termin mit Stella Backhaus. Sie freut sich riesig, den Samstagabend mit Ihnen verbringen zu dürfen. Bitte kontaktieren Sie Stella zwecks Terminabsprache und Treffpunktvereinbarung gern persönlich, denn sie kann es kaum erwarten, von Ihnen zu hören. Ihre Mobilfunknummer lautet: 015xx7x5777.

Wir freuen uns, Ihren Wünschen gerecht zu werden. Wie Sie Stellas Profil entnehmen konnten, wird Ihnen kein Wunsch verwehrt bleiben. Stella ist offen und neugierig für allerlei Neues.

Wenn Sie mit der Buchung über *Call-an-Escort* zufrieden sind, bitten wir Sie, uns weiterzuempfehlen. Außerdem möchten wir Sie mit einem kleinen Bonus überraschen: Bei einer erneuten Buchung über unsere Agentur werden Sie künftig als Stammgast geführt. Dadurch können Sie unsere Mädchen ohne abgedeckte Augenpartie, also so natürlich, wie sie wirklich sind, betrachten. Auswahlentscheidungen sollen Ihnen dadurch noch leichter fallen.

Da uns nicht nur die Sicherheit unserer Kunden, sondern auch die unserer Mädchen am Herzen liegt, bitten wir Sie um Verständnis, dass sich Stella bei uns in der Agentur melden wird, sobald sie am vereinbarten Treffpunkt angekommen ist. Es soll ja ein schöner und sicherer Abend für Sie beide werden. Herzliche Grüße, Miriam Scheitel.«

Genüsslich lehnte er sich in seinem Bürostuhl zurück. Das tödliche Spiel konnte beginnen, es gab kein Zurück mehr. Die Stunden von Stella Backhaus waren gezählt.

Grinsend betrachtete er das kleine schwarze Kästchen, das vor ihm lag. Dieses elektronische Teil in der Größe einer Zigarettenschachtel, das mittig mit einem Kippschalter ausgestattet war, sollte der Schlüssel zum Erfolg seines Vorhabens werden.

Gegen Mittag beschloss er, sich ein gutes fränkisches Schäufele im »Weißen Kreuz« in Altenthann zu genehmigen. Das Wirtshaus im Nürnberger Land wurde bei seinen Gästen nicht nur wegen seiner guten fränkischen Küche, sondern auch wegen der eigenen Metzgerei der Familie Schmidt sehr geschätzt. So manchen Nürnberger Kahlfresser zog es dorthin, um die hervorragende Stadtwurst zu genießen.

Es war dreizehn Uhr sieben, als er seine Zeche bezahlte und gestärkt in sein Fahrzeug stieg. Dann holte er sein Mobiltelefon hervor und wählte Stellas Nummer.

»*Dzien dobry, kto powiem mile widziane?*«, meldete sich eine weibliche Stimme.

»Oh, ich bitte um Entschuldigung. Ich muss mich verwählt

haben«, sagte er rasch und war im Begriff, die Verbindung zu unterbrechen.

»Halt, nein, Sie haben sich nicht verwählt, hier ist Stella, was darf ich für Sie tun?«

»Ich bin verwirrt«, sagte er. »War das Polnisch oder Tschechisch?«

»Polnisch. Als ich die polnische Vorwahl auf dem Display sah, dachte ich, es sei jemand aus meiner ursprünglichen Heimat.«

»Dann kommen Sie, kommst du aus Polen?«

»Ja, ich bin dort geboren, aber als zweijähriges Mädchen nach Deutschland gezogen. Also, was kann ich für dich tun?«

»Die ›Mitternachtsspitzen‹ haben heute die Buchungsbestätigung erhalten. Für Samstag.«

»Ah, du bist es. Miriam hat mich bereits informiert. Ich freue mich. Gibt es schon ein Programm – oder willst du mich überraschen?«, fragte Stella.

»Ich kann dir versichern, dass es ein unvergesslicher Abend für dich werden wird. Übrigens, dein Profil hat mir außerordentlich gut gefallen,«

»Oh, das freut mich sehr«, sagte Stella geschmeichelt. »Wir werden sicher ein paar schöne Stunden miteinander verbringen. Wir haben ja bis Mitternacht Zeit. Und falls wir den Spaß noch verlängern wollen, habe ich ehrlich gesagt nichts dagegen. Aber davon braucht die Agentur nichts zu wissen, okay? Das bleibt unter uns.« Sie lachte amüsiert. »Siehst du, jetzt haben wir schon ein gemeinsames kleines Geheimnis. Ich freue mich auf dich. Soll ich etwas Besonderes für den Politiker mitbringen oder anziehen?«, fügte sie in aufreizendem Ton hinzu.

»Ich lass mich gern überraschen«, sagte er mit heiserer Stimme. »Aber ein kleiner Hinweis sei mir gegönnt: Ich mag es gern frivol.«

Wie naiv diese Bitch doch ist, dachte er. Die Kröte mit dem Politiker wurde tatsächlich von der Agentur geschluckt. Nun vermutet die Frau sicher, an einen Goldesel geraten zu sein, der zukünftig als ihre unerschöpfliche Geldquelle sprudeln würde.

»Wo wollen wir uns treffen? Oder holst du mich ab?«, riss Stella ihn mit sanfter Stimme aus seinen Gedanken.

Er räusperte sich. »Kommst du direkt aus Nürnberg?«, fragte er.

»Ich habe ein kleines Appartement in Erlenstegen«, erklärte Stella. »Dort empfange ich auch gern Kunden. Vielleicht also demnächst mal bei mir …«

Er überlegte kurz. »Hör zu, ich bin noch in den Vorbereitungen für den Abend. Aber irgendwann einmal bei dir … das wäre keine schlechte Idee.«

»Von der Tiefgarage aus geht es direkt mit dem Aufzug zu mir, man muss also nicht durch das Treppenhaus«, sagte Stella zuckersüß.

»Gut«, erwiderte er. »Ich lasse mich gern in deinen Räumlichkeiten überraschen. Und falls es in deinen Terminkalender passen sollte: Am dritten Advent bin ich wieder zu einem Geschäftsessen in Nürnberg. Wenn du Zeit und Lust hast, halt den Termin doch schon mal fest. Mein Flieger geht erst am Montag darauf. Dann würde ich dich gern die ganze Nacht buchen, *Chérie*.«

»Warte … der dritte Advent, der 13. Dezember. Da könnten wir uns treffen. Soll ich den Termin für dich blocken?«

»Gern, mein Täubchen, gern.«

Er merkte, wie seine Augenlider zu zucken begannen und die Lust an seinen Lenden heraufwanderte. Er hatte das Vertrauen des Mädchens in kurzer Zeit gewonnen. Nur noch ein paar Stunden würden vergehen, bis er sie in seiner Gewalt hatte …

»Über den genauen Treffpunkt gebe ich dir rechtzeitig Bescheid«, sagte er. Ich freue mich auf dich, Stella. Adieu!«

Kurze Zeit später war er wieder zu Hause angekommen, fuhr seinen PC hoch, klickte erwartungsvoll auf das erweiterte Profil von Stella Backhaus und lehnte sich genüsslich in seinem Bürostuhl zurück. Er betrachtete die Bilderserie, in der das naive Mädchen ihren makellosen Körper in aufreizenden Posen den Kunden präsentierte.

Er spürte, wie seine Erregung allein durch den Gedanken an den gewaltsamen Tod von Stella Backhaus wuchs und sich seine sexuellen Fantasien ins Unermessliche steigerten. Seine Schläfen pochten, seine Atmung wurde tiefer. Schweißabsonderungen seiner Handinnenflächen legten sich auf die Tastatur nieder.

Die Vorstellung, die absolute Macht über dieses Mädchen zu besitzen und den Zeitpunkt ihres Todes nach seinem Geschmack bestimmen zu können, veranlasste ihn, eine rasche Befriedigung seiner sexuellen Lust herbeizuführen. Es dauerte nicht lange, bis ein schwallartiges Zucken seinen erregten Körper durchfuhr.

Gegen Viertel vor zwei hatte er seinen Wagen mit den notwendigen Utensilien für den morgigen Abend beladen. Dann machte er sich auf den Weg zu dem Ort, den Stella Backhaus nicht mehr lebendig verlassen würde.

3. Kapitel

Freitag, 20. November 2015, 16.55 Uhr
Haselnußweg, 90480 Nürnberg

Die Obergeschosswohnung mit Dachterrasse und Loggia im Stadtteil Mögeldorf war verkehrsgünstig gelegen. In unmittelbarer Nähe grenzte die Schmausenbuckstraße, von der aus man schnell den Lorenzer Wald erreichte. Im Untergeschoss des Zweifamilienhauses befand sich eine Anwaltskanzlei, die nur werktags für ihre Mandanten geöffnet war. Neben der Kanzlei hatten sich ein HNO- und ein Augenarzt sowie ein Physiotherapeut niedergelassen. Die Praxen waren bereits geschlossen. Das Wochenende hatte begonnen.

Er steckte den Schlüssel in das Zufahrtsschloss zur Tiefgarage und drehte nach rechts. Das Rolltor öffnete sich. Er fuhr abwärts.

Bis auf einen, auf dem ein Wohnmobil stand, waren alle zehn Stellplätze unbesetzt. Er ging davon aus, dass sich niemand mehr in dem Gebäudekomplex aufhielt, und parkte seinen Wagen neben dem Wohnmobil.

Das Rolltor hatte sich hinter ihm geschlossen, die Leuchtstoffröhren erhellten die einzelnen Garagenplätze. Er öffnete den Kofferraum seines Wagens, nahm einen gefüllten Zehn-Liter-Plastikkanister heraus, ging zu dem Camper, entriegelte die Tür, stieg ein und deponierte den Kanister unter dem Tisch im hinteren Wohnbereich. Danach verschloss er das Wohnmobil wieder und ging zurück zu seinem Wagen.

Nach einem erneuten Griff in den Kofferraum schulterte er eine große schwarze Tasche, begab sich in Richtung Aufzug, drückte auf *1* und fuhr in das Obergeschoss.

Oben angekommen, öffnete er die Tür zu seiner Wohnung, betätigte den Lichtschalter und ging ins Wohnzimmer, wo er die
schwere Tasche von den Schultern streifte und neben der
Schlafzimmertür abstellte. Dann betrat er das Schlafzimmer
und begann mit seinen Vorbereitungen.

Es war achtzehn Uhr einundfünfzig, als er die Nürnberger Innenstadt wieder erreichte, ein altes Mobiltelefon einschaltete
und folgende SMS an Stella absetzte: »Die Mitternachtsspitzen
freuen sich sehr. Deinem Profil habe ich entnommen, dass du
gern Sushi und frische Meeresfrüchte isst. Ich habe daher ein
paar leckere Spezialitäten für uns geordert. Treffpunkt morgen
19.45 Uhr Flughafen Nürnberg, Zugang ›Terminal 90‹. Ich
werde dich ansprechen.«

Freitag, 20. November 2015, 19.04 Uhr
Steinplattenweg, 90491 Nürnberg-Erlenstegen

Ein grauer Novembertag neigte sich dem Ende. Stella Backhaus
döste in der Badewanne vor sich hin und genoss die Entspannung,
als ihr Mobiltelefon den Eingang einer Nachricht signalisierte.

Sie richtete sich auf, tastete nach einem Handtuch, trocknete
sich rasch die Hände ab und griff nach dem Telefon, das sie auf
dem Badewannenrand abgelegt hatte.

Ihr Auftraggeber hatte ihr den morgigen Treffpunkt mitgeteilt. Es war der Zugangsbereich zu einer bekannten In-Disko-
thek, die sich in den letzten Jahren am Albrecht-Dürer-Flugha-
fen in Nürnberg bei der Ü-30- bis Ü-50-Generation etabliert
hatte. Zufrieden lächelnd legte Stella das Mobiltelefon wieder
auf dem Badewannenrand ab und ließ sich zurück in den duf-
tenden Schaum sinken.

Sie dachte über Robert Maiwald nach. Stand das sexuelle Abenteuer für ihn womöglich gar nicht an erster Stelle? Wollte er nur jemanden haben, mit dem er sich in der Öffentlichkeit präsentieren konnte? Sein ausdrückliches Verlangen nach Diskretion hatte jedoch eine andere Sprache gesprochen. Oder war er schlicht ein wahrer Kavalier, der Frauen einfach nur verwöhnen wollte?

Es war ihr egal. Sie fand ihn interessant, ja regelrecht charmant. Die Tatsache, dass er sie sogar mit ihren bevorzugten Gaumenfreuden überraschen wollte, freute sie. Ein wahrlicher Verehrer, der die sexuellen Handlungen an ihr nicht als Priorität anzusehen schien.

Voller Vorfreude überlegte sie, wie frivol sie ihren Kunden morgen am »Terminal 90« empfangen würde.

Freitag, 20. November 2015, 22.07 Uhr,
irgendwo im Nürnberger Land

Er legte seinen Lieblingsfilm in den DVD-Spieler, schenkte sich einen Single Malt ein und betätigte den Abspielknopf der Fernbedienung.

»Haben die Lämmer aufgehört zu schreien?«*

Er liebte diesen britischen Schauspieler. In Dr. Hannibal Lecter erkannte er sich selbst wieder, seinen Wahn, seine Gier. Es war der unwiderstehliche Drang, mit all seinen sexuellen Fantasien körperlich auf sein Gegenüber einzuwirken, der ihn nach Atem ringen ließ. Allein die Tatsache, dass seine Opfer ihm willenlos ausgesetzt waren, erregte ihn so sehr …

---

* *Filmzitate.de* Das Schweigen der Lämmer

Die Temperaturen waren in der Nacht auf fünf Grad unter null gesunken. Tagsüber sollte das Thermometer bis maximal sechs Grad ansteigen. Er saß im Esszimmer, genoss sein Frühstück und studierte die Wochenendausgabe der »Nürnberger Nachrichten«, als sein Telefon klingelte. Er blickte auf das Display und nahm das Gespräch lächelnd an.

»Wenn mich Fleischeslust überkommt und der Drang dabei so weit gesteigert ist, dass ich nicht mehr klar denken kann, dann muss ich Böses tun«, sagte sein Gesprächspartner ohne Begrüßung. »Hilf mir, mein Freund und Vertrauter!«

»Tue es mit ganzer Hingabe und der notwendigen Portion Vorsicht«, erwiderte er. »Denke immer daran, dass es kein Zurück mehr gibt. Denn auch ich werde in wenigen Stunden das finden, was meine Wollust befriedigen wird. Lass uns darüber reden, wenn alles vorbei ist. Ich bin gespannt. Sei stark zu dir selbst, genieße jeden Moment deiner Erfüllung. Ich melde mich bei dir.«

4. Kapitel

Samstag, 21. November 2015, gegen 19.30 Uhr,
U2 Richtung Flughafen Nürnberg

Stella öffnete ihre Handtasche, holte ihr Mobiltelefon hervor und wählte die Nummer ihrer Mutter. Verschwiegenheit gegenüber Kunden war in Stella Backhaus' Gewerbe ganz oben angesiedelt. Dennoch ließ sie es sich nicht nehmen, ihre Mutter über ihr bevorstehendes Date mit einem charmanten Politiker zu informieren.

Gegen neunzehn Uhr vierzig erreichte die U2 den Airport Nürnberg. Stella Backhaus war pünktlich und für das Event entsprechend gestylt. Ihre brünetten Haare hatte sie hochgesteckt, ihre Lippen und ihre Fingernägel waren in Blutrot gehalten. Sie öffnete kurz ihre schwarze Handtasche, holte einen kleinen Spiegel und einen Lippenstift heraus und zog die Konturen ihrer Lippen nach.

Unter dem kurzen braunen Nerzcape waren ihre makellosen Beine erkennbar, die sie in dunklen Nahtstrümpfen und mit hochhackigen Lackschuhen gekonnt zur Schau stellte. Schnellen Schrittes begab sie sich in Richtung Eingangshalle.

Wie aus dem Nichts tauchte ein Mann vor ihr auf und hielt ihr eine schwarze Rose entgegen.

»Hallo Stella, du bist ja überpünktlich, ich bin Robert von den Mitternachtsspitzen«, sagte er und begrüßte sie mit einem Küsschen auf jeder Wange.

»Oh, là, là, danke, ein Kavalier der alten Schule. Wie geheimnisvoll«, sagte sie und nahm lachend die Rose entgegen. »Wohin wollen wir gehen? Ich bin für alles offen. Du hast Vorrang. Was dir gefällt, gefällt auch mir.« Lässig öffnete sie ihr Pelzcape ein wenig und genoss seinen neugierigen Blick.

Ihr ultrakurzer schwarzer Lederrock wurde zu gut einem Drittel von einem breiten dunkelroten Ledergürtel verdeckt. Darüber trug Stella eine schwarzrote Lederkorsage, die ihre beachtliche Oberweite zur Geltung brachte. Das dezente Lederhalsband mit einem angenieteten Ring, an dem eine Leine hing, ließ erkennen, dass sie es gern devot mochte.

»Genau mein Geschmack«, sagte er und leckte sich gierig über die Lippen. »Dein Profil hat mich vom ersten Augenblick an begeistert. Der Punkt ist der: Ich hatte die ganze Woche viele Besprechungen und jede Menge Deppen um mich herum. Deshalb möchte ich einen ruhigen Abend mit dir verbringen, reden, kuscheln und ein wenig, naja, du weißt schon. Ich habe einen guten Partydienst engagiert, der uns mit Köstlichkeiten verwöhnen wird. Lass uns zu meinem Wagen gehen. Er steht ein paar Schritte entfernt, hier war alles belegt.«

»Dann lass uns gehen. Möchtest du mich an die Leine nehmen?«, fragte Stella und hielt ihm lasziv das Lederband hin.

Er gab sich verlegen. »Lieber nicht hier in der Öffentlichkeit«, sagte er und küsste sie auf die Wange.

Unbemerkt griff er in seine linke Manteltasche, ertastete das kleine Kästchen und legte dessen Kippschalter um. Es war ein Handy-Blocker, ein sogenannter Jammer,[*] der jegliche Mobilfunknetze im Umkreis von zwanzig Metern störte. Durch die Aktivierung des Geräts verhinderte er, dass Stella ihre Agentur über ihren Aufenthaltsort in Kenntnis setzen konnte.

Gegen zwanzig Uhr verließen sie den Parkplatz und fuhren in Richtung Ziegelstein los.

---

[*] *http://www.bundpol.de/luecken/pkw-stoersender.htm*

»Was für eine wunderschöne Stadt«, sagte Stella, nachdem sie eine Weile aus dem Beifahrerfenster geschaut hatte. »Alles ist so wundervoll für das Weihnachtsfest geschmückt. Ich freu mich schon auf die Bescherung. Schon als kleines Kind war Weihnachten immer etwas ganz Besonderes für mich.«

Wie naiv die Bitch doch ist, dachte er, während er Interesse heuchelte, indem er seinen Blick kurz über die festlich beleuchteten Straßenzüge der alten Reichsstadt schweifen ließ.

Stella zog an der Lederleine an ihrem Hals, nahm seine rechte Hand langsam vom Lenkrad und legte das Ende der Leine hinein. »Und wohin entführt mich mein Herr?«

»Hab noch ein wenig Geduld, wir sind gleich da. Dein Spiel gefällt mir, Stella. Wolltest du dich nicht bei der Agentur melden?« Er legte seine rechte Hand zurück auf das Lenkrad, ohne die Leine loszulassen. Mit der linken Hand griff er in seine Manteltasche, holte eine der blauen Pillen hervor und ließ sie unauffällig in seinem Mund verschwinden.

Stella nahm das Mobiltelefon aus ihrer Handtasche. »Wie lautet die Adresse?«, fragte sie.

»Haselnußweg 37b.«

Stella drückte eine Kurzwahlnummer, um gleich darauf festzustellen, dass sie kein Netz hatte. »Mist, kein Empfang, vermutlich ein Funkloch.«

Auch ein weiterer Versuch blieb erfolglos. Es gelang ihr nicht, eine Verbindung aufzubauen.

»Probier es mal mit meinem Handy, vielleicht klappt es ja damit«, sagte er gönnerhaft, reichte ihr sein Mobiltelefon und beobachtete sie aus dem Augenwinkel.

»So ein verdammter Mist«, fluchte Stella. »Das Netz scheint gestört zu sein. Du hast auch keinen Empfang.«

»Was machen wir jetzt? Wir sollten die Agenturvorschriften in jedem Fall einhalten«, erwiderte er scheinheilig. »Vielleicht blasen wir das Treffen lieber ab. Ich kann dich gern nach Hause fahren und mir das Geld zurückerstatten lassen.«

»Ach was, wir sollten uns den Abend nicht durch irgendwelche Sicherheitsvorschriften verderben lassen.« Sie legte sein Mobiltelefon in die Ablage am Armaturenbrett. »Ich mag keine Enttäuschungen bei Kunden. Dann gibt es halt mal keine Rückmeldung bei der Agentur. Es ist ja noch nie etwas passiert, warum auch, unsere Kunden sind alle im System der Agentur erfasst.«

Er hatte erreicht, was er wollte. Stellas Vertrauen hatte er gewonnen. Sie schien sich sicher zu sein, einen schönen Abend mit einem großzügigen Kunden verbringen zu dürfen. Gemeinsam würde man Spaß haben und den Lustgewinn teilen. Er war zufrieden mit sich.

»Einverstanden«, sagte er.

»Dann lass uns Spaß haben an diesem düsteren Novemberabend.« Stella legte ihre linke Hand auf seinen rechten Oberschenkel. Ihre Finger wanderten weiter bis zum Reißverschluss seiner Anzughose.

Er ließ sie unverkennbar spüren, dass auch er den Abend nicht frühzeitig beenden wollte. Im Gegenteil, sie reizte ihn. Das Spiel, sein Spiel, konnte beginnen.

Die Situation auskostend, verkürzte er die Länge der Leine durch Drehbewegungen seines rechten Handgelenks, sodass Stella gezwungen war, ihren Kopf nach unten zu bewegen – bis dorthin, wo sie inzwischen seine Hose geöffnet hatte …

Er fuhr die Tiefgarage hinab und parkte seinen Wagen neben dem Wohnmobil.

»Wohnst du allein hier?«, fragte Stella.

»Jein. Meiner Schwester …«, er deutete auf das Orientierungsschild links vom Aufzug, wo die Arztpraxen und die Anwaltskanzlei aufgeführt waren, »… gehört das Anwesen, sie ist praktizierende Augenärztin und stellt mir ab und an ihr Appartement zur Verfügung. Wenn man im Blickpunkt der Öffentlichkeit steht, braucht man auch mal einen Rückzugsort, du verstehst?«

Nachdem sie das Fahrzeug verlassen hatten und Stella wieder neben ihm stand, griff er erneut zur Lederleine und dirigierte Stella zum Aufzug.

»Und genau hier beginnen wir nun unser Spiel«, sagte er und betätigte lächelnd den Rufknopf des Aufzugs.

5. Kapitel

Das düstere Novemberwochenende war so, wie es die regionalen Radiosender schon am Mittwoch angekündigt hatten, eingetroffen. Nieselregen, Graupelschauer, Schnee und eine unangenehme Kälte legten sich über die Frankenmetropole.

Für Schorsch Bachmeyer von der Nürnberger Kripo und seine Freundin Rosanne war deshalb ein Kuschelwochenende angesagt. Mit Kaminfeuer, einem leckeren Essen, einer Saunanacht bei Andreas in ihrer Stammsauna, der »Fürthermare«, viel Lesestoff und natürlich Zeit, sich gegenseitig zu verwöhnen.

Schorsch hatte sich auch schon das passende Rezept für Rosanne parat gelegt: Eines seiner Lieblingsgerichte waren geschmorte Ochsenbäckchen auf einer Barolosauce mit Omas fränkischen Kartoffelklößen, als Beilage Sahnewirsing. Als Nachspeise wollte er seine Siemensianerin mit einem Geheimrezept verzaubern, das er von seinem Freund Leo erhalten hatte: *Crème brulée à la papà.*

Im METRO-Großmarkt in Nürnberg-Buch, der mit seiner großen und vielfältigen Auswahl alles bot, was sie für dieses Wochenende brauchten, kauften sie die notwendigen Zutaten ein.

Schorsch schob den vollen Einkaufswagen in Richtung Parkplatz, wo er seinen alten Strich-Acht-Mercedes geparkt hatte. Rosanne ging neben ihm her. Schon von Weitem bemerkten sie einen adipösen Mann mit südländischem Aussehen, der eine kleine Visitenkarte in das Fenstergummi auf der Fahrerseite des Mercedes klemmte.

»Was soll das. Finger weg von meinem Auto!«, rief Schorsch und näherte sich schnellen Schrittes seinem Wagen.

»Hey, ruhig, ruhig, was ist letzte Preis?«, fragte der Fettleibige, machte eine beschwichtigende Handbewegung und deutete lachend auf das Fahrzeug.

Schorsch entfernte die Visitenkarte des Autohändlers. »Das ist ein Oldtimer, der steht nicht zum Verkauf«, sagte er aufgebracht. »Scheren Sie sich zum Teufel!«

»Warum so aggressiv, mein Freund? Sag einfach, was letzte Preis. Ich suche seit Jahren genau eine solche Auto für einen arabischen Autosammler, der Wagen geht nach Algier. Der bezahlt einen super Preis, also, was ist letzte Preis, mein Freund?«

Schorsch sah den Fettleibigen kalt an, der offensichtlich nicht verstanden hatte, dass er seinen über Jahre hinweg selbst restaurierten Strich-Acht nicht verkaufen wollte. Zu viel Zeit hatte er in die Aufbereitung investiert. Der Wagen hatte eine lange Geschichte. Er hatte etwas zu erzählen, hatte eine Vergangenheit, die Schorsch durchaus auch Tränen bereitet hatte. Er hing an dem Wagen.

»Mein Freund, was guckst du? Bin ich Kino? Ey, was los, verkauf mir Auto. Ich will es haben, zahle gute Preis«, insistierte der Autohändler und gestikulierte drohend mit seiner rechten Hand. Er hatte sich direkt vor der Fahrertür des Strich-Acht aufgebaut, sodass er Schorsch den Zugang zu seinem Wagen versperrte.

»Ich sage es noch ein einziges Mal: Weg von meinem Auto, es ist unverkäuflich, aus, basta!« Energisch schob Schorsch den Mann zur Seite, um an die Fahrertür zu gelangen.

»Was ist los, du Arsch!«, brüllte der Autohändler und schubste Schorsch gegen die Karosserie. »Ich will nur dein Auto kaufen, warum greifst du mich an, ey!«

Rosanne, die in sicherer Entfernung stehen geblieben war

und gemeinsam mit anderen METRO-Kunden beobachtete, wie die Situation zu eskalieren drohte, verständigte daraufhin mit ihrem Mobiltelefon die Polizei.

Plötzlich tauchte zwischen den geparkten Fahrzeugen ein weiterer Mann mit südländischem Aussehen auf, der deutlich jünger als der Fettleibige war. Auch er hatte einen Stapel Visitenkarten in der Hand.

»Hey, Alder, was willst du mit alter Karre?«, sagte er an Schorsch gewandt. »Ischwör, wenn mein Vater das Auto möchte, dann bekommt er es auch.« Wie um seine Drohung zu untermauern, trat er brutal gegen den Seitenspiegel des Strich-Acht, der dadurch zu Bruch ging. »Sag endlich letzte Preis!« Dann schlug er ohne Vorwarnung mit der flachen Hand gegen Schorsch' rechte Schulter, der überrascht registrierte, welches Aggressionspotenzial von den beiden ausging.

»Wir bekommen immer, was wir wollen, glaub mir!«, sagte nun auch der Fettleibige und wandte sich an seinen Sohn. »Abdul, hör auf, lass dich nicht von dem alten Mann provozieren, wir gehen.«

Mehrere Gaffer hatten sich in unmittelbarer Nähe versammelt und beobachteten verunsichert die Situation. Einer von ihnen löste sich schließlich aus der Menge und eilte Schorsch zur Seite.

»Hey, was soll das, sucht ihr Streit? Geht nach Hause!«, rief er mit einer drohenden Geste in Richtung der beiden Männer.

Schorsch eilte den beiden nach, stellte sich vor sie, zog seinen Dienstausweis und hielt ihn den Männern unter die Nase.

»Kriminalpolizei Nürnberg, Ihre Personalien«, sagte er auffordernd.

Die Autohändler ließen sich davon nicht beeindrucken.

»Du Hurensohn, bist du Bulle«, sagte der Jüngere und spuckte Schorsch verächtlich vor die Füße. »Dass ich nicht lache, so einen Witz habe ich noch nicht gehört. Ein Bulle mit einem Strich-Acht. Willst du Kartoffelfresse eine aufs Maul?«

In diesem Moment traf ein Streifenwagen ein. Rosanne und weitere Beobachter gaben der Streife gestikulierend zu verstehen, dass Hilfe benötigt wurde.

Zwei junge Polizistinnen stiegen aus und eilten in Richtung der Männer.

Schorsch gab sich als Kollege zu erkennen. Gerade als er ihnen die Situation erklären wollte, schrie der jüngere Autohändler großmäulig: »Hey, was wollt ihr Pussys denn hier? Verschwindet, lasst uns Männer in Ruhe unsere Geschäfte machen! Haut ab, verschwindet von hier!«

Doch beim Anblick des couragierten Zuschauerpulks, der sich hinter den Polizistinnen versammelt hatte, besannen sich die beiden eines Besseren. Auf ein Zeichen des Jüngeren drehten sie sich um und liefen zu ihrem Fahrzeug.

Schorsch eilte ihnen, gefolgt von den beiden Kolleginnen nach. »Bleiben Sie stehen!«, rief er.

Unbeirrt bestiegen die Männer ihr Fahrzeug.

In diesem Augenblick traf Verstärkung ein. Es war die Polizeistreife Pegnitz 11/8, die die Flucht der Autohändler verhinderte, indem sie die Ausfahrt des METRO-Parkplatzes mit dem Einsatzfahrzeug blockierte und die Männer unmissverständlich zum Verlassen ihres Fahrzeugs aufforderte.

Die darauffolgende Personenüberprüfung mittels einer Abfrage in der Einwohnermeldedatenbank EMA sowie im Informationssystem der deutschen Polizei, genannt INPOL, ergab, dass die Männer polizeilich in Fürth gemeldet waren.

Bei dem Fettleibigen handelte es sich um Ismail El Gadouchi, geboren am 01. Januar 1962 in Tuggurt/Algerien, wohnhaft in der Leyher Straße x7a in Fürth. Der Jüngere war sein Sohn Abdul El Gadouchi, geboren am 29. September 1984 in Tuggurt/Algerien. Auch er war in der Leyher Straße in Fürth gemeldet.

Gegen Ismail El Gadouchi lag ein Eintrag wegen Urkundenfälschung (§267 StGB), räuberischer Erpressung (§255 StGB) und Verleumdung (§187 StGB) vor, was eine erkennungsdienstliche Behandlung der Kriminalpolizei Fürth nach sich zog.

Auch Abdul El Gadouchi war kein unbeschriebenes Blatt. Er war bereits wegen Körperverletzung in Tateinheit mit § 250 StGB – schwerer Raub – erkennungsdienstlich behandelt worden. Zudem spuckte die Datenbank zwei Haftlisteneinträge der Justizvollzugsanstalt Nürnberg aus. Abdul El Gadouchi hatte sich dort vom 06. Februar 2011 bis zum 09. August 2011 in Untersuchungshaft befunden und vom 10. August 2011 bis zum 01. September 2014 seine Strafhaft verbüßt.

Als er das Ergebnis der INPOL-Abfrage erfuhr, bat Schorsch die Kollegen, Strafanzeige wegen Sachbeschädigung, Körperverletzung sowie Beleidigung aufzunehmen. Zugleich wurden von einigen der couragierten METRO-Kunden die Personalien für eine Zeugenbefragung aufgenommen.

Der Samstagvormittag war für Rosanne und Schorsch gelaufen. Schorsch packte den abgeschlagenen Seitenspiegel und die Einkäufe in den Kofferraum, dann fuhren sie zur Vernehmung mit den Kollegen zur Dienststelle.

Samstag, 21. November 2015, 20.21 Uhr,
Haselnußweg, 90480 Nürnberg

»Ich mag es, wenn mir Frauen gehorchen«, flüsterte er, drückte den Notschalter des Aufzugs, sodass dieser zum Stillstand kam, und dirigierte Stellas Kopf mit der Leine nach unten.

Sie wusste, was er von ihr erwartete, blickte kurz nach oben und lächelte ihn an, während sie nach seinem Phallus griff.

»Es ist nicht immer von Nachteil, wenn man mit dem Rücken zur Wand steht«, sagte er atemlos.

Nach einer Weile betätigte er den Notschalter erneut und der Aufzug setzte sich wieder in Bewegung.

»Oben ist es bequemer, mein Täubchen, ich werde dir etwas zeigen und dich etwas lehren, bevor wir mit den Köstlichkeiten beginnen. Pack ihn wieder ein.«

Stella gehorchte und erhob sich. Sie glaubte, sein Spiel durchschaut zu haben, und ahnte, welche Vorlieben er hatte. Sie löste sich von der Vorstellung, er könne mit ihr in eine Disco gehen oder sie mit leckerem Sushi und Cocktails verwöhnen. Vielleicht wartete ja eine ganz andere Überraschung in seinem Appartement.

»Und was machen wir in deiner Wohnung?«, hauchte sie. »Was willst du von mir? Sag es mir, ich will es hören.«

Ihre verruchte Stimme reizte ihn. Energisch zog er die Leine fest zu sich, hob Stellas Kopf an und küsste sie.

»Ich freue mich auf dich, du kleine Bitch, denn du verzauberst mich«, flüsterte er. »Ich will dich voll auskosten, verstehst du? Ich will Spaß haben.« Seine Hände fassten unter ihren kurzen Lederrock.

Auch Stella war offensichtlich erregt. Ihre rechte Hand glitt nach unten, umklammerte seine Hand und führte sie zu ihrem Mund. Geschickt nahm sie seinen Finger und leckte ihn genüsslich ab.

In diesem Moment öffnete sich die Aufzugtür.

Die Zeugenvernehmungen bei der Polizeiinspektion Mitte hatten sich lange hingezogen. Zudem hatten die beiden Beschuldigten von ihrem Aussageverweigerungsrecht Gebrauch gemacht. Straftäter, die als Wiederholungstäter auftraten, wurden meistens von ihrem Strafverteidiger gebrieft, nach dem Motto »Reden ist Silber, Schweigen ist Gold«. So auch die beiden El Gadouchis. Sie waren lediglich zu ihren Pflichtangaben bereit gewesen.

Als Schorsch und Rosanne endlich in seiner Wohnung angekommen waren, zog sich Schorsch stinksauer in sein Arbeitszimmer zurück und polierte das Chrom seines abgeschlagenen Außenspiegels.

Rosanne versuchte, ihn zu beruhigen. »Hör zu, das Wochenende ist zwar ein wenig aus dem Ruder gelaufen, aber wir lassen es uns von den beiden Deppen nicht vollkommen verderben. Der Schaden am Mercedes ist reparabel, und die Zeugen haben doch einhellig das aggressive Vorgehen der Typen bestätigt. Die kriegen schon ihr Fett weg, du wirst sehen.« Sie umarmte Schorsch zärtlich und streichelte seine rechte Schläfenpartie. »Komm in die Küche, die Ochsenbäckchen warten.«

Samstag, 21. November 2015, 15.02 Uhr,
Leyher Straße, 90763 Fürth

Ismail und Abdul El Gadouchi saßen bei einem Glas Tee und dachten über die vergangenen Stunden nach.

»Dieser verdammte Kāfir könnte uns Schwierigkeiten machen«, sagte Abdul.

»Du hast recht, mein Sohn, aber ich wollte den alten Strich-Acht unbedingt«, erwiderte sein Vater Ismail. »Ich habe einen Käufer in Algier, der bezahlt uns richtig Geld dafür. Seit Jahren sucht er einen weißen Strich-Acht mit Lederausstattung. Inschallah, mein Sohn, heute habe ich ihn gefunden!« Er griff zum Telefon und wählte eine Nummer.

»Zentralruf der Autoversicherer, Sie sprechen mit Frau Specht, wie kann ich Ihnen helfen?«, sagte eine Stimme am anderen Ende der Leitung.

»Guten Tag, Frau Specht, mein Name ist Osmann, Gerd Osmann, ich bin Autohändler in Fürth. Ich habe ein Problem. Heute Nachmittag hatte ich einen Kunden, der großes Interesse an einem Fahrzeug hatte. Naja, es ist ein kleines Malheur passiert, bei dem ich eigentlich nicht die Polizei einschalten wollte, verstehen Sie?«

»Um was geht es konkret, Herr Osmann?«

»Der Kunde ist an einem meiner Oldtimer interessiert, er fährt selbst einen weißen Mercedes Oldtimer, es müsste ein alter Strich-Acht sein. Beim Rückwärtsfahren mit seinem Mercedes hat er mit seiner Stoßstange einen Pkw beschädigt und dies vermutlich nicht bemerkt. Jedenfalls ist er weitergefahren. Wissen Sie, ich möchte den Kunden auf keinen Fall verlieren, da er zudem großes Interesse an einer alten Corvette zeigte. Wenn ich den Schaden der Polizei melde, bekommt er Probleme. Das möchte ich möglichst vermeiden, wenn Sie verstehen. Lieber würde ich ihn persönlich kontaktieren.«

»Wir dürfen leider keine Personalien von Fahrzeughaltern herausgeben, der Datenschutz spricht dagegen«, sagte Specht.

»Gute Frau, ich kenne doch sogar den Namen des Halters, ich habe das Kennzeichen, was wollen Sie mehr?« Ismail hatte seine Stimme ein wenig erhoben. »Ich benötige lediglich die Anschrift des Versicherungsnehmers, damit ich ihn kontaktieren kann. Ich möchte ihm doch keine Schwierigkeiten mit der Polizei bereiten.«

»Das kann ich gut verstehen … Es ist nur so … Der Name des Fahrers ist Ihnen zwar bekannt, aber das sagt noch lange nichts über den tatsächlichen Halter des Fahrzeugs aus.«

Ismail wurde ungeduldig. »Doch, gute Frau, er hat ja gesagt, dass er eventuell seinen Oldtimer zum Kauf der Corvette drangeben möchte.«

»Okay, dann kommen wir der Sache schon näher«, sagte Specht. »Der Mann ist also der ursprüngliche Halter und zugleich der Schadensverursacher. Habe ich das richtig verstanden?«

»Exakt, exakt. Sein Name ist Georg Bachmeyer, das Kennzeichen lautet N-NN 59 H.«

Im Hintergrund war das Tippen auf einer Tastatur zu hören. »Ein weißer Mercedes W 115?«, fragte Specht.

»Exakt.«

»In der Tat haben Sie den richtigen Halter genannt, der Wagen ist auf einen Georg Bachmeyer zugelassen, wohnhaft in Nürnberg, Pilotystraße.«

»Besten Dank, Frau Specht«, entgegnete Ismail zufrieden. »Sie haben mir sehr geholfen und einen potenziellen Käufer vor möglichen Unannehmlichkeiten bewahrt. Ihnen noch einen schönen Samstag.«

Zufrieden lächelte er seinem Sohn zu, der neben ihm stand und das Gespräch gespannt mitverfolgt hatte. Abdul El Gadouchi war von der Vorgehensweise seines Vaters sichtlich beeindruckt und klopfte ihm anerkennend auf die Schulter.

6. Kapitel

Samstag, 21. November 2015, 21.07 Uhr,
Haselnußweg, 90480 Nürnberg

Er hatte sie genau dort, wo er sie haben wollte. Stella Backhaus hielt, was ihr Profil versprach. Nachdem sie ihre Nasenlöcher mit einer Linie Kokain versorgt hatte, ließ sie sich ganz auf ihn ein. Die geforderten Spielchen, der Dirty Talk, die Unterwürfigkeit, all das gehörte zu ihrem Repertoire.

Stella lag nackt auf dem breiten Metallbett, ihr rechter Arm ragte über ihren Kopf. Er war auf der Stirnseite des Bettes mit einer Lederfessel fixiert. Ihr linkes Bein war mit einem Ledergurt so am unteren Ende des Bettes angebunden, dass noch etwas Bewegungsfreiheit gegeben war. Lediglich die linke Hand des Mädchens war frei und konnte die Anweisungen zu seiner Lustbefriedigung befolgen.

Er schnaufte schwer, seine Erregung und der unersättliche Drang, die absolute Herrschaft über diese Hure zu erhalten, lösten nicht nur stoßartiges Atmen bei ihm aus. Unter der schwarzen Ledermaske bildete sich zudem Schweiß, der sich einen Weg zu seiner Brust und Halspartie bahnte. Seine grünen Augen stachen gierig hervor, sein Mund war weit aufgerissen. Er keuchte heftig, das Atmen unter der eng anliegenden Maske fiel ihm schwer.

Stella Backhaus hatte noch immer nicht begriffen, in welch misslicher Lage sie sich befand.

»Ist das alles, was du kannst? Los, zeig es mir, bestrafe mich. Ich liebe die etwas härtere Tour. Mach weiter«, feuerte sie ihn ahnungslos an und steigerte somit seine unbändige Gier.

Von nun an gab es kein Zurück. Etwas in ihm übernahm die

Führung. Stellas Aufforderung nach einer härteren Gangart nachkommend, legte er seine linke Hand an ihre Kehle und drückte langsam, aber stetig zu. Dabei hielt er ihre linke Hand fest, die verzweifelt versuchte, die angebundene Hand aus den Fesseln zu lösen. Vergebens.

Erst jetzt realisierte Stella, die nur noch gurgelnde Laute von sich geben konnte, mit weit aufgerissenen Augen, dass sich das, was eingangs als gegenseitiges Spiel begonnen hatte, in einen Kampf um Leben und Tod verwandelt hatte. Panisch schlug sie mit ihrer freien Hand auf ihn ein.

Blitzschnell griff er nach der zweiten Handfessel und fixierte damit auch den linken Arm seines Opfers. Anschließend griff er unter das Bett, holte einen ledernen Mundknebel hervor, der mittig mit einer roten Kugel ausgestattet war, zog beide Enden des Knebels fest auseinander und fasste grob nach Stellas Kinn.

»Das gehört zu deinem Endspiel, Miststück«, sagte er mit tief keuchender Stimme. Dann griff er in Stellas Handtasche, holte das Mobiltelefon heraus und schaltete es endgültig ab. Er deaktivierte den Störsender, um sicherzugehen, dass kein Nachbar der gegenüberliegenden Häuserzeile den Störungsdienst verständigte.

Die Todessession der »Mitternachtsspitzen« hatte begonnen. Das Spiel war aus.

Samstag, 21. November 2015, 21.15 Uhr,
Agentur Call-an-Escort, Neumarkt

Miriam Scheitel drückte erneut die Wahlwiederholung ihres Mobiltelefons.

»Dieser Anschluss ist vorübergehend nicht erreichbar.«

Bereits vor über einer Stunde hätte sich Stella Backhaus bei ihr melden und den genauen Treffpunkt mit ihrem Kunden angeben sollen. Stella war bisher immer verlässlich gewesen, hatte stets vereinbarungsgemäß ihren Aufenthaltsort durchgegeben. Heute jedoch blieb ihr Anruf aus.

Unruhig klickte Miriam Scheitel auf die letzte E-Mail des Kunden mit dem merkwürdigen Kennwort »Mitternachtsspitzen« und las zum wiederholten Mal ihre handschriftlichen Notizen über den Kunden durch. Ihre anfänglichen Bedenken in Bezug auf Stellas Auftraggeber verdrängte sie rasch wieder. Ein Politiker, der absolute Diskretion forderte, konnte nichts Böses im Schilde führen.

Unsicher legte Miriam Scheitel das Mobiltelefon zur Seite.

Samstag, 21. November 2015, 21.47 Uhr,
Haselnußweg, 90480 Nürnberg

»Schau mal, was ich für dich gefunden habe. Ein besonderes Spielzeug. Es wird dir gefallen.« Er griff erneut zur Schatulle und holte ein eigenartiges Werkzeug hervor. Es sah aus wie ein kleiner Teigausschneider, den man beim Plätzchenbacken verwendete. Oder wie das Werkzeug eines Schneiders, um ein Schnittmuster auf einen Stoff zu übertragen. Ein kleines silbernes Rädchen mit vielen scharfen Spitzen, das mit einem Handlauf bewegt wurde. Ein Wartenbergrad …

Die Angst in Stellas Gesicht brachte ihn zum Grinsen. Sie lag vollständig fixiert vor ihm. Der Knebel verhinderte jeglichen Ton aus ihrem Mund, nur seine Stimme kam jetzt zum Tragen.

Panisch drückte sie sich nach unten, versuchte, ihren bis dahin makellosen Körper in die Matratze zu pressen, soweit ihre fixierten Extremitäten es zuließen.

»›Die Zauberinnen sollst du nicht am Leben lassen.‹ 2. Buch Mose 22, 17«, sagte er grinsend. »Was bleibt, ist dieses Andenken.«

Langsam setzte er das Wartenbergrad in Bewegung ...

kurze Zeit später

Um zweiundzwanzig Uhr siebenunddreißig legte er das Mädchen nackt in einen Leichenbergesack, einen sogenannten Body Bag, streifte ihr ihren markanten goldenen Ring vom Finger und zog den Reißverschluss zu. Dann öffnete er die Wohnungstür und checkte die Lage im Treppenhaus.

Es war stockdunkel, niemand war zu sehen. Auch der Außenbereich der Anlage lag in völliger Dunkelheit. Er lief in die Tiefgarage und blockierte den Öffnungsmechanismus des Rolltores.

Kurze Zeit später legte er den geschulterten Transportsack auf dem Boden des Wohnmobils ab. Dann öffnete er den Sack.

Stella lag vor ihm und sah aus, als sei sie in einen sanften Schlaf gefallen – ihre Mund- und Augenpartie wirkten entspannt und strahlten eine innige Ruhe aus.

Es war vollbracht, seine Zauberin hatte ihre Augen für immer verschlossen.

Zufrieden grinsend wischte er sich den Schweiß von der Stirn, öffnete den Unterschrank des Wohnmobils und holte eine Atemschutzmaske hervor, die er über seinen Kopf zog. Anschließend öffnete er den zuvor deponierten Plastikkanister, schüttete die Flüssigkeit über sein Opfer, öffnete eine Flasche Abflussreiniger, die er bereits auf der Küchenablage des Campers platziert hatte, und übergoss damit ebenfalls den Körper des Mädchens.

Die chemische Reaktion des dreizehnprozentigen Chlorreinigers mit dem Abflussreiniger setzte sofort ein. Die Oberfläche der Haut des Mädchens schäumte und ein schwachgrünes Gas entfaltete sich.

Blitzschnell zog er den Reißverschluss nach oben und verschloss den laugen- und säurebeständigen Leichensack, der die giftigen Dämpfe der chemischen Substanzen in sich geschlossen hielt, sodass sie noch konzentrierter wirken konnten. Dann öffnete er den Bettunterbau des Wohnmobils, holte eine Steppdecke hervor und deckte den Transportsack ab, von dem bereits eine spürbare Wärme ausging.

Langsam ging er zur Tür, drehte sich nochmals um und beäugte die Umrisse der Steppdecke.

Er hatte erreicht, was er wollte. Er seufzte tief, eine innere Befriedigung setzte ein.

Niemand hatte etwas mitbekommen. Dennoch war sein Vorhaben noch nicht beendet. Zwei wesentliche Punkte in seiner minutiös geplanten Ablaufkette fehlten noch.

Er drehte den Schlüssel der Campertür nach links, zog ihn ab und steckte ihn ein. Dann öffnete er das Tor der Tiefgarage, blickte minutenlang starr in den Himmel, dessen Firmament vom hochstehenden Vollmond hell erleuchtet war, und betrachtete die funkelnden Sterne.

Seine Nacht war noch nicht zu Ende und seine Wachsamkeit durfte ihn jetzt nicht im Stich lassen …

Sonntag, 22. November 2015, 03.21 Uhr,
Steinplattenweg, 90491 Nürnberg-Erlenstegen

Es war ruhig im Steinplattenweg, die Bewohner der umliegenden Häuser befanden sich vermutlich in der zweiten Tiefschlafphase, denn in keinem der Nachbarhäuser brannte Licht. Lediglich mancher Balkon oder Zugangsbereich war bereits mit weihnachtlichen Lichterketten geschmückt.

Er parkte seinen Wagen etwas abseits, checkte nochmals die Wohnanschrift auf dem Personalausweis seines Opfers, stieg aus und stellte sich vor den Kofferraum.

Während er seine Handschuhe überzog, beobachtete er nochmals das Umfeld. In dieser Gegend gab es mehrere Wohnungen, die in einer kleinen Wohnanlage zusammengefasst waren und durchaus Charme ausstrahlten, anders als der große anonyme Gebäudekomplex in der Hainstraße, wo er vor einiger Zeit Patricia Rauch, eine hübsche Nürnberger Edelhure, von ihrem Gewerbe erlöst hatte. Hier in Erlenstegen pflegte man noch Wohnkultur, es galt als eine der schönsten Wohngegenden im Osten Nürnbergs.

Entschlossen öffnete er den Kofferraum seines Wagens, schulterte die schwarze Sporttasche, verschloss das Fahrzeug wieder und begab sich zum Eingang der Hausnummer 177c. Aus seiner Manteltasche holte er das Schlüsselmäppchen von Stella Backhaus hervor. Es waren nur zwei Schlüssel, ein Briefkastenschlüssel und ein Sicherheitsschlüssel für die installierte Schließanlage. Er nahm eine Minitaschenlampe aus seiner Hosentasche und knipste sie an. Das Klingelschild verriet ihm, dass Stella die Wohnung im ersten Stock bewohnt hatte.

Vorsichtig steckte er den Schlüssel ins Schloss, öffnete möglichst leise die Tür und nahm schnellen Schrittes die Treppenstufen zur ersten Etage. Das Risiko, in dem durch Bewegungsmelder erleuchteten Hausflur entdeckt zu werden, ließ das Blut in seinen Adern pulsieren.

Die Etage bestand aus drei Wohnungen: einer mittig gelegenen, deren Zugangsbereich direkt am Treppenende begann, und jeweils einer weiteren links und rechts. Es war die mittlere Wohnungstür, an der das Namensschild »K. Dudek« angebracht war.

Lautlos öffnete er die Tür. Dunkelheit empfing ihn. Er leuchtete die fremde Umgebung ab, stellte behutsam seine Tasche in der Diele ab und inspizierte langsam jedes Zimmer. Er musste ausschließen, dass sich noch jemand in der Wohnung befand.

Nachdem er sich vergewissert hatte, dass er allein war, entnahm er der Sporttasche einen Zehn-Liter-Benzinkanister, öffnete ihn und übergoss das Bett seines Opfers mit der Flüssigkeit. Rasch verbreitete sich der scharfe, ölige Geruch des Brandbeschleunigers.

Dann ging er ins Badezimmer, warf einen Blick in den Kosmetikschrank und entnahm ein Fläschchen Nagellackentferner, den er über die gefüllte Wäschebox schüttete. Anschießend legte er verschiedene Spraydosen obendrauf und kippte schwallartig etwas von dem Benzingemisch aus dem Kanister darüber.

Mit den Möbeln einschließlich der Couch und den Vorhängen im Wohn- sowie im kleinen Arbeitszimmer verfuhr er ebenso.

Rasch entnahm er seiner Sporttasche ein Gefäß mit Lampenöl und suchte in der Küche seines Opfers nach einer Plastikschüssel, die er als Zeitbombe präparierte. Dafür fixierte er eine Geburtstagskerze auf dem Boden der Schüssel und fügte vorsichtig das Lampenöl hinzu.

Dann griff er nach einem Feuerzeug in seiner Hosentasche,

führte es langsam über den Docht der Kerze, drehte das Zünd-
rädchen und entfachte die Flamme. Er hatte eine spezielle Ker-
zenart gewählt, die auch bei einem starken Luftzug weiter-
brennen würde. Abschließend stellte er die Konstruktion auf
einer Herdplatte ab.

Prüfend sah er sich noch einmal um, verstaute den Benzinkanister und das Lampenöl wieder in seiner Sporttasche und öffnete leise die Tür zum Treppenhaus.

Alles war dunkel und ruhig. Er eilte zurück in die Küche,
drehte den Knopf der Herdplatte auf die mittlere Stufe, verließ
die Wohnung und schloss möglichst geräuschlos die Tür hinter
sich. Schnellen Schrittes hastete er in den Keller.

Anhand der Beschriftungen fand er problemlos das Kellerab-
teil von Stella Backhaus, das sich im hinteren Teil neben einem
großen Wasch- und Trockenraum befand. Noch einmal holte er
den Benzinkanister und das Lampenöl heraus, öffnete das Ka-
buff und übergoss das dort gelagerte Inventar mit Benzin. Dann
zog er ein Taschentuch hervor, das er mit dem Rest Lampenöl
tränkte. Er wickelte das tropfende Tuch um zwei weitere Kerzen und fixierte es mit einer Wäscheklammer aus dem Seiten-
fach seiner Sporttasche. Die Kerzen legte er auf dem Boden ab
und entfachte anschließend den Docht. Schnell raffte er seine
Sachen zusammen und entfernte sich rasch aus dem Keller-
bereich.

Ein paar Minuten nach vier Uhr bog er rechts in die Eichen-
dorffstraße ab und fuhr kurz danach auf die B 14. Bis zur Autobahn BAB 3 waren es nur wenige Augenblicke.

Schorsch Bachmeyer war in die »Nürnberger Zeitung« vertieft, als Horst Meier ihr gemeinsames Büro betrat.

»Guten Morgen, Schorsch«, sagte er und legte einen Stapel Umlaufmappen mit der Tagespost auf Schorsch' und einen weiteren auf seinem eigenen Schreibtisch ab.

»Schon wieder eine Vermisstenanzeige, das ist jetzt die dritte seit Oktober«, bemerkte Schorsch kurze Zeit später, nachdem er die Eingänge gesichtet hatte. »Wieder eine junge Frau, die seit Sonntag spurlos verschwunden ist. Das Kuriose daran ist, dass nahezu zeitgleich mit ihrem Verschwinden auch ihre Wohnung in Flammen aufgegangen ist. Genauso war es auch bei den beiden anderen Vermissten.«

Horst Meier, sein langjähriger Bürokollege und ein waschechter Franke aus dem nahegelegenen Schwarzenbruck im Nürnberger Land, hob den Kopf und zwirbelte an seinem markanten Seehundbart, den er seit mindestens zwanzig Jahren trug.

»Es verschwinden fast monatlich Frauen, manche hauen von zu Hause ab, ziehen zu ihrer neuen Bekanntschaft, andere trennen sich und wandern aus. Wieder andere begehen Selbstmord und suchen dafür einen stillen Ort auf, wo sie nicht gleich gefunden werden. Wir haben November, Schorsch, *den* Suizidmonat des Jahres.« Er deutete auf den Gewerkschaftskalender des Bundes Deutscher Kriminalbeamter. »Aber hör mal, ist das der Wohnungsbrand vom Wochenende? Der aus Erlenstegen, der vorgestern in der Zeitung stand?«, fügte er hinzu.

»Ja, die Vermisste heißt Krystyna Dudek. Du magst recht haben, Horst, in unserer Statistik ist der November der Monat, in dem sich die meisten Leute das Leben nehmen. Der trübe, kalte, düstere Monat, Weihnachten steht vor der Tür, es ist die Zeit, in der es in Beziehungen am meisten kriselt. Aber bei Krystyna Dudek handelt es sich um eine Studentin, die sich nebenbei als Begleitdame ihr Studium finanziert hat, so die Anzeigenerstatterin von ihrer Agentur. Manche jobben als Bedienung und halten sich so über Wasser, andere hingegen verdienen ihr Geld viel einfacher: Sie setzen ihren Körper ein, gehen auf den Strich oder arbeiten eben bei so einem Escort-Service. Ist ja nichts Verwerfliches dran, zumal die Mädels dann vielleicht noch Spaß an ihrem Job haben und sich nicht stundenlang als Servicekraft in der Kneipe von Besoffenen anquatschen lassen müssen – noch dazu bei einem miserablen Stundenlohn. Da ist der Job als Prostituierte oder Callgirl wesentlich lukrativer und einfacher.«

»Aber auch gefährlicher«, erwiderte Horst. »Ich frag mich nur, warum die vorher ihre Wohnung abfackelt.«

»Meines Wissens waren die beiden anderen Vermissten ebenfalls Callgirls, aber warte mal, das haben wir gleich …«

Schorsch zog den Ordner mit der Aufschrift »Vermisstenanzeigen 2015« aus dem Aktenregal und blätterte darin.

»Wusste ich es doch. Hier, der Posteingang vom 20. Oktober: Ulla Lankes. Ihr Pseudonym lautete Patricia Rauch. Nach Aussage ihrer Bekannten empfing das Mädchen ihre Kunden in der Hainstraße, machte aber auch Hausbesuche. Seit dem 18. Oktober meldet sich Ulla Lankes nicht mehr. Und jetzt kommt es, Horst. Auch hier haben wir Brandstiftung vorliegen, die nach einem bestimmten Tatmuster verursacht wurde, so die Erkenntnisse unserer Brandermittler. In Ulla Lankes Wohnung wurden verschiedene Brandbeschleuniger gefunden. Das Tragische war, dass sie noch einen kleinen Hund hatte, einen West Highland Terrier, der in den Flammen den Tod fand. Sie ist seit diesem Zeitpunkt spurlos verschwunden. Ich glaube kaum, dass man seinen eigenen Hund einem solchen Flammentod aussetzt. Was wir haben, ist eine gemeingefährliche Straftat nach § 306b StGB, eine besonders schwere Brandstiftung. Aber bisher keinen Tatverdächtigen.«

»Hatte die vielleicht einen Zuhälter, der in Betracht kommen könnte?«, fragte Horst.

»Die Kollegen haben die letzten Verbindungsdaten ihres Mobiltelefons für den relevanten Zeitraum ausgewertet. Es waren Bekannte, Freunde, Kunden und auch ihr Zuhälter. Der heißt Adnan Miti und wurde am 01. Januar 1977 in Vlora/Albanien geboren.«

»Und wenn der ihr ans Leder wollte und die Bude abgefackelt hat?«

»Horst, der hat ein hieb- und stichfestes Alibi: Er liegt seit dem 03. Oktober 2015 im Südklinikum und wird vermutlich erst Weihnachten wieder rauskommen. Wenn er Glück hat. Adnan Miti hatte einen schweren Motorradunfall. Eine vierundachtzigjährige Rentnerin hat ihm die Vorfahrt genommen. Mit seiner Brust- und Wirbelsäulenverletzung wird er noch Monate zu kämpfen haben. Den können wir ausschließen, eine Befragung haben unsere Brandermittler schon geführt, der Mann ist fertig mit der Welt. Aber …«, er blätterte in den Unterlagen, »mir fällt gerade auf, dass die erhobenen Telekommunikationsdaten von Krystyna Dudek meines Erachtens ein viel zu kleines Zeitfenster haben. Das müssen wir noch mal weiter ausbauen. Zuletzt telefonierte sie wohl mit einer Freundin, die sich am Nürnberger Hauptbahnhof befand.«

»In der Eingangshalle?«, fragte Horst. »Vielleicht haben ja die Schottersheriffs Aufnahmen aus ihren Überwachungskameras.«

»Negativ«, sagte Schorsch. »Unser Datenschutz lässt nur die Speicherung von maximal vierundzwanzig Stunden zu. Die

Anzeige wurde am 20. Oktober aufgegeben, die Daten der Videoüberwachung vom Samstag waren da bereits wieder gelöscht. Aber es geht noch weiter …« Er klopfte mit einem Kugelschreiber auf eine Seite in den Akten. »Ich hab hier eine weitere Vermisstenanzeige mit dem Hinweis auf Brandstiftung. Das Mädchen heißt Sabrina Suttner. Auch hier wurde vorsätzlich Feuer gelegt, so unsere Kollegen. Von diesem Mädchen fehlt seitdem ebenfalls jede Spur. Ihre letzten Kommunikationsdaten ergaben keine brauchbaren Hinweise auf einen Täter. Wir sollten nochmals alle Daten zurückverfolgen – und zwar über einen längeren Zeitraum. Dem Bericht unserer Brandermittler nach zu urteilen, muss der Täter die Brände akribisch geplant und durchgeführt haben. Er hatte direkten Zugang zu den jeweiligen Objekten, war also im Besitz der Wohnungsschlüssel der Vermissten. Somit liegt der Verdacht nahe, dass er auch etwas mit ihrem Verschwinden zu tun hat. Wollte er seine Spuren beseitigen? Haben wir es mit einem Serientäter zu tun? Hat er womöglich die vermissten Personen in deren Wohnung umgebracht? Gab es dort mögliche Beweismittel, die ihn belastet hätten? Doch was hat er dann mit den Leichen gemacht?«

Schorsch lehnte sich nachdenklich in seinem Schreibtischstuhl zurück und betätigte nervös den Drücker des Kugelschreibers.

»Und jetzt?«, fragte Horst.

»Vielleicht bringt ja eine erneute Auswertung der Telefonverbindungsdaten von Krystyna Dudek etwas. Womöglich gibt es sogar eine Verbindung zu einem Kunden, der auch Kontakt mit Ulla Lankes und Sabrina Suttner hatte. Den sollten wir dann mal näher unter die Lupe nehmen. Bis dato liegen uns weder Hinweise auf ein Verbrechen an Krystyna noch an den beiden anderen Vermissten vor. Wir haben keinerlei Anhaltspunkte für eine Straftat, was die vermissten Personen betrifft. Lediglich an deren Wohnungen – und da ist das K11 außen vor. Daher haben wir nur die Möglichkeit, den vorliegenden Erkenntnissen präventiv nachzugehen, da wir keinen konkreten Hinweis oder Anfangsverdacht auf eine Straftat haben. Wir hätten zwar die Voraussetzungen einer Katalogstraftat nach § 100a StPO vorliegen, da der Tatbestand des § 306a StGB erfüllt ist, aber uns fehlt der Täter oder zumindest ein Tatbeteiligter für solch eine Telekommunikationsüberwachung. Lass uns, wie gesagt, erst einmal prophylaktisch verfahren, denn dafür haben wir ja unsere Spezialisten im Haus.«

Schorsch scrollte das interne Telefonverzeichnis durch. »Hier habe ich die richtigen Ansprechpartner: Günther Gast und seine Mitarbeiterin Olga Winter, das sind unsere Fachleute von der EASy«, fügte er hinzu.

»Ermittlungsunterstützung und Analyse, genau die richtigen Leute für eine Telefonverbindungsdatenauswertung mit analysiertem Bewegungsprofil«, ergänzte Horst.

Schorsch griff zum Telefon und wählte die angegebene Telefonnummer des Kollegen.

»Hallo Schorsch, gibt es eine neue Telekommunikationsüberwachung bei euch?« fragte Günther Gast, der Schorsch' Telefonnummer in seinem Display erkannt hatte.

»Servus, Günther, nein, keine TKÜ, aber der Rat eines Spezialisten ist gefragt.« Schorsch erklärte ihm die Situation.

»Bisher seid ihr ja bei der Vermisstensache noch nicht im Ermittlungsverfahren, deshalb könnte ich dir anbieten, dass wir für euch im Rahmen der Prävention die letzten Telefonverbindungsdaten eurer Vermissten feststellen und auswerten«, schlug Günther Gast vor. »Dafür ist lediglich eine richterliche Bestätigung notwendig, und darum kümmert sich unser Polizeipräsident, Dr. Mengert.«

»Sehr gut«, erwiderte Schorsch. »Allerdings kommen noch die Verbindungsdaten von zwei weiteren Mädchen dazu. Es handelt sich um Ulla Lankes und Sabrina Suttner. Auch sie wurden in den letzten Wochen als vermisst gemeldet. Ihre Wohnungen wurden nach dem gleichen Schema abgefackelt. Ulla Lankes arbeitete als Prostituierte in der Hainstraße, Sabrina Suttner bot ihre Dienste als Begleitdame an. Ich schicke dir alle erforderlichen Angaben per Mail zu. Vielleicht haben wir ja eine Treffermeldung bei der Abklärung der unterschiedlichen Verbindungsdaten der drei Vermissten. Denn bei einer Übereinstimmung einer gemeinsamen Telekommunikationsverbindung der Mobiltelefone zu einem Sendemast würde demnach nicht nur der letzte Standort der Vermissten festgestellt, sondern es würden auch die Koordinationsdaten eines möglichen Tatverdächtigen offenbart werden.«

»Machen wir, Schorsch«, bestätigte Gast. »Schicke mir oder Olga Winter doch die vorliegenden Daten zur Abklärung zu. Sobald uns das Ergebnis unserer Auswertung vorliegt, melden wir uns.«

»Besten Dank«, schloss Schorsch das Telefonat.

»Bleibt abzuwarten, was die Ergebnisse bringen«, sagte er an Horst gewandt. »Ich kann mir nicht vorstellen, dass Krystyna Dudek wirklich nur Urlaub macht und sich die Sache innerhalb weniger Tage aufklärt. Es soll zwar einige wohlhabende ältere Herrschaften geben, die sich schon mal so ein Luxus-Mädchen für einen Kurztrip kaufen, nur um damit auf einer Geschäfts- oder Urlaubsreise angeben zu können, aber das passt überhaupt nicht zu den Tatmustern der Brandstiftungen. Meines Erachtens steckt da ein Serienverbrechen dahinter. Die Frage ist, was der Täter damit bezweckt. Und wo sind die Opfer geblieben? Wie und wo hat er sie beseitigt? Wenn es denn so gewesen sein sollte.«

Er lehnte sich nachdenklich zurück.

»Ich hoffe, dass Günther und Olga ein wenig Licht ins Dunkel bringen werden. Lass uns gleich mal die Profile von Ulla Lankes und Sabrina Suttner checken, vielleicht haben ja alle drei Mädchen etwas gemeinsam«, schlug er vor, klappte den Ordner mit den Vermisstenanzeigen auf und blätterte sich durch die Meldungen.

»Anna Gold« sagte Schorsch schließlich. »Ihr richtiger Name lautet Sabrina Suttner, geboren 02. August 91. Eine Kosmetikerin, die nebenbei bei einer Agentur angestellt war. Sie wird seit Montag, den 05. Oktober 2015, vermisst. Die Anzeige wurde am 07. Oktober 2015 aufgegeben.«

»Agentur?«, warf Horst ein.

»Ein Escort-Service aus Erlenstegen, der Begleitservice *Secret Events*.«

Horst gab den Namen in seine Tastatur ein. »*Secret Events*, da schau her, und das mitten in Nürnberg. Wie hieß die andere Agentur? Die, bei der Krystyna Dudek gearbeitet hat?«

Schorsch legte den Vermisstenordner zur Seite und schlug die Umlaufmappe auf. »*Call-an-Escort*«, sagte er.

Horst gab auch diese Daten in die Suchmaschine ein und wurde kurz darauf fündig. »*Call-an-Escort* in Neumarkt, sind wir da örtlich zuständig?«

»Jepp«, sagte Schorsch. »Die Vermisste war polizeilich in Nürnberg gemeldet, also ist es unser Fall, solange es keinen anderen Tatort gibt. Aber vielleicht klärt sich das ja auf, ist schließlich erst ein paar Tage her.« Er nahm erneut den Ordner zur Hand und überflog die Seiten. »Schau dir das an. Ulla Lankes hat ihre Kontaktanzeigen mit stets demselben Wortlaut abgefasst. Hör zu: ›Die hübsche Patricia, 23 Lenze jung, 90/60/90, unkompliziert, devot, experimentierfreudig, sucht einen dominanten Herrn, der nicht den alltäglichen Nullachtfünfzehn-Sex sucht. Ab 10.00 Uhr, diskrete Hausbesuche, Tel.: 0911/21xx5xx7 oder 017xxx521x42.‹«

Horst sah gebannt auf seinen Bildschirm. »Wie lautet der Alias-Name von Krystyna Dudek doch gleich?«, fragte er.

»Stella Backhaus, warum?«

»Ich bin gerade auf der Agenturseite«, erklärte Horst und bewegte die Maustaste über den Bildschirm. »Holla, die Waldfee, das ist ein Gerät.« Er drehte den Bildschirm mit der geöffneten Bilderserie von Stella Backhaus in Schorsch' Richtung. »Schau dir das an.«

In diesem Moment öffnete sich die Bürotür. Hauptkommissarin Gunda Vitzthum und Oberkommissarin Eva-Maria Flinn kamen herein.

»Die zwei älteren Herrschaften sehen sich schon wieder Schweinkram an«, sagte Gunda lachend und warf Eva-Maria einen vielsagenden Blick zu.

Die Hauptkommissarin war ein fester Bestandteil der K11er. Die brünette Mitvierzigerin mit ihrem messerscharfen Verstand hatte viele Jahre Erfahrung in grenzübergreifenden Ermittlungen, da sie die Hälfte ihrer Dienstzeit beim Bundeskriminalamt verbracht hatte. Und auch hier im Team der Mordkommission hatte sie sich einen Namen gemacht, denn ihre sehr guten Kontakte zu in- und ausländischen Strafverfolgungsbehörden sowie Geheimdiensten bereicherten die fränkischen Ermittlungserfolge in jeder Hinsicht.

Die Oberkommissarin Eva-Maria war noch jung, Mitte dreißig, immer freundlich und hilfsbereit und in ihrer Freizeit eine erfolgreiche Violinistin, die mit namhaften Orchestern auf der Bühne stand.

»Dienstlich, alles dienstlich, meine Damen, wir haben wieder eine Vermisstenmeldung hereinbekommen, die dritte in vier Wochen«, sagte Schorsch zu ihrer Verteidigung.

»Jeden Tag verschwinden Leute bei uns, was ist daran so ungewöhnlich«, erwiderte Eva-Maria und setzte sich gespannt in die Besucherecke.

»Schon richtig, aber nicht bei allen brennt nach ihrem Verschwinden ihre Bude aus. So wie in diesen Fällen. Das ist doch sonderbar, oder nicht? Zudem boten sich die Mädchen gegen Bezahlung der Männerwelt an, die eine als Prostituierte, die beiden anderen als Escort.«

Er zeigte auf den Monitor.

»Diese Anzeige ist eben reingekommen. Wir sind gerade dabei, die Profile der Mädchen abzugleichen. Vielleicht gibt es ja irgendwelche Gemeinsamkeiten, auf die der Täter abfährt.«

»Gute Idee«, sagte Gunda. »Wenn die Frauen bestimmte Vorlieben haben, auf die ein Sexualtäter fixiert ist, könnte das zumindest ein kleiner Anhaltspunkt sein. Vielleicht sind die Mädels ja im Urlaub oder hatten einen Unfall und liegen in irgendeinem Krankenhaus.«

»Unfall und Krankenhaus können wir ausschließen, da das die Anzeigenerstatter schon abgeklärt haben«, warf Eva-Maria ein. »Wenn jemand wegen eines Unfalls in ein Krankenhaus eingeliefert wird, egal ob im In- oder Ausland, versucht man zuerst, die Angehörigen zu verständigen, gegebenenfalls über die ausländischen Botschaften. Bis heute hat sich aber niemand gemeldet.«

»Die Urlaubstheorie kann ich mir auch nicht vorstellen«, sagte Schorsch. »Warum sollte Krystyna Dudek ihr Studium von heute auf morgen einfach so hinwerfen. Ebenso Sabrina Suttner und Ulla Lankes. Ich glaube nicht, dass die drei ihren Traumprinzen gefunden haben und mit ihm auf und davon sind. Gerade bei Prostituierten, wie Ulla Lankes, bin ich mir da nicht sicher. Viele von denen wechseln doch auf Anraten ihres

›Loddels‹ schon mal die Stadt und dann natürlich auch ihre Telefonnummer.«

»Werden die Wohnungen der Mädchen überhaupt noch bezahlt?«, fragte Gunda. »Wer kümmert sich darum?«

»Soweit mir bekannt ist, nahe Angehörige und die Stadt Nürnberg«, sagte Schorsch. »Aber lasst uns erst mal die Profile vergleichen. Vielleicht finden wir ja doch einen kleinen Hinweis zu einer möglichen Spur.«

Horst sah gespannt auf seinen Bildschirm und rief die Profile der Mädchen auf.

»Ihr wollt doch nur die heißen Mädels unter die Lupe nehmen, das reizt euch Männer doch, nicht wahr, Horst?«, sagte Gunda breit grinsend.

»Was sich jetzt schon sagen lässt, ist Folgendes«, sagte Horst sachlich, ohne auf Gundas Sticheleien einzugehen. »Alle drei Frauen betonen in ihrem Profil ihre bizarre, devote Einstellung als Softsklavinnen. Anna Gold und Stella Backhaus sind zudem Verfechterinnen der ›griechischen Variante‹, halten also immer ihr Hintertürchen für ihre Kunden geöffnet. Und sie praktizieren beide Verbalerotik.«

An Gunda und Eva-Maria gerichtet, fügte er hinzu: »Liebe Frauen, das ist genau das, was Männer lieben. Aber weiter: Hinzu kommen ihre Vorlieben für frivoles Ausgehen, wieder ein Pluspunkt, den sie bei Männern ernten. Außerdem haben beide Mädchen eine beachtliche Oberweite.« Er unterstrich seine letzten Worte, indem er mit dem Cursor seiner PC-Maus die Brüste von Stella Backhaus umkreiste.

Schorsch beugte sich amüsiert nach vorn. »Klick doch mal Patricia Rauch an, mal sehen, ob du die Wahrheit sagst.«

Gunda verdrehte die Augen. »Männer! Genau so sind sie. Von euch beiden ist keiner einen Deut besser. Aber ernsthaft, lasst uns wieder zum Tagesgeschäft übergehen. Eigentlich wollten wir euch nur mitteilen, dass wir den Termin für die Weihnachtsfeier ausgesucht haben. Donnerstag, 10. Dezember, um neunzehn Uhr bei Leo, einen anderen Termin gibt es leider nicht. Leo ist bis einen Tag vor Weihnachten komplett ausgebucht.«

Samstag, 28. November 2015, 16.37 Uhr,
Haselnußweg, 90480 Nürnberg

Er hatte seine Tiefkühltruhe geleert und zwei weitere Body Bags im Wohnmobil neben der Leiche von Krystyna Dudek deponiert. Heute, einen Tag nach Eröffnung des Nürnberger Christkindlesmarkts, wollte er seine Taten erfolgreich zum Abschluss bringen. Die leblosen Körper seiner Opfer mussten unbemerkt entsorgt werden.

Die Tiefgarage im Haselnußweg war wie an jedem Wochenende leer. Lediglich sein Wohnmobil parkte im hinteren Teil des Decks. Vorsichtshalber blockierte er das Zugangsrolltor, bevor er die deutschen Nummernschilder seines Leihwagens gegen Luxemburger Kennzeichen austauschte und den schwarzen VW-Transporter, dessen Scheiben abgedunkelt waren, rückwärts an das Wohnmobil heranfuhr. Dann öffnete er die Seitentür des Wohnmobils, holte nacheinander die Leichensäcke heraus und legte sie im Transporter neben drei blauen Mülltüten mit den persönlichen Gegenständen der Opfer ab.

Sein Ziel stand fest: ein Park-and-ride-Parkhaus im Südwesten von Nürnberg.

Es dauerte keine fünfundzwanzig Minuten, bis er das Parkhaus erreicht hatte. Die blauen Mülltüten hatte er unterwegs in einem Altkleidercontainer entsorgt und die Mobiltelefone seiner Opfer bei der Vorbeifahrt durch das geöffnete Seitenfenster in den eiskalten Main-Donau-Kanal geworfen.

Sein Plan schien aufzugehen. Viele Touristen, die alljährlich den Christkindlesmarkt besuchten, mieden am Wochenende die überfüllte Nürnberger Innenstadt und parkten deshalb ihre Fahrzeuge außerhalb, um mit den öffentlichen Verkehrsmitteln das Stadtzentrum zu erreichen.

Es war nur eine Frage der Zeit, bis er das passende »Entsorgungsfahrzeug« finden würde – einen Wagen, der eine längere Anfahrt hatte, also nicht in Nürnberg oder im Umland zugelassen war.

Er stellte den VW-Transporter auf dem Frauenparkplatz im Zufahrtsbereich ab, steckte den Auto-Jammer in seine Jackentasche und begab sich zu Fuß in Richtung Einfahrt des Parkhauses.

Es dauerte nicht lange, bis ein weißer BMW mit Regensburger Kennzeichen die Zufahrt passierte. Die Insassen, zwei ältere Personen, hielten nach einem Parkplatz Ausschau. Er folgte ihnen unauffällig und beobachtete, wie das Paar das Fahrzeug verließ.

Der Fahrer öffnete die hintere Seitentür und holte Schirm, Tasche und Mäntel aus dem Fahrzeug heraus. Der Kofferraum blieb verschlossen. Die beiden zogen ihre Mäntel über und verriegelten den Wagen.

Dies war der Zeitpunkt, auf den er gewartet hatte. Er drückte so lange den Knopf des Jammers, bis der Schließmechanismus des Regensburger BMW blockiert und der Öffnungscode elektronisch gespeichert wurde. Dann ging er leise zurück zum Transporter und wartete.

Zehn Minuten, nachdem die Oberpfälzer das Parkhaus verlassen hatten, war seine Zeit gekommen. Er startete den Motor, fuhr in das Parkhaus hinein und rangierte rückwärts an das Heck des BMW heran. Dann öffnete er den Kofferraum mittels des Jammers, hievte den Leichensack mit Stella darin aus dem Transporter und legte ihn im Kofferraum des fremden Fahrzeugs ab. Anschließend entfernte er das von ihm angebrachte Etikett mit der Aufschrift »Zauberin Stella«, schloss den Kofferraum wieder und fuhr zurück zum Frauenparkplatz, um auf den nächsten Touristen zu warten.

Es war kurz vor sieben Uhr, als er die beiden anderen Opfer entsorgt hatte – die eine im Kofferraum eines silbernen Mercedes aus Offenburg, die andere in einem roten Skoda aus Hanau. In beiden Fällen hatten die Touristen ihre Jacken und Mäntel auch nicht aus dem Kofferraum geholt, sondern der Rückbank entnommen. Er konnte also davon ausgehen, dass sie bei ihrer Rückkehr den Kofferraum nicht öffnen würden. Das Risiko, dass es sich um Touristen handelte, die sich einen Massenvorrat an Nürnberger Lebkuchen zulegten, war minimal.

Spät am Abend verließ schließlich das letzte auserwählte Fahrzeug das Parkhaus in Röthenbach. Er hatte seine Arbeit erfolgreich zum Abschluss gebracht. Auch die überaus reizende »Zauberin Patricia« hatte nun ihre letzte Reise angetreten.

Einer der schönsten Weihnachtsmärkte in Ostbayern ist der Regensburger Weihnachtsmarkt auf St. Emmeram. Die beleuchtete Kulisse des alten Schlosshofes mit seinen musikalischen Darbietungen, Vorlesungen und kulinarischen Schmankerln inmitten der zauberhaften Buden hinterließ bei den Besuchern bleibende Erinnerungen an diesen fürstlichen Weihnachtsmarkt.

Auch Veronika und Maximilian Bäuml waren beeindruckt. Gestern hatten sie keine passenden Weihnachtsandenken gefunden, zu groß war das Gedränge der Menschenmassen auf dem Nürnberger Hauptmarkt gewesen. Heute jedoch hatten sie genau das entdeckt, was das Foyer ihres Anwesens zur Weihnachtszeit dekorieren sollte: ein traditionell geschmückter Adventskranz mit roten Kerzenstumpen, rot-goldenen Schleifen und einer bunten Engelschar, die den auffallenden Kranz von knapp sechzig Zentimetern Durchmesser schmückte.

Die Regensburger Domspatzen hatten gerade die Darbietung ihrer Weihnachtslieder beendet, als Maximilian Bäuml die Fernbedienung seines Wagens betätigte, um die Heckklappe zu öffnen, und überrascht innehielt.

»Was hast du denn da im Kofferraum liegen lassen?«, fragte er seine Frau.

»Nichts«, erwiderte Veronika und trat erstaunt an den Kofferraum heran. »Der graue Sack is ned von mir.« Sie beugte sich vornüber und tastete vorsichtig den großen Plastiksack ab. Erschrocken wich sie zurück und schlug die Hände vor den Mund. »Um Gottes willen, Max, ich glaub, da liegt jemand drin!«

Maximilian Bäuml stellte den Weihnachtskranz neben dem Fahrzeug ab und fühlte ungläubig die Umrisse einer menschlichen Körperform unter der grauen Kunststofffolie.

»Hier ist ein Reißverschluss«, sagte er, spannte mit der linken Hand die Stirnseite des Plastiksacks, ergriff den Metallring und zog ihn mit einem Ruck nach unten.

Ein ätzend beißender Geruch schlug ihnen entgegen.

»Pfui Deibel, ja legg mi doch am Orsch, wos issn etz dess?«, sagte Maximilian in tiefstem Oberpfälzisch und schnappte panisch nach Luft.

Aus dem Sack war eine grüngelbe Flüssigkeit ausgetreten, die sich auf dem Boden des Kofferraums ausbreitete. Als Maximilian Bäuml und seine Frau Veronika Fragmente eines grünlich verfärbten Schädels erblickten, entfuhr ihnen unisono ein Schrei des Entsetzens.

Als er sich wieder gefasst hatte, griff Maximilian zum Mobiltelefon und verständigte die Polizei.

Montag, 30. November 2015, 10.02 Uhr,
Arcosa-Hotel, Südwestpark, 90449 Nürnberg

Ela und Torsten Pelz hatten ein unbeschreibliches Wochenende hinter sich. Weihnachten stand vor der Tür und schon immer hatten die beiden Badenser den weltberühmten Christkindlesmarkt besuchen, ein fränkisches Schäufele essen und natürlich die leckeren Nürnberger Lebkuchen von der »Lebküchnerei Mirus«, einer der besten Lebküchner Nürnbergs, erwerben wollen. Das war ihnen endlich gelungen. Heute sollte es wieder zurück ins »Gelbfüßler-Land« gehen.

»Ich lade schon mal unser Gepäck ein, dann können wir gleich nach dem Frühstück starten«, sagte Torsten, zog den Transportgriff ihres Koffers hervor und schulterte die Sporttasche.

»Ich suche uns in der Zwischenzeit einen schönen Platz im

Frühstücksraum aus und warte dort auf dich. Bis gleich, mein Schatz«, erwiderte Ela.

In der Tiefgarage angekommen, betätigte Torsten Pelz den Öffnungsmechanismus seines Autoschlüssels. Die Kofferraumklappe des Mercedes sprang mit einem leisen Schnappen auf und gab den Blick auf einen gefüllten Kunststoffsack frei, dessen Reißverschluss mit einem großen Metallring versehen war.

Überrascht betrachtete Torsten die geheimnisvolle Ladung. Dann wurde er schlagartig blass. Die Konturen des Sackes ließen ihn Schlimmes erahnen.

»Sieht ganz danach aus, als ob sich in dem Sack ein menschlicher Körper befindet«, murmelte er tonlos vor sich hin.

Montag, 30. November 2015, 10.52 Uhr,
Merkur-Elektronikmarkt, Kurt-Blaum-Platz, 63450 Hanau

Auch Kai Nieke hatte sein passendes Weihnachtsgeschenk gefunden: einen großen 55-Zoll-LED-Bildschirm, den das Elektronikwarenhaus seit Wochen bewarb.

Ein wahres Schnäppchen, das man sich nicht entgehen lassen sollte, dachte Kai Nieke, als er freudestrahlend mit dem Einkaufswagen vor seinem roten Skoda stand und den Kofferraum öffnete.

Erstaunt blickte er auf einen dunkelgrauen Kunststoffsack, dessen Inhalt kurze Zeit später einen Stein ins Rollen brachte …

7. Kapitel

Montag, 30. November 2015, 10.13 Uhr,
Polizeipräsidium Nürnberg, K11

Schorsch biss gerade in seine Leberkässemmel, als sein Telefon klingelte. Er gab Horst ein Zeichen, das Gespräch für ihn anzunehmen. Es war Heidi Baumann vom Kriminaldauerdienst KDD, die Neuigkeiten für das Kommissariat 11 hatte.

»Servus, Heidi, was gibt's?«, fragte Horst. »Wenn du Schorsch sprechen willst, der isst gerade seine Brotzeit, aber vielleicht kann ich dir ja auch helfen. Ich stell den Lautsprecher an, Schorsch hört mit.«

»Grüß dich, Horst. Hallo, Schorsch«, sagte Heidi. »Ich habe eben einen Anruf vom Arcosa-Hotel erhalten, draußen am Südwestpark. Ein Hotelgast soll eine Leiche im Kofferraum seines Wagens gefunden haben. Die Streife Pegnitz 13/11 von PI West ist unterwegs. Eine Rückmeldung liegt mir aber bislang nicht vor. Doch, wartet mal …«, durch die Mithörfunktion des Telefons war Heidis Tippen auf einer Tastatur hörbar, »ich glaube, hier kommt grad was rein. Okay, meine Herren, es könnte sich in der Tat um eine Leiche handeln, die in einem Leichensack im Kofferraum des Wagens eines Touristenpärchens versteckt wurde. Die Streife vor Ort hat die Umhüllung wegen möglicher Spuren nicht geöffnet. Sie haben den Sack lediglich abgetastet. Alles deutet darauf hin, dass sich ein menschlicher Körper darin befindet. Horst, Schorsch, die warten auf euch.«

»Wir übernehmen und fahren hin« sagte Schorsch mit vollem Mund. »Gibst du unserer SPUSI Bescheid?«

»Natürlich, Schorsch, aber iss ruhig erst zu Ende, die Leiche läuft ja nicht davon«, sagte Heidi scherzend. »Ich vermute, dass dir unsere hervorragende Kantinenchefin Anneliese dank deiner guten Kontakte mal wieder das leckere Endstück zuteil hat werden lassen.«

»Gut erkannt, Heidi. Auf meine Anneliese lasse ich nichts kommen. Ihre mütterliche Fürsorge muss man täglich würdigen.«

Gegen elf Uhr trafen die Kommissare im Arcosa-Hotel ein, wo sie bereits von den Kollegen von Pegnitz 13/11 erwartet wurden, die die betreffende Parkhausebene mit einem Absperrband abgesichert hatten. Das Parkhaus wurde zwar auch noch von anderen Firmen genutzt, aber zu dieser Zeit gingen die meisten Fahrzeughalter ihrer Arbeit nach. So wurde die Spurensicherung zumindest nicht von Gaffern belästigt.

Horst und Schorsch gingen auf die Kollegen zu und wiesen sich mit ihrer Dienstmarke aus.

»Bachmeyer und Meier, K11«, sagte Schorsch. »Sehr gut abgesperrt, Kollegen, wo müssen wir hin?«

»Der silberne Daimler mit Offenburger Kennzeichen ist unser Wagen«, erklärte eine Kollegin und geleitete die beiden Kriminalkommissare in die Richtung, in die sie gedeutet hatte. Etwas abseits des Fahrzeugs stand ein weiterer Streifenwagen, bei dem der Halter des Daimlers und seine Ehefrau gespannt auf die Ermittler warteten.

Schorsch und Horst hatten sich ihre Gummihandschuhe übergezogen und standen vor der geöffneten Kofferraumklappe. Vor ihnen lag ein grauer Leichenbergesack, der mit einem Reißverschluss verschlossen war. Vorsichtig zog Schorsch den Metallring nach unten.

Blitzartig breiteten sich ätzend beißende Dämpfe aus. Von Hust- und Würgreizen begleitet, wichen die Ermittler reflexartig vom Pkw zurück.

»Leck mich am Ärmel, was ist das denn?«, fluchte Schorsch und sah erschrocken zu Horst, der das Revers seiner Jacke zum Schutz vor Mund und Nase hielt.

Durch die Sauerstoffzufuhr hatte sich im Leichensack ein chemischer Prozess in Gang gesetzt. Geistesgegenwärtig zog Schorsch den Reißverschluss wieder nach oben.

»Hast du das gesehen? Das war ein graugrüner Schädel eines Menschen, offensichtlich ganz ohne Haare«, sagte er.

Horst nickte bestätigend. »Ohne Atemschutz und Schutzkleidung können wir da nicht ran, da brauchen wir die Feuerwehr«, sagte er, streifte seinen rechten Gummihandschuh ab und zwirbelte nachdenklich an seinem Seehundbart. Dann holte er sein Mobiltelefon aus der Jackentasche hervor und wählte die 112.

Zehn Minuten später trafen die angeforderten Kräfte der Feuerwache 1 ein, die sich mit speziellen Schutzanzügen dem Fahrzeug näherten und mit Sprechfunk Kontakt zu den Ermittlern hielten, die aus sicherer Entfernung dem Geschehen zusahen.

Ein Beamter öffnete den Reißverschluss des Leichenbergesacks und identifizierte kurz darauf den Inhalt eindeutig als menschlichen Körper. Dann setzte er ein Prüfröhrchen über die Öffnung des Leichensacks.

»Wir haben eine deutliche Verfärbung von braun auf grün, was auf eine chemische Chlorverbindung hindeutet, die immer noch heftige Reaktion zeigt«, teilte er den Ermittlern über Funk mit, während er Blickkontakt zu ihnen suchte. »Der Inhalt muss dekontaminiert werden. Das sollte mit der Zugabe von Wasser leicht gelingen.«

Der Feuerwehrmann verschloss den Leichensack wieder, trat einige Meter zurück und winkte Schorsch und Horst heran. »Wir brauchen einen separaten Raum, in dem wir die chemischen Substanzen im Sack mit viel Wasser und guter Durchlüftung für weitere Untersuchungen neutralisieren können«, sagte er, als sich die beiden genähert hatten. »Ich gehe davon aus, dass die Leiche sowieso obduziert werden wird, deshalb schlage ich vor, den Vorgang gleich in der Gerichtsmedizin gemeinsam mit den zuständigen Pathologen durchzuführen.«

Schorsch nickte. »Ihr seid die Spezialisten, wir machen das genau nach eurer Anweisung. Vorher sollten wir allerdings mögliche Spurenträger sichern. Könnt ihr den Leichnam danach für uns nach Erlangen bringen? Ich verständige derweil die Staatsanwaltschaft und die Pathologie.«

Ohne Bedenken stimmte die Einsatzleitung Schorsch' Vorschlag zu. Inzwischen waren auch Robert Schenk und sein Team der SPUSI eingetroffen. Mit Schutzanzügen und Atemschutzmasken bekleidet, begannen sie, vorhandenes Spurenmaterial am Leichenbergesack und im Kofferraum zu sichern.

Kurz nachdem Schorsch die Staatsanwaltschaft Nürnberg-Fürth unterrichtet hatte, verständigte er Professor Doktor Alois Nebel, der von den Ermittlern nur Doc Fog genannt wurde.

»Na, Schorsch, Weihnachten steht vor der Tür. Aber wenn ich deine Telefonnummer sehe, gibt es vermutlich mal wieder Zusatzarbeit für uns«, sagte der Mediziner lachend.

»Servus, Alois, ja, in der Tat habe ich eine außergewöhnliche Leiche für deinen Edelstahltisch.« Schorsch schilderte in knappen Sätzen die bisherigen Erkenntnisse und teilte Doc Fog die Einschätzung der Spezialisten von der Feuerwache 1 mit.

»Mhm, schwierige Sache«, erwiderte Doc Fog nachdenklich. »Aber okay, zum Neutralisieren kann ich den Kollegen einen speziellen Raum mit einer besonderen Abzugsanlage anbieten, dann sollte das weitere Prozedere auch klappen. Die Leute können kommen, ich werde das Erforderliche veranlassen und melde mich später bei dir, bis dann.«

Nachdem Robert Schenk seine Arbeit vor Ort beendet hatte, legten die Männer von der Feuerwehr eine Schutzhülle um den Leichenbergesack, um ihn für den Transport zur Rechtsmedizin zu sichern. Kurz darauf begab sich das Team auf den Weg nach Erlangen.

Unterdessen widmeten sich Horst und Schorsch Ela und Torsten Pelz, die gespannt die Szene um ihr Fahrzeug und dessen Inhalt mitverfolgt hatten. Schorsch stellte sich ihnen kurz vor und erklärte, dass sie heute nicht mit ihrem eigenen Wagen nach Offenburg zurückfahren konnten. Zunächst mussten mögliche Spurenträger im Kofferraum sichergestellt und die beiden zum vorliegenden Sachverhalt einvernommen werden. Er bat um Verständnis und machte deutlich, dass es sich mutmaßlich um ein Kapitalverbrechen handele, bei dem jede Spur, jeder Hinweis wichtig für die Ermittlungen und zur Ergreifung des Täters seien.

»Sie machen ja auch nur Ihre Arbeit. Mir wird ganz schlecht, wenn ich daran denke, was da in unserem Auto gelegen hat«, sagte Torsten Pelz sichtlich bewegt. »Aber ich kann Ihnen versichern, dass ich es definitiv abgesperrt habe. Der Zweitschlüssel liegt bei uns zu Hause. Ich frage mich, wie die Leiche in den Kofferraum gekommen ist. Wir sind am Freitag hier angekommen, haben unser Gepäck ausgeladen, naja, und dann haben wir bis heute den Kofferraum nicht mehr benutzt. Wir waren ausschließlich mit den öffentlichen Verkehrsmitteln unterwegs.« Er kramte in seinem Geldbeutel und holte das VGN-Ticket hervor.

»Wir nehmen Ihre Aussage zu Protokoll«, erwiderte Horst.

»Ein Albtraum, ich kann Sie gut verstehen. Bitte entschuldigen Sie die Unannehmlichkeiten«, fügte Schorsch hinzu.

Nachdem Ela und Torsten Pelz von Gunda zum Hauptbahnhof gefahren worden waren, hatte Schorsch für fünfzehn Uhr dreißig eine Besprechung der K11er anberaumt, da aktuell neue Informationen aus dem Vorgangsbearbeitungssystem IGVP vorlagen.

Das Informationssystem der bayerischen Polizei hatte unmittelbar nach Eingabe des aktuellen Tötungsdelikts in Franken eine Matchmeldung, also eine Treffermeldung eines gleichgelagerten Falles, ausgespuckt, weshalb auch Oberstaatsanwalt Dr. Menzel und Polizeipräsident Dr. Mengert kurzfristig ihre Teilnahme zugesagt hatten.

Oberstaatsanwalt Dr. Menzel war ein Hardliner unter den Anklagevertretern. Von den fränkischen Ermittlern wurde er insbesondere dafür geschätzt, dass er stets hinter seinen Beamten stand und in den von ihm geführten Strafverfahren jede noch so kleine und unwichtig erscheinende Spur verfolgte. Dementsprechend fackelte er nicht lange, um Durchsuchungsbeschlüsse oder erforderliche Haftbefehle bei dem zuständigen Ermittlungsrichter zu erwirken.

Sein Zauberwort »Gefahr in Verzug« wurde daher dankend von seinen Ermittlern angenommen. Sein einziges Laster waren seine Menthol-Zigaretten.

In knappen Sätzen brachte Schorsch die Kollegen auf den aktuellen Stand der Ermittlungen. »Wir haben seit heute Vormittag ein neues Kapitalverbrechen aufzuklären. Vor knapp einer Stunde hat unser IGVP eine Treffermeldung ausgespuckt. Und jetzt haltet euch fest: Unser Mordopfer war kein Einzelfall. Die Regensburger Kollegen ermitteln bereits seit gestern Abend in einem fast identischen Tötungsdelikt. Sie haben in einem

Kofferraum eine weibliche Person entdeckt, die mit Chemikalien übergossen und in einem Leichensack entsorgt wurde. Das Fahrzeug gehört zwei Rentnern, die am Wochenende den Christkindlesmarkt in Nürnberg besucht hatten.«

Er blätterte die Seiten des Informationsausdrucks des IGVP durch.

»Die Leiche der Frau soll heute in der Pathologie der Uniklinik Regensburg obduziert werden, nachdem die chemische Reaktion durch die Regensburger Feuerwehr neutralisiert wurde. Alles deutet darauf hin, dass wir es mit einem Serientäter zu tun haben, der unter Beigabe von Chemikalien versucht hat, Spuren am Opfer zu beseitigen. Ein Obduktionsergebnis haben wir noch nicht. Einzelheiten über die Identität der Frau liegen bis dato also nicht vor. Klar ist aber schon jetzt, dass hier ein kausaler Zusammenhang zwischen beiden Opfern besteht und der Täter mit großer Wahrscheinlichkeit bewusst Nürnberg zur Beseitigung seiner Opfer ausgewählt hat. Ob beide Verbrechen tatsächlich hier bei uns in Nürnberg verübt wurden, wissen wir nicht, da Hinweise auf den Tatort bisher nicht vorliegen.«

»Wir haben doch in den letzten Wochen ein paar Vermisstenmeldungen von Prostituierten reinbekommen, bei denen die Wohnung abgebrannt wurde. Vielleicht ist ja eine der Vermissten unter den beiden Opfern«, merkte Gunda an.

»Interessanter Hinweis, Frau Vitzthum«, sagte Dr. Menzel. »Da könnte durchaus was dran sein, ich bin auf das Ergebnis der Rechtsmediziner gespannt. Vielleicht handelt es sich tatsächlich um die vermissten Frauen. Aber ich frage mich, wie der Täter ohne Schlüssel Zugang zu den Fahrzeugen gehabt haben soll.«

Der Leiter der KTU, Michael Wasserburger, ergriff das Wort: »Leute, mein erster Eindruck von den beiden Auffindeorten sagt mir, dass der Täter zur Fahrzeugöffnung einen Jammer benutzt haben muss. Unser Kollege Wojtek Jednoralski vom K21 hat seit Monaten eine Einbruchserie in hochwertige Pkw aufzuklären. Der oder die Täter dringen unbemerkt in das Fahrzeug ein und entwenden Airbags und Navigationssysteme. Beispielhaft ist der Fall des Geschädigten Moser aus der Hohenzollernstraße in Altenfurt. Mosers BMW ist mit einem kostbaren Navigationssystem ausgestattet. Nachdem ihm innerhalb von neun Wochen dreimal das System entwendet worden ist und seine Versicherung Probleme bei der Schadensregulierung gemacht hat, kam er auf die Idee, eine verdeckte Überwachungskamera zu installieren, was natürlich aus datenschutzrechtlichen Gründen nicht erlaubt war, denn er hat damit die halbe Straße überwacht. Wenn das unsere Grünen-Politiker wüssten …«

Michael lächelte amüsiert in die Runde.

»Eine Woche, nachdem das vierte Navi eingebaut worden war, schlugen die Täter erneut zu. Fünf Stunden, nachdem Moser sein Fahrzeug verlassen, aber nachweislich abgesperrt hatte, öffneten es zwei Täter mit einem kleinen schwarzen Kästchen, so die Bildsequenz der Überwachungskameras, und entwendeten das vierte System, ohne Aufbruchspuren am Fahrzeug zu hinterlassen. Die Täter gingen arbeitsteilig vor, der eine stand vor dem Fahrzeug Schmiere und beobachtete die Straße. In der Zwischenzeit brach der andere das Navigationssystem aus dem Cockpit raus. Innerhalb von knapp sieben Minuten, so die Aufzeichnung der Überwachungskamera, hatten sie ihre Tat beendet.«

»Und wie funktioniert so ein Jammer?«, fragte Sebastian Blum, der Oberpfälzer Kollege, der im Team meist »Basti« genannt wurde.

Michael Wasserburger erklärte, dass es sich um ein kleines Kästchen in der Größe einer Zigarettenschachtel handelte, dessen Wirkungskreis circa zwanzig bis fünfundzwanzig Meter betrug. Wenn der Halter eines Fahrzeugs seinen Funkschlüssel betätigte, um den Wagen abzuschließen, und der Täter im selben Moment seinen Jammer aktivierte, wurde das codierte Signal der Fernbedienung erkannt und zugleich abgespeichert. Hatte der Jammer einmal ein Signal erfasst, klappte es beim nächsten Mal auch wieder, denn der Code zum Auf- oder Abschließen des Fahrzeugs wurde normalerweise nicht geändert. Sobald der Fahrer außer Reichweite war, konnte der Täter das Fahrzeug öffnen und für seine Zwecke nutzen.

»Ich gehe in unserem Fall fest davon aus, dass sich der Täter auf diese Art und Weise Zugang zu den Fahrzeugen verschafft hat, um die Leichensäcke zu deponieren. So sollten meines Erachtens die Leichen einfach vom Tatort verschwinden.« Er korrigierte sich: »Ob hier in Nürnberg der Tatort ist, wissen wir ja noch nicht, aber so könnte es gewesen sein.«

»Lassen sich bei der kriminaltechnischen Untersuchung des Fahrzeugs Hinweise auf einen Jammer finden?«, fragte Schorsch.

»Das ist es ja … eben nicht«, erwiderte Michael Wasserburger und lehnte sich resigniert zurück. »Da es bei der Verwendung eines solchen Geräts keine Hinweise auf einen gewaltsamen Einbruch gibt, stehen viele Fahrzeughalter vor einem großen Problem bei der versicherungstechnischen Abwicklung. Einige Anwälte unterstellen ihren Mandanten Fahrlässigkeit und wälzen so die eigentliche Kasko-Haftung auf den Fahrzeughalter ab. Die heutige Technik und die Möglichkeit, diese auch kriminell einzusetzen, macht bei den Verbrechern keinen Halt. Illegalen Zutritt oder Einbruch nachzuweisen, ist ein vorherrschendes Problem. Aber ich will das hier jetzt nicht weiter vertiefen. Wenn ihr mehr über die unbemerkte Fahrzeugöffnung wissen wollt, seht doch einfach mal in unserer Datenbank ›KOYOTE‹ nach. Da wird das Ganze ausführlich beschrieben.«

»Das ist vielleicht der erste brauchbare Ansatz«, sagte Schorsch, nachdem sie eine Weile über die Ausführungen Wasserburgers nachgedacht hatten. »Wenn es sich bei unseren Opfern tatsächlich um die vermissten Damen handeln sollte, hätten wir es vermutlich mit einem Wiederholungstäter zu tun, der sich seine Zielpersonen bewusst in diesem Milieu aussucht und seine Taten präzise plant und ausführt. Sicher hat er nicht zum letzten Mal zugeschlagen.«

»Ich sehe das genauso, Herr Bachmeyer«, bestätigte Schönbohm Schorsch' Vermutungen. »Warten wir das Ergebnis von Doc Fog ab, vielleicht hat ja unser Erlanger Spezialist etwas ganz anderes auf seinem Tisch liegen … obwohl ich das nach dem vorliegenden Tatmuster fast ausschließen möchte. Aber zumindest hat unsere Mordkommission 1 einen neuen Fall, den Sie mit Ihrem Team lösen sollten.«

Schorsch betätigte die Fernbedienung des Beamers, der eine große Stadtkarte von Nürnberg und seinen Außenbezirken auf die Leinwand projizierte.

Horst stellte sich neben die Leinwand und deutete auf eine entsprechende Stelle auf der Karte. »Dies ist der Auffindeort von heute Morgen im Parkhaus Südwestpark. Die Offenburger haben am Freitag bei der Ankunft ihr Gepäck aus dem Kofferraum entladen und sind dann am Samstag mit den öffentlichen Verkehrsmitteln in die Stadt gefahren. Dazu stellten sie ihr Fahrzeug in dem Parkhaus in der Wiedersbacher Straße 11 ab. Auch die beiden Besucher aus Regensburg haben dort geparkt und sind dann mit der S-Bahn zum Christkindlesmarkt weitergefahren.«

»Vielleicht gibt es dort ja Überwachungskameras, auf denen wir den Tathergang verifizieren können«, gab Dr. Menzel zu bedenken.

»Negativ, das haben wir schon abgeklärt. Es gibt zwar im

Zufahrts- und Abfahrtsbereich eine Überwachungskamera, aber da hat wohl am vergangenen Samstagabend jemand mit dem Seitenschneider den Kabelstrang durchtrennt«, entgegnete Gunda.

»Gut, bis hierher werden wir zunächst alle vorliegenden Erkenntnisse in unser Analyse– und Auswerteprogramm übernehmen«, sagte Günther Gast, der sich während der Besprechung stichpunktartig Notizen gemacht hatte, abschließend.

»Dann sind wir eigentlich durch. Also dann, gutes Gelingen«, schloss Schönbohm die Besprechung.

8. Kapitel

Die K11er hatten ihre Frühbesprechung beendet und diskutierten noch im großen Besprechungsraum, als das Telefon klingelte. Die Nummer auf dem Display gab das Institut für Rechtsmedizin zu erkennen.

Schorsch nahm das Gespräch an. »Alois, sag bloß, du hast Überstunden gemacht.«

»Hallo Schorsch«, entgegnete Doc Fog. »Ich habe Neuigkeiten.«

»Wir sind noch alle zusammen. Ich stelle auf laut, ist das okay?«

»Bestens, mein Guter, bestens. Also, so etwas hatte ich noch nicht auf meinem Tisch liegen. Wir haben die Leiche nebst Leichensack in eine große Edelstahlwanne gelegt, diese dann mit dreihundertfünfzig Liter Wasser gefüllt und die Zu- und Ablaufvorrichtung eingeschaltet, um eine Umwälzung zu aktivieren. Durch die permanente Zugabe von Wasser haben wir das Ganze neutralisiert. Hierbei wurden zwar alle wesentlichen Spuren beseitigt, aber …«

Doc Fog machte eine kurze Pause.

»Wir haben dann gestern Abend noch mit der Obduktion begonnen. Uns bot sich ein unglaublicher Anblick, Schorsch«, er stockte erneut, »diese Chemikalie … war nach vorliegender Analyse eine Substanz aus dreizehn Prozent Chlorsäure und einem anorganischen Abflussreiniger. Letzterer gehört weltweit zu den gefährlichsten chemischen Haushaltsprodukten. Die starke Lauge verursacht ernsthafte Verätzungen an Haut und Augen. Hier jedoch hatten wir eine ganz besonders fatale Reaktion. Lauge und Chlorsäure, also Chlordioxid, wurden gemischt. Dabei entsteht Wärme. Natriumhydroxid oder Kaliumhydroxid sind darauf ausgelegt, polymere Verschmutzungsbestandteile wie Proteine zu hydrolysieren oder besser gesagt zu verseifen. Dem Opfer wurden nicht nur sämtliche Haare aufgelöst, durch die chemische Reaktion wurden auch beide Augäpfel zerfressen. Die Mundhöhle, die Speiseröhre, der Vaginal- und Analbereich, sämtliche Körperöffnungen wurden durch die starken Verätzungen in Mitleidenschaft gezogen. Zudem wurden dem Mädchen beide Brustwarzen abgetrennt. Die komplette Oberfläche ihrer Haut ist weiß-grau-grün. Die Liegezeit in diesem Leichensack ist schwer einzuschätzen. Die Säcke sind weitgehend luftdicht, säure- und laugenbeständig. Wenn die Leiche irgendwo im Freien gelegen hätte, hätte man unter Berücksichtigung der Körper- und Umgebungstemperatur die Liegezeit plus minus sechsunddreißig Stunden gut einschätzen können. Hier, bei diesem Opfer, ist das hypothetisch. Es könnte sich um zwei bis sechs Wochen handeln. Um das genau zu analysieren, habe ich heute mit meinen Studenten eine wissenschaftliche Versuchsreihe geplant. Wir werden Schweine, ausgewachsene Läufer, vom Schlachthof holen, sie in solche Body Bags legen und mit der chemischen Substanz einlagern, die wir gestern noch analysieren konnten. Einmal ohne Kühlung, einmal mit Kühlung und einmal in einem Body Bag, der sofort auf minus achtzehn Grad gefrostet wird. Diesen durchgefrorenen Tierkadaver lassen wir dann in der Umgebungstemperatur wieder auftauen. Anhand der chemischen Reaktionen an den toten Schweinen kann ich euch hoffentlich annähernd die Eintrittszeit des Todes sagen. Aber schon mal meine persönliche Einschätzung, liebe Kollegen: Das muss eine Bestie gewesen sein …«

»Konnte man feststellen, ob das Mädchen sexuell missbraucht wurde?«, fragte Gunda.

»Das ist die Krux an der Sache«, sagte Doc Fog. »Die beiden chemischen Verbindungen haben sehr stark reagiert, sogar die Silikonbrüste des Opfers wurden aufgelöst. Durch die Wärmebildung im Sack muss der Körper stark erhitzt worden sein. Ihr könnt das selbst prüfen, indem ihr Abflussreiniger in den Abfluss gebt und nach circa einer Minute den Siphon anfasst. Die Wärmebildung ist enorm. Bei unserem Opfer hier hat die Reaktion direkt auf der Haut, auf den Schleimhäuten und in den Körperöffnungen stattgefunden. Sorry, liebe Kollegen, aber da kann ich euch nicht weiterhelfen.«

Das Rascheln von Unterlagen war zu hören.

»Was wir aber haben, ist das Alter des Mädchens«, fuhr Doc Fog fort. »Und ihre DNA. Außerdem können wir ein forensisches Gutachten im Bereich Isotopenanalyse anfertigen. Vielleicht finden wir so heraus, wo sie herkommt, wo sie aufgewachsen ist und wo sie zuletzt gelebt hat.«

»Wir haben noch einen Hinweis für dich«, sagte Schorsch. »Aktuell ist die Meldung reingekommen, dass die Regensburger Kollegen eine weitere Leiche in einem Body Bag vorgefunden haben. So, wie es der derzeitige Ermittlungsstand der KPI Regensburg hergibt, hat der Täter am vergangenen Samstag seine Mordopfer in einem Parkhaus im Kofferraum von verschiedenen Fahrzeugen entsorgt, die alle auswärtige Kennzeichen trugen. Die Regensburger Leiche wurde gleich dort in die Pathologie eingeliefert. Könntest du diesbezüglich Kontakt mit dem Regensburger Kollegen aufnehmen? «

»Okay, danke. Ich kümmere mich gleich darum«, sagte Doc Fog und beendete das Telefonat.

»Somit scheint unser Verdacht bestätigt, dass wir es mit einem Serientäter zu tun haben, der seine Opfer über nicht ortsansässige Fahrzeughalter entsorgen wollte«, fasste Gunda noch einmal zusammen. »Es ist klar erkennbar, dass er die Absicht hatte, die Leichen erst einmal unbemerkt aus Nürnberg herauszuschaffen. Er konnte allerdings nicht wissen, dass die Touristen aus Offenburg hier in Nürnberg übernachten würden. Vielleicht ist er davon ausgegangen, dass sie nach ihrem Besuch des Christkindlesmarktes wieder nach Hause fahren. Oder ihm ist das gleiche Kennzeichen ›OG‹ gar nicht aufgefallen, weil er nur darauf aus war, möglichst schnell Fahrzeuge zu finden, die nicht aus der Gegend waren. Zumindest deckt sich das mit den beiden Regensburger Aussagen.«

»Im Grunde ist das alles hypothetisch«, sagte Schorsch, »aber da könnte tatsächlich was dran sein, Gunda. Genau so könnte er vorgegangen sein.«

In diesem Moment klopfte es an der Tür. »Ein dringendes Telefax vom LKA Hessen«, sagte eine Botin von der Poststelle und übergab Schorsch eine gelbe Umlaufmappe.

»Vielen Dank«, sagte Schorsch, öffnete die Mappe und studierte kurz die Nachricht. »Leute, es geht weiter. Haltet euch fest. Das Landeskriminalamt Hessen teilt uns folgenden Sachverhalt mit. Ich zitiere: ›Gestern, am 30.11.2015 gegen 11.00 Uhr, wurde im Merkur-Elektronikmarkt, Kurt-Blaum-Platz in 63450 Hanau, eine weibliche Person in einem roten Skoda tot aufgefunden. Der Halter des Pkw HN-KN 257 verständigte die zuständige Polizeiinspektion Hanau über einen Fund in seinem Kofferraum. Beim Eintreffen der Polizeikräfte konnte festgestellt werden, dass es sich um einen grauen Leichenbergesack handelte, der mit einer menschlichen Leiche gefüllt war. Eine Nachschau seitens der Kollegen bestätigte die Verdachtsmomente. Eine Bergung beziehungsweise weitere Nachschau konnte aufgrund austretender ätzender Dämpfe nicht durchgeführt werden. Die zuständige Feuerwehr leitete daraufhin die notwendigen Bergungsmaßnahmen ein. Die Leiche wurde nach ihrer Dekontamination dem Institut für Rechtsmedizin in Frankfurt am Main zugeführt. Eine Befragung des Halters ergab, dass er am Wochenende mit seiner Lebensgefährtin anlässlich eines Tagesausflugs den Nürnberger Weihnachtsmarkt besucht hatte. Erinnerlich beider Zeugen wurde der Kofferraum zuletzt am Freitag, den 27.11.2015, gegen 18.30 Uhr benutzt. Seit diesem Zeitpunkt, so die zeugenschaftliche Einvernahme, fand keine Nutzung mehr statt. Erst am 30.11.2015 wurde dann beim Einladen von Einkaufsgegenständen der Leichenbergesack mit menschlichem Inhalt festgestellt. Für weitere Hinweise und mögliche Erkenntnisse bitte ich, direkt mit der sachbearbeitenden Dienststelle, Polizeidirektion Main-Kinzig, am Freiheitsplatz 4, 63450 Hanau, SB: KHKín Möller, Kontakt aufzunehmen.‹«

»Leck mich am Ärmel«, wetterte Basti. »Da kann man eins und eins zusammenzählen, das Opfer aus Hanau geht auf die Rechnung unseres Täters. Ein Serienkiller, da schließ ich mich Gunda an, der seine Opfer auf die Reise schickt. Hatten wir so etwas schon mal?«

»Da kommen wir um eine nähere Betrachtung der Leichen nicht herum«, sagte Schorsch, ohne auf Bastis Frage einzugehen. »Sicherlich macht es Sinn, wenn nur ein Gerichtsmediziner abschließend die Obduktion durchführt und alle drei Opfer ganzheitlich begutachtet. Diese Rechtsmediziner sind zwar alles ausgebildete Koryphäen auf ihrem Gebiet, aber der kausale Zusammenhang der Mordserie sagt mir, dass man bei einem direkten Vergleich der getöteten Mädchen vielleicht doch weitere Beweismittel zutage fördern könnte. Ich rufe gleich mal Dr. Menzel an, der soll sich die gleich gelagerten Fälle an Land ziehen und Doc Fog beauftragen, sich die beiden anderen Opfer anzusehen.«

»Ich glaube, das ist ein guter Schachzug, Schorsch, zumal Doc Fog hier den direkten Vergleich mit seiner Versuchsreihe an den drei Testschweinen ziehen kann«, schloss Basti.

Schorsch hatte gut geschlafen, nachdem er den gestrigen Abend nahezu vollständig im Internet auf der Suche nach einem linken Außenspiegel für seinen Oldtimer verbracht hatte. Als er sich auf dem Weg zur Dienststelle der Parkbucht näherte, in der sein Strich-Acht abgestellt war, blieb er abrupt stehen.

Schockiert betrachtete er seinen Wagen, bei dem nun auch der rechte Außenspiegel fehlte. Zudem waren beide Scheibenwischerarme demoliert und die Antenne war abgeknickt. Der Tankdeckel lag abgerissen neben dem Außenspiegel auf dem Gehweg. Offensichtlich hatte sich erneut jemand über seinen alten Mercedes hergemacht.

Schorsch blickte um sich und stellte fest, dass ausschließlich sein Fahrzeug beschädigt war. Er griff zu seinem Mobiltelefon und verständigte eine Streife.

Gegen acht Uhr traf er endlich im Büro ein.

»Guten Morgen, Schorsch, du bist spät dran, das Endstück vom Leberkäs wird schon vergeben sein«, begrüßte ihn Horst grinsend.

»Guten Morgen. Alles Scheiße, der Tag hat nicht gerade gut begonnen«, erwiderte Schorsch und berichtete Horst von den Ereignissen am Morgen.

»Du hattest doch neulich den Stress mit den beiden Autoverkäufern, die unbedingt deinen Oldtimer kaufen wollten«, erinnerte sich Horst.

»Ja schon, aber die wollten das Auto *kaufen*, und es nicht verwüsten.«

»Und warum, glaubst du, hat dann der Sohn des Käufers den Seitenspiegel abgeschlagen? Einfach so? Nein, Schorsch, das ist deren Mentalität. Wenn du denen nicht nach der Pfeife tanzt, werden die ungemütlich. Vielleicht hat ja jemand was gesehen. Frag doch mal bei deinen Nachbarn nach.«

»Mhm, vielleicht hast du recht. Trotzdem werde mich erst einmal umhören, bevor ich die beiden verdächtige. Die können gar nicht wissen, wo ich wohne. Im Anzeigenprotokoll habe ich nur meine Dienststellenanschrift angegeben.«

»Sei nicht blauäugig. Das rauszubekommen, ist nicht schwer, und dann erfolgt eine kleine Abreibung, die eigentlich gar keine ist, sondern eine böse Sachbeschädigung. Bist du mit dem Wagen hergekommen?«

»Ja, freilich, der steht unten auf unserem Parkplatz, warum?«

Horst griff zum Telefon und wählte die Nummer von Robert Schenk. Robert war Leiter der Tatortgruppe beim PP Mittelfranken und für die Spurensicherung zuständig.

»Servus, Robbi, Horst hier. Du, dem Schorsch seinen alten Strich-Acht haben sie heute Nacht verwüstet, Täter noch unbekannt. Der steht jetzt auf unserem Parkplatz, meinst du, da könnte man anhand der Beschädigungen Spuren oder Hinweise auf die Täter feststellen? Ich stelle den Lautsprecher an, dann kann Schorsch mithören.«

»Servus, Schorsch«, sagte Robert. »Ich hab deinen alten Benz gerade schon gesehen, üble Geschichte. Wir sollten nichts unversucht lassen, vielleicht finden wir was. Ich hab diese Woche sowieso zwei neue Kollegen bekommen, die wir anlernen müssen. Ich verbuche die Arbeiten an deinem Wagen als Übungs- und Lehrauftrag bei der Untersuchung der daktyloskopischen Spuren und einer DNA-Auswertung. Wäre das okay für dich?«

»Besten Dank, Robbi, das ist eine super Idee, die mir keine Kopfschmerzen bereitet«, sagte Schorsch erleichtert. »Ich bringe dir den Autoschlüssel gleich vorbei. Ach ja, die abgerissenen Autoteile befinden sich im Kofferraum.«

»Dann bis gleich«, erwiderte Robert und beendete das Gespräch.

Schorsch wandte sich wieder Horst zu. »Danke dir. Da bin ich über Jahrzehnte Ermittler, aber auf so eine einfache und banale Lösung unter Kollegen wäre ich nicht gekommen.«

Horst zeigte sich verständnisvoll. »Vielleicht steckt dir noch der Schock in den Gliedern, es ist ja wirklich eines deiner Herzstücke, das du in mühevoller Arbeit restauriert hast. Und dann das. Da denkt man an so etwas nicht. Glaub mir, spätestens heute Abend, wenn du zur Ruhe gekommen wärst, hättest du auch an Robbi und unsere KTU gedacht.«

Nachdem Schorsch den Autoschlüssel in Roberts Büro gebracht hatte, beschloss er kurzerhand, sich auf seine Art bei Horst für den Hinweis zu bedanken.

kurze Zeit später

»Hier, fang, einen lieben Gruß von Anneliese, guten Appetit«, sagte er, als er ihr gemeinsames Büro betrat, und warf Horst ein warmes eingewickeltes Leberkäsbrötchen zu, das dieser mit gierigen Blicken auspackte. Der typische Duft der bayerischen Köstlichkeit verbreitete sich im Büro.

Kurz darauf klingelte das Telefon. Schorsch nahm das Gespräch an.

»Guten Morgen, Herr Bachmeyer, Menzel hier«, sagte der Oberstaatsanwalt. »Wir haben uns die beiden anderen Kapitalverbrechen an Land gezogen. Die Staatsanwaltschaft Regensburg und Hanau geben ihre Ermittlungen an mich ab. Zugleich habe ich veranlasst, dass Doc Fog die beiden Leichen zugestellt werden. Also alles in unserem Interesse, um die Tat aufklären zu können. Und sollten bei Ihnen noch Nachfragen anderer

Strafverfolgungsbehörden auflaufen, hier schon mal unser Aktenzeichen: 402 Js 58769/15. Und Bachmeyer, tragen Sie doch bitte mal die bisherigen Ergebnisse zusammen, die Pressemitteilung sollte zeitnah raus, vielleicht gibt es ja einen interessanten Bürgerhinweis.«

»Dann ist ja alles in Butter«, erwiderte Schorsch. »Die Pressemitteilung ist in Arbeit. Aufgrund der uns vorliegenden Erkenntnisse erscheint mir die Einbeziehung der Bevölkerung sinnvoll, zumal ja nun das Parkhaus bekannt ist und sich gegebenenfalls Zeugen melden könnten. Ach ja, noch eine kleine Randbemerkung, Dr. Menzel: Vielleicht gibt es bald eine neue Js-Nummer bei Ihnen.« Er berichtete dem Oberstaatsanwalt von den Vorfällen am Morgen und erläuterte, dass vermutlich ein neues Registrierzeichen, »Js«, aufgemacht werden sollte, das bei den Staatsanwaltschaften bei Ermittlungsverfahren Verwendung fand.

»Das ist ja allerhand, Bachmeyer, ich hoffe, eure SPUSI findet was Brauchbares. Ich drücke Ihnen die Daumen, und ein gutes Händchen natürlich für die Pressemitteilung, also bis denn.«

Mittwoch, 02. Dezember 2015, 10.14 Uhr,
irgendwo in Deutschland

Eine Skype-Verbindung kündigte sich an.

»Na, wie war die Kleine. Ich habe einige Zeitungen durchgeblättert und im Netz nachgesehen. Bis jetzt haben die noch nichts veröffentlicht. Übrigens, das Paket kam gerade an. Die SIM-Karte und die beiden Jammer, vorab schon mal besten Dank. Aber erzähl, wie war sie?«

»Sie war richtig gut, ich hab die Kamera mitlaufen lassen

und den Film in der Cloud abgelegt. Schau dir mal die Video-sequenzen an. Wie war dein Wochenende?«

»Bei mir ist die Planung so weit durch. Ich hab alle Details von dir übernommen. Scheint ein sehr guter Plan zu sein, nur mit der Entsorgung, das ist mir ehrlich gesagt zu umständlich. Den Jammer brauche ich nicht, die Parkhaussache ist mir doch zu heikel.«

»Warum? Durch die Chemikalien werden alle Spuren beseitigt. Es ist zwar etwas komplizierter, aber wir sind auf der sicheren Seite, mein Bruder. Oder hast du einen Alternativvorschlag?«

»Seebestattung. Ich fahre sie nachts raus aufs Meer. Die Body Bags haben feste, unverrottbare Schlaufen, sind also ideal, um ein entsprechendes Gewicht daran zu befestigen. Der Vorteil liegt auf der Hand: Wenn du am Torso oder an den Extremitäten der Opfer Gewichte anbringst, lösen sich diese bei Zersetzung des Körpers und tauchen irgendwann wieder auf. Bei dem Body Bag, der fünfzehn Zentimeter geöffnet ist, erledigen die Aale die Arbeit. Der Rest, also das Skelett, bleibt für immer tief am Meeresgrund in der Umhüllung verborgen.«

»Scheint eine brillante Idee zu sein, mein Freund, aber ich wohne ja nicht am Meer. Außerdem birgt die Entsorgung in andere Fahrzeuge einen gewissen Nervenkitzel. Und du weißt ja, dass ich immer den Kick brauche, dieses Restrisiko, erwischt zu werden. Aber nun zu dir, wann geht es los?«

»Am Samstag hat der norddeutsche Politiker ein Date.«

»Wie alt? Gibt es eine Seite zur Begutachtung?« Hämisches Lachen krächzte aus dem Lautsprecher.

»Gibt es. Schau mal unter *www.begleitservice-confid.de* und klick die Kleine an. Ihr Name ist Pia, 29, blond. Ihre Profilangabe lässt einiges erwarten. Drei Stunden mit Option auf Verlängerung, so die Agentur. Aber zur Verlängerung kommt es nicht, das Spiel sollte nach neunzig Minuten, also nach der zweiten Halbzeit, zu Ende sein.« Erneutes Lachen.

»Oh ja, da komme ich doch gleich hoch zu dir, sie ist hübsch, sehr hübsch. Du musst mir von ihr berichten. Und mach ein paar Fotos, die du in die Cloud lädst. Oh, là, là, ihrem Profil nach, ich bin gerade bei ihren besonderen Vorlieben, wird Pia einen riesigen Auftritt bei dir haben.«

»Natürlich, mein Freund, natürlich, du bekommst Bilder, versprochen.«

Mittwoch, 02. Dezember 2015, 15.56 Uhr,
PP Mittelfranken, kriminaltechnische Untersuchung, KTU/SPUSI

Michael Wasserburger und Robert Schenk staunten nicht schlecht, als sie ihre Untersuchungsergebnisse verglichen. Die Beamten hatten ein Ermittlungsergebnis vorliegen, das einen Tatbeteiligten in der Sachbeschädigungsangelegenheit von Schorsch' Strich-Acht in der Datenbank offenbarte.

Wasserburger griff zum Telefon und wählte Schorsch' Nebenstelle.

Dieser nahm das Gespräch sofort an. »Na, mein Lieber, was gibt es? Konntet ihr Spuren sicherstellen?«

»Ich muss dich leider enttäuschen, Schorsch. Weder Robert noch mein Team hat verwertbare Spuren an deinem Strich-Acht sichern können …« Er machte eine kurze Pause, ehe er lachend hinzufügte: »Bingo, Schorsch, klar haben wir was gefunden.«

»Ich bin schon unterwegs«, sagte Schorsch und beendete das Gespräch.

Kurz darauf stand er atemlos in Wasserburgers Büro und sah die Kollegen erwartungsvoll an.

»Also, was habt ihr?«, fragte er gespannt.

»Setz dich erst mal«, sagte Robert und deutete mit einem vielsagenden Lächeln auf die kleine Besprechungsecke.

»Wir konnten in der KTU daktyloskopisches Spurenmaterial an den verbogenen Scheibenwischerarmen, am abgerissenen Außenspiegel, am Tankdeckel sowie an der Antenne nachweisen«, sagte Robert, nachdem Schorsch Platz genommen hatte. »Das gesicherte Spurenmaterial ist identisch. Und wir konnten zudem an allen genannten Gegenständen eine DNA sichern.«

»Welcher Drecksack war das?«, fragte Schorsch gereizt.

Robert Schenk sah in die Akten. »Abass Kaboua, geboren 01. Januar 1979 in Tuggurt/Algerien, wohnhaft Leyher Straße xx2, 90763 Fürth«, las er. »Der hat sogar eine KAN-Akte. KPI Fürth, 06. August 2000, § 242 StGB, Tatort Merkur-Elektronikmarkt, Würzburger Straße 6, Diebstahl eines Mobiltelefons; zwei Einträge KPI Fürth, 15. September 2002, § 223 StGB, Tatort Barhaus Derringer, Schwabacher Straße 308, Körperverletzung, und am 14. April 2014 Verstoß gegen das BtMG, § 29 (1) Nr. 1, unerlaubter Handel mit Betäubungsmitteln. Ich erspare dir die weiteren Straftaten, lies dich selbst mal durch sein Vorstrafenregister.« Er übergab Schorsch den Auszug aus dem Kriminalaktennachweis KAN.

»Wie sollen wir vorgehen? Da wären doch jetzt die K21er gefordert.« Schorsch war sichtlich erleichtert, dass die Spezialisten einen Straftäter identifiziert hatten, den es nun zu belangen galt.

»Wojtek und seine Leute sollten sich der Sache annehmen«, schlug Robert Schenk vor.

»Kaboua stammt aus Algerien, sagtet ihr?«, fragte Schorsch nachdenklich.

Robert Schenk nickte.

»Ich hatte doch vergangenen Samstag den Zwischenfall mit

den beiden Autohändlern auf dem METRO-Parkplatz. Der Typ, der unbedingt meinen Strich-Acht kaufen wollte und mich bedrängt hat, war ein Araber. Kurze Zeit später kam sein Sohn dazu und hat mir aus lauter Wut, weil ich nicht verkaufen wollte, den linken Seitenspiegel abgeschlagen.«

»Und, was ist mit den beiden?«, fragte Michael Wasserburger. »Du hast sie doch wegen Sachbeschädigung angezeigt.«

»Der Vater, also der, der unbedingt meinen Benz haben wollte, kommt meines Erachtens auch aus Algerien«, fuhr Schorsch fort. »Aus Tuggurt. Vielleicht gibt es da einen Zusammenhang … Ruf den mal in INPOL auf, den will ich mir genauer ansehen.«

Michael ging zu seinem Schreibtisch und setzte sich vor den Computer. Robert und Schorsch folgten ihm.

»Bingo!«, rief Michael, nachdem er die Daten in das Informationssystem der Polizei eingegeben hatte. »Beide sind in Tuggurt/Algerien geboren und polizeilich in der Leyher Straße in Fürth gemeldet. Das ist doch kein Zufall.« Er drehte den Bildschirm den beiden Kollegen zu.

»Aber wie wollen wir beweisen, dass Kaboua vorsätzlich oder vielleicht sogar im Auftrag dieses fettleibigen Algeriers deinen Daimler demoliert hat?«, fragte Michael Wasserburger.

»Abass Kaboua tritt ja jetzt erst in Erscheinung. Interessant ist jedoch, dass auch er, ebenso wie die El Gadouchis, aus Tuggurt stammt und in der Leyher Straße polizeilich gemeldet ist«, sagte Schorsch.

»Lass das den Wojtek machen, der soll Kaboua vorladen und ihn mit dem Sachverhalt konfrontieren. Mal sehen, was der zu sagen hat«, schlug Michael vor.

»Gute Idee«, erwiderte Schorsch, »dann kann ich ihn gleich in den Fall einbinden. Wojtek ist ja als richtiger Wadenbeißer bekannt. Besten Dank für eure Arbeit.« Er verabschiedete sich lachend von Michael Wasserburger und Robert Schenk.

Es gab neue Erkenntnisse der Rechtsmedizin Erlangen. Doc Fog hatte die beiden anderen Leichen obduziert und Vergleichsmerkmale erhoben, die ein gewisses Raster erkennen ließen.

»Liebe Nürnberger Kollegen«, eröffnete der Rechtsmediziner seinen Bericht. »Aufgrund der uns vorliegenden Erkenntnisse können wir davon ausgehen, dass wir es mit einem Serientäter zu tun haben, der vermutlich eine abnorme psychische Sexualdelinquenz auslebt und größte Lust dabei empfindet, seine Opfer auf bestialische Weise zu quälen, bis deren Tod eintritt.«

Er bediente die Fernbedienung des Beamers und projizierte die Aufnahmen der Mordopfer auf die Leinwand. Dann drehte er sich um, kratzte sich mit der linken Hand an seiner Hinterkopfglatze und blickte gespannt in die Gesprächsrunde.

»Was wir hier sehen, sind die verstümmelten Körper der drei weiblichen Leichen, die in Nürnberg, hier links, in Regensburg«, er deutete mit einem Zeigestab auf die Mitte des Bildes, »und hier rechts in Hanau aufgefunden wurden. Allen Frauen wurden mittels eines speziellen Werkzeugs, ich vermute mal in Richtung Wartenbergrad, ein Instrument, das scharfkantige Stacheln besitzt und punktuelle Schnittmerkmale hinterlässt, Gewebeteile entnommen. Es stellt sich die Frage, was den Täter zu dieser Brutalität antreibt …«

»Interessanter Tathergang«, unterbrach ihn Gunda. »Könnte es sein, dass er in der Vergangenheit in irgendeiner Art und Weise mit abnormen Geschehnissen konfrontiert worden ist? Dass ihn traumatische Erlebnisse motivieren, so bestialisch vorzugehen?«

Doc Fog nickte zustimmend in die Runde, während er sich mit beiden Handflächen auf den Zeigestab abstützte. »Da liegen Sie gar nicht so verkehrt, Frau Vitzthum. Es gibt zwar sowohl in der klinischen als auch in der forensischen Psychiatrie und Psychologie wissenschaftlich erhobene Studien und empirisch nachvollziehbare Antworten darauf, jedoch wissen wir, liebe Kolleginnen und Kollegen, dass jeder Mensch anders tickt und man keinem in den Kopf schauen kann. Grundgemeinsamkeit ist lediglich, dass jeder Triebtäter sein Opfer beherrschen will. Bei der Art der Machtdemonstration bedient er sich psychischer und physischer Mittel, denen sein Opfer nichts entgegenzusetzen hat. Ob in unserem Fall psychische Ereignisse aus seiner Kindheit oder Jugend mit hineinspielen, möchte ich daher keineswegs ausschließen. Vielleicht musste der Täter selbst Gewaltexzesse ertragen, in denen er zum Beispiel durch Fesselung handlungsunfähig gewesen ist.«

Doc Fog wies mit dem Zeigestab auf die Fesselungs- und Fixierungsmerkmale an Händen und Füßen der Leichen.

»Diese markanten Stellen waren aufgrund der starken Hautverätzungen nur schwierig festzustellen. Die chemische Substanz in den Leichensäcken hat nicht nur sämtliches Spurenmaterial an der Oberfläche der Haut, sondern auch in der Tiefe der Körperöffnungen vernichtet.

»Es ist doch möglich, dass der Täter im Wesentlichen darauf bedacht war, Spuren an seinen Opfern zu beseitigen, und die Verstümmelung dabei eher als Nebeneffekt anzusehen ist, oder täusche ich mich?«, warf Horst ein und sah fragend in die Runde.

Doc Fog kratzte erneut nachdenklich an seinem Hinterkopf. »Normalerweise kann man bei jedem Opfer nachweisen, ob Sexualverkehr in irgendeiner Art stattgefunden hat. In diesem Fall sind wir an unsere Grenzen gestoßen. Ich vermute jedoch, dass sexuelle Handlungen bis zum Geschlechtsverkehr ausgeführt wurden. Aber, Herr Meier, ich kann Ihre Theorie weder dementieren noch untermauern. Bisher wissen wir zu wenig über den Täter. In besonders perfiden Tatkomplexen verabreicht der Triebtäter seinem Opfer Betäubungsmittel, um es gefügig zu machen, sei es durch K.-o.-Tropfen oder durch ähnliche Barbiturate.«

Doc Fog blätterte in seinen Unterlagen. »Kommen wir zu den Äußerlichkeiten der Opfer«, fuhr er fort. »Auffallend war bei jeder der drei Damen die enorme Oberweite. Diese Tatsache könnte den Täter bei der Auswahl seiner Opfer beeinflusst haben. In seinem sexuellen Wahn hat er den Frauen die Brustwarzen entfernt. Vielleicht wollte er sich eine bleibende bildliche Erinnerung schaffen. Möglicherweise hat er sie sogar mitgenommen und konserviert – so wie seinerzeit Indianer mit dem Skalp eines Weißen verfahren sind. Einfach widerlich und abscheulich …«

Er sah kurz in die Runde. Die Bestürzung war den Ermittlern deutlich anzusehen.

»Die Blutwerte der Opfer bestätigen, dass Betäubungsmittel und Alkohol mit im Spiel waren«, fuhr Doc Fog fort. »Letzteres vermutlich, um den sexuellen Kick intensiver zu erleben. Bei zwei der Damen konnten wir Kokain, bei dem anderen Opfer Amphetamin nachweisen, beides wurde meiner Einschätzung nach zur Stimulierung freiwillig konsumiert. Aber«, Doc Fog kniff die Augen zu engen Schlitzen zusammen, »ich bin noch nicht fertig. Ich habe noch ein Highlight für euch. An der Feststellung der Todeszeit sind wir noch dran. Wie ich bereits erwähnte, haben wir ein besonderes Experiment begonnen. Ich bin gespannt, was meine Studenten im Rahmen ihrer wissenschaftlichen Studie herausfinden werden.«

Doc Fog projizierte ein weiteres Foto auf die Leinwand und

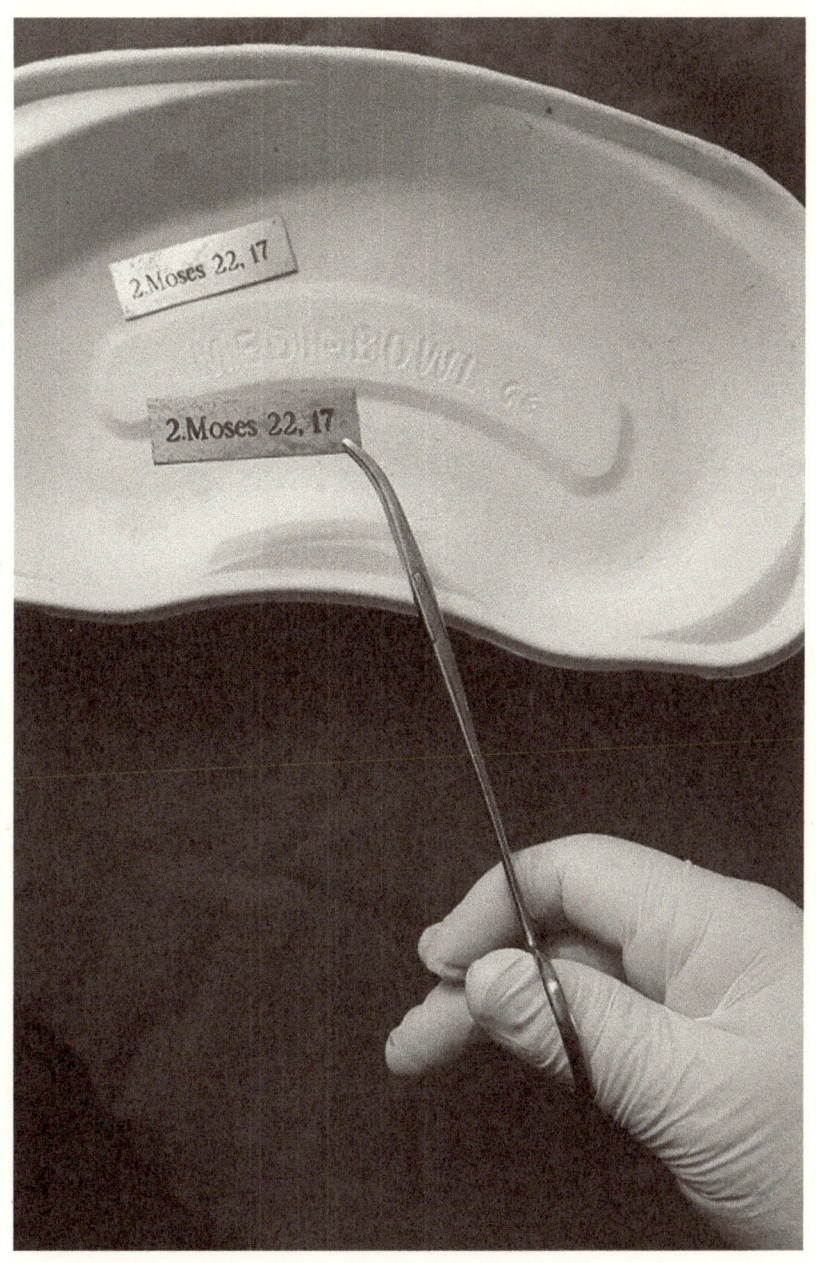

sah grinsend in die Runde, dabei öffnete er seine Jackentasche und holte eine kleine Asservatentüte hervor, die er Schorsch reichte.

»Hier, etwas ganz Außergewöhnliches, schaut euch mal den Inhalt der Tüte genauer an, denn er liefert uns eine weitere Spur zum Täter«, sagte er triumphierend. »Wir haben in den Mundhöhlen der Opfer jeweils eine kleine Plakette in den Maßen drei mal zwanzig mal fünfzig Millimeter entdeckt, die mit folgender Aufschrift versehen war: ›2. *Moses 22,17*‹. Es handelt sich dabei um folgendes Zitat aus dem Alten Testament: ›*Die Zauberinnen sollst du nicht am Leben lassen.*‹«

Ein Raunen erfüllte den Raum, um unmittelbar darauf auffallender Stille Platz zu machen.

»Gut, dass du dir deine Glanzlichter immer bis zum Schluss aufbewahrst, Alois«, sagte Schorsch schließlich. »Das ist unglaublich. Was, glaubst du, will er uns mit diesem Zitat sagen?«

»Ich meine, die Zeile schon mal gehört zu haben«, warf Michael Wasserburger ein. »Dieser Spruch ist doch im Alten Testament bei den todeswürdigen Vergehen angesiedelt. Da bin ich mir ganz sicher.«

Doc Fog nickte bestätigend. »Und wie schon einmal bemerkt, vielleicht hatte unser Täter einen bösen Kindheitsraum oder ein zurückliegendes Schlüsselerlebnis, das ihn irgendwie christlich geprägt hat. Warum wählt er ausgerechnet dieses Zitat aus der Bibel? Ist unser Mann gar ein fanatischer Christ, der es auf käufliche Damen abgesehen hat? Es muss in seinem Leben irgendeinen Bezug dazu geben. Doch warum streut er diesen Hinweis in Form einer Plakette?«

»Vielleicht sollten wir damit an die Öffentlichkeit gehen«, schlug Schönbohm vor. »Möglicherweise kann sich der Hersteller der Plakette an den Auftraggeber erinnern.«

Schorsch nickte. »Danke, Alois, für die spannenden Ausführungen deines Obduktionsergebnisses. Aber aufgrund der nun vorliegenden Erkenntnisse und der Tatsache, dass wir immer noch keine Gewissheit haben, dass ein ursächlicher Tatzusammenhang mit unseren vermissten Damen besteht, schlage ich vor, dass wir die DNA der bei uns als vermisst gemeldeten Personen abgleichen, um festzustellen, ob es sich bei den ermordeten Frauen um die Bewohnerinnen der ausgebrannten Wohnungen handelt. Vielleicht findet sich darin ein verwertbarer Hinweis. Ansonsten müssen wir über einen Bürgeraufruf an mögliche Bekannte und Verwandte heran. Es wird zwar schwierig werden, aber es ist nicht aussichtslos. Und vielleicht gibt es Mitbewohner im Haus, die irgendetwas von unseren Opfern ausgeliehen haben, sei es ein Buch, eine Jacke, ein Fahrrad oder irgendeinen verwertbaren Gegenstand. Gerade in solchen Wohnanlagen gibt es doch Gemeinschaftskeller oder Dachböden, in denen der Täter kein Feuer gelegt hat. Waltraud und Basti, könnt ihr beide diese Ermittlungen übernehmen?«

Waltraud Becker, eine burschikose Mittdreißigerin mit dunklem Teint, war erst seit fünf Jahren beim K11. Böse Stimmen behaupteten, dass ihr der Weg dorthin durch ihren Onkel mütterlicherseits, den Polizeidirektor Dr. Johannes Mengert, geebnet worden sei. Ihr Engagement bei den K11ern war eher dürftig. Waltraud verstand es hervorragend, sich mit gekonnten Ausreden um die Bereitschaftsdienste zu drücken. Dienste an Weihnachten oder Silvester kamen für sie nicht in Betracht. Lediglich eine gewisse Affinität zum Beauty-Bereich gestand man ihr zu. Ihre teils langen Telefonate mit ihrer besten Freundin, einer Fürther Sonnen- und Nagelstudiobesitzerin, nervten so manchen Kollegen im K11-Team. Sie hatten ihr deshalb den Spitznamen »Frau Teflon« gegeben, was Waltraud in keinster Weise zu stören schien.

Sebastian »Basti« Blum war das genaue Gegenteil von

Waltraud. Dem überaus engagierten Oberpfälzer war keine Überstunde zu viel. Basti war immer am Ball und galt neben Gunda als einer der »Wadenbeißer« in Schorsch' Truppe. Hatte er einmal Witterung aufgenommen, so blieb er auf der Fährte wie ein Bayerischer Gebirgsschweißhund.

»Eva-Maria und Hubsi, ihr habt die Aufgabe, die Herkunft der Leichenbergesäcke festzustellen«, sagte Schorsch. »Versucht, so viel wie möglich herauszufinden. Kann die jeder erwerben? Oder ist ihr Bezug auf Bestatter oder Behörden wie Bundeswehr und Katastrophenschutz beschränkt?«

»Vielleicht hat der Täter ja was mit den Dingern zu tun«, warf Hubsi ein.

Hubert Klein, im Team von allen »Hubsi« genannt, war eher introvertiert, gleichwohl aber engagiert. Der fünfundfünfzigjährige Erlanger, der sich nicht um das weibliche Geschlecht scherte, hatte eine markante nasale Aussprache, die an den Grünen-Politiker Volker Beck erinnerte. Aus seinen gesprochenen Vokalen war für viele Kollegen daher seine sexuelle Orientierung herauszuhören. Im Polizeipräsidium Mittelfranken war er »der Mann, der mit dem kleinen Finger löten konnte«.

»Irgendwo her muss er die Dinger ja bezogen haben«, sagte Hubsi. »Ich weiß nur, dass die auch zur Grundausstattung des THW gehören – und der Bundeswehr natürlich. Aber vielleicht kommen wir über einen Großhändler an einen möglichen Einkäufer ran. Oder hat jemand noch eine andere Idee?« Er blickte fragend in die Runde.

»Mein Vorschlag, Hubsi: Ich würde bei Hersteller und Vertreiber ansetzen, um an mögliche Abnehmer oder Bezieher solcher Leichensäcke heranzukommen«, schlug Gunda vor. »Es gibt ganz unterschiedliche Body Bags. Die Bundeswehr zum Beispiel hat welche in Oliv und Schwarz, Bestatter haben graue und weiße. Ich glaube, das könnte sehr schwierig werden, zumal es sich auch um Säcke handeln könnte, die im Ausland oder Fernost hergestellt wurden. Vielleicht verrät uns ein Etikett oder eine Nummer den Hersteller oder Vertreiber. Ich bin gespannt auf euer Ergebnis.«

Schorsch erhob sich von seinem Stuhl. »Gut, jetzt haben wir schon mal ein paar Hinweise, die wir abklären können. Sollte sich der Todeszeitpunkt der Mädchen mit ihrem tatsächlichen Verschwinden decken, dann wissen wir schon mal, wann unser Täter zugeschlagen hat. Die Vermisstenanzeigen wurden entweder am Dienstag oder am Mittwoch nach den letztmaligen Kontakten der Mädchen mit ihrem Freundes- oder Bekanntenkreis aufgegeben. Eigentlich geht es bei dem Todeszeitpunkt nur darum, ob der Täter seine Opfer vielleicht zuerst entführt und Tage später umgebracht hat. Andererseits können wir beim annähernd exakten Todeszeitpunkt konkret einen Bürgerhinweis steuern. Vielleicht wurden die Opfer mit ihrem Täter ja noch irgendwo gesehen. Bei einer Tateingrenzung, plus minus zwölf bis achtzehn Stunden, könnten sich womöglich weitere Spuren ergeben. Ich denke hier insbesondere an die Gesprächsdatenauswertung. Lässt sich sagen, mit wem unsere Opfer zuletzt telefoniert haben?«, fragte er an die Kollegen der EASy gewandt.

»Ich habe kurz vor unserer Besprechung zwei Datensätze von der Bundesnetzagentur erhalten«, erklärte Günther. »Die Anfrage bezüglich Krystyna Dudek alias Stella Backhaus steht noch aus. Ein Abgleich, ob die Frauen möglicherweise vom selben Täter kontaktiert wurden, muss ebenfalls noch ausgewertet werden. Da sind wir dran und werden das im Anschluss im Detail abklären.«

Die Anwesenden erhoben sich von ihren Plätzen. Die Besprechung war beendet.

Die Zeit, die Zeit, dachte Schorsch, ging zum Fenster des

Besprechungsraums hinüber, stützte sich auf der Fensterbank ab und blickte nachdenklich auf den gegenüberliegenden Funkmasten der Deutschen Telekom, an dem sich ein roter Luftballon verfangen hatte.

Sein Team hatte noch jede Menge offene Fragen zu beantworten, sei es die Frage nach der DNA-Feststellung der vermissten Mädchen, nach der Herkunft der Leichenbergesäcke oder der noch ausstehende Abgleich der Telefonverbindungsdaten.

Die Zeit, die Zeit, sie rannte ihnen davon – und der Serienmörder war ihnen vermutlich einen weiten Schritt voraus.

9. Kapitel

Montag, 07. Dezember 2015, 08.56 Uhr,
PP Mittelfranken, K21, Vernehmungsraum 2.07

»Nehmen Sie bitte Platz, Herr Kaboua«, wies Wojteck Jednoralski den Algerier an und deutete auf einen Stuhl. »Herr Kaboua, wir haben Sie heute vorgeladen, um eine Sachbeschädigung an einem Mercedes aufzuklären.«

»Ich weiß nichts von einer Sachbeschädigung an einem Mercedes, Herr Kommissar, aber vielleicht können Sie mir ja helfen, weil mein Gedächtnis manchmal Lücken aufweist«, erwiderte Kaboua lässig und vergrub seine Hände tief in seinen Hosentaschen.

»Gut, Herr Kaboua, bevor ich Sie zu den vorliegenden Details vernehme, wollen wir erst einmal Ihre Personalien aufnehmen, nur um sicher zu sein, dass wir den Richtigen vor uns haben.«

»Die müssten doch längst in Ihrem System vorhanden sein«, sagte Kaboua und grinste Jednoralski schief an.

Nachdem seine Identität festgestellt worden war, belehrte Wojteck Jednoralski Kaboua seiner Rechte und konfrontierte ihn mit der Sachbeschädigung an Schorsch' Daimler.

Frage: »Herr Kaboua, was können Sie zu den Beschuldigungen sagen und wo waren Sie in der Nacht vom 01. Dezember 2015, dreiundzwanzig Uhr, bis 02. Dezember 2015, sechs Uhr fünfundvierzig Uhr?«

Antwort: »Pilotystraße in Nürnberg, Auto beschädigt? Da bin ich der Falsche. Ich war zu Hause, bin gegen Mitternacht ins Bett, da ich am nächsten Tag wieder arbeiten musste.«

Frage: »Was und wo arbeiten Sie?«

Antwort: »Mein Onkel hat in Fürth ein Teppichgeschäft, da helfe ich gelegentlich mit aus. Ich war letzte Woche, also am 02. Dezember, schon um sieben Uhr in seiner Firma, da wir eine Teppichlieferung bekommen haben und das Weihnachtsgeschäft am Laufen ist. Da ist jede Hilfe sehr wichtig in unserer Familie.«

Frage: »Sie waren also im fraglichen Zeitraum nicht in Nürnberg? Dann erklären Sie uns, wie Ihre Fingerspuren auf die abgerissenen Gegenstände des beschädigten Fahrzeugs in der Pilotystraße kommen.«

Antwort: »Ach jetzt, Pilotystraße, da fällt der Groschen. Ich war in der Bucher Straße beim Döneressen. Gegen dreiundzwanzig Uhr bin ich zu meinem Fahrzeug gelaufen, das ich in der Pilotystraße abgestellt hatte. Natürlich, jetzt erinnere ich mich wieder. Da war so ein altes weißes Auto, da haben Jugendliche die Antenne abgerissen und ein Spiegel lag auf dem Boden. Ich hab denen zugerufen, die sollen mit dem Quatsch aufhören, dann sind die abgehauen. Ich bin dann hin und hab erst mal den Spiegel aufgehoben und neben das Vorderrad gelegt. Die Antenne war abgeknickt, die wollte ich wieder geradebiegen, dann ist sie aber durchgebrochen, äh … ja, den Tankdeckel hab ich ebenso zur Seite, neben den Hinterreifen, gelegt. Schlimm, wenn Kids an so einem alten Wagen ihren Frust ablassen. Es wird immer schlimmer bei uns mit dem Vandalismus, Herr Kommissar.«

Abass Kaboua lachte auf.

»Ja genau, ich bin denen sogar noch nachgerannt, aber dann haben die sich in der Pirkheimerstraße getrennt. Keine Chance, Herr Kommissar. Ach ja, die Scheibenwischer waren auch ganz schön demoliert. Und, Herr Kommissar, wie man es macht, ist es falsch. Auch hier scheiterte mein netter Versuch, den Scheibenwischer wieder in seine ursprüngliche Ausgangslage zurückzubiegen. Er ist dabei abgebrochen. Das war mir äußerst peinlich. Kann ich sonst noch was sagen?«

Frage: »Gibt es eine konkrete Personenbeschreibung von den Jugendlichen? Nationalität, Alter, Aussehen, Auffälligkeiten wie besondere Kleidungstücke, Schuhe?«

Antwort: »Leider nicht, es war ja dunkel und die sind gleich weggelaufen, zumindest kann ich mich an keine Details mehr erinnern.«

Frage: »Herr Kaboua, was haben Sie dann gemacht, nachdem Sie die Jugendlichen verfolgt haben. Wieso haben Sie nicht die Polizei verständigt? Hatten Sie kein Mobiltelefon dabei?«

Antwort: »Ich hab doch schon erwähnt, dass wir am 02. Dezember eine große Teppichanlieferung erhielten. Ich musste früh morgens raus. Wenn dann noch die Polizei gekommen wäre, hätte sich das wieder hingezogen. Sie wissen schon, Vernehmung und so, das hält auf. Ich bin dann unmittelbar, nachdem die Jugendlichen verschwunden waren, nach Fürth gefahren. Ich wollte meinem Onkel am nächsten Tag ja pünktlich helfen. Sie können ihn gern fragen: Rasith Mohammad, Dr. Mack-Straße in Fürth, ihm gehört der Orient-Bazar. Ich betone es nochmal, Herr Kommissar, es war genau so, wie ich es Ihnen erzählt habe. Ich kann das schon verstehen, Sie haben meine Fingerabdrücke festgestellt, dann bin ich natürlich sofort verdächtig. Aber so war es leider nicht.« Kaboua sah Wojteck Jednoralski gelassen an. »Also war es das? Schade, dass ich Ihnen nicht weiterhelfen konnte. Dann kann ich jetzt ja wieder gehen, Herr Kommissar.«

Wie jeden Montag saßen die K11er zur großen Frühbesprechung zusammen. Hier wurden grob die Wochenziele abge-
steckt und die üblichen Tagesgeschäfte sowie aktuelle Ermittlungsergebnisse besprochen. Neben Schönbohm war auch Polizeipräsident Dr. Mengert anwesend, der alle kurz begrüßte
und sich über den Stand der bisherigen Ermittlungen erkun-
digte.

»Liebe Kollegen«, begann Schönbohm, »bevor wir zu den
Einzelheiten des allgemeinen Tagesgeschäfts kommen, hier ein
paar Neuigkeiten über die drei Opfer.« Er schlug eine Umlaufmappe auf. »Professor Nebel hat Überstunden eingelegt, aber
ohne das Zutun von Frau Becker und Herrn Blum hätten wir
bis heute kein Ergebnis vorliegen. Die beiden haben am Freitag
noch das erforderliche DNA-Vergleichsmaterial zur Rechtsmedizin gebracht. Möchten Sie beginnen, Frau Becker?« Mit einer
auffordernden Geste erteilte er Waltraud das Wort.

Rasch legte sie ihre Nagelfeile zur Seite. »In den ausgebrannten Wohnungen noch irgendwelche Spuren sicherstellen zu
können, war aussichtlos«, sagte sie und setze sich aufrecht hin.
»Im Wohnhaus von Krystyna Dudek gab es jedoch einen
Wasch- und Trockenraum, der vom Brand im Keller verschont
wurde. In der Waschmaschine befand sich noch schmutzige
Wäsche, die sie vermutlich dann waschen wollte, wenn die
Waschtrommel für den nächsten Waschgang voll gewesen
wäre. Wir konnten an der getragenen Unterwäsche DNA
sicherstellen. Bei Sabrina Suttner führte eine Befragung ihrer
Agentur zum gewünschten Erfolg. Die Agentur besitzt zwei
Etablissements, in die Kunden geführt werden, die sich gern
von Frauen bestrafen und erniedrigen lassen. Sogenannte Do-

100

mina-Studios. In einem dieser Studios hatte Sabrina Suttner ihre SM-Kleidung gelagert. Wir hatten reichlich Auswahl an Lack, Leder und Latex.« Der Blick, den sie den Kollegen zuwarf, machte deutlich, was sie von diesen Spielarten hielt.

»Diese Abklärung hätte ich auch gern durchgeführt«, warf Horst ein.

Die männlichen Kollegen konnten ein Lachen kaum unterdrücken.

»Die Agentur hat nur zwei Damen beschäftigt, die bereit waren, Kundenwünsche dieser Art zu erfüllen«, fuhr Waltraud fort. »Im Fall Ulla Lankes fanden wir in der Wohnung ihres Freundes Andan Miti verwertbares Material. Miti liegt ja immer noch im Krankenhaus, aber wir konnten Zahnbürste und Kleidung der Vermissten in seiner Wohnung abholen.«

»Besten Dank, Frau Becker«, sagte Schönbohm. »Kommen wir zu den Ergebnissen: Die DNA der drei Opfer und die uns vorliegenden Vergleichsproben sind konform. Es handelt sich bei den getöteten Frauen demnach zweifelsfrei um die Vermissten Sabrina Suttner, Ulla Lankes und Krystyna Dudek. Wir gehen davon aus, dass sie ein und demselben Wiederholungstäter zum Opfer gefallen sind. Die Frage ist, wie der Täter die Kontaktaufnahme bewerkstelligt hat. Normalerweise sind Damen im Escort-Milieu durch gewissenhafte Sicherheitsvorkehrungen geschützt. Die meisten geben mittels Rückruf in der Agentur oder per SMS an Freunde oder Vertraute ihren Aufenthaltsort durch.«

»Das haben wir schon abgeklärt«, sagte Schorsch. »Zumindest bei den beiden bekannten Agenturen. Die bestätigen, dass derartige Absprachen sogar vertraglich mit den Begleitdamen festgehalten werden. Die Mädchen melden sich kurz und bestätigen, dass der Kunde tatsächlich erschienen ist und wo sie sich aktuell aufhalten. Sollte er den gebuchten Termin nicht wahrnehmen, erfolgt ebenfalls ein Rückruf in der Agentur, um den Auftrag zu stornieren. So kann dem Kunden klargemacht werden, dass eine Rückerstattung wegen Nichteinhaltung der Vereinbarungen ausgeschlossen ist.«

»Das hört sich doch schon mal ganz gut an«, sagte der Leiter der EASy, Günther Gast, und klappte seine Umlaufmappe auf. »Auch wir haben Überstunden gemacht und sämtliche Telefonverbindungsdaten der drei Frauen in den letzten vier Wochen vor ihrem Verschwinden analysiert.«

Er machte eine kurze Pause und sah lächelnd in die Runde.

»Heute gibt es nur gute Nachrichten, liebe Kollegen. Wir haben tatsächlich einen Telefonkontakt ausgewertet, der Anlass für weitere Ermittlungen mit sich bringt. Alle drei Frauen wurden von ein und derselben polnischen Mobilfunknummer kontaktiert. Bei den anderen Verbindungsdaten handelte es sich entweder um die Anschlüsse anderer Kunden oder von Freiern, die wir über unsere Systembank ›Syborg‹ identifiziert haben. Diese Leute könnten wir zu den vorliegenden Gesprächen mit den Frauen befragen. Die polnische Mobilfunknummer habe ich über Interpol Warschau abklären lassen. Es handelt sich um eine Prepaid-Karte, die 2014 in einem Biedronka-Supermarkt gekauft wurde. Die Märkte sind vergleichbar mit unseren Discountern wie Aldi oder Lidl. Angemeldet beziehungsweise zugelassen wurde die Handynummer auf einen Piotr Swoboda, der aber am 06. Februar 2015 im Alter von zweiundneunzig Jahren in Lodz verstorben ist. Interessanterweise hat der alte Herr diese Mobilfunknummer aber nie persönlich genutzt, denn seit August 2014 wurde sie nur im Roamingverfahren verwendet. Die Verbindungen fanden ausschließlich in Deutschland, Österreich und Tschechien statt, so Interpol Warschau. Festzuhalten bleibt jedoch, dass Krystyna Dudek gebürtige Polin ist. Ob hier möglicherweise ein Zusammenhang zwischen tatsächlichem Nutzer und Opfer besteht, müsste gegebenenfalls noch weiter abgeklärt werden«, schloss Gast seine Ausführungen.

Die Ermittler hatten gespannt zugehört. Nun kam wieder Bewegung in die Runde, Stühle wurden gerückt.

»Wir sind noch nicht fertig«, sagte Olga Winter. »Bei den beiden Escort-Mädels gibt es einen weiteren identischen Telefonkontakt.«

Erneut kehrte Ruhe ein. Die Kollegen sahen Olga erwartungsvoll an.

»In unserer Syborg-Datenbank ist folgende Mobilfunknummer auf das Erzbistum Bamberg registriert: 0175xx89752x9«, fuhr sie fort.

»Auf die katholische Kirche«, warf Gunda ein.

»Ja, zumindest spuckt Syborg die Registrierung des Anschlussteilnehmers so aus«, erwiderte Olga.

»Ich werde mich um die Abklärung in Bamberg kümmern«, sagte Gunda. »Wann genau fanden diese Anrufe statt? Von welchem Zeitfenster vor Eintreten des Todes der Opfer sprechen wir?«

Olga blätterte in der Umlaufmappe. »Insgesamt sind bei Sabrina Suttner sieben Telefongespräche mit dieser Telefonnummer erfasst«, erklärte sie. »Sie gilt seit dem 05. Oktober 2015 als vermisst. Die vorliegenden Verbindungsdaten mit einem Anrufer sind vom 31. August bis 30. September. Es scheint, als wäre Sabrina Suttner immer in einem exakten Zeitrahmen von dem Anrufer kontaktiert beziehungsweise gebucht worden. Zumindest ergibt sich das aus der Gesprächsauswertung.«

»Gut, das ist jetzt etwas hypothetisch, aber zwei Tage vorher könnte der Kunde das Mädchen reserviert haben. Zwei Tage später fand dann das Treffen statt«, warf Gunda ein.

»Das macht Sinn, an dieser Theorie könnte etwas dran sein, Frau Vitzthum«, entgegnete Dr. Mengert.

»Krystyna Dudek wurde von dieser Mobilfunknummer sechsmal angerufen. Und, Leute, darin liegt ein identisches Verhaltensmuster. Denn auch hier kontaktierte der Anschlussteilnehmer das Mädchen nach dem gleichen Schema wie Sabrina Suttner. Die Telefonate mit den beiden Mädchen haben demnach fast immer zeitgleich, jedoch an unterschiedlichen Tagen stattgefunden«, schloss Olga Winter.

»Ich bin gespannt, welcher Kirchenvertreter da enttarnt wird«, sagte Dr. Mengert. »Ich sag es ja: Wenn die Fleischeslust mal durchschlägt, dann pfeifen vermutlich auch manche Pfaffen auf das Zölibat.«

»Ich muss noch mal auf die Body Bags zurückkommen. Gibt es da weitere Erkenntnisse?«, fragte Schorsch an Eva-Maria und Hubsi gewandt.

»Nicht wirklich, Chef. Im Netz tauchen einige Groß- und Einzelhändler auf, die europaweit Bestatter, Katastrophenschutzeinrichtungen und das Militär beliefern. Der Hersteller beziehungsweise der Generalvertrieb der uns vorliegenden Leichenbergesäcke kommt laut Etikett aus Österreich, genauer gesagt aus Wien. Es ist die Bichler Warenhandelsgesellschaft mbH. Ich habe heute Morgen mit denen telefoniert. Herr Bichler sagte mir, der Endverbraucher ließe sich vermutlich sehr schlecht feststellen, zumal die Säcke auch bei verschiedenen Online-Plattformen wie Ebay, Amazon und so weiter bezogen werden können.«

»Verstehe ich das richtig: Eine Zuordnung zum Käufer ist nahezu aussichtslos?«, fragte Gunda dazwischen.

»Exakt, Gunda, es ist verdammt schwierig, den Käufer zu identifizieren. Wir haben weder irgendwelche Anhaltspunkte dafür vorliegen, dass der Täter beruflich etwas mit den Säcken zu tun hat, noch liegen uns irgendwelche Einkäufe von verschiedenen Online-Plattformen vor, die zu unserem Täter führen«, erwiderte Hubsi. »Vielleicht ist er beim Militär oder beim THW und mit der Beschaffung solcher Bergesäcke betraut. Vielleicht übt er sogar selbst das Gewerbe des Bestatters aus und bezieht die Ware direkt. Alles offene Fragen, die uns bisher nicht weiterbringen.«

»Als Bestatter hätte er sogar die Möglichkeit, seine Opfer selbst in einen fremden Sarg zu legen, um diesen dann für immer verschwinden zu lassen«, sagte Eva-Maria. »Das Risiko, dabei entdeckt zu werden, sehe ich als minimal an. Wir werden die Flinte jedoch nicht so schnell ins Korn werfen. Vielleicht liefert ein vertiefter Ansatz bei den Onlinehändlern ja tatsächlich einen klitzekleinen Hinweis. Deshalb kamen wir überein, uns die Abnehmer von drei und mehr Leichenbergesäcken vorzunehmen. Solch ein Auskunftsersuchen bei den genannten Online-Plattformen haben wir bereits vorbereitet. Hier käme ein Verkaufszeitrahmen vom 01. Januar 2015 bis 28. November 2015 in Frage. Es gilt, konkret zu klären, ob namentlich erfasste Einzelpersonen in dieser Zeit einen bis drei solcher Leichensäcke erworben haben. Denn nach den uns vorliegenden Zeitfenstern müssten die Body Bags in den Versand gegangen sein. Ergo muss der Täter sie bis zu diesem Zeitpunkt in seinem Besitz gehabt haben. Oder hat jemand einen besseren Vorschlag?«

»Ich sehe das eher skeptisch und bin mir nicht sicher, ob uns das weiterbringen wird«, sagte Schönbohm. »Aber probieren sollten wir es trotzdem.«

»Ich fahre mit Gunda zur Diözese nach Bamberg, dann möchte ich noch mal mit den Escort-Agenturen sprechen«, schlug Schorsch vor. »Irgendwie muss der Täter den Kontakt dorthin ja geknüpft haben, sei es telefonisch, dann hätten wir die Verbindungsdaten wie im vorliegenden Fall der Diözese, sei es per E-Mail, dann kommen wir über seine E-Mail-Adresse an ihn ran. Wir sollten auch die Kontodaten der Agenturen prüfen. Der Täter muss seine Buchung ja bezahlt haben. Das geht nur per Überweisung, wie Horst bereits auf den Internetseiten der Agenturen festgestellt hat.«

»Ich wäre gern dabei, wenn du die Agenturen aufsuchst, Schorsch«, bat Horst. »Schließlich habe ich schon einiges über die Mädels auf ihren Seiten in Erfahrung gebracht und zusammengetragen. Gunda und Blacky könnten doch nach Bamberg und wir beide statten den Agenturen einen Besuch ab.«

Roland Löw alias Blacky war mit einer Größe von fast einem Meter neunzig und seinem durchtrainierten Körper eine imposante Erscheinung. Er lächelte Gunda charmant an, wobei seine überaus weißen Zähne durch den Kontrast zu seiner hellbraunen Haut – sein Vater war ein schwarzer US-Amerikaner, den seine Mutter als Dolmetscherin bei der amerikanischen Militärpolizei kennengelernt hatte – zu leuchten schienen.

Gunda lächelte geschmeichelt zurück und wandte sich amüsiert Horst zu. »Freilich, wir wissen, dass du dich bereits eingehend mit den Profilen der Damen beschäftigt hast. Du solltest Schorsch unbedingt begleiten.«

Es war im gesamten K11-Team bekannt, dass Horst auf Frauen fixiert war, die ihren Körper gern öffentlich zur Schau stellten. Bei Ermittlungen im Bereich »Sex und Crime« war er seinen Kollegen bislang stets einen Schritt voraus gewesen – zumindest was die Recherchen im Internet betraf.

»Okay, so machen wir es«, sagte Schorsch abschließend. »Ihr fahrt nach Bamberg und wir begeben uns ins ›Moosbüffelland‹ und anschließend nach Erlenstegen. Frohes Schaffen!«

10. Kapitel

Montag, 07. Dezember 2015, 11.47 Uhr,
Agentur Call-an-Escort, Neumarkt in der Oberpfalz

Schorsch und Horst parkten ihren Dienstwagen in der Oberen
Marktstraße und begaben sich zu Fuß in die Karthäusergasse
bis zu einem zweigeschossigen giebelständigen Halmwalm-
dachbau mit Erker und Giebelwand. Der Eingangsbereich, eine
alte Zweiflügel-Eichentür, war mit einem polierten Messing-
schild und einer künstlerischen Messinghand ausgestattet, die
als Klingel diente.

Call an Escort

Begleitservice
Termine nur nach vorheriger
Absprache
Telefon 015xxxx89667

Horst betätigte die Messinghand. Kurz darauf ertönte ein
freundliches »Ja, bitte« aus der Sprechanlage.

»Meier und Bachmeyer, Kripo Nürnberg. Wir werden von
Frau Miriam Scheitel erwartet«, sagte Horst in den Lautsprecher.

»Bitte treten Sie ein, erster Stock rechts.« Der Summer ertönte.

Miriam Scheitel war eine attraktive Mittvierzigerin mit einem
blonden Kurzhaarschnitt. Ihre langen Beine kamen durch ihr

kurzes, dunkelblaues Kostüm und die hochhackigen roten Stiefel sehr zur Geltung. Ihre knallrote enge Bluse hatte sie weit geöffnet, sodass ihr darunter sitzender Spitzen-BH dem Betrachter nicht nur freudige Einblicke auf ihr sonnengebräuntes Dekolleté erlaubte. Ihre Halskette aus würfelförmigen Lapislazuli-Steinen und goldplattierten Silberelementen, die dazu passenden Würfelohrstecker sowie ein Lapislazuli-Armband wirkten trendig.

Miriam Scheitels dunkler Teint in Kombination mit einer dunkelblauen Hornbrille und rotem Lippenstift verlieh ihr etwas Geheimnisvolles. Sie blinzelte gekonnt mit ihren grünblauen Augen, als sie die Ermittler begrüßte.

»Sie müssen Kommissar Bachmeyer sein, wir haben miteinander gesprochen. Guten Tag.«

»Grüß Gott, Frau Scheitel«, erwiderte Schorsch. »Das ist mein Kollege Meier.«

»Sehr angenehm, meine Herren. Kommen Sie doch rein.« Miriam Scheitel geleitete die Ermittler zu einer Besucherecke.

»Isabell, keine Anrufe, keine Störungen«, instruierte sie ihre Sekretärin, nachdem die beiden Platz genommen hatten.

»Nun, meine Herren, was darf ich Ihnen anbieten?«, fragte sie an Schorsch und Horst gewandt. »Tee, Kaffee, Wasser?«

»Ein Kaffee ist nie verkehrt. Danke«, sagte Horst. Schorsch schloss sich ihm an.

Miriam Scheitel verließ die Besucherecke und kam kurz darauf mit einem silbernen Tablett mit drei gefüllten Kaffeetassen zurück, die sie auf dem Tisch vor den Ermittlern abstellte.

»Mit oder ohne Gummi, meine Herren?«, fragte sie und setzte sich ihnen gegenüber auf einen Polstersessel.

Schorsch und Horst sahen sich verständnislos an.

»Mit Gummi natürlich«, sagte Horst gelöst lachend, nachdem Miriam Scheitel den Deckel einer kleinen herzförmigen Schatulle, in der sich bunte Gummibärchen befanden, geöffnet und vor den Ermittlern abgestellt hatte. Sein Blick war dabei auf Miriam Scheitels weiten Ausschnitt fixiert.

Schorsch räusperte sich demonstrativ. »Vielen Dank, dass Sie Zeit für uns gefunden haben«, sagte er. »Wir haben nun Gewissheit, dass Ihre Agenturdame Krystyna Dudek alias Stella Backhaus einem Kapitalverbrechen zum Opfer gefallen ist. Die Gerichtsmedizin Erlangen hat sie zweifellos als das Mordopfer identifiziert, das in einem Kofferraum eines Regensburger BMW entdeckt wurde. Sie haben darüber vielleicht schon in der Presse gelesen.«

Er erklärte der Agenturinhaberin auch den Sachverhalt der Tatkomplexe um Ulla Lankes und Sabrina Suttner.

»Wir gehen davon aus, dass die Frauen ihren Täter hier in Nürnberg oder in unmittelbarer ländlicher Umgebung getroffen haben.«

»Bitte erzählen Sie uns etwas über Krystyna Dudek«, sagte Horst. »Wie lange arbeitete sie schon in Ihrer Agentur? Hatte sie Stammkunden? Wies sie Besonderheiten auf, die Kunden an ihr liebten? Können Sie uns sagen, wer Stella vor ihrem Verschwinden zuletzt gebucht hat?«

Miriam Scheitel beugte sich vor, nahm von der Tischablage einen pinken Schnellhefter und blätterte darin.

»Krystyna war eigentlich mein bestes Pferd im Stall, wenn Sie verstehen, was ich meine«, sagte sie. »Sie hatte alles, was Männer besonders ansprach, angefangen bei ihrer außergewöhnlichen Figur bis hin zu ihrer ausgeprägten Empathie gegenüber ihren Kunden. Sie legte großen Wert auf ihre Fitness. Ihr Auftreten bei den jeweiligen Anlässen war geradezu von Perfektionismus geprägt.«

Miriam Scheitel hielt kurz inne. Es war ihr deutlich anzusehen, dass sie tief bewegt war.

»Wir sind uns der Tragik der Geschichte bewusst, Frau Scheitel«, sagte Schorsch einfühlsam. »Dennoch müssen wir Sie bitten, uns alles zu erzählen, was Ihnen zu Stella einfällt. Jedes noch so kleine Detail könnte wichtig sein. Ist Ihnen irgendetwas an Stellas letztem Kunden aufgefallen? Uns interessiert besonders, *wie* er das Mädchen gebucht und bezahlt hat. Gibt es eine Kontaktadresse, eine Telefonnummer?«

Miriam Scheitel atmete tief durch und öffnete den Schnellhefter. »Stella fing vor knapp drei Jahren bei uns an.« Sie blätterte in den Unterlagen, die die Profildaten von Krystyna Dudek beinhalteten. »Wie gesagt, sie war eines der meist gebuchten Mädchen. Ihre Natürlichkeit, ihr Charme wirkten auf Männer irgendwie anziehend, verführerisch, allein ihre Fotos und ihr Profil fanden viel Zuspruch. Sie war eine Frau, wie sie sich viele Männer wünschen. Nicht nur wegen ihres Aussehens und ihrer Maße. Stella ging individuell auf die besonderen Neigungen unserer Kunden ein. Sie war für alles offen. Sie war ein Escort der Extraklasse, verdiente sehr viel Geld damit. Zudem war sie stets diskret, das liebten die Kunden an ihr.«

Miriam Scheitel konnte ihre Tränen nun nicht mehr unterdrücken. Einer Box auf dem Tisch entnahm sie ein Kleenex und schnäuzte sich.

»Es ist ein schreckliches Verbrechen, Frau Scheitel, und wir werden alles tun, um den Täter zu fassen«, sagte Schorsch tröstend. »Und genau deshalb sind unsere Fragen mitunter sehr schmerzhaft. Aber wir sind hier besonders auf Ihre Mithilfe angewiesen.«

»Wissen Sie, ich habe ja selbst vor zwanzig Jahren in der Branche angefangen«, fuhr Miriam Scheitel fort, nachdem sie sich wieder gefasst hatte. »Ich war damals bei einer Agentur in München angestellt. Mitte der neunziger Jahre hat man das Geschäft eigentlich erst richtig entdeckt. Es gab zwar früher schon einen Begleitservice, aber damals hat man Anzeigen in den Tageszeitungen geschaltet. Mit dem Onlinegeschäft können wir viel besser auf die individuellen Wünsche unserer Kunden eingehen. Viele haben heutzutage eine größere Erwartungshaltung, sie möchten ihre Mädels vorab sehen, ihr Profil, ihre Vorlieben kennenlernen, und sie dann mit einem Mausklick auswählen. Der Kontakt kommt so eigentlich sehr schnell zustande. Aber nun zu Ihrer Frage wegen der Kontaktaufnahme. Stellas letzter Kunde hat den Kontakt zunächst telefonisch geknüpft und später per E-Mail fortgesetzt. Soweit ich mich erinnere, war es ein Politiker, aber warten Sie …«, Miriam Scheitel blätterte im Schnellhefter, »hier habe ich es. Es war ein Skype-Telefonat, der Kunde meldete sich als Robert Maiwald. Er sei in der Politik tätig, Diskretion sei für ihn von besonderer Bedeutung. Das Ungewöhnliche war, dass erst letzte Woche die Rücklastschrift der Abbuchung durch die Raiffeisenbank Burgthann angekündigt wurde. Bei der Transaktion von Herrn Maiwald soll es sich um eine widerrechtliche Abbuchung gehandelt haben. Sein Sohn hat die Rücklastschrift veranlasst. Die Kontaktdaten der Bank habe ich hier.« Sie deutete auf den Schnellhefter. »Vielleicht wurde die Abbuchung vom Täter durchgeführt.«

Bei ihren letzten Worten hatte sie ihre Stimme erhoben, so als sei ihr diese Option eben erst in den Sinn gekommen.

»Können Sie uns die E-Mail-Adresse des Kunden mitteilen?«, fragte Horst.

Miriam Scheitel warf einen Blick auf die Unterlagen. »Die Adresse lautet *mitternachtsspitzen1@gmx.de*, das Kennwort Mitternachtsspitzen. Komisch …« Sie sah nachdenklich auf.

»Damit haben wir schon zwei Hinweise, denen wir nachgehen sollten«, sagte Schorsch. »Sie sagten am Telefon, dass Sie versucht hätten, Stella telefonisch zu kontaktieren. Wann genau war das?«

»Am 21. November, so kurz nach neun Uhr abends«, sagte

Miriam Scheitel. »Stella war von zwanzig bis dreiundzwanzig Uhr gebucht, mit der Option, das Date noch zu verlängern. Ich konnte sie an diesem Tag nicht mehr erreichen. Ich habe es mehrmals versucht. Vergebens.«

Sie nahm ihr Mobiltelefon zur Hand, scrollte in der Anrufliste nach unten und zeigte den Ermittlern das Display.

»Normalerweise läuft es umgekehrt. Die Mädels melden sich bei mir und teilen mir ihren Standort und wann sie sich mit den Kunden treffen mit.«

»Haben Sie es am nächsten Tag noch einmal probiert?«, fragte Schorsch.

»Natürlich, auf dem Festnetzanschluss und auf dem Mobiltelefon. Aber wie Sie ja wissen, ist Stellas Wohnung am Sonntagmorgen ausgebrannt. Das habe ich allerdings erst erfahren, als ich die Vermisstenanzeige aufgab. Erst da habe ich kapiert, dass etwas passiert sein musste.«

»Lassen Sie uns noch einmal auf den Anrufer zurückkommen«, sagte Schorsch. »Können Sie sich an seine Stimme erinnern? Sprach er irgendeinen Dialekt? War seine Stimme rau, nasal? Hat er schnell gesprochen, laut, bestimmend oder ganz normal und freundlich?«

Miriam Scheitel dachte kurz nach. »Er klang irgendwie nett, würde ich sagen. Er hatte eine freundliche Stimme, sprach gentlemanlike. Das mit dem Politiker hab ich ihm abgenommen. Vielleicht war ich einfach zu naiv …«

Erneut kämpfte sie gegen die aufkommenden Tränen an.

»Aber er hat sich am Telefon so gut verkauft, dass ich es ihm einfach geglaubt habe, zumal er besonders großen Wert auf Diskretion legte«, fuhr sie schließlich fort. »Naja, und wissen Sie, solche Leute sind keine Normalos, die sich ihren Spaß im Swingerklub suchen, die wollen mehr. Viele betonen mehrfach, wie wichtig ihnen Diskretion sei. Und bei genau dieser Klientel sind wir für unsere Verschwiegenheit bekannt. Einige laden die Mädels zu einer Geschäftsreise ein, die anderen nur zum Essen. Wieder andere wollen nur einen vertrauten Abend, an dem sie sich unterhalten können. Natürlich ist uns bewusst – und unsere Frauen wissen es ebenfalls –, worauf die meisten Kunden fixiert sind. Es geht einzig und allein um Sex nach deren Vorlieben. Mal knallhart, mal soft. Deshalb beschreiben sich die Mädchen entsprechend aussagekräftig auf ihrer Profilseite. Dazu gibt es ein professionelles Fotoshooting – und fertig, dann klingeln die Kassen.«

Da Horst weiterhin von Miriam Scheitels Erscheinung fasziniert zu sein schien und wie elektrisiert dasaß, übernahm erneut Schorsch das Wort. »Hatte Maiwald schon vorher regelmäßigen Kontakt zu Stella oder war dies seine erste Buchung?«, fragte er.

»Es war ein Erstkontakt«, erwiderte Miriam Scheitel. »Ich wüsste nicht, wann sich Stella schon mal mit ihm getroffen haben sollte. Andererseits …«, sie sah sich kurz gedankenverloren im Raum um, »nein, das ist unmöglich, das widerspräche auch unserem Agenturvertrag. Loyalität bedeutet uns sehr viel. Die Mädchen rechnen lediglich Verlängerungen separat mit den Kunden ab und teilen uns diese Überstunden mit. Sie wissen ja, das Finanzamt hat seine Augen überall. Zumal unsere Agentur einen guten Ruf zu verlieren hätte. Nein, bei uns läuft alles korrekt ab«, schloss sie entschieden und lehnte sich in ihrem Sitzmöbel zurück.

»Hatte Stella noch weitere Angehörige oder Bekannte, die uns nicht bekannt sind?«, fragte Schorsch. »Ich meine, Personen, die nicht als Kontaktperson in der Vermisstenanzeige aufgeführt waren?«

»Keine Ahnung, Herr Bachmeyer. Wir haben nach Stellas Verschwinden alle uns bekannten Bezugspersonen kontaktiert und eine Auswahl in der Vermisstenanzeige angegeben. Andere sind mir nicht bekannt. Wissen Sie schon, wann und wo die Beerdigung stattfinden wird?«, fragte Miriam Scheitel unvermittelt.

»Eine Freigabe der Opfer ist in den nächsten Tagen zu erwarten, die unmittelbaren Angehörigen werden durch die Staatsanwaltschaft verständigt werden«, erklärte Schorsch. »Denen obliegt dann auch die Beisetzung, deshalb fragen Sie am besten bei Stellas Eltern nach.«

»Ich frage das, weil man doch im Fernsehen immer wieder sieht, dass der Täter unauffällig am Rande der Trauerfeier seines Opfers auftaucht. Ist das wirklich so?«

»Das mag manchmal so sein«, sagte Schorsch amüsiert, »aber unser Täter tickt möglicherweise anders. Ich persönlich glaube, dass er mit dem Ablegen seiner Opfer in verschiedenen Fahrzeugen mit seiner Tat abgeschlossen hat und davon ausgegangen ist, dass die Leichname weit entfernt vom Tatort wieder auftauchen würden. Das ist auch die Meinung unseres Fallanalytikers, der ein Profil des Täters erstellt und anhand der vorliegenden Spuren ausgewertet hat. Aber um auf Ihre Frage zurückzukommen: Bei der Trauerfeier wird natürlich ein auserwähltes Ermittlerteam vor Ort sein, denn man weiß ja nie, wie Täter oder mögliche Mittäter tatsächlich reagieren.«

Horst, der dem Gespräch bislang schweigend zugehört hatte, setzte sich aufrecht hin. »Darf ich mal neugierig sein, Frau Scheitel«, fragte er lächelnd. »Wer legt eigentlich die Escort-Pseudonyme Ihrer Damen und Herren fest?«

»Wir stimmen uns da mit den Frauen und Männern ab«, erklärte Miriam Scheitel. »Zunächst wird ihnen ein Vorschlag unterbreitet, den sie annehmen können. Für den Fall, dass er ihnen nicht zusagt, schlagen sie auch schon mal selbst einen Namen für ihr Profil vor. Warum ist das so wichtig für Sie?«

114

»Ist es eigentlich nicht …«, erwiderte Horst nachdenklich. »Ich dachte nur … naja, vielleicht gibt es auch in Hamburg oder Dresden eine Stella. Die Kunden orientieren sich ja über die Agentur, da sollte es keine Verwechslungen geben.« Er lehnte sich wieder entspannt zurück. »Und wie lautete Ihr Profilname, als Sie noch aktiv in der Branche tätig waren?«

Miriam Scheitel sah ihn ob seiner Direktheit überrascht an.

»Sie sind ziemlich neugierig, aber ich habe kein Problem damit. Mein Pseudonym lautet Chantal. Ich bin zwar nicht mehr aktiv auf unserer Agenturseite zu finden. Aber zu bestimmten Messezeiten in Nürnberg, Frankfurt und München gibt es auch heute noch spezielle Kunden, die mich buchen. Und ganz ehrlich, Herr Meier, mit einigen vertrauten Freunden Spaß zu haben und dabei Geld zu verdienen, warum nicht. Chantal wird noch immer gern genommen. Wie auch immer Sie das jetzt interpretieren wollen. Habe ich Ihre Frage zufriedenstellend beantwortet?« Miriam Scheitel lächelte Horst augenzwinkernd an.

»Dann sind wir durch mit unseren Fragen«, warf Schorsch rasch ein. Ihm schien das Gespräch in die falsche Richtung zu laufen. »Ich hoffe, dass wir unseren Profiler mit den neuen Informationen ein Stück weiterbringen. Eine Frage habe ich allerdings noch: Gab es unter Stellas Kunden jemanden, der der Kirche angehörte oder gar ein Kirchenamt ausführte?«

»Wie kommen Sie darauf?«, fragte Miriam Scheitel überrascht.

Schorsch zögerte kurz, entschloss sich dann aber, offen zu sprechen, da er sich weitere Informationen erhoffte. »Wir haben die letzten Anrufe von Stella und einer weiteren, ebenfalls getöteten Begleitdame ausgewertet. Die beiden hatten im wöchentlichen Wechsel Kontakt zu einem Kirchenvertreter. Kollegen klären gerade ab, ob sich der tatsächliche Anschlussinhaber feststellen lässt. Wir ermitteln in alle Richtungen.«

»Einen Moment …«, sagte Miriam Scheitel, stand auf, ging zum Schreibtisch auf der anderen Seite des Raumes und setzte sich vor den Computer. »Wenn Sie schon an ihm dran sind, hilft Verschwiegenheit recht wenig«, sagte sie schließlich tippend. »Es handelt sich aber nicht um Stellas letzten Kunden, sondern um einen Stammkunden. Sein Name ist Josef Bentheim. Sie wissen ja selbst, dass sich viele Kirchenvertreter, speziell die katholischen, eine Hausangestellte halten. Herr Bentheim leitet eine Kirchengemeinde in Erlangen. Er ist ein ganz lieber Kunde. Stella mochte ihn sehr, kannte ihn schon länger. Aber er ist kein Täter, das können Sie mir glauben. Er hat sich erst vor zwei Wochen nach Stella erkundigt. Ihm ist bekannt, dass sie als vermisst gemeldet wurde. Zudem wusste er von dem Wohnungsbrand. Also, da ist nichts dran, Herr Bachmeyer, ehrlich, glauben Sie mir. Ich hoffe, dass Herr Bentheim durch Ihre Ermittlungen nicht in Schwierigkeiten gerät.«

»Wie gesagt, wir ermitteln in alle Richtungen«, wiederholte Schorsch sachlich. »Um ein persönliches Gespräch bei einem Hausbesuch wird der Pfarrer also nicht herumkommen. Selbstverständlich werden wir diskret vorgehen. Möglicherweise hat Stella ihm als Kirchenvertreter etwas anvertraut, das uns bei unseren Ermittlungen weiterhelfen könnte.«

Er stand auf und ging auf Miriam Scheitel zu. »Herzlichen Dank für das nette und ausführliche Gespräch, Frau Scheitel. Sie haben uns einen guten Einblick in ein interessantes Gewerbe verschafft. Ich hoffe, dass uns die neu gewonnenen Erkenntnisse ein Stück weiterbringen werden. Ich versichere Ihnen, dass wir alles daransetzen werden, den Mörder von Stella zu finden.« Er reichte Miriam Scheitel zum Abschied die Hand.

Auch Horst, der noch einmal den Schnellhefter auf dem Besuchertisch durchgeblättert hatte, war aufgestanden.

»Ein wirklich interessantes und konstruktives Gespräch, wir

halten Sie auf dem Laufenden«, sagte er, während er Miriam Scheitel charmant anlächelte und ihre Hand auffallend lang festhielt. »Ach ja, und bei künftigen Messekontakten immer schön vorsichtig sein und lieber eine gesunde Portion Misstrauen aufbringen. Auf den vermeintlichen Politiker werden Sie mit Sicherheit nicht mehr hereinfallen.«

Um kurz nach halb zwei verließen Horst und Schorsch die Agentur und traten die Rückfahrt an. Sie hatten beschlossen, nicht direkt nach Erlenstegen, sondern nach Burgthann zur Raiffeisenbank zu fahren, von wo aus nach Miriam Scheitels Auskunft die Kontoüberweisung zur Buchung von Krystyna Dudek durchgeführt worden war. Ließen sich auf dem Überweisungsträger noch Spuren sicherstellen, könnte dies ein weiterer Mosaikstein auf der Suche nach dem Täter sein.

Die Ermittler fragten sich gleich zum Vorstand der Bank durch. Nachdem sie ihre Dienstausweise vorgelegt hatten, stellte sich ihnen der Vorsitzende als Paulus Partl vor. Schorsch erläuterte ihr Anliegen und brachte seine Hoffnung auf Kooperationsbereitschaft seitens der Raiffeisenbank zum Ausdruck.

»Wenn es so ist, sehe ich tatsächlich einen berechtigten Grund, Ihnen auch ohne Bankbeschluss behilflich zu sein«, sagte Partl freundlich. »Schließlich hat unser Kunde Herr Maiwald ja selbst die unerlaubte Abbuchung von seinem Konto bei uns reklamiert. Unsere Buchhaltung wird umgehend den entsprechenden Beleg heraussuchen, kommen Sie bitte.« Er deutete den Ermittlern mit einer Geste, ihm zu folgen.

In der Zahlstelle wies er eine junge Bankangestellte an, ihnen weiterzuhelfen.

»Den Beleg von Herrn Maiwald habe ich schon vor ein paar Tagen herausgesucht, da sein Sohn die Überweisung reklamiert hat«, sagte sie eifrig, entnahm einem Ablagekorb einige zusammengeheftete Formulare und reichte sie Schorsch.

Bevor er das Beweisstück entgegennahm, zog er aus seiner Jackentasche ein Paar Durchsuchungshandschuhe und streifte sie rasch über.

»Wer hat den Überweisungsträger alles in der Hand gehabt?«, fragte er, während er die Formulare prüfte.

»Der Aussteller selbst und die Kollegen, die ihn aus dem Briefkasten genommen und zur Buchung geben haben. Drei, maximal vier Personen. Ich selbst habe die Buchung im November durchgeführt, hier ist mein Namenszeichen«, sagte die Bankangestellte und wies auf einen Buchungsbeleg. »Nach der Buchung habe ich den Beleg wie üblich wieder abgeheftet.«

Schorsch nickte. »Wir werden nicht umhinkommen, sowohl Ihre als auch die Fingerabdrücke Ihrer Kollegen, die den Beleg in den Händen gehalten haben, zu nehmen. Und natürlich die von Herrn Maiwald.«

»Was ist mit dem Bankgeheimnis?«, fragte die Bankangestellte.

Schorsch sah von den Formularen auf. »Wir können natürlich gern einen Beschluss beantragen, aber es ist sicherlich auch im Interesse Ihres Kunden, dass der Sachverhalt rasch aufgeklärt wird. Es versteht sich doch von selbst, dass uns der Überweisungsbetrag bekannt ist«, fügte er gereizt hinzu. »So viel zum Bankgeheimnis.«

»Normalerweise verlangen wir tatsächlich einen Bankbeschluss«, sagte Herr Partl in Richtung seiner Angestellten, »aber in diesem Fall machen wir eine Ausnahme. Das ist sicher auch im Interesse unseres Kunden.«

Ohne eine weitere Bemerkung reichte Schorsch die zusammengehefteten Blätter an Horst weiter, der das Beweisstück vorsichtig in einer Asservatentüte verschwinden ließ. Während des Gesprächs hatte er bereits die Abnahme der Fingerabdrücke vorbereitet. Nun fuhr er einen Laptop hoch und verband den Fingerabdrucksensor mit dem USB-Zugang.

»Es ist gleich so weit«, sagte er, rief eine personifizierte Maske des Fingerabdrucksystems auf und gab die erforderlichen Angaben zur Person ein.

Die Bankangestellte trat neugierig an das Gerät heran. Horst nahm ihre rechte Hand und legte jeden ihrer Finger einzeln auf den Sensor. Entsprechend verfuhr er mit der linken Hand.

Der optische Fingerabdrucksensor gewährleistete den Ermittlern gegenüber der herkömmlichen Fingerprintmethode eine Lebenderkennung, bei der bei einer Datenübertragung bestimmte Merkmale wie Blutzirkulation, Pulsschlag sowie ein dreidimensionales Tiefenmuster und ein Wärmebild der Person erfasst wurden. Schorsch hoffte, auf diese Weise den Fingerprint des Täters eindeutig auf dem sichergestellten Überweisungsträger zu identifizieren. Daher war es erforderlich, die Fingerabdrücke der Bankangestellten und von Herrn Maiwald eindeutig zuzuordnen. Was dann an Spuren auf dem Bankbeleg noch übrig blieb, konnte mit großer Wahrscheinlichkeit dem Tatverdächtigen zugeordnet werden.

Während Horst noch mit der Bankangestellten beschäftigt war, hatte Paulus Partl Robert Maiwald erreicht und ihn nach kurzer Erklärung gebeten, umgehend in der Bank zu erscheinen. Der Rentner sicherte ihm zu, sich sofort auf den Weg nach Burgthann zu machen.

Es war kurz nach fünfzehn Uhr, als auch Robert Maiwald aus Pfeifferhütte, einem Ortsteil der Gemeinde Schwarzenbruck, seine Vergleichsabdrücke abgegeben hatte. Als er einen kurzen Blick auf den eingetüteten Überweisungsträger warf, war er sichtlich schockiert. Er hätte es nie für möglich gehalten, dass jemand so abgebrüht sein konnte, diesen für seine Verbrechen zu nutzen.

»Darf ich den nochmal genau ansehen?«, fragte er.

Horst reichte ihm die Asservatentüte.

Maiwald schüttelte ungläubig den Kopf und deutete auf die Unterschriftenzeile des Belegs. »Das ist definitiv nicht meine Unterschrift«, sagte er. »Jemand hat vermutlich einen weggeworfenen Überweisungsträger von mir genutzt, um meine Kontodaten auf einen neuen, von ihm ausgestellten Bankbeleg zu übertragen. Auch Zahlen schreibe ich ganz anders.«

Er gab Horst die Asservatentüte zurück.

»Genau deshalb brauchen wir einen Vergleichsabdruck«, erklärte Horst. »Ihre Angaben werden sich dann ja bestätigen und wir können die Abdrücke des Täters beziehungsweise der Bankangestellten sichern.«

»Wie schlecht doch diese Welt ist. Wer macht so etwas?«, fügte Maiwald hinzu. Er konnte nicht glauben, dass er ohne sein Zutun einen Beitrag zu einem Kapitalverbrechen geleistet hatte.

Nach dem Gespräch mit Robert Maiwald machten sich die Beamten auf den Weg nach Erlenstegen. Die Rushhour hatte bereits begonnen, sodass sie nur im Stop-and-go-Tempo vorankamen. Heftig einsetzender Schneefall und glatte Fahrbahnen taten ihr Übriges.

Erst gegen siebzehn Uhr erreichten sie die Escort-Agentur *Secret Events*, die in einer vornehmen Wohnanlage lag, in der sich unter anderem verschiedene Bürogebäude befanden.

Schorsch klingelte. Unmittelbar darauf öffnete sich die Eingangstür. Ein kurzer Blick auf die Klingelanlage zeigte den erfahrenen Kriminalbeamten, dass eine installierte Signaldiode der Überwachungskamera über dem Klingeltableau blinkte und die Besucher bereits per Bildübertragung angekündigt hatte.

Ein Hinweisschild im Eingangsbereich des Gebäudes wies auf den Begleitservice in der dritten Etage hin.

Oben angekommen, staunten Schorsch und Horst nicht schlecht, als ihnen eine bekannte Person im Zugangsbereich der Agentur gegenüberstand.

Montag, 07. Dezember 2015, 12.58 Uhr,
A 73 Höhe Anschlussstelle Baiersdorf-Nord

Gunda und Roland Löw hatten sich auf den Weg nach Bamberg gemacht. Da die Dienstreise genau in die Mittagszeit fiel und Oberfranken für sein gutes Bier und die besten Pfefferkarpfen bekannt war, entschlossen sie sich zu einem Zwischenstopp in Stiebarlimbach. Hier, nahe der Bierkeller zum Kreuzberg, unterhielt die Familie des Bierbraumeisters Franz Roppelt eine Gastwirtschaft mit einer Kleinbrauerei. Neben den süffigen Bieren, die in den Sommermonaten im schattigen Bierkeller ausgeschenkt wurden, hatte der Brauer mehrere Aufzuchtteiche für die Gattung *cyprinus carpio*.

Gunda und Roland entschieden sich beide für den gebackenen Pfefferkarpfen mit einer Portion Ingreisch und einem Seidla alkoholfrei. Die Fischla waren hervorragend, die Preise wie immer fränkisch gut.

Nachdem sie ihre Mahlzeit ausgiebig genossen hatten, fuhren sie in Richtung Bamberg weiter, wo sie um kurz nach vierzehn Uhr die Zufahrt zum Bamberger Domplatz erreichten, an dem das Erzbischöfliche Ordinariat untergebracht war. Sie stellten den Wagen ab und begaben sich zu dem großen Eingangsportal.

»Ja bitte«, ertönte eine weibliche Stimme durch die Sprech-anlage, nachdem Gunda geklingelt hatte.

»Löw und Vitzthum von der Kriminalpolizei Nürnberg«, sagte Gunda.

Ein Summer ertönte und die große Eingangstür zum Ordina-riat öffnete sich.

Die Ordinariatssekretärin Ortrud Schmidtlein hatte die Er-mittler bereits erwartet. Freundlich geleitete sie die beiden in einen großen Besucherraum.

»Wie kann ich Ihnen helfen«, fragte Schmidtlein, nachdem sie in einer Sitzgruppe Platz genommen hatten.

»Wie wir Ihnen bereits telefonisch mitgeteilt haben, ermit-teln wir in einer Mordserie und möchten einigen Spurenhin-weisen nachgehen«, begann Gunda. »Einer dieser Hinweise führt uns in Ihre Diözese. Es geht um Telekommunikationsver-bindungen, die mit einem Mobiltelefon getätigt wurden, das auf Ihr Haus zugelassen ist. Der Anrufer muss demnach im Dienst Ihrer Kirche stehen.«

Ortrud Schmidtlein sah die Ermittler überrascht an. »Kann es sich um eine Verwechslung handeln?«, fragte sie. Die Nervo-sität war ihr deutlich anzusehen.

»Leider nicht, Frau Schmidtlein, die Verbindungsdaten sind eindeutig dem Erzbistum zuzuordnen. Wir benötigen die An-gaben zum Nutzer dieser Mobiltelefonnummer«, sagte Gunda und reichte der Ordinariatssekretärin einen Zettel mit der er-mittelten Nummer.

Ortrud Schmidtlein nahm die Notiz entgegen und erhob sich. »Ich bin gleich wieder zurück«, sagte sie und verließ den Besucherraum.

Gunda und Roland sahen sich derweil interessiert um. Der Reichtum der Kirche war allgegenwärtig. Neben massiven Ba-rockmöbeln, deren Bezüge in dunkelrot und lila gehalten waren, schmückten nicht nur berühmte Gemälde der Renaissance den hohen Raum, dessen Wände mit hellem Eichenholz getäfelt waren. Auch war der Dielenboden mit zahlreichen schweren Teppichen und Brücken ausgelegt.

In der Mitte des Raumes befand sich ein großer Schreibtisch, auf dem ein circa fünfundzwanzig Zentimeter langes goldenes Kreuz stand. Es war auf einen rotvioletten Hackmanit gesetzt, dessen funkelnde Leuchtkraft durch das einfallende Sonnenlicht geheimnisvoll auf der Schreibtischplatte reflektiert wurde. Dieser einzigartige Sodalithstein konnte in kürzester Zeit seine Farbe durch Absorbieren von UV-Licht verändern.

Gunda und Roland, deren Blicke magisch von dem strahlenden Stein angezogen worden waren, zuckten zusammen, als die große Eichentür geräuschvoll geöffnet wurde und Schmidtlein in Begleitung einer männlichen Person zurückkam.

»Guten Tag, mein Name ist Meindl. Ich bin Sekretär des Generalvikars Dr. Glockner«, stellte sich der Mann vor und reichte den Beamten, die sich erhoben hatten, die Hand. »Frau Schmidtlein hat mir von Ihrem Anliegen berichtet. Wie kann ich Ihnen weiterhelfen?«

»Wir benötigen dringend Angaben zum Nutzer einer Mobilfunknummer, die auf Ihr Ordinariat angemeldet ist«, wiederholte Gunda den Grund ihres Erscheinens. »Wenn es Ihnen lieber ist, können wir aber gern mit einem Durchsuchungsbeschluss wiederkommen und selbst den Nutzer der Nummer feststellen«, fügte sie eindringlich hinzu.

Sichtlich erstaunt zupfte Meindl an seinem grauen Lenin-Bärtchen, sah kurz auf das goldene Kreuz auf dem Schreibtisch und ließ sich mit einem tiefen Atemstoß in den Bürostuhl fallen.

»Ich bin sicher, dass sich alles aufklären lässt«, sagte er bemüht ruhig und wischte sich mit der rechten Hand über die

Stirn. Ihm war anzumerken, dass er nicht recht wusste, wie viel seines Wissens er preisgeben durfte. »Das Diensttelefon … also die von Ihnen genannte Nummer … ist an Pfarrer Josef Bentheim ausgegeben worden«, sagte er schließlich unsicher. »Er leitet die Kirchengemeinde St. Georg in Erlangen. Soll ich ihn für Sie anrufen? Vielleicht lässt sich die Angelegenheit bei einem Telefonat bereinigen.«

Gunda winkte ab. »Mit einem unangekündigten Hausbesuch haben wir bislang die besten Erfahrungen gemacht«, sagte sie. »Wir werden Herrn Bentheim lieber persönlich aufsuchen. Vielen Dank, Herr Meindl, dass Sie sich Zeit für uns genommen haben.«

Nachdem sie sich verabschiedet hatten, machten sich Gunda und Roland Löw auf den Weg nach Erlangen. Ortrud Schmidtlein hatte ihnen die genaue Adresse der Kirchengemeinde St. Georg genannt.

Sie stellten ihr Dienstfahrzeug auf dem Besucherparkplatz des Pfarramts ab.

Der Eingangsbereich zum Pfarrhaus und zur Kirche St. Georg war bereits weihnachtlich beleuchtet. Ein Mann in einem schwarz-violetten Gewand verließ soeben die nebenliegende Kirche und beschritt andächtig den schneegeräumten Gartenweg zum Pfarrhaus. Die liturgischen Farben seines Gewandes deuteten darauf hin, dass er einen Trauergottesdienst hinter sich hatte.

»Entschuldigen Sie!«, rief Gunda ihm zu.

»Grüß Gott, was verleiht mir die Ehre?« Der Pfarrer blieb stehen und wandte sich den Besuchern zu.

»Pfarrer Josef Bentheim?«

»Ja, der bin ich. Wie kann ich Ihnen weiterhelfen?«

»Gunda Vitzthum und Roland Löw von der Kriminalpolizei Nürnberg«, sagte Gunda. »Wir haben ein paar Fragen an Sie bezüglich Anna und Stella. Oder besser gesagt Sabrina Suttner und Krystyna Dudek.«

Pfarrer Bentheim sah die Ermittler wie versteinert an. Es schien, als würde er sein weiteres Verhalten abwägen. Schließlich setzte er sich wieder in Bewegung und öffnete die Tür zum Pfarrhaus. »Könnten wir das diskret behandeln? Vielleicht in meinem Büro?« Er deutete den Ermittlern, ihm zu folgen. »Die zweite Tür links, da sind wir ungestört.«

Sie betraten das Amtszimmer des Pfarrers, das mit schweren antiken Möbeln eingerichtet war. Hinter einem wuchtigen Schreibtisch hing ein berühmtes handgemaltes Ölgemälde auf Leinwand in Museumsqualität, das von zwei purpurroten Samtvorhängen flankiert wurde, die mit einer antiken goldenen Brokatborde versehen waren, sodass es sich von den rundum in hellem Holz getäfelten Wänden abhob.

Der Parkettboden war mit alten, rot gemusterten Teppichen ausgelegt. Links vom Schreibtisch, der mit einem großen Flachbildschirm und einer Telefonanlage bestückt war, befand sich eine Sitzgruppe mit alten englischen Stilmöbeln.

Auf dem dunklen Mahagonitisch thronte ein schweres goldenes Standkreuz von beeindruckender Höhe mit dem Gekreuzigten. Das geräumige Arbeitszimmer war zudem von alten Bücherregalen umrahmt, von denen einige mit Glastüren versehen waren, die vermutlich wertvollen Werken Schutz boten.

Über der Mitte des Raumes hing ein großer bronzefarbener Kronleuchter.

Alles in allem war es ein prunkvoll ausgestatteter Raum, bei dessen Betrachtung Gunda spontan der ehemalige beratungsresistente Bischof von Limburg in den Sinn kam, der bundesweit Aufsehen mit seiner Verschwendungssucht erregte und dessen Amtsgebaren nicht nur bei Kritikern der katholischen Kirche einen faden Beigeschmack hinterlassen hatte.

»Nehmen Sie bitte Platz«, sagte Pfarrer Bentheim. »Ich komme sofort zu Ihnen, ich möchte nur noch mein Gewand ablegen. Darf ich Ihnen etwas zum Trinken anbieten?«

»Danke, wir sind nicht durstig«, sagte Roland freundlich. »Lassen Sie sich Zeit. Ein schönes Wandgemälde übrigens«, fügte er interessiert hinzu.

»›Das letzte Abendmahl‹ von Leonardo da Vinci, zwar nur eine Kopie, aber in Öl«, sagte Pfarrer Bentheim stolz und zog sich durch eine schwere Holztür in einen Nebenraum zurück.

Es dauerte eine geraume Weile, bis er, bekleidet mit einer schwarzen Stoffhose, einem Kollarhemd – dem Erkennungsmerkmal christlicher Kleriker, die zum Tragen einer geziemenden kirchlichen Kleidung verpflichtet waren – und Jackett wieder erschien.

»Entschuldigen Sie bitte, dass ich Sie habe warten lassen«, sagte er gehetzt, »aber die Namen der Mädchen haben bei mir eine plötzlich einsetzende Darmtätigkeit hervorgerufen.« Schweißperlen hatten sich auf seiner Stirn gebildet, die er hastig mit einem Stofftaschentuch abwischte, während er zu seinem Schreibtisch neben der Sitzgruppe ging und sich setzte.

»Herr Bentheim, wir ermitteln in einer Mordserie«, begann Gunda. »Es wurden drei junge Frauen ermordet. Zwei von ihnen sind Sabrina Suttner und Krystyna Dudek, Ihnen bekannt als Anna und Stella. Bei der Auswertung der Telekommunikationsdaten der Opfer konnten mehrere Telefonate registriert werden, die von Ihrem Mobilfunkanschluss aus mit den beiden Escort-Frauen geführt wurden. Was können Sie uns dazu sagen?«

Pfarrer Bentheim wurde aschfahl. Die Nervosität war ihm deutlich anzusehen. Erneut bildeten sich Schweißperlen auf seiner Stirn, die sich entlang der Schläfen über die Halspartie bis zum Rand des Kollarhemds ihren Weg bahnten. Mit zitternder Hand führte der Pfarrer sein Stofftaschentuch zum Hals.

»Die Damen sind mir persönlich bekannt«, sagte er leise. »Aber bevor wir ins Detail gehen, sagen Sie mir doch bitte, wie es Ihnen gelungen ist, an mich heranzutreten. Ist mein Generalvikar über die Angelegenheit unterrichtet worden?«

»Ihr Generalvikar wurde lediglich darüber informiert, dass mit Ihrem Mobiltelefon vor dem Tod unserer Opfer eine Kontaktaufnahme erfolgte.«

»Trotzdem werde ich mich wohl outen und meinen Beruf als Priester aufgeben müssen«, sagte Pfarrer Bentheim sichtlich bewegt.

»Wenn Sie mit dem Verbrechen nichts zu tun haben, sollte ein durchaus menschliches Bedürfnis Ihrer beruflichen Karriere nicht im Weg stehen, Details sind dem Generalvikar ja nicht bekannt«, sagte Roland sachlich. »Aber kommen wir noch einmal auf die Frage meiner Kollegin zurück: Was wissen Sie über die beiden Frauen?«

Noch immer ging Pfarrer Bentheim nicht auf die Frage ein. »Darf ich Sie nach Ihrer Glaubensrichtung fragen?«, sagte er stattdessen.

Die Ermittler wechselten einen vielsagenden Blick.

»Beide evangelisch«, erwiderte Gunda.

Pfarrer Bentheim nickte wissend. »Gut, Ihre Kirche sieht das nicht so eng wie unsere. Schließlich habe ich bei der Priesterweihe auf das Zölibat eingeschworen. Aber ich stehe vermutlich mit meinen Neigungen nicht allein da. Ich kenne Brüder, die eine gleichgeschlechtliche Beziehung ausleben und ihrem Priesterberuf nachgehen, denen passiert nix, gar nix. Sind Sie aber hetero orientiert und verlieben sich in eine Partnerin, dann war es das. Die können ihren Beruf an den Nagel hängen, werden dann vielleicht Seelsorger oder Krankenpfleger, um den Menschen zumindest ein bisschen von ihrem ursprünglichen Beruf in Form von Barmherzigkeit wiederzugeben.«

Erneut tupfte er sich hastig den Schweiß von der Stirn und ließ sein Taschentuch einmal über seinen Nacken fahren.

»Ich habe mich nach meiner Priesterweihe mit mir vertrauten Personen intensiv über diese Thematik ausgetauscht. Der Weg zum Generalvikar wäre der allerletzte Ausweg. Ja, ich gebe zu, dass auch mich die Fleischeslust eingeholt hat. Deshalb bin ich aber noch lange kein Mörder. Viele unserer Brüder haben eine Haushälterin in Anstellung, wogegen keiner etwas in der katholischen Kirche sagt. Es gibt sogar Kinder. Kinder von Haushälterinnen. Kinder, denen Gott das Leben schenkte, obwohl er wusste, dass das Zölibat gebrochen wurde. Eine Reformation in der katholischen Kirche wird es mit dieser jahrhundertealten Problematik niemals geben. Durch dieses Anathem findet eine Verurteilung durch die Kirche statt, die mit dem Ausschluss aus der kirchlichen Gemeinschaft einhergeht. Nach dem Kirchenrecht ist dies der Exkommunikation gleichzusetzen. Es ist demnach eine sehr schwere und zugleich ernsthafte Entscheidung, glauben Sie mir.«

Pfarrer Bentheim erhob sich und ging zu einem verzierten Vertiko. Er fingerte einen Schlüssel aus seiner rechten Hosentasche hervor und öffnete ein eingelassenes Schreibfach.

»Entschuldigen Sie bitte, aber ich brauche jetzt erst einmal einen kräftigen Schluck.«

Er griff zu einer kleinen Glasflasche, deren Vorderseite mit einem wuchtigen silbernen Siegel versehen war.

»Gern würde ich Ihnen auch einen Brandy Luis Felipe Cien Años anbieten. Dürfen Sie?«, fragte er die Ermittler und hielt ihnen die Glasflasche entgegen.

Gunda und Roland lehnten dankend ab.

»Sie müssen wissen, dass dieser Weinbrand ein kleines Wunder darstellt, das 1893 in einer bescheidenen Bodega im andalusischen La Palma del Condado in alten Eichenfässern entdeckt wurde«, fuhr Pfarrer Bentheim fort, während er sich selbst mit der mahagonifarbenen Flüssigkeit ein Brandyglas füllte. »Er war ursprünglich für Antoine d'Orléans, dem Herzog von Montpensier und Sohn des Bürgerkönigs, Louis-Philippe I., reserviert. Seine Reife ist noch nicht abgeschlossen, deshalb betrachte ich jeden Schluck als Reifeprobe für unser Leben, denn keiner von uns ist vollkommen – und bis unser Vorhang fällt, werden wir weiter die Erfahrungen unseres inneren Weges gehen, werden reifen und gedeihen, wie es im Ersten Buch Moses geschrieben steht.«

Pfarrer Bentheim schloss die Augen, roch andächtig an seinem Brandy, nahm genussvoll den ersten Schluck des edlen Tropfens und ließ ihn geräuschvoll seine Kehle herunterrinnen.

»Doch nun zu Krystyna und Sabrina«, sagte er, während er zu seinem Schreibtisch zurückging.

Die Ermittler sahen ihn erwartungsvoll an.

Er machte eine beschwichtigende Geste. »Ja, ich kannte die beiden, wie ich bereits sagte. Länger als Sabrina war mir jedoch Krystyna bekannt. Krystyna Dudek wurde in Polen geboren und siedelte als kleines Kind mit ihrer Familie nach Deutschland über. In meiner Zeit als Kaplan, ich absolvierte meine praktische Ausbildung in Nürnberg, lernte ich die damalige Ministrantin kennen und schätzen. Sie war ein sehr hübsches Kind, immer fleißig, aufrichtig und stets christlichen Lehren zugewandt. Wir verstanden uns sehr gut. Irgendwann, ich glaube, es war kurz nach der Jahrtausendwende, wir waren mit den Ministranten auf Exerzitien im Kloster Banz, kam mir Krystyna näher. Ich wies sie ab, denn mein Ziel stand fest: Ich wollte unbedingt die Priesterweihe erlangen. Zugleich stellte ich aber eine psychische und physische Veränderung bei mir fest. Irgendetwas zog mich magisch zu Krystyna hin. Was es war, weiß ich nicht.«

Pfarrer Bentheim stellte sein Brandyglas vor sich ab und drehte hilflos die Handflächen nach oben.

»Krystyna schrieb mir heimlich Briefe, die ich niemals beantwortet habe. Schließlich verloren wir uns aus den Augen. Ich beendete mein Theologiestudium in Innsbruck, erhielt meine Priesterweihe und bekam meine erste Kirchengemeinde. Wir haben uns über Jahre aus den Augen verloren.«

Pfarrer Bentheim öffnete eine silberne Schatulle, die auf seinem Schreibtisch stand.

»Es muss im Sommer 2014 gewesen sein, als ich Krystyna in der Nürnberger Fußgängerzone nach all den Jahren wiedertraf. Sie war in Begleitung einer sehr hübschen Freundin. Es war Sabrina Suttner. Hier, sehen Sie, ich habe damals ein Foto gemacht.«

Er entnahm der Schatulle ein Foto und hielt es den Ermittlern hin.

»Wissen Sie, Frau Vitzthum«, sagte er an Gunda gewandt, »die beiden haben mich irgendwie in ihren Bann gezogen. Sie haben mich geradezu verzaubert. Ich habe sogar daran gedacht, meinen Beruf aufzugeben, aber ein sehr guter Freund hat mir davon abgeraten. Na ja, irgendwann kam es dann, wie es kommen musste … Ich bin ihnen dann auch … wie soll ich sagen … nähergekommen.«

»Wie hat sich Ihr Verhältnis zu Sabrina Suttner entwickelt?«, fragte Roland.

Pfarrer Bentheim starrte zum goldenen Standkreuz hinüber. »Ja … Sabrina …« Er flüsterte beinahe. »Beide Mädchen waren sich sehr ähnlich, man könnte fast meinen, sie seien Schwestern gewesen. Obwohl sie wussten, dass mein Beruf als katholischer Pfarrer persönliche Annäherungen verbietet, machten sie keinen Hehl aus ihrer Zuneigung zu mir. Ich war in einem, sagen wir mal, Teufelskreis gefangen. Tage und Nächte habe ich über die beiden nachgedacht. Doch es war vergebens. Sie haben mich einfach auf ihre freundliche und charmante Art bezirzt. Wir kamen uns immer näher. Nun ja, und dann konnte ich nicht mehr wiederstehen.«

Er hob seinen Blick und sah die Ermittler mit klaren Augen direkt an – so als sei er aus seiner Erinnerung erwacht.

»Aber lassen Sie mich die Geschichte von Anfang an erzählen. Wir sind uns wie gesagt in der Fußgängerzone begegnet. Das Treffen zog sich hin. Wir suchten einen Ort, an dem wir uns ungestört, zwanglos und zugleich unauffällig unterhalten konnten. Spontan schlug Sabrina das Thalia-Bistro beim Buchhaus Campe in der Karolinenstraße vor. Dort hätte ich im Zweifelsfall behaupten können, nach neuer Kirchenliteratur gestöbert zu haben und zufällig auf eine ehemalige Ministrantin gestoßen zu sein. Nach einer Weile fing Krystyna an, von ihrem Nebenberuf zu erzählen. Sie finanzierte sich ihr Studium ebenso wie Sabrina über einen Begleitservice. Ich wusste zuerst gar nicht, was das überhaupt ist und was die Mädchen da konkret machten. Sabrina fand meine Unwissenheit amüsant. Sie erklärten mir, dass ihr Job darin bestand, Männer, die sich in der Öffentlichkeit gern mit hübschen Frauen zeigten, gegen Bezahlung auf Partys, zum Abendessen oder zu privaten Veranstaltungen zu begleiten. Nach und nach rückten sie damit heraus, dass das nicht alles war. Oh Gott, Herr hilf mir …«

Pfarrer Bentheim stützte seine Ellenbogen auf dem Schreibtisch ab und verbarg sein Gesicht in den geöffneten Handflächen. Von Scham erfüllt, schüttelte er seinen Kopf hin und her.

»Sie trafen sich mit den Männern auch stundenweise in speziellen Pärchenklubs oder an abgeschiedenen Orten, wo sie sie mit Zärtlichkeiten verwöhnten«, fuhr er schließlich fort. »Sie sagten, dass die Kunden gegen eine entsprechende Bezahlung viele nicht alltägliche Dinge von ihnen bekamen, die zudem auch ihnen selbst Spaß bereiteten. Sie behaupteten, es sei ein sehr lukratives Geschäft, bei dem man interessante Leute kennenlerne und großzügig umgarnt würde. Sie klangen geradezu euphorisch. Auch mein anfänglicher biblischer Hinweis auf die zwei mystischen Städte im Alten Testament, die durch Gott unter einem Regen aus Feuer und Schwefel begraben wurden, weil sie der Sünde anheimgefallen waren, brachte die beiden nicht davon ab, diesem Geschäft weiter nachzugehen.«

»Sie meinen Sodom und Gomorrha?«, fragte Roland.

»Ja, die meinte ich, denn Krystyna kannte diese biblische Geschichte. Sie war tatsächlich sehr gläubig. Ihre Arbeit als Begleitdame stellte einen großen Widerspruch zu ihrer Glaubensauffassung und ihrer Lebensgestaltung dar. Als ich meine Bedenken zum Ausdruck brachte, versicherte sie, dass es sich nur um einen Nebenberuf wie jeden andere handele und sie trotzdem gläubig sein könne. Auch ihr Studium der Politikwissenschaften würde keineswegs davon beeinträchtigt.«

Pfarrer Bentheim erhob sich schwerfällig und ging ein weiteres Mal zum Vertiko hinüber, wo noch immer die Flasche Brandy stand.

»Ich hoffe, Sie haben nichts dagegen«, sagte er in Richtung der Ermittler und füllte sein Brandyglas erneut. Nachdem er gierig einen tiefen Schluck genommen hatte, ging er zurück an seinen Schreibtisch.

»Die beiden haben sich an der Universität kennengelernt«, fuhr er fort. »Sabrina finanzierte ihr Studium über die Arbeit für eine Agentur in Nürnberg, Krystyna in Neumarkt. Das passte gut, so kamen sie sich nie in die Quere.«

»Haben sie Ihnen den Zugang zu ihren Profilseiten genannt?«, fragte Gunda.

»Nein, aber wissen Sie, auch Priester sind neugierig.« Pfarrer Bentheim hob wie zur Entschuldigung kurz die Schultern an. »Ich suchte im Internet nach den Agenturen und stieß schnell auf Anna Gold und Stella Backhaus. Die Art, wie sie sich dort den Kunden präsentierten, sprach mich physisch sehr an. Ich begann, mir ihre Profile genauer anzusehen. Schließlich war das alles Neuland für mich.« Er nippte an seinem Brandy.

»Was meinen Sie damit?«, fragte Roland.

Pfarrer Bentheim sah ihn unsicher an. »Wissen Sie, Herr Kommissar, eigentlich ist es peinlich, hier in Gegenwart einer Frau darüber zu sprechen, aber das, was die beiden da anboten, das machte mich neugierig. Neugierig, all das selbst einmal erleben, ja spüren zu können, zu dürfen.« Verlegen knetete Pfarrer Bentheim seine Hände.

»Wir können Ihr Bedürfnis sehr gut nachvollziehen, Herr Bentheim«, kam Gunda ihm zu Hilfe. »Und seien Sie versichert: Auch wenn Sie unserem Herrgott sehr nahestehen, so sind diese Bedürfnisse durchaus menschlich.«

»Ich bin als Jugendlicher bei einer Prostituierten gewesen, wollte das wie viele einmal erleben«, gab Pfarrer Bentheim zögernd zu. »Es war eine schreckliche und schmerzhafte Erfahrung, eine dumme Mutprobe, der ich damals zugestimmt habe. Meine Freunde wählten ausgerechnet ein Domina-Studio aus, ich habe davon gar nichts gewusst. Ich wurde gedemütigt und bestraft. Es war allein mein Glaube, der mich innerlich wieder gefestigt hat. Ich wollte so etwas nie wieder erleben. So war mein Wunsch entstanden, Priester zu werden. Den fleischlichen Gelüsten fern zu bleiben, etwas Gutes zu tun. Den Menschen, ja Gott zu dienen.«

Roland hatte sich während der Ausführungen des Pfarrers Notizen gemacht. »Ein solches Kindheits- beziehungsweise Jugenderlebnis ist sicher sehr prägend, Herr Bentheim«, sagte er verständnisvoll. »Hatten Sie die Möglichkeit, Ihr persönliches Trauma zu verarbeiten? Sei es durch psychologische Hilfe oder durch Gespräche mit Vertrauten?«

Pfarrer Bentheim sah betreten zu Boden. Dann schüttelte er langsam den Kopf. »Das ist völlig undenkbar …«, sagte er leise.

»Sie müssen verstehen, warum wir danach fragen«, sagte Gunda behutsam. »Viele Sexualstraftäter sind durch traumatische Erlebnisse zum Triebtäter geworden. Das fängt beim Stalken oder bei Belästigung von Frauen an und endet im schlimmsten Fall bei Vergewaltigung. Leistet ein Opfer Gegenwehr, wird es nicht selten mundtot gemacht. So wie in unserem Fall. Es handelt sich dann um ein klassisches Kapitalverbrechen. Doch bitte, fahren Sie fort.« Gunda ermunterte den Pfarrer mit einer Geste, weiterzusprechen.

Er nickte nachdenklich. »Als ich Krystyna dann wiedertraf«, sagte er schließlich, »wurde mir bewusst, was diese Mädchen da taten. Wie sie ihren Lebensrhythmus ganz nach ihrer Arbeit ausrichteten. So habe ich mich erneut in die Materie vertieft. Ich fühlte mich massiv zu Krystyna hingezogen, wusste ich doch um ihre Einstellung zu dieser Thematik. Aber irgendwie war ich auch zu feige, zu feige, ihr meine Zuneigung direkt zu zeigen. Daher ging ich denselben Weg wie ihre anderen Kunden. Ich buchte sie über ihre Agentur. Beide Mädchen. Dadurch war zum einen Diskretion gewährleistet, zum anderen erleichterte es mein Gewissen, da meine Bezahlung den Studentinnen letztendlich zugutekam. Ich sagte mir, es ist doch eine Sache, zu einer Prostituierten zu gehen. Aber zwei Menschen zu treffen, die ich kenne, sie zu unterstützen, eine ganz andere. Glauben Sie mir, es war nicht das Sexuelle, nein, es war die Vertrautheit, die uns verband. Schon nach kurzer Zeit hatte ich sie in mein Herz geschlossen.«

Er sah die Ermittler hilflos an, die ihm aufmerksam gefolgt waren.

Gunda und Roland stellten keine Zwischenfrage, um den Pfarrer, der sich offensichtlich entschlossen hatte, endlich seine Seele zu erleichtern, nicht aus dem Konzept zu bringen.

»Sie fragen sich sicherlich, warum ich die beiden nicht einfach ohne Gegenleistung finanziell unterstützt habe. Nun, ich will es Ihnen verraten. Es war das Heimliche, das Verbotene, das mich reizte. Ich konnte ausleben, was ich eigentlich nicht durfte, wovor ich abgeschworen hatte. Genau das weckte starke Gefühle in mir.«

Er atmete schwer. Bevor er weitersprach, nahm er einen weiteren Schluck Brandy.

»Es waren Gefühle, die ich nicht zu beschreiben vermochte. Glauben Sie mir, ich habe versucht, mich von den beiden zu distanzieren, aber ich schaffte es einfach nicht. Ich wollte mich neu orientieren, einerseits. Andererseits wollte ich mein Kirchenamt weiter fortführen. Mit den Mädchen war das möglich geworden.«

Pfarrer Bentheim richtete seinen Blick schwermütig auf das Standkreuz. Dann hob er seine rechte Hand, führte sie zum Herzen und schlug sich dreimal auf die linke Brustseite.

»*Confiteor ... quia peccavi nimis cogitatione, verbo, opere et omissione: mea culpa, mea culpa, mea maxima culpa*«, sagte er andächtig.

»Sie fühlen sich schuldig. Schuldig am Tod der Mädchen, nicht wahr? Möchten Sie uns etwas sagen, Herr Bentheim?«, fragte Gunda eindringlich.

»Nein, Frau Vitzthum, ich bin nicht schuldig am Tod der Mädchen. Schuldig gemacht habe ich mich als Geistlicher dadurch, dass ich weder psychisch noch physisch in der Lage gewesen bin, ihnen einen anderen Weg aufzuzeigen. Einen Weg

weg von ihrem Hurendasein. Einen Weg in einen neuen Lebensabschnitt, der weniger Gefahren birgt. Das, was hier passiert ist, erschüttert mich in meinem Innersten. Ich mache mir große Vorwürfe, glauben Sie mir.«

Dann stand er auf und ging zum Vertiko …

Nürnberg, Erlenstegen

Die Fahrt von Burgthann nach Erlenstegen hatte fast eine Stunde gedauert. Als Schorsch und Horst den Zugangsbereich zur Escort-Agentur betraten, stand vor ihnen ein großer kahlköpfiger Mann Mitte fünfzig mit unnatürlich braun gebrannter Haut und einem schwarz gefärbten Kaiser-Wilhelm-Bart.

»Sieh mal einer an. Der schöne Gerry. So trifft man sich wieder. Sind Sie jetzt auch im Escort-Gewerbe tätig?«, fragte Schorsch.

»Auch. Auch.« Der auffallende Bart des Mannes, der Schorsch als der Fürther Swingerklubbetreiber Gerry Huber bekannt war, wippte bei seinen Worten auf und ab. »Ach, jetzt erkenne ich Sie erst wieder, die beiden Kommissare von damals. Grüß Gott, meine Herren. Hereinspaziert.«

Gerry Huber geleitete die Ermittler in den Wintergarten, der mit umfangreicher weihnachtlicher Deko ausgestattet war. Vom sprechenden und tanzenden Weihnachtsmann bis zum blinkenden Rauschgoldengel, der wippend neben den mit Leuchtgirlanden geschmückten Gardinen auf und ab schwebte, war hier alles vertreten. Bei allem Kitsch bot der Wintergarten durch eine circa fünf Meter breite Glasfront, die nach Südwesten ausgerichtet war, dennoch eine brillante Sicht auf das festlich beleuchtete Nürnberg.

»Nehmen Sie bitte Platz in unserer Funkelbude«, sagte Gerry Huber. »Meine Partnerin, Frau Kohr, hat ein Faible für festliche Dekorationen. Darf ich Ihnen etwas anbieten?«

Die Kommissare lehnten dankend ab und setzten sich auf eine cognacfarbene Ledercouch.

»Mein Pärchenklub in der Brettergartenstraße lief nach der Verurteilung wegen dieser kleinen Steuerhinterziehung nicht mehr wirklich gut«, erklärte Huber ungefragt. »Respekt, das war clever gemacht, Herr Bachmeyer. Danach war einfach ein Ortswechsel angesagt. Glücklicherweise hatte meine Bekannte, Frau Kohr, Mitleid mit mir. Sie bot mir eine Beteiligung an ihrem Escort-Service an, da konnte ich doch nicht ablehnen.« Er lachte gekünstelt auf. »Und wie Sie ja sicherlich noch wissen, sind unsere Mädchen wie immer grandios, die erste Wahl, halt genau das, was Männer suchen, wenn zu Hause mal wieder Funkstille herrscht.« Er zwirbelte seinen Bart. »Aber keine Bange, Herr Bachmeyer, es gibt auch einen neuen Klub, hier gleich um die Ecke. Erlenstegen bietet sich da ja an. Noble Gegend, nette Leute und jede Menge Menschen von nah und fern. Dieses Gewerbe stirbt nie aus ...«

In diesem Moment betrat eine Frau um die vierzig den Wintergarten. Sie stellte sich als Ilse Kohr vor. Froh über die Unterbrechung von Gerry Hubers überschwänglichen Redeschwall wandten sich die Ermittler ihr zu.

Ilse Kohr hatte eine zierliche, aber sportliche Figur. Ihre dunklen Haare waren auf fünf Millimeter gekürzt und mit ihrer spitzen Nase erinnerte sie an eine »Mecki«-Figur. Ihr dunkler Teint verriet dieselbe Neigung wie bei Gerry Huber, regelmäßig Bräunungstempel aufzusuchen.

»Gibt es Neuigkeiten über Sabrina?«, fragte sie mit ernster Miene und nahm auf einer mit mittelblauem Samt bezogenen Chaiselongue neben Gerry Huber Platz. Auf die fragenden Blicke der Ermittler hin erläuterte sie kurz, dass sie gemeinsam die Agentur in Erlenstegen leiteten.

»In der Tat. Wir haben nun Gewissheit, dass Sabrina Suttner einem Gewaltverbrechen zum Opfer gefallen ist«, sagte Schorsch. »Die DNA-Analyse durch unseren Rechtsmediziner hat das bestätigt.« Er brachte Gerry Huber und Ilse Kohr in wenigen Minuten auf den aktuellen Stand der Ermittlungen.

Die beiden zeigten sich sehr kooperativ. Ein Blick in die Unterlagen von Sabrina Suttner bestätigte, dass auch in ihrem Fall Buchungsbetrug wie bei Krystyna vorlag. Die Vorgehensweise war nahezu identisch. Im Fall von Sabrina war der Geldtransfer über die Sparkasse Erlangen abgewickelt worden. Der verwendete Überweisungsträger lautete auf den Namen Klaus Hummel. Erst vor wenigen Tagen war es zur Rückbuchung gekommen. Der Kontoinhaber hatte sich zur Zeit der Transaktion mit seiner Gattin auf einer vierwöchigen Amerikarundreise befunden und den Überweisungsbetrug erst nach ihrer Ankunft in Deutschland bemerkt.

Die Masche des Täters, sich mit der Bitte um höchste Diskretion als Volksvertreter auszugeben, war auch in Sabrinas Fall gelungen. Die Agenturinhaber waren fest davon ausgegangen, dass ihr Mädchen von einem Politiker des Bayerischen Landtags gebucht worden war.

»Es war alles so stimmig«, sagte Ilse Kohr. »Die E-Mail, der unterdrückte Telefonanruf, die eloquente Ausdrucksweise des Anrufers, alles war perfekt. Als dann der Zahlungsbetrag von achthundert Euro einging, haben wir das Date mit Sabrina bestätigt. So läuft unser Geschäft ab, wenig Fragen stellen, das freut auch den Kunden.«

»Der Täter hat einen perfiden Plan ausgearbeitet«, meinte Schorsch. »Er bereitet sich akribisch auf seine Taten vor. Alles wurde minutiös geplant und umgesetzt. Dennoch bin ich sicher, dass wir ihm auf die Spur kommen werden. Jeder Täter begeht irgendwann einen Fehler, und sei es nur eine klitzekleine Unaufmerksamkeit, die er irgendwo in seiner Tatausübung übersehen hat. Und genau da werden wir ihn zu fassen kriegen. Genau wie damals bei Ihnen, Herr Huber, nicht wahr? Aber Sie haben Ihre Strafe ja bereits beglichen.« Er wandte sich grinsend Gerry Huber zu.

Dem einstigen Swingerklubbetreiber war es gelungen, den Finanzbehörden über Jahre hinweg die tatsächliche Höhe der Eintrittsgelder zu verschweigen. Bis sich eines Tages jemand dahintergeklemmt und mittels Videobeweis die Anzahl der Klubbesucher in einem Zeitraum von sechs Monaten ermittelt hatte. Das hatte schlussendlich den Stein ins Rollen gebracht. Gerry Huber erhielt damals eine Freiheitsstrafe von zwölf Monaten, die auf drei Jahre Bewährungszeit ausgesetzt wurde. Zudem forderte das Finanzamt 72.450 Euro von den hinterzogenen Abgaben zurück.

»Läuft es bei Ihnen ähnlich wie in anderen Agenturen ab?«, fragte Horst. »Müssen die Mädchen auch einen Kontrollanruf absetzen, damit die Agentur weiß, wo sie sich mit dem jeweiligen Kunden befinden?«

»Natürlich«, versicherte Ilse Kohr. »Die Sicherheit unserer Mädchen ist uns sehr wichtig. Es ist unser Geschäft. Der Wegfall von Sabrina ist ein herber Verlust für uns. Es ist nicht einfach, Mädchen zu finden, die zum einen etwas im Kopf haben und zum anderen bereit sind, auf die sexuellen Belange ihrer Kunden einzugehen.«

Sie hielt kurz inne und dachte nach.

»An jenem Abend hat sich Sabrina nicht gemeldet«, fuhr sie schließlich fort. »Sie war auch nicht erreichbar. Es war so, als sei bei ihrem Mobilfunkanbieter das Netz über Stunden ausgefallen.«

»Ihre Aussagen decken sich mit denen einer anderen Agentur, die auch ein Opfer zu beklagen hat«, sagte Schorsch. »Sicher haben Sie darüber in der Zeitung gelesen. Es ist sehr wichtig für uns, den im Fall Sabrina verwendeten Überweisungsträger daktyloskopisch untersuchen zu lassen. Wir versprechen uns davon, auf diese Weise verwertbare Fingerspuren des Täters zu erhalten.«

Auf ein Zeichen von Schorsch erhoben sich die Kommissare und bedankten sich für das Gespräch.

»Ihnen beiden noch einen schönen Abend«, ergänzte Schorsch.

St. Georg, Erlangen
kurze Zeit später

Pfarrer Bentheim war die Erleichterung anzusehen. Seine Fehltritte hatten ihn in den letzten Jahren schwer belastet. Er war nicht mehr Herr seines Handelns gewesen. Das Verlangen, die Versuchung waren einfach zu groß gewesen.

Er berichtete, dass er den Agenturen stets nur eine Maximalpauschale von zwei Stunden überwiesen hatte. Die restliche Zeit, die er mit Sabrina und Krystyna verbrachte, habe er den Mädchen direkt ausbezahlt, ohne Beleg, sodass der Erlös ohne Abzug in deren Taschen floss. Es habe sich um großzügige Zuwendungen gehandelt.

Auf die spontane Frage, wo er sich zur mutmaßlichen Tatzeit aufgehalten habe, öffnete Pfarrer Bentheim die linke Schublade seines Schreibtisches, nahm einen Kalender heraus und blätterte darin.

»Hier habe ich es«, sagte er schließlich. »An dem Wochenende, an dem Sabrina verschwand, war ich hier in Erlangen.

140

Der Tag der Deutschen Einheit stand bevor. Ich habe mich auf die Heilige Messe und auf eine anstehende Trauerfeier vorbereitet. An dem Wochenende, an dem sich jede Spur von Krystyna Dudek verlor, habe ich mich auf die anstehenden Rorate-Messen vorbereitet. Diese Eucharistiefeiern werden im Advent frühmorgens vor Sonnenaufgang und je nach Wochentag am Abend bei Kerzenschein abgehalten. Das bedarf einer gewissen Vorbereitungszeit, denn man will ja nicht immer das Gleiche predigen. Ich habe bis spät in die Nacht hinein an meinen Predigten gearbeitet.«

Auf Nachfrage, ob er noch weitere Mädchen kontaktiert habe und ob ihm eine gewisse Ulla Lankes alias Patricia Rauch bekannt sei, verneinte der Pfarrer.

»Herr Bentheim, drei Mädchen wurden mutmaßlich von einem Serientäter umgebracht. Ihre Telefonnummer führte zumindest zu zwei der Mädchen. Hinzu kommt Ihre Aussage, dass Sie von den Mädchen verzaubert waren. Der Täter hinterließ bei allen drei Opfern ein im Rachenraum platziertes Metallplättchen, auf das jeweils der biblische Spruch ›Die Zauberinnen sollst du nicht am Leben lassen‹ eingraviert war. Was können Sie uns dazu sagen?«, fragte Gunda.

»2. Buch Moses 22,17, Frau Vizthum«, erwiderte Pfarrer Bentheim prompt, hielt dann aber einen Moment inne, bevor er weitersprach. »Aber es ist doch ein Unterschied, ob mich jemand verzaubert oder ob ich einen Spruch für ein zur damaligen Zeit todeswürdiges Vergehen zitiere. Ebenso gut könnte ich den Spruch aus dem Buch Deuteronomium, Kapitel 28, vortragen: ›So wie der Herr seine Freude daran hatte, auch Gutes zu tun und euch zahlreich zu machen, so wird der Herr seine Freude daran haben, euch auszutilgen und euch zu vernichten.‹ 5. Buch Moses 28,63. Deshalb bin ich noch lange kein Mörder.«

Er stand auf, drehte sich um und richtete seinen Blick aufwärts zum Bildnis des Heiligen Abendmals.

»Christus gab seinen Leib zum Wohle der Menschheit, verraten und verkauft für dreißig Silberlinge«, sagte er andächtig.

»Was hat das mit den Mordopfern zu tun?«, fragte Gunda überrascht.

»Auch das Leben der beiden Mädchen wurde verkauft, für ein paar Silberlinge, blutige Silberlinge. Der Käufer war ihr Mörder.«

Pfarrer Bentheim bekreuzigte sich und wandte sich wieder den Ermittlern zu.

»Wissen Sie, Frau Vitzthum, im Laufe der biblischen Geschichte waren die dreißig Silberlinge ein symbolischer Preis für die Menschenverachtung. Indem man jemandem dreißig Silberlinge übergab, brachte man seine Missachtung zum Ausdruck. Oder besser ausgedrückt: ›*Du bist mir so viel Wert wie ein toter Sklave*‹, Sacharja Kapitel 11, Vers 12. Die Mädchen waren seine Sklaven. Sklaven, deren Leben er sich bemächtigte.«

Er bekreuzigte sich ein weiteres Mal.

»Herr Löw, Frau Vitzthum, bitte glauben Sie mir. Ich stimme Ihnen vollends zu, dass diese Zitate unweigerlich den Verdacht auf Kirchenvertreter wie mich lenken. In unserem Theologiestudium auf der Universität Innsbruck mussten wir diese biblischen Nennungen gebetsmühlenartig abrufen, deshalb kenne ich die meisten Zitate aus dem Alten Testament. Aber heutzutage hat doch jeder die Möglichkeit, solche Sprüche in der Bibel nachzulesen oder sie aus dem Internet zu ziehen. Verstehen Sie doch: Ich mochte die beiden Mädchen. Ich bin kein Psychopath, der Frauen umbringt. Die Morde gehen mir sehr nahe. Ich bitte Sie inständig, Ihre Vorwürfe gegen mich zu überdenken«, flehte Pfarrer Bentheim.

»Wenn sich ein dringender Tatverdacht erhärtet hätte, würden wir Sie heute mitnehmen, Herr Bentheim, aber wir werden Ihre Angaben natürlich überprüfen«, entgegnete Roland. »Uns bleiben viele Möglichkeiten, den Wahrheitsgehalt Ihrer Worte zu untermauern oder zu zerpflücken. Letzteres beantworten wir immer mit einem rosaroten Schriftstück.«

Auf den fragenden Blick des Pfarrers erklärte er mit erhobener Stimme: »Ein Haftbefehl, Herr Bentheim!«

Der Pfarrer machte einen mitgenommenen Eindruck. Er starrte auf das goldene Kreuz und faltete seine Hände zu einem Gebet. Eine Untersuchung der Angelegenheit bedeutete, dass seine vorgesetzten Kirchenvertreter nunmehr über getätigte Telefonate über sein Diensttelefon in Kenntnis gesetzt werden mussten und er mit Fragen konfrontiert werden würde.

Gunda versuchte, ihn zu beruhigen. »Lassen Sie uns die Überprüfung Ihrer Angaben abwarten. Sollten sich die Verdachtsmomente als unbegründet erweisen, müssen Sie sich gegenüber ihren Vorgesetzten auch nicht rechtfertigen. Was Sie mit Ihrem Gewissen und dem da oben«, sie deutete auf das goldene Standkreuz vor Bentheim, »vereinbaren, geht uns nichts an. Sie müssen deshalb nicht gleich zu Ihrem Generalvikar rennen. Gehen Sie zum Arzt, machen Sie eine Therapie – und wenn Ihr Gewissen dann weiterhin nicht mitmachen sollte, bleibt Ihnen immer noch der Gang nach Canossa. Wie gesagt, ein dringender Tatverdacht hat sich bislang nicht bestätigt, gleichwohl werden wir bei der Überprüfung Ihrer Aussage alle Möglichkeiten ausschöpfen.«

Gunda nickte Roland zu. Für heute hatten sie genug Einblicke in das Leben des Geistlichen und der beiden Mordopfer erhalten. Sie erhoben sich von ihren Plätzen.

»Herr Bentheim, wir danken Ihnen vorerst für das interessante und konstruktive Gespräch und für Ihre Offenheit«, sagte Roland. »Wir werden Ihre Aussagen in unsere Ermittlungen mit einbeziehen. Seien Sie unbesorgt: Ihre Vorgesetzten werden von uns erst dann informiert, wenn sich ein dringender Tatverdacht erhärten sollte. Bis dahin haben Sie nichts zu befürchten.«

Pfarrer Bentheim geleitete die Ermittler zur Tür und reichte ihnen erschöpft die Hand. »Ihr Wort in Gottes Ohren.«

11. Kapitel

*Dienstag, 08. Dezember 2015, 07.52 Uhr,
Polizeipräsidium Nürnberg, K11*

Das Team hatte sich im Besprechungsraum versammelt, um die Erkenntnisse des Vortages durchzugehen. Roberts Stellvertreterin Ute Michel war ebenfalls anwesend. Schorsch hatte ihr den sichergestellten Buchungsbeleg und die Vergleichsfingerabdrücke zukommen lassen.

Es schien, als ob nun mehr Bewegung in die Sache kam, denn die Spurensicherung hatte bereits ihre Unterstützung bei der anstehenden Asservierung des Überweisungsträgers bei der Erlanger Sparkasse zugesagt, um zeitnah die beiden Ergebnisse der daktyloskopischen Untersuchung präsentieren zu können.

Auch Doc Fog saß in der Runde und schlürfte seinen Kaffee.

»Ich möchte euch heute endlich das Ergebnis unserer Untersuchungsreihe mitteilen. Ihr wisst schon, das Experiment mit den drei Schweinekadavern«, sagte er, stellte seine Tasse ab, erhob sich und ging zur Leinwand hinüber. »Ich habe ein paar Fotos mitgebracht.«

Er betätigte den Beamer. Gleich darauf erschien das erste Bild seiner Versuchsreihe.

»Also, nach der Liegezeit, der vom Täter vorgenommenen Kühlkette und der Tatsache, dass wir nun anhand der zweifelsfreien Zuordnung der DNA wissen, wer die drei ermordeten Mädchen waren, steht fest, dass der Täter Ulla Lankes und Sabrina Suttner nach deren Ermordung mit diesem Säuregemisch überschüttet und anschließend eingefroren haben muss. Bei Krystyna Dudek hat er keine Kühlung des Leichnams durchgeführt, das zeigt der vorangegangene Verwesungsprozess bis zur Auffindesituation im Kofferraum. Gleichwohl hat der Täter auch hier Säure verwendet. Untersuchungen der Säurezusammensetzung und der Einwirkzeit auf den menschlichen Körper lassen den Schluss zu, dass explizit versucht wurde, sämtliche Spuren am Opfer zu beseitigen. Das fängt bei möglichen Ejakulatspuren an und hört bei den schwer feststellbaren Druck- und Fesselspuren an den Extremitäten der Opfer auf. Unserem Täter war die verheerende Wirkung des Säuregemischs auf den menschlichen Körper bekannt. Die säure- und laugenfesten Leichensäcke garantierten, dass die Flüssigkeit sich nicht verflüchtigen, sondern in hoher Konzentration auf Gewebe und Schleimhäute einwirken konnte.«

Doc Fog blätterte in seinem Untersuchungsbericht.

»Die Folge waren massive Schädigungen der Schleimhäute sowie der Verlust der Augäpfel. Bei der Obduktion habe ich zudem festgestellt, dass die Säureeinwirkung bei Sabrina Suttner und Ulla Lankes *post mortem* erfolgt ist. Bei Krystyna Dudek verhielt es sich anders.«

Er betätigte den Beamer und projizierte ein neues Bild auf die Leinwand.

»Hier wurde die Säure *ante mortem* über das Opfer verteilt. Zu dem Zeitpunkt lebte Krystyna Dudek also noch. Wir konnten in ihren Lungen starke Schädigungen durch Säurerückstände feststellen. Ein qualvoller und schmerzhafter Tod, den der Täter vorsätzlich herbeigeführt haben muss. Vermutlich war er während des Todeskampfes anwesend.«

Doc Fog unterbrach seinen Bericht für einen Moment und wechselte erneut das Bild. Die Röntgenaufnahme eines weiblichen Unterkörpers erschien auf der Leinwand.

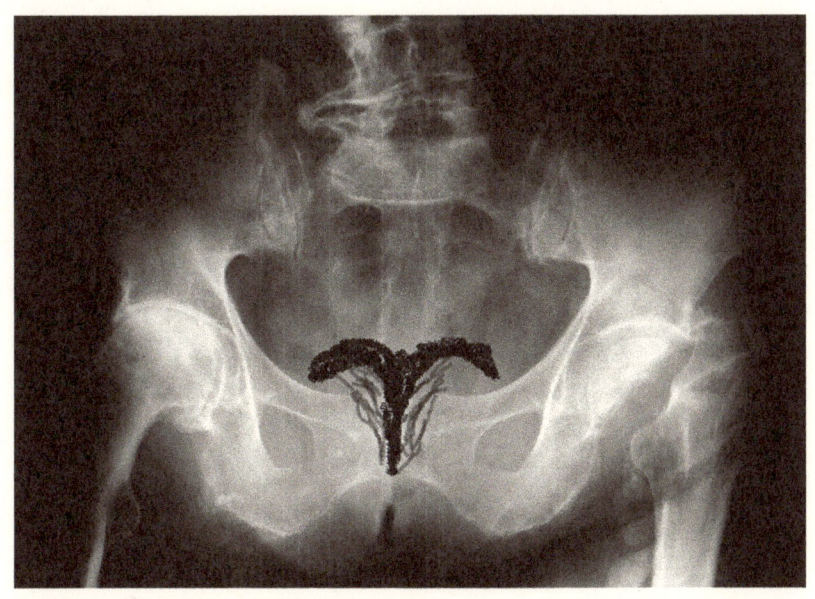

»Einen weiteren Beweis für die verheerende Auswirkung der Säure auf den menschlichen Körper sehen Sie hier. Unser Darm unterteilt sich morphologisch in drei verschiedene Abschnitte – vom Enddarm über den Dickdarm in den Dünndarm. Alle drei Bereiche werden von der *Arteria mesenterica superior* und *inferior* versorgt. Dies ist die Hauptblutversorgung. Bemerkenswert ist in unseren Fällen, dass der Täter während seiner Sexsessionen zwei der Mädchen, Sabrina Suttner und Krystyna Dudek, sogenannte Analplugs eingeführt hat, die er nach der Tat im Körper der Opfer belassen hat. Bei Ulla Lankes war dies nicht der Fall. Entweder hat sich der Plug eigenständig gelöst und der Täter hat ihn selbst entsorgt, oder er hat keinen verwendet. Im Leichenbergesack wurde zumindest keiner gefunden.«

Doc Fog blätterte in seinen Unterlagen. »Sabrina Suttner und Ulla Lankes wurden unmittelbar nach ihrer Ermordung gekühlt. Die Kühlzeiten vom Eintritt ihres Todes bis zu ihrer Auffindung in den Kofferräumen können somit fast als identisch betrachtet werden. Da das Rektum von Ulla Lankes nicht durch einen Analplug abgedichtet war, konnten wir genauere Untersuchungen vornehmen. Auf dieser Röntgenaufnahme sehen Sie einen sogenannten dreidimensionalen morphologischen Schnitt durch die drei Darmabschnitte sowie ihre weiblichen Genitalien.«

Er deutete mit einem Zeigestift auf den entsprechenden Bereich der Ablichtung. »Der Bereich des vom Scheidenrohr hineinragenden unteren Teils des Uterus über die Vaginal-, Zervix- und Uteruswand bis zur *Arteria mesenterica* war von der Säure vollständig zerfressen. So etwas habe ich während meiner langjährigen Zeit als Pathologe noch nicht gesehen«, schloss Doc Fog seinen Vortrag.

Schorsch erhob sich.

»Danke, Alois, für deinen ausführlichen Bericht.«

Er ging zur Schautafel hinüber, die links von der Leinwand angebracht war und auf der die K11er alle notwendigen Informationen über die Morde anhand von Schaubildern, Örtlichkeiten sowie einer Spurenmatrix angebracht hatten. Seiner Brusttasche entnahm er einen Laserpointer und leuchtete auf eine Liste.

»Wir haben uns gestern die Escort-Agenturen vorgenommen.«

Er setzte Doc Fog darüber ins Bild, was sie bei der Neumarkter Agentur bezüglich der Buchungsvorgänge erfahren hatten.

»Kennt ihr noch Gerry Huber, den ehemaligen Swingerklubbetreiber aus der Brettergartenstraße?«, fragte er, bevor er auf die Agentur in Erlenstegen zu sprechen kam.

»Der hat doch damals wegen Steuerhinterziehung richtig eine verbraten bekommen, oder?«, fragte Hubsi. »Wenn ich mich nicht täusche, ging's um zwölf Monate Freiheitsstrafe auf drei Jahre Bewährung und eine Nachzahlung von schlappen 70.000 Euro.«

»Was ist mit ihm?«, fragte Eva-Maria.

»Gerry führt gemeinsam mit seiner Bekannten die Escort-Agentur in Erlenstegen. Er sieht noch genauso aus wie früher. Unverkennbar, ebenso sein Auftreten. Wir haben erfahren, dass der Täter auch in Gerrys Agentur nach dem gleichen Schema vorgegangen ist. Er meldete sich als Politiker, überwies das Geld für die Mädchen via gefakter Banküberweisung und nutzte dieselbe E-Mail-Adresse. Günther und Olga«, Schorsch wandte sich an die beiden Kollegen, »klärt mal ab, wer die Adresse angemeldet hat und unter welcher IP-Adresse sie genutzt wurde, seit wann sie existiert und so weiter, das Übliche eben …«

Er überreichte ihnen ein Post-it mit der Mail-Adresse.

»Und wenn ihr schon mal mit den Telekommunikationsdaten beschäftigt seid, könntet ihr auch gleich das Alibi von Pfarrer Bentheim unter die Lupe nehmen«, fügte Gunda hinzu. »Der ist nach dem gestrigen Gespräch sehr auskunftsfreudig und hat ein wenig Bammel davor, dass ihm sein Generalvikar beruflich Steine in den Weg legen könnte. Fahrt bitte noch mal bei ihm vorbei, der singt vermutlich wie eine Nachtigall und zeigt euch freiwillig seine Kontobewegungen. Und vergesst die Telefon- und Internetverbindungen nicht. Wir brauchen alles, eingehende und ausgehende Gespräche, Zeitverlauf, eben ein vollständiges Bewegungsbild über den gesamten relevanten Zeitraum.«

Sie unterbrach sich selbst, holte tief Luft und fügte lächelnd hin: »Aber was rede ich, das Prozedere kennt ihr ja selbst am besten, aber doppelt gesagt hält eben besser. Eins noch: Klärt doch bitte ab, ob Bentheim noch andere Mobilfunktelefone besitzt oder weitere Mobilfunkkarten auf ihn zugelassen sind und ob er sich mit einem seiner Telefone möglicherweise in dieselbe Funkzelle eingeloggt hat wie die polnische Mobilfunknummer des Täters. Sollten wir da eine Übereinstimmung feststellen, wird er uns einiges zu erzählen haben und um eine Untersuchungshaft wohl nicht herumkommen. Liebe Kollegen, das war's! Ich hoffe, meine Ausführungen sind nicht zu oberlehrerhaft rübergekommen, aber ihr kennt mich ja. Vielen Dank für eure Geduld«, schloss sie.

»Gibt es eigentlich schon Hinweise auf die gravierten Plättchen mit dem Moses-Zitat?«, fragte Horst.

»Noch nicht«, erwiderte Hubsi mit nasaler Stimme, »aber die Presseveröffentlichung ist ja erst seit gestern raus. Vielleicht sollten wir noch einen Fernsehaufruf starten. Ihr wisst ja, ›Aktenzeichen XY … ungelöst‹ hat schon so manchen interessanten Fall gebracht, bei dem Bürgerhinweise zur Ergreifung des Täters geführt haben.«

»Sehr guter Vorschlag, Hubsi«, meinte Horst. »Kümmerst du dich darum? Waltraud wird dir sicher ein wenig unter die Arme greifen.«

»Klar, das sollten wir hinbekommen«, bestätigte Waltraud.

Im weiteren Verlauf der Besprechung teilte Hubsi den Kollegen mit, was die Recherchen zu den Leichensäcken ergeben hatten. Amazon und Ebay hatten am Morgen auf das Auskunftsersuchen der Ermittler reagiert. Laut dem österreichischen Vertreiber der Body Bags, Herrn Bichler, würde es sehr schwierig werden, einen oder mehrere Täter anhand von Online-Bestellungen zu eruieren. In dem relevanten Zeitrahmen vom 01. Januar bis 28. November seien europaweit insgesamt 352 Stück der in Frage kommenden Leichenbergesäcke bei Ebay und 237 Stück bei Amazon verkauft worden.

Hubsi hatte die Gelegenheit genutzt und sich über Bichler detaillierte Informationen zu den Säcken beschafft. Es handelte sich den Angaben zufolge um eine besondere Herstellung, die nach der Tsunami-Katastrophe vom Dezember 2004 produziert worden war. Säcke aus dieser Charge waren aus einem widerstandsfähigen Kunststoff gefertigt, der neben seiner Reißfestigkeit eine besondere Resistenz gegen Säure und Laugen aufwies. Der spezielle Reißverschluss ermöglichte zudem das vollkommen luft- und gasdichte Verschließen des Sackes.

Auf Hubsis Anfrage nach dem Grund für diese Sonderherstellung bei einem ehemaligen Kollegen, der seinerzeit bei der Identifizierungskommission des Bundeskriminalamts IDKO auf Phuket eingesetzt gewesen war, erhielt er die Auskunft, dass es damals große Probleme mit den herkömmlichen Bergesäcken gegeben habe. Das Vorhaben, mit rund 630 Spezialisten der IDKO sowie Rechtsmedizinern und Zahnärzten die Opfer peu à peu zu identifizieren und die Körper der Verstorbenen möglichst gut zu konservieren, sei durch die Witterungsverhältnisse in Thailand und Indonesien durchkreuzt worden. Die hohen Temperaturen, es war Sommer dort unten und die Regenzeit war vorbei, hätten den Verwesungsprozess erheblich beschleunigt, sodass die Spezialisten gezwungen gewesen waren, nach einer zuverlässigen Lösung zu suchen, um die Opfer auch noch nach Monaten identifizieren zu können. Der Versuch, sie in Kühlcontainern zu konservieren, scheiterte.

Da es die luft- und gasdichten Leichenbergesäcke damals noch nicht gab, blieb den Spezialisten nur eine Möglichkeit, Seuchen zu verhindern: Sie hoben Massengräber aus, in denen sie die mit Löschkalk bestreuten Opfer bestatteten. Zuvor hatten sie ihnen mittels einer Schussapparatur einen Erkennungschip durch den Nasenvorhof über den Riechkolben in das Gehirn implantiert, auf dem Informationen wie Auffindesituation, Bekleidung, mitgeführte Gegenstände, Ort, Tages- und Uhrzeit sowie das Geschlecht des Opfers dokumentiert waren.

Bei diesem fast vierzehnmonatigen Einsatz, bei dem dann die Opfer schrittweise wieder ausgegraben und untersucht wurden, konnten fast dreitausend Personen identifiziert werden. Aufgrund dieser Katastrophe war durch die IDKO ein Appell an die UN erfolgt, für künftige Schadensereignisse eine neue Generation von Leichenbergesäcken ins Leben zu rufen.

Nachdem Hubsi die Kollegen über seine Rechercheergebnisse in Kenntnis gesetzt hatte, kam er wieder zur ursprünglichen Fragestellung zurück. »Was die Käufer beziehungsweise Endverbraucher dieser Säcke betrifft, ist es wie gesagt äußerst schwierig, sie ausfindig zu machen. Da war alles dabei, vom Privatmann über Anhänger der Schwarzen Szene …«

»Die Dinger sind leichter zu tragen als ein Sarg, und bei deren Bestattungsritual erübrigt sich die Verwendung eines Maschendrahtgeflechts für mögliche Aasfresser«, unterbrach Schorsch Hubsis Gedankengang.

Der stimmte ihm lachend zu. »… bis zu kleinen Unternehmen wie Bestatter, eine Film- und Eventagentur sowie eine Jagdgemeinschaft«, setzte er fort.

»Eventagentur und Jagdgemeinschaft?«, fragte Schorsch verblüfft.

»Ja, eine Film- und Eventagentur hat zwei solcher Säcke bestellt, da bin ich noch am Abklären, was die damit wollten. Vielleicht für eine Filmproduktion oder dergleichen. Die Jagdgenossen haben fälschlicherweise fünf der weißen Bergesäcke geordert, sie dann aber wieder zurückgesandt und in graue umgetauscht.«

»Wozu braucht eine Jagdgesellschaft so etwas?«, fragte Basti.

»Bei einer Treib- oder Drückjagd können die Säcke äußerst nützlich sein«, erklärte Kommissariatsleiter Schönbohm. »Gerade in unwegsamem Gelände tut man sich mit dem Abtransport schwer. Bei der XXL-Ausführung passt schon mal ein Rehbock oder Schwarzkittel rein. Von der Wiederverwendbarkeit ganz zu schweigen …«

Hubsis Anfragen über Mehreinkäufe von bestimmten Personen der letzten vier Monate bei führenden deutschen Onlinehändlern hatten keinen Erfolg gebracht. Deshalb ging ihm der Bezug nach Polen nicht aus dem Kopf.

»In Polen nutzt man weniger Ebay oder Amazon, da kaufen die meisten Leute bei *Allegro.pl* ein. Eine Onlineplattform in Osteuropa. Wer sagt uns, dass die Säcke nicht dort erworben wurden?«

»Woher weißt du das mit der Plattform?«, fragte Gunda.

»Unser Kollege vom K21, Wojtek Jednoralski, kauft dort immer ein«, erklärte Hubsi. »Die sind wesentlich billiger als Ebay oder Amazon. Leichensäcke werden da auch angeboten. Aber auch da wird der Käufer schwer nachzuvollziehen sein. Irgendwann ist mal Ende im Gelände. Das hilft uns nicht wirklich weiter«, schloss er.

Hubsi hatte recht. Zwar hatten sie den offiziellen Vertreiber in Europa ermittelt, die Bichler Warenhandelsgesellschaft mbH, aber das Umfeld der verschiedenen Käufer war einfach zu groß, um einen Käufer als mutmaßlichen Täter identifizieren zu können.

»Das waren verdammt viele Informationen. Lasst uns vor der Kaffeepause noch schnell unsere Schautafel vervollständigen«, schlug Schorsch vor und warf Waltraud einen auffordernden Blick zu, die entspannt dasaß und mit ihrer Nagelfeile hantierte.

Die Kollegen versammelten sich um die Pinnwand.

»Und denk bitte daran, gleich die elektronische Akte auf Vordermann zu bringen. Jeder im Team sollte auf dem Laufenden sein und die aktuellen Informationen abrufen können«, fügte Schorsch gereizt in Richtung Waltraud hinzu, die sich nicht aus der Ruhe bringen ließ.

Gegen elf Uhr fanden Schorsch und Horst endlich Zeit, ihren täglichen Stapel an Umläufen zu bearbeiten. Als Schorsch' Telefon klingelte, griff er genervt zum Hörer.

»Bachmeyer, K11.«

»Servus, Schorsch, lange nichts mehr von euch gehört. Vielleicht auch besser so, Leichen liegen mir nicht so.«

Schorsch erkannte die Stimme von Heribert Piehl, dem Leiter der Gemeinsamen Ermittlungsgruppe Rauschgift GER Nordbayern, die ihren Dienstsitz in der Wallensteinstraße hatte und paritätisch durch Beamte der Zollfahndung und des Landeskriminalamts besetzt war.

Heribert Piehl war ein ausgefuchster Zollfahnder, der in seiner langjährigen Dienstzeit bundesweit mit die größten Aufgriffe verbuchen konnte. Piehl lebte für seinen Beruf. Er war Tag und Nacht für seine Mannschaft erreichbar.

»Heribert! Wie kann ich dir weiterhelfen?«, fragte Schorsch.

»Vielleicht kann ich dir ja weiterhelfen …«

»Mit Gift?«, erwiderte Schorsch amüsiert.

»Jepp, Kollege. Wir haben da seit Wochen einen Araber auf dem Schirm, der einige Kilos Crystal eingeschmuggelt hat. Aber jetzt kommt es.« Heribert Piehl zögerte kurz, bevor er weitersprach. »Was ich dir jetzt sage, hast du niemals von mir oder irgendeinem aus unserer Mannschaft gehört. Versprochen, Schorsch?«

»Versprochen. Es bleibt unter uns, also rück raus, ich bin gespannt.«

»Abass Kaboua, geboren 01.01.1979 in Tuggurt/Algerien, wohnhaft Leyher Straße xx2, 90763 Fürth«, sagte Piehl einfach nur.

»Der wurde doch neulich von Wojtek Jednoralski zu einer Sachbeschädigung einvernommen. Was ist mit ihm?«

»Ich weiß, Schorsch, dein alter Strich-Acht ist ein gefragtes

154

Fahrzeug bei den Nordafrikanern, da wechselt man schnell mal das Kamel dafür«, sagte Heribert lachend.

»Jetzt spann mich nicht auf die Folter, was weißt du über den Typen?«, fragte Schorsch ungehalten.

»Kaboua hat einen Anruf bekommen. Sagt dir der Name Abdul El Gadouchi etwas?«

»Natürlich, der Arsch hat mich auf dem METRO-Parkplatz angegriffen, beleidigt und den Seitenspiegel von meinem Daimler abgeschlagen.«

»Wie heißt es doch so schön in § 26 des Strafgesetzbuchs? ›Der Anstifter wird gleich dem Täter bestraft.‹ Aber genau hier liegt die Krux begraben, Schorsch. Dieser Abdul El Gadouchi hat Abass Kaboua telefonisch den Auftrag erteilt, dein Fahrzeug zu beschädigen. Keine Ahnung, wie der an deine Adresse gekommen ist. Entweder haben die dich heimlich observiert, oder die haben eine andere Quelle. Ich kann mir kaum vorstellen, dass die eine reguläre Halteranfrage veranlasst haben.«

»Dieser Dreckskerl«, sagte Schorsch. »Der und sein Vater wollten unbedingt meinen alten Strich-Acht kaufen – zumindest taten sie so. Es war widerlich, aufdringlich. Der nordafrikanische Kulturkreis, in dem Integration auch in der zweiten und dritten Generation eine Fremdsprache ist, akzeptiert unsere Regeln und Gesetze einfach nicht. Das hast du ja selbst schon oft erlebt.«

»Das können wir jetzt nicht mehr ändern, Schorsch. Wie hoch ist der Schaden?«, fragte Piehl.

Schorsch seufzte. »Summa summarum circa eintausend Euro.«

»Ich kann deinen Ärger gut verstehen, aber in diesem Fall können wir gegen die Burschen nichts machen, Schorsch. Wir haben keine Handhabe, die zur Rechenschaft zu ziehen, denn die Erkenntnisse der Telekommunikationsüberwachung dürfen nicht wegen einer bekannt gewordenen Sachbeschädigung verwertet werden. Die Straftat ist halt leider keine Katalogstraftat nach § 100a der Strafprozessordnung.«

»Logisch. Der Kerl war so was von ausgebufft bei der Vernehmung, der war mit allen Wassern gewaschen«, erinnerte sich Schorsch.

»Ja, der ist clever, wir haben ihn seit knapp sieben Monaten geklemmt«, sagte Heribert. »In meinem nächsten Leben werde ich arabischer Dolmetscher, denn der verdient sich ein goldenes Näschen. Inzwischen haben wir ein ganzes Netzwerk an Arabern auf dem Schirm, die das Drogengeschäft in Nürnberg und im Nürnberger Umland fest im Griff haben. Aber schon mal zu deiner Genugtuung, Schorsch, Kaboua wird demnächst sowieso für mehrere Jahre versteckt werden. Wir können ihm den gewerbsmäßigen Handel mit Betäubungsmitteln in einer nicht geringen Menge nachweisen. Es geht bisher um zweiundzwanzig Kilogramm Crystal. Wir warten nur noch eine avisierte Lieferung aus Tschechien ab. Dann schnappt die Falle zu. Und diesmal fischen wir einen ganz Großen vom Markt ab. Gemeinsam mit den tschechischen Kollegen in Prag, die das Netzwerk der Drogenlabors in ihrem Land aufklären, warten wir noch auf eine große Lieferung von Kaboua. Die werden wir dann gemeinsam mit den Prager Kräften lückenlos überwachen. Die tschechische Dienststelle für Organisierte Kriminalität wartet nur noch auf unser Startsignal. Unsere ermittlungsbegleitenden Maßnahmen im Bereich der Vermögens- und Gewinnabschöpfung sind schon voll im Gange und deuten auf ein Vermögen im siebenstelligen Bereich hin. Da freut sich Vater Staat, zumal neben ihren erzielten Gewinnen in Form von Bargeld, Bankguthaben und beweglichen Gegenständen auch Immobilien bekannt wurden, die aus den Drogengeschäften finanziert wurden.«

»Besten Dank für die Nachricht, Kollege. Vielleicht treffen wir uns donnerstags ja mal wieder im IPA-Turm, dort redet es sich leichter. Bei einer guten Brotzeit, einem Seidla oder einem Schoppen Franken. So lässt sich so mancher Fall doch vorzüglich nachbereiten«, schlug Schorsch vor.

»Gern, Schorsch, ich vermisse die guten alten Zeiten. Sag mal, ist eigentlich Günther Gast von der EASy noch aktiver Turmwirt?«

»Natürlich, der organisiert immer noch unsere IPA-Veranstaltungen vom Ortsverband Nürnberg. Schau einfach mal wieder vorbei«, schloss Schorsch das Gespräch.

»Da schau her, also doch die El Gadouchis«, bemerkte Horst, der das Gespräch mitgehört hatte.

»Ja, der Typ hat jede Menge Dreck am Stecken!«

Schorsch lehnte sich in seinem Bürostuhl zurück und dachte nach. Er sollte Rosanne über die neuen Erkenntnisse informieren, da ihn die Sache seit Tagen beschäftigte. Entschieden griff er zum Telefon und wählte ihre Nummer.

»Na, mein Bester«, flötete Rosanne kurz darauf in Schorsch' Ohr.

Er teilte ihr mit, was er von Heribert Piehl erfahren hatte, ohne dessen Namen zu nennen. »Kommst du morgen nach Nürnberg?«, fragte er dann.

»Natürlich komme ich, wie jeden Mittwoch. Und ich freue mich schon.«

»Gut, dann lass uns doch am Abend einen Abstecher zu einem nostalgischen Winter-Event machen. Aber zuerst ein Abendessen bei Leo, du bist eingeladen.«

»Nostalgisches Winter-Event? Klingt romantisch. Wo soll das sein?«, fragte Rosanne.

»Frag den Ochs auf der Fleischbrücke«, forderte Schorsch sie auf.

»Wie, welchen Ochs?«

»Kennst du nicht das fränkische Sprichwort ›Na, des häd mer der Ochs aff der Fleischbrüggn aa g'sachd‹?«

»Doch, schon mal gehört, aber begrifflich ist mir das weniger bekannt.«

»Das erkläre ich dir morgen Abend, wenn wir vor ihm stehen«, erwiderte Schorsch. »Dort findet alljährlich eine Weihnachtsveranstaltung statt. Es ist ein wahrer Hotspot. Ein romantischer Platz neben der Pegnitz mit mehreren Buden, in denen kleine kulinarische Snacks und Leckereien angeboten werden. Und Heinz Rühmanns bekannte ›Feuerzangenbowle‹. Als Klassiker zum Ansehen auf einer großen Leinwand oder zum Probieren aus dem großen Kupferkessel. Da muss man einfach mal hin. Ich reserviere uns einen Tisch bei Leo.«

Er warf einen Blick auf ein Foto in einem dunklen Ebenholzrahmen, das rechts neben seinem Telefon platziert war. Es zeigte das verliebte Paar bei einer Canopy-Tour auf Dominica bei ihrer letzten Karibik-Kreuzfahrt.

»Wir telefonieren. Küsschen, meine Liebe«, sagte Schorsch lächelnd und beendete das Gespräch.

Der anschließende Versuch, sich wieder auf seine eingegangenen E-Mails zu konzentrieren, scheiterte. Das Telefonat mit Heribert Piehl ging Schorsch nicht mehr aus dem Kopf. Er dachte angestrengt nach.

Abass Kaboua musste ein Angehöriger des El-Gadouchi-Clans sein, alles andere ergab keinen Sinn. Schorsch kam zu dem Schluss, dass es nur einen geben konnte, der ihm mehr über diesen Clan sagen konnte: Amar Siradj. Der Übersetzer und Dolmetscher der arabischen Sprache hatte jahrelang für das Polizeipräsidium Mittelfranken gearbeitet und lebte seit 1986 in Nürnberg. Amar war fast schon ein halber Franke und hatte nach der Heirat mit einer gebürtigen Schwanderin die fränkische Kultur lieben und leben gelernt. Im Alter von vierundsechzig Jahren hatte Siradj 2013 seinen Beruf an den Nagel gehängt und engagierte sich seither für die Gleichberechtigung junger Araberinnen und deren Rechte in Franken.

Schorsch öffnete seine Schreibtischschublade und holte eine kleine Lebkuchendose hervor, in der er Visitenkarten sammelte. Er durchkämmte die Box und wurde schnell fündig.

Amar Siradj
Öffentlich bestellter und beeidigter Dolmetscher
und Übersetzer für Arabisch Deutsch / Deutsch Arabisch
Hastverstraße 96, 90763 Nürnberg,
Tel. / Fax. 0911 / 36xx87x

Er griff zum Telefon und wählte Siradjs Mobilfunknummer.

»Siradj, guten Tag«, meldete sich der Übersetzer nach zweimaligem Klingeln.

»Amar, wie geht es dir? Wie geht es Monika und den Kindern?«, fragte Schorsch, ohne seinen Namen zu nennen.

»Da höre ich doch eine mir bekannte Stimme. Schorsch?«

»Ja, Amar. Was macht die Gesundheit?«

»Alles gut, Monika hatte im vergangenen Jahr eine Herzoperation, hat sich aber gut davon erholt. Meine Kinder haben uns schon zu Großeltern gemacht. Tareks Frau hat uns Zwillinge geschenkt. Wir sind so glücklich, aber wir sehen sie nicht so oft, weil er seit zwei Jahren eine feste Stelle als Radiologe an der Uni-Klinik Heidelberg hat. Leyla macht dieses Jahr ihr zweites Staatsexamen und möchte sich dann als Anwältin selbstständig machen. Gott möge uns noch ein paar Jährchen geben auf dieser Welt. Schön, deine Stimme zu hören, Schorsch. Bei dir ist auch alles okay?«

»Privat und dienstlich alles okay«, sagte Schorsch. »Ich habe ein Anliegen. Du hattest doch immer ausgezeichnete Kontakte zu deinen Landsleuten, also nicht nur zu deinen weiblichen …« Er lachte und erzählte Amar von Abdul El Gadouchi und Abass Kaboua.

»Ich sag es mal sehr vorsichtig«, erwiderte Amar. »El Gadouchi ist bei allen Landsleuten hier in Nürnberg, Fürth und sogar darüber hinaus bekannt. Fast seine ganze Familie lebt in der Leyher Straße in Fürth. Die Gadouchis haben dort mehrere Wohnungen erworben. Frag mich bitte nicht, woher das Geld dafür stammte. Ismail, der alte Gadouchi, hat in Algerien und hier bei uns ein Netzwerk aufgebaut, das sich auf zwielichtige Geschäfte spezialisiert hat. Sein Autohandel gilt nur als Tarnung. Die Gadouchis haben überall ihre Finger im Spiel. Und wenn der Alte etwas nicht bekommt, dann macht er so lange hin, bis er es bekommt. Das war schon immer so, Schorsch, deshalb muss ich mit meinen Äußerungen dir gegenüber vorsichtig sein. Ich möchte da nirgends mit hineingezogen werden, verstehst du?«

»Ich verstehe sehr wohl deine Sorgen, Amar. Der Arsch wollte unbedingt meinen alten Strich-Acht, aber den gebe ich nicht her«, erklärte Schorsch.

»Wenn er ihn wirklich will, Schorsch, dann wird er ihn auch kriegen, glaub mir«, sagte Amal ruhig. »Über Gadouchis Geschäfte kann ich nichts sagen, da gibt es dieses und jenes Gerücht. Aber der alte Ismail war schon in seiner Jugend darauf aus, in seinen Besitz zu bringen, was er wollte. Genauso tickt sein Sohn Abdul, der eines Tages die Führung des Clans anstreben wird. Da gibt es nichts zu rütteln, das ist einfach so, bis auf …«

160

»Und welche Rolle spielt dieser Abass Kaboua?«, unterbrach Schorsch ihn.

»Das wollte ich gerade zu Ende führen. Kaboua gehört zur Verwandtschaft von El Gadouchi. Er ist sein Schwiegersohn, der sich vermutlich irgendwann einmal mit Abdul um die Macht- und Führungsposition auseinandersetzen werden muss. Ich bin gespannt, wer von den beiden schlussendlich gewinnt. Abass wurde schon sehr jung mit seiner Frau Ayasha verheiratet, sie war gerade mal zwölf Jahre alt. Das war von vornherein so vorgesehen, denn Ismail und Ali Kaboua sind Cousins und die El Gadouchis und die Kabouas wollten ihre Machtposition nicht mit anderen arabischen Familien teilen. Deshalb die Heirat innerhalb der Familie«, erklärte Amar.

»Und was arbeiten Abass und Abdul?«

»Ach Schorsch, sei ehrlich, kennst du persönlich einen Araber, der hier bei uns einer redlichen Arbeit nachgeht?«, fragte Amar lachend. »Ich kenne jedenfalls keinen. Bis auf Dolmetscher, die für die Behörden arbeiten und nun ihren Ruhestand genießen.«

»Du hegst aber ganz schöne Vorurteile gegenüber deinen Landsleuten«, behauptete Schorsch.

»Da ist schon etwas Wahres dran, Schorsch, glaub mir«, bestätigte Amar. »Dieser Abass fährt die neuesten Sportwagen, Abdul ist ein Zocker, der treibt sich ständig in Spielhallen rum. Frag mich nicht, woher deren Geld kommt. Ich kann es dir nicht beantworten. Aber ich rate dir, deinen alten Mercedes irgendwo unterzustellen und dir einen anderen Wagen zu kaufen. Solange du den Strich-Acht in Nürnberg oder Umgebung fährst, wirst du künftig immer wieder Probleme mit den Typen haben, glaub mir. Nimm meinen Rat an, es schont deine Nerven.«

»Besten Dank für die Infos, Amar. Wir haben Anfang Juli unser Sommerfest im Präsidium. Hättest du Lust, unsere alte Mannschaft wiederzusehen? Ich könnte dir und Monika zwei Eintrittskarten zukommen lassen.«

»Gern, aber erst gegen Abend. Du kennst ja meinen alten Leitspruch: Erst wenn es finster wird, sieht Allah den Alkohol nicht mehr«, sagte Amar. »Und ein, zwei Seidla gehen dann immer. Wir freuen uns auf ein Wiedersehen, also pass auf.«

»Bleibt gesund und viele Grüße an Monika«, schloss Schorsch.

»Bingo«, sagte er an Horst gewandt. »Abass Kaboua und El Gadouchi sind verwandt, genau wie ich es vermutet hatte.«

»Hat dich Amar über den Burschen aufgeklärt?«, fragte Horst und zwirbelte nachdenklich an seinem Bart.

Schorsch nickte, holte seinen schwarzen Terminplaner hervor und machte sich über das Telefonat Notizen.

Kurz darauf loggte er sich aus der Zeiterfassung des Polizeipräsidiums aus.

12. Kapitel

Mittwoch, 09. Dezember 2015, 18.22 Uhr,
bei Leo Pinneci, Jakobsplatz

Da stand er wieder vor ihnen. Leo war unschwer von seinen Kunden zu unterscheiden. Wie immer trug er auch in der kalten Jahreszeit sein schwarzes Seidenhemd, dessen obere drei Knöpfe offenstanden. Der Sizilianer legte besonderen Wert darauf, seiner Kundschaft seine behaarte Brust und den schweren goldenen Kreuzanhänger, ein Erbstück seines Vaters, zu zeigen. Dieses besondere Markenzeichen gehörte seit Jahren zu Leo. So kannten und schätzten ihn seine Gäste.

Im Hintergrund lief der Sommerhit von 1982: »Felicita« von Al Bano und Romina Power.

Sichtlich erfreut, Schorsch und Rosanne wiederzusehen, umarmte Leo die beiden herzhaft. »Schön, dass ihr mich wieder einmal besuchen kommt. Was wollt ihr trinken? Ein Gläschen Prosecco?«

Ohne eine Antwort abzuwarten, winkte er seiner Bedienung zu.

Kurz darauf stießen sie zur Eröffnung des Abends miteinander an.

Leo sah sich nach einem freien Tisch um. »Hier, nehmt den Zweiertisch neben dem Kamin«, sagte er. »Ich bin gleich bei euch.«

Während sich Schorsch und Rosanne mit den Prosecco-Gläsern an den Tisch setzten, ging er schnellen Schrittes zur Theke und entnahm einem hinteren Regal eine Rotweinflasche und einen Korkenzieher. Auf dem Weg zurück zum Tisch seiner Freunde griff er nach der aktuellen Speisekarte, die auf der Theke gestapelt war.

»Heute gibt es einen kleinen Vorgeschmack auf unser Weihnachtsmenü. Betrachtet euch als meine Gäste«, sagte er, während er die Karte aufgeschlagen auf den Tisch legte. »Passend dazu empfehle ich einen guten Nero d' Avola aus meiner Heimat«, sagte er und zeigte den beiden galant das Etikett der Flasche.

Auf Schorsch' Nicken hin platzierte er den Korkenzieher gekonnt im Korken, zog diesen langsam heraus und roch genüsslich daran.

»Wir Sizilianer nennen diesen edlen Tropfen auch ›*Principe Siciliano*‹, was so viel wie ›Sizilianischer Fürst‹ bedeutet. Damit er auch fürstlich schmeckt, muss er erst einmal richtig atmen«, fügte Leo hinzu und füllte den tiefdunklen Rotwein in einen Dekanter, den die Bedienung bereitgestellt hatte.

Passend zur Vorweihnachtszeit, erwartete Schorsch und Rosanne ein festliches Menü. Als Vorspeise wurde *Insalata di stoccafisso* serviert, ein saftiger Salat aus gewässertem Stockfisch mit Oliven, frischem Olivenöl und Kapern. Das Hauptgericht wurde wie immer nach einem Geheimrezept von Leos Oma aus Favara zubereitet. Diesmal waren es *Calzoni*, kleine, mit Spinat und *Salsiccia* gefüllte Teigtaschen sowie dünne, mit Béchamel, Kartoffeln, Mozzarella und *Prosciutto Cotto* gefüllte *Foccaccia* – ein wahrer Genuss! Das Ganze rundete ein Dessert aus *Crispelle* ab, kleinen, süßen fingerdicken Röllchen, die aus dickem Milchreis und Honig geformt wurden und dann in einer gusseisernen Pfanne in Butterschmalz ausgebacken worden waren.

Bei Kerzenschein und knisterndem Kaminfeuer genossen Schorsch und Rosanne das vorweihnachtliche Candle-Light-Dinner, während im Hintergrund leise Weihnachtslieder von Luciano Pavarotti und José Carreras gespielt wurden.

»Es war wie immer ausgezeichnet«, sagte Rosanne, als Leo

nach dem Dessert noch einmal an ihren Tisch kam. Sie beugte sich vor und legte ihre Hand auf Leos Unterarm. »Ich fürchte, ich muss dich endlich an der Zunge ziehen. Bitte verrate mir doch das Rezept deines leckeren Nachtisches.«

»*Mamma Mia*, Rosanne!«, erwiderte Leo amüsiert. »Was würde meine Oma sagen, wenn ich eines unserer Familiengeheimnisse preisgebe. *Questo non è possibile!* Aber ich mache dir einen Vorschlag, den du nicht ablehnen kannst. *Un momento …*« Er zeigte der Bedienung hinter der Theke drei Finger.

Kurz darauf stellte die junge Frau ein silbernes Tablett mit drei Gläsern, in denen goldfarbener Grappa leichte schwankte, auf ihrem Tisch ab. Leo reichte Schorsch und Rosanne ein Glas.

»Also, meine liebe Rosanne, dies ist mein Vorschlag«, sagte er mit leuchtenden Augen. »Du darfst einen Abend lang bei mir in der Küche mitarbeiten. Dabei erhältst du einen kleinen Einblick in die speziellen Rezepte meiner Familie. Wäre das was für dich?«

»Das wäre einfach fantastisch«, sagte Rosanne begeistert.

Sie erhoben ihre Grappagläser und stießen auf diese Abmachung an.

Satt und zufrieden verabschiedeten sich Schorsch und Rosanne wenig später von Leo, verließen dessen sizilianischen Speisetempel und begaben sich in Richtung Fleischbrücke.

später am Abend

Sie standen am Wohnzimmerfenster in Schorsch' Wohnung in der Pilotystraße und genossen den Ausblick. Die Nürnberger Altstadt war herrlich weihnachtlich geschmückt, die Kaiserburg wurde von mehreren Scheinwerfern beleuchtet, und die fränkische Fahne wehte hoch erhoben am Horizont. Es war ein wunderschöner Winterabend.

Leicht beschwipst von der Feuerzangenbowle, die sie an der Fleischbrücke genossen hatten, lehnte sich Rosanne an Schorsch' Schulter.

»Hast du eigentlich schon all deine Weihnachtsgeschenke eingekauft?« fragte sie.

»Ich fürchte, das mache ich wie jedes Jahr auf den letzten Drücker. Ich hatte noch keine Zeit, mein Schatz«, erwiderte Schorsch und kraulte nachdenklich Rosannes Rücken. »Mir geht unser Fall nicht aus dem Kopf. Der Täter scheint uns immer einen Schritt voraus zu sein. Eine wirkliche Spur haben wir noch nicht. Es ist frustrierend zu wissen, dass er noch immer frei herumläuft. Unser Profiler geht davon aus, dass wir es mit einem Psychopathen zu tun haben, der einen hohen IQ mitbringt, aber in seiner Kindheit irgendein Schlüsselerlebnis gehabt haben muss, das ihn psychisch aus der Bahn geworfen hat und zum Täter werden ließ. An die ausgewählten Personen heranzukommen, ohne auch nur den geringsten Hinweis auf seine Identität zu hinterlassen, erfordert einen grandios durchdachten Plan. Wir haben noch immer keine Ahnung, wo die Taten begangen worden sein könnten. Wenn er in den Wohnungen seiner Opfer Feuer gelegt hat, um seine Spuren zu beseitigen, könnte es dort geschehen sein. Aber wie hat er die Leichname von dort weggeschafft? Keiner der Hausbewohner hat irgendetwas bemerkt. Wir tappen völlig im Dunkeln …«

Im Wohnzimmer war es ebenfalls dunkel, lediglich der Lichtschein der festlich beleuchteten Straßenzüge fiel herein.

Schorsch löste sich aus Rosannes Umarmung, griff zu einer Fernbedienung und schaltete den Elektrokamin ein. Auf dem Sofatisch zündete er die Kerzen des Adventskranzes an.

»Komm, hier ist es gemütlicher«, sagte er, während er sich auf die Couch fallen ließ.

Rosanne sah nachdenklich auf die künstlichen Flammen des Kamins. »Irgendwann wird er einen Fehler machen. Glaub mir, Schorsch, ihr werdet ihn bekommen. Es ist nur eine Frage der Zeit.« Sie ließ sich neben ihm auf der Couch nieder. »Du sagtest, die Mädchen waren bei einer Escort-Agentur angestellt? Vielleicht hat er mit ihnen irgendetwas erlebt, das ihn die Beherrschung verlieren ließ.«

Schorsch strich sich durch die Haare. »Es waren nicht nur Escorts«, sagte er kopfschüttelnd. »Eines der Opfer war eine Prostituierte.«

»Trotzdem alles leichte Mädchen, die gegen Geld ihren Körper und sonst was verkaufen«, erwiderte Rosanne. »Wenn er aus purer Mordlust handelt, könnte er es doch einfacher haben.«

Schorsch sah sie interessiert an. »Wie meinst du das?«

»Nun, er könnte seine Opfer doch ebenso gut auf dem Straßenstrich oder über privat gesteuerte Annoncen auswählen. Das wäre doch viel einfacher.«

»Die eine hatte ja eine private Anzeige als Prostituierte geschaltet, aber die anderen beiden waren wie gesagt Escorts«, wiederholte Schorsch.

»Ob Escorts oder Prostituierte, wo ist der Unterschied? Beide kann man gegen Bezahlung vögeln«, erwiderte Rosanne lapidar. »Escorts sind halt die Edelnutten, die ohne einen Loddel ihr Geld verdienen. Prostituierte geben die Kohle an ihre Beschützer ab.«

»Du scheinst dich ja gut auszukennen«, sagte Schorsch grinsend.

»Ja, ein wenig schon.«

Schorsch sah sie fragend an.

»Eine gute Freundin von mir hat sich während ihrer Studienzeit mit solchen Jobs über Wasser gehalten.«

»Kenne ich sie? Wenn nicht, stell sie mir doch bitte mal vor.« Augenzwinkernd zog er Rosanne in seinen Arm.

»Das hättest du wohl gern«, gab sie amüsiert zurück.

»Vielleicht kann sie mir noch etwas beibringen«, sagte Schorsch lachend. Dann wurde er wieder ernst. »Spaß beiseite, wer ist sie und woher kommt sie?«

»Das verrate ich dir nicht.« Rosanne beugte sich nach vorn und blies die Kerzen des Adventskranzes aus. »Aber ich verrate dir gern, was meine Freundin mir beigebracht hat«, fügte sie hinzu, während sie sich erhob und nach Schorsch' Hand griff. »Vorausgesetzt, deine Handschließen liegen noch an ihrem Platz.« Dann zog sie ihn in Richtung Schlafzimmer.

Eine Stunde später, Rosanne stand gerade unter der Dusche, bereitete Schorsch noch eine besondere Überraschung für sie vor.

13. Kapitel

Mittwoch, 09. Dezember 2015, 23.51 Uhr,
Mobiltelefonanschluss Abdul El Gadouchi

Ankommendes Gespräch: 015xx58x2x11, Gesprächsteilnehmer männlich, unbekannt, arabischsprachig/Übersetzung.

»*Salam Aleikum*, mein Bruder, schon am Schlafen?«

Abdul El Gadouchi: »*Salam*, hey Aldaa, was geht ab?«

»Ganz kurz, ich brauche deine Hilfe, mir ist ein wichtiger Kurier ausgefallen. Bruder, du musst mir unbedingt helfen. Hast du mich verstanden?«

Abdul El Gadouchi: »Wie soll ich dir helfen, ich liege schon im Bett.«

»Du musst einen Koffer aus Prag für mich abholen. Es eilt!«

Abdul El Gadouchi: »Okay, du hast uns bei diesen Drecksbullen geholfen, dann werde ich auch meinem Bruder helfen. Was geht ab?«

»Du wirst am kommenden Samstag um neunzehn Uhr fünf mit dem Flixbus nach Prag fahren. Dort kommst du gegen dreiundzwanzig Uhr an. Du wirst von jemandem erwartet, der dir einen Koffer übergibt. Eine Stunde später fährst du wieder zurück. Ankunft in Nürnberg gegen drei Uhr dreißig. Du gehst direkt zum Bahnhof und packst den Koffer in ein Schließfach. Das war's. So einfach verdient man eintausend Euro. Wir treffen uns um zehn Uhr in der Moschee. Ich bekomme den Schließfachschlüssel, du deine Kohle. Noch Fragen?«

Abdul El Gadouchi: »Was ist das für ein Koffer?«

»Ein ganz normaler Touristenkoffer, aber frag nicht weiter, tu einfach, was ich dir gesagt habe. Sei am Samstag um achtzehn

Uhr fünfundvierzig am Willy-Brandt-Platz, dort wo die Flixbusse halten. Kennst du den Platz?«

Abdul El Gadouchi: »Kenne ich. Ich werde da sein.«

»Sehr gut. Die Fahrt ist mir sehr wichtig und du wirst großzügig entlohnt werden. Also sei pünktlich, ich verlasse mich auf dich.«

Abdul El Gadouchi: »Ich werde da sein, *Aleikum Salah*.«

Donnerstag, 10. Dezember 2015, 08.22 Uhr,
Polizeipräsidium Nürnberg, Kriminalforensisches Labor,
Raum 1.117

Michael Wasserburger und Robert Schenk hatten bis spät in die Nacht hinein für die »Mordkommission Body Bag«, wie der Fall inzwischen bei den K11ern genannt wurde, Überstunden eingelegt. Gemeinsam bereiteten sie das sichergestellte Spurenmaterial auf.

Der Erfolg ließ nicht lange auf sich warten. Die asservierten Überweisungsträger wiesen identische Fingerspuren auf. Deren Abgleich mit den Fingerabdrücken an den drei Kofferraumdeckeln lieferte ebenfalls eine Übereinstimmung.

Doch ein echtes Highlight war etwas anderes: Die Ermittler hatten mit großer Wahrscheinlichkeit die DNA des Täters extrahiert, denn nachdem ihnen nun auch die sichergestellten Beweismittel der KPI Regensburg und Hanau vorlagen, war es ihnen gelungen, auf den Transportschlaufen der drei Leichenbergesäcke identisches Genmaterial in Form von Mikrohautpartikeln zu identifizieren. Zudem hatten sie im Kofferraum des Offenburger Pkw ein Haar gefunden, dessen DNA-Extraktion mit den anderen gewonnenen DNA-Proben übereinstimmte.

Sie beschlossen, den Fortschritt ihrer forensischen Untersuchungen der »MOKO Body Bag« nicht weiter vorzuenthalten, und begaben sich unverzüglich in das Büro von Schorsch und Horst. Sie berichteten den Kollegen ausführlich von den neuen Erkenntnissen.

Schorsch hielt nichts mehr an seinem Schreibtisch. Er sprang auf und entriss Michael Wasserburger dessen rote Umlaufmappe.

»Ihr seid Pfundskerle!«, rief er begeistert, schlug die Mappe auf und überflog das forensische Gutachten. »Das gibt es nicht, das war wirklich eine Meisterleistung! Dem Täter ist offensichtlich beim Transport der Leichensäcke ein gravierender Fehler unterlaufen.«

Er überreichte Horst die Umlaufmappe.

»Entweder hat er überhaupt keine Handschuhe getragen, oder aber er hat die Säcke noch vor der Tat, vielleicht beim Auspacken, unüberlegt an den Transportschlaufen angefasst. Das muss unser Mann sein. Ihr seid die Besten«, sagte er anerkennend.

»Super Leistung«, bestätigte auch Gunda, die inzwischen mit einer Kaffeetasse in der Hand den Raum betreten und den Rest von Schorsch' Worten mitangehört hatte. »Wir sind einen entscheidenden Schritt weiter. Mit der Ermittlung des kompletten Erbguts des Täters liegt uns quasi seine genetische Visitenkarte vor. Da wir davon ausgehen müssen, dass er weitere Morde plant, sollten wir ...«

Sie hielt nachdenklich inne und trank einen Schluck Kaffee. »Leute, ich hätte da eine Idee«, sagte sie schließlich und stellte die Tasse auf Schorsch' Schreibtisch ab.

»Deine Ideen sind immer gut, raus damit«, ermunterte Horst und reichte Gunda das Gutachten.

»Mit unserem besonderen Datenschutz, dessen Verschärfungen wir unseren Liberalen und Grünen zu verdanken haben, bleibt uns, was das exakte Erbgut jedes Einzelnen betrifft, vieles verschlossen. Denn nach unserer Strafprozessordnung dürfen wir in Deutschland nicht alle molekulargenetischen Ergebnisse einer DNA-Analyse verwerten. Lediglich das Geschlecht wird ermittelt. Unsere Laboruntersuchungen beschränken sich entsprechend auf nur wenige Einzelheiten des festgestellten DNA-Strangs. Weitere Informationen, die wir erlangen, wenn wir in die Gene des Täters vordringen, dürfen wir nicht in die Ermittlungen einfließen lassen. Unsere Nachbarn sind da wesentlich flexibler.«

»Was sollen wir also deiner Meinung nach tun?«, fragte Michael Wasserburger.«

»Die Holländer und die Franzosen sehen das nicht so eng, die lassen ihren Forensikern etwas mehr Spielraum bei der Erbgutanalyse. Wenn wir wenigstens die Augenfarbe des Täters, die Farbe seiner Haare oder seine genaue Herkunft zuordnen dürften, wären wir einen großen Schritt weiter. Unsere Nachbarländer sind inzwischen so weit, dass sie nach der Entschlüsselung von Genomen sogar Alter, Größe und Herkunft einer Person feststellen können. Die wissen also, ob sie einen Europäer oder Asiaten suchen müssen. Da hinken wir weit hinterher. Die Amis gehen noch weiter: Einer ihrer Gen-Pioniere, Craig Venter, ist in der Lage, in den forensischen Labors Phantombilder eines Täters herzustellen, die zwar noch etwas verschwommen sind, aber laut vorliegender Studie eine Ähnlichkeit mit dem Original zu einhundert Prozent aufweisen. Was ich damit sagen möchte«, Gunda lächelte spitzbübisch, »wenn wir jemanden kennen würden, der uns das vorliegende Gen-Material einfach so untersuchen würde, ohne dass es in irgendeiner Akte erscheint, dann würden wir alles über den Täter wissen und so vermutlich einen schnellen Fahndungserfolg erzielen.«

»Und wer könnte uns da deiner Meinung nach behilflich

sein?«, fragte Michael Wasserburger. »Mir ist niemand mit diesen Fähigkeiten bekannt.«

»Denkst du an jemand Bestimmtes, Gunda?«, fragte Schorsch.

Gunda sah einen Kollegen nach dem anderen ernst an. »Zunächst einmal muss klar sein, dass unser Gespräch vertraulich bleibt«, sagte sie schließlich. »Es darf in keiner Akte erscheinen. Seid ihr dabei?«

»Ein Gespräch über die Möglichkeiten der DNA-Analyse hat es nie gegeben, oder?« Schorsch sah fragend in die Runde. Als niemand widersprach, zwinkerte er Gunda auffordernd zu.

»Ich habe da an einen Freund gedacht, den wir alle sehr gut kennen. Alles andere wäre meines Erachtens zu heiß.«

Die Kollegen nickten einvernehmlich.

»Ben Löb. Der Mossad und die NSA greifen schon lange auf diese Art der Entschlüsselung der DNA-Stränge zurück und verwerten die sensiblen Daten bei der Verbrechensbekämpfung, egal ob im Terrorismusbereich oder bei besonderen Tötungsdelikten. Wir könnten ein inoffizielles Amtshilfeersuchen auf dem kleinen Dienstweg an den lieben Ben Löb richten. Wir verwerten dabei nicht einmal zu Unrecht erhobene Personendaten, denn bis dato ist der Täter uns ja völlig unbekannt. Wir nennen es ganz einfach eine wissenschaftlich angeregte Auslandsstudie im Bereich der Forensik, die belegen soll, dass eine weitere Aufschlüsselung eines DNA-Stammes erfolgversprechend sein kann. Alles nach rechtsstaatlichen Mitteln.«

Im Raum war es mucksmäuschenstill. Jeder für sich schien abzuwägen, ob er ein solches Risiko auf sich nehmen wollte.

Michael Wasserburger rutschte unruhig auf seinem Stuhl hin und her. »Ein wenig Bauchschmerzen bereitet mir das Ganze schon«, sagte er als Erster. »Wie geht es euch dabei?«

»In der Tat ein heikles Thema, aus dem man uns leicht einen Strick drehen könnte«, pflichtete Schorsch ihm bei. »Aber dafür müsste derjenige verdammt gut und über unser Vorhaben vollumfassend unterrichtet sein. Ich finde Gundas Idee grandios. Wenn Ben wirklich seinen Kontakt für uns umsetzen würde, hätten wir einen Jahrhunderterfolg in der fränkischen Verbrechensbekämpfung zu verzeichnen.« Er sah herausfordernd in die Runde. »Also, ich bin dabei …«

»Ich schlage vor, dass wir mit Ben Löb Kontakt aufnehmen und ihm unseren Fall darlegen«, sagte Gunda. »Sollte er uns zusagen, dass er den Gen-Strang tatsächlich für uns aufschlüsseln lassen kann, schicken wir ihm unsere DNA-Extraktion zu und warten auf das Phantombild. Deshalb ist das mögliche Ergebnis der Israelis als reine wissenschaftliche Studie anzusehen, das von uns allen unter Verschluss gehalten wird.«

Gundas Vorschlag wurde nach kurzer Beratung einstimmig angenommen. Auch Michael Wasserburger, der zuvor eher skeptisch gewesen war, konnte überzeugt werden. Er nickte Gunda anerkennend zu. Plötzlich schien ihn ein Gedankenblitz zu treffen. Er drehte sich auf dem Absatz um und verließ vor sich hin murmelnd den Raum.

Donnerstag, 10. Dezember 2015, 10.07 Uhr,
GER-Nordbayern, TKÜ-Raum 1.022

Seit knapp zwei Stunden hatte der Dolmetscher Manfred Kniebarth die Kopfhörer aufgezogen und übersetzte die als relevant markierten Gespräche auf dem Display seines Auswerteplatzes. Es war zehn Uhr neun, als er zum Telefon griff und den Leiter der TKÜ in das Maßnahmenbüro bat.

Kurz darauf erschien Heribert Piehl. Gespannt folgte er den Ausführungen des Dolmetschers. Denn ein rot geknödeltes Telefonat zwischen dem überwachten Anschluss des Beschuldigten Abass Kaboua und dem Anschlussteilnehmer Abdul El Gadouchi hatte es in sich.

Kniebart klickte mit seiner Maus auf den Auswertebildschirm. Die markierten Telefonate erschienen in der Bildschirmmaske. Hier wurden je nach Relevanz die überwachten und bereits bearbeiteten Telefonate des abgehörten Anschlussteilnehmers mit farblichen Knödeln hervorgehoben. Der rote Knödel stand für ein besonderes Telefonat, das nicht nur für strafprozessuale Folgemaßnahmen wichtig erschien. Dieses Telefonat war zudem ein wichtiges Beweismittel für die Anklageschrift des zuständigen Staatsanwalts.

»Unser Beschuldigter hat Abdul El Gadouchi gestern Abend um dreiundzwanzig Uhr einundfünfzig kontaktiert«, erläuterte Kniebarth. »Am kommenden Samstag soll El Gadouchi einen Kurier in Tschechien ersetzen, indem er einen Koffer in Empfang nimmt und diesen nach Deutschland bringt. Es geht vermutlich um eine der Crystal-Lieferungen aus Tschechien, auf die wir seit Wochen warten. Bisher lag uns noch kein exakter Termin für den Transport vor. Kaboua spricht in diesem Telefonat konkret von einer Lieferung, die von Samstag auf Sonntag durchgeführt werden soll.«

»Dann haben wir noch zwei Tage, uns auf die Geschichte vorzubereiten«, erwiderte Piehl. »Ich bräuchte ein genaues Wortprotokoll von Ihnen. Bis wann kriegen Sie das hin?«

»Geben Sie mir zwanzig Minuten, das Telefonat ist ja nicht lang«, sagte Manfred Kniebarth.

Eine halbe Stunde später hatten sich alle im Besprechungsraum der GER-Nordbayern eingefunden.

»Es geht los, Leute«, sagte Heribert Piehl und verteilte Kopien des Gesprächsausdrucks des Übersetzers. Nachdem er das Protokoll verlesen hatte, gingen sie zur Einsatzplanung über.

»Das Wochenende hat uns mal wieder fest im Griff«, sagte Piehl. »Wie ihr selbst mitbekommen habt, hat Abass Kaboua einen neuen Kurier ausgewählt. Wie es aussieht, hat deren Labor mit Hochdruck gearbeitet und eine weitere Lieferung Crystal für den Transport nach Deutschland vorbereitet. Diesmal schnappen wir uns den Auftraggeber und die Hintermänner in Tschechien.«

Piehl zog einen Laserpointer aus seiner Brusttasche und kreiste mit dem Lichtstrahl auf ein Netzwerkgeflecht, das sich auf einer im vorderen Teil des Besprechungsraums stehenden Schautafel befand. Hier hatten die Beamten während der Überwachungsphase alle relevanten Personen und Firmen in einer grafischen Auflistung zusammengetragen und sie nach der ausgewerteten Telekommunikation miteinander verknüpft. So konnte jeder dem Schaubild entnehmen, wer mit wem telefoniert hatte und wer mit welchen Aufgaben betraut war. Sei es der Hersteller, also der Verantwortliche des Drogenlabors in Tschechien, seien es mögliche Kuriere oder die Dealer. Angefangen vom Auftraggeber der Lieferung, also Kaboua, bis hin zum kleinen Straßendealer. Diese Arbeit wurde meistens von Minderjährigen übernommen.

»Die Staatsanwaltschaft Nürnberg–Fürth hat nur darauf gewartet, dass der Termin für die Lieferung bekannt wird«, sagte Heribert Piehl. Somit steht unserer ›CD‹ nichts mehr im Wege.«

Eine *Controlled Delivery*, im Ermittlerjargon CD genannt, umfasste die Überwachung von illegalen Gütern. In diesem Fall das Crystal, dessen Transport von Tschechien nach Deutschland auf Anordnung der zuständigen Staatsanwaltschaft gemeinsam mit den ausländischen Strafverfolgern lückenlos überwacht werden sollte. Ziel war es, die Identifizierung der Hintermänner des Netzwerkes sicherzustellen, die im Wesentlichen dieser organisierten Kriminalität zuzurechnen waren.

Heribert Piehl schaltete den Beamer ein und übertrug das Schaubild von der Schautafel in eine Computeranimation. Dazu projizierte er die animierte Grafik von Kabouas Netzwerk mit Hilfe der Software Analyst's Notebook großflächig auf die Leinwand. So konnten anhand eines eingeblendeten Zeitbalkens Verflechtungen der ermittelten Täterstrukturen und deren Kontaktverbindungen in Tschechien und Deutschland Schritt für Schritt von den Ermittlern nachvollzogen werden.

Aber nicht nur die einzelnen Täterstrukturen wurden durch diese Software den Beamten nochmals verständlich wiedergegeben, durch diese Computeranimation wurde zudem auch nachvollziehbar, wie der Haupttäter das erlangte Drogengeld wusch, sei es mit Immobilien oder sonstigen Geschäften. Jede einzelne Netzwerkverbindung in dieser Täterstruktur wurde hierzu farblich hervorgehoben und zeigte daher jede einzelne Tat von der Bestellung des Rauschgifts bis zur Geldwäsche lückenlos auf.

»Am Wochenende macht die Falle schnapp«, sagte Piehl und sah in die Runde. »Wir werden El Gadouchi am Samstag lückenlos observieren. Er bleibt unsere wichtigste Zielperson. Der Beschlussantrag zur Überwachung seiner Mobilfunknummer und eines möglichen DSL-Anschlusses sollte heute noch an die Staatsanwaltschaft rausgehen, das hat äußerste Priorität. Dr. Menzel wird sich wie immer persönlich beim Ermittlungsrichter für die Maßnahme einsetzen, deshalb gehe ich davon aus, dass wir El Gadouchi spätestens morgen ebenso auf dem Schirm haben. Und bitte denkt daran, im Anschluss an unsere Besprechung die Bundesnetzagentur über die Maßnahmenerweiterung in Kenntnis zu setzen. Ich informiere die tschechischen Kollegen in Prag. Unsere Kollegin Tereza Vaitkova von der dortigen Abteilung Organisierte Kriminalität wartet schon seit Wochen auf das Startsignal, um die Hintermänner in Tschechien hochzunehmen.«

14. Kapitel

Donnerstag, 10. Dezember 2015, 10.44 Uhr,
irgendwo in Franken, Skype-Gespräch ankommend

»Guten Morgen, ich habe mir gestern Abend die Aufnahmen angesehen. Sehr hübsch, die Kleine. Ist alles glatt gelaufen?«, fragte er flüsternd.

»Alles ist wie geplant über die Bühne gegangen. Der Politiker kommt überall gut an. Sie hat die Realität erst richtig gespannt, als sie an Händen und Füßen fixiert auf dem Bett lag und ich zum Werkzeug griff. Zuerst dachte sie, es sei ein Spielzeug, doch als ich angefangen habe, das Rädchen mit festem Druck in ihr Fleisch zu drücken, ist ihr bewusst geworden, dass sie den Raum

nicht lebendig verlassen würde. Hier das Foto von der Agentur-seite. Schau dir ihre süßen, frechen Augen und ihre flinke Zunge an.«

»Wie war doch gleich ihr Name?«

»Pia.«

»Ein schöner Name. Hast du sie schon weggebracht? Und hast du ein Andenken von ihr?«

»Heute Morgen ist sie auf knapp fünfzig Meter abgesunken. Naja, die Kleine trug bei unserem Treffen zwei wunderschöne, in Gold gefasste Perlenohrringe – Tränen des Meeres. Und wie schon in Matthäus 7,6 geschrieben steht: ›*Ihr sollt das Heilige nicht den Hunden geben und eure Perlen sollt ihr nicht vor die Säue werfen.*‹ Ich habe das Wort Säue auf die dort unten wartenden Krebse und Aale umgemünzt und die zwei Klunker behalten.«

»Hör zu, bei uns berichtet die regionale Presse seit Tagen über einen Serientäter, der es auf Prostituierte abgesehen hat. Von Escort-Damen wird nichts erwähnt. Was hältst du davon?«

»Vielleicht will man das Gewerbe der Begleitdamen in Franken nicht verunsichern. Im Endeffekt haben sie ja den passenden Namen für diese Huren ausgesucht. So ein Escort-Mädchen ist halt die Edelnutte schlechthin. Du wirst mal berühmt werden, denn im Netz findet man einiges über deine drei Mädchen. Die Zeitung mit den vier Buchstaben ist wieder ganz vorn mit dabei. Aber sag mal, hast du eigentlich schon was Neues auserkoren?«

»Noch nicht wirklich, bin aber dran, eine Auswahl zu treffen. Ich muss erst einmal etwas Gras über die Sache wachsen lassen. Da gibt es eine neue Agentur in Bayreuth, die Thüringen und Sachsen mit abdeckt. Geh mal auf die Seite *www.begleitungen-oberfranken.de*. Sehr schönes Material dabei. Die Zauberinnen werden uns niemals ausgehen. Das könnte mein neues Revier werden. Ach, und noch etwas: Schick mir bitte meine zwei

Jammer wieder zurück, wenn du sie vorerst nicht mehr benötigen solltest.«

»Gut, mache ich, ich habe mir jetzt selbst so ein Ding angeschafft. Man weiß ja nie, was auf einen zukommt. Ich mache das Päckchen für dich fertig. Dann werde ich mich im Netz nach einer neuen Zauberin umsehen. Halte mich auf dem Laufenden.«

»Mache ich gern. Pass auf dich auf und denk daran: ›Die Zauberinnen sollst du nicht am Leben lassen‹.«

Donnerstag, 10. Dezember 2015, 19.22 Uhr,
bei Leo Pinneci, Jakobsplatz

Dr. Menzel, Schönbohm und die K11-Crew hatten im Nebenzimmer von Leos Restaurant Platz genommen. Hier waren sie ungestört. Das Kaminfeuer verbreitete wohlige Wärme. Die Ermittler waren gespannt auf die Wichtelgeschenke, die nach dem Weihnachtsmenü die Besitzer wechseln sollten.

Wie jedes Jahr hatte Schönbohm sein immer gleiches Geschenk mitgebracht: einen original »Yolk Fish Eiertrenner«. Dieser praktische Küchenhelfer war in seiner Heimat, der Oberpfalz, in jeder Küche vorzufinden, so die alljährlich wiederkehrende Erklärung des Kommissariatsleiters.

Der Eiertrenner war ein kleiner Gummifisch mit einem großen Mund, der auf Druck des Fischkörpers das Eigelb sauber vom Eiweiß aufsaugte und laut Schönbohm natürlich auch in keinem fränkischen Haushalt fehlen sollte. Böse Stimmen munkelten, er sei irgendwie am Umsatz dieses Küchenutensils beteiligt, da er zu nahezu allen Anlässen, sei es bei Betriebsfesten, Jubiläen oder Geburtstagen, die Kollegen mit seinem Yolk Fish zu faszinieren versuchte.

Diesmal war Dr. Menzel der Glückliche. Stolz nahm er das Geschenk entgegen und orderte die erste Runde Grappa. Er selbst hatte sich wieder einmal nicht an die vereinbarte Kostengrenze gehalten und hielt eine besondere Überraschung bereit: das *Leatherman Wave* – ein Multifunktionswerkzeug des Maschinenbauingenieurs Tim Leatherman, dessen geniale Erfindung nicht nur bei Outdoorern und Handwerkern große Beliebtheit erlangt hatte. Das Stück hatte bereits einen festen Platz im New Yorker *Museum of Modern Art* eingenommen.

Das Geschenk ging an Schorsch, der es sichtlich genoss, dass die Funktionalität des Werkzeugs den ganzen Abend hindurch von allen Anwesenden bestaunt wurde.

Auch an diesem Abend bewies Dr. Menzel, dass es nicht nur Gutmütigkeit war, die ihn alljährlich in der Weihnachtszeit antrieb. Er war zudem für seine Großzügigkeit unter den Strafverfolgern bekannt.

Als es gegen dreiundzwanzig Uhr fünfundvierzig an das Bezahlen ging, sagte Leo lächelnd: »Ich schließe mich Dr. Menzel an und wünsche euch ein besinnliches und frohes Weihnachtsfest. Ein guter Engel hat die Zeche des heutigen Abends bereits übernommen.«

Bevor sich die Ermittler verabschiedeten, reichte Leo jedem einen Grappa-Becher »Affina Riserva Acacia«. Dieser kupferfarbene Premium-Grappa aus dem Trentino lagerte über zehn Jahre in Akazienholzfässern. Sein aromatischer Duft und sein weicher und gehaltvoller Abgang ließen den Genießer die 40,5 Prozent Alkoholgehalt kaum verspüren. Es war ein edler Tropfen und zugleich Leos bester Hochprozentiger am Jakobsplatz.

Schorsch saß in seinem Büro, als sein Telefon klingelte. Die Rufnummer war unterdrückt.

»Bachmeyer, K11«, meldete er sich.

»Was machen die Forellen in Franken?«, fragte eine ihm vertraute Stimme.

»Die haben derzeit Schonzeit, mein Bester.«

Ben Löb lachte am anderen Ende der Leitung amüsiert auf. »Hallo, Schorsch, ich habe soeben den Umschlag von UPS erhalten«, sagte er dann mit ernster Stimme. »Gunda hat mich gestern Nachmittag über euer Vorhaben informiert. Wir behandeln die Geschichte *top secret*. Ich habe bereits mit einem Institut in Haifa telefoniert, die machen für uns seit Jahren die Gen-Analysen. Und wie mir Gunda erzählt hat, möchtet ihr eine weitere Aufsplittung der extrahierten DNA-Probe.«

»Wenn das möglich ist …«, erwiderte Schorsch. »Die Amis sind ja schon so weit, dass ihre Geheimdienste sogar Phantombilder aus dem vorliegenden Erbmaterial erstellen können. Wie ist es bei euch?«

»Das Genom-LAB in Haifa ist führend bei der Entschlüsselung des Erbguts. Wir sind auf dem gleichen Level wie die Kollegen in den USA«, meinte Ben. »Die NSA ist da keineswegs weiter als wir. Aber das geht natürlich nicht von heute auf morgen. Gib den Kollegen ein paar Tage Zeit. Der Täter läuft euch schon nicht davon – vermutlich wird er erst einmal sehr vorsichtig sein und die Medienberichte verfolgen.«

»Gut, Ben, ich hoffe, wir sehen uns noch vor Weihnachten.«

»Zumindest werden wir telefonieren. Wie geht es dir sonst? Mit Rosanne alles in Ordnung?«

»Du kennst ja die Frauen, bei dir wird es vermutlich ähnlich sein, es ist Weihnachtszeit und da ist schon mal hin und wieder Zicken angesagt. Aber das legt sich meistens im neuen Jahr wieder. Derzeit bin ich sehr mit dem Fall beschäftigt. Da bleibt wenig Zeit für Rosanne.«

»Ja, das kenne ich. War bei Suzanne ähnlich, als sie noch in Valetta war und wir uns fast jedes Wochenende gesehen haben. Aber seitdem sie wieder in der MI6-Zentrale ihren Dienst verrichtet, sehen wir uns nur zwei- bis dreimal im Monat. Da bleibt nicht viel Zeit zum Kuscheln, aber ...«

»Aber?«, unterbrach Schorsch. »Was willst du mir Interessantes sagen? Rück raus damit, bekommt Suzanne ein Kind?«

»Nein, aber dieses Jahr ist Weihnachtskuscheln angesagt. Suzanne hat etwas ganz Besonderes zum Jahresabschluss für uns beide gebucht. Starte mal deinen Browser und gib ›Luxurious Cosy Lodge‹ ein.«

Im Hintergrund hörte Ben ein schnelles Hämmern auf der Computertastatur, bis kurze Zeit später Schorsch antwortete: »Leck mich am Ärmel, der Hammer! Das ist ja direkt im Cairngorms-Nationalpark – also perfekt, um sich zu entspannen, einen guten Single Malt zu genießen und die wunderschöne Grafschaft Perthshire sowie die Highlands zu erkunden. Aber verrate mir doch bitte, wie Suzanne genau auf diese Blockhütte kam?«

»Sie kommt doch von dort – und ihr Patenonkel hat dort ein paar dieser edlen Blockhäuser als besondere Rückzugsorte geschaffen. Und wie sehen eure Weihnachten aus?«, fragte Ben.

»Konkret haben wir noch nichts Bestimmtes geplant, die Geschichte mit dem Serienmörder bindet mich doch sehr ein. Aber dieses Wochenende haben wir uns auch eine kleine Auszeit gegönnt, ich habe Rosanne in ein Wellnesshotel nach Südtirol eingeladen. Ich bin eigentlich fast schon auf dem Sprung in den wohlverdienten Feierabend. Wir wollen heute um zwölf Uhr losfahren.« Schorsch erzählte Ben vom Hotel Windschar.

»Hört sich interessant an. Wenn ihr spontan seid, dann könnt ihr uns gern über Silvester besuchen kommen. Das Angebot steht. Aber nun kümmere ich mich erst einmal um die Belange meiner fränkischen Freunde, ich gehe davon aus, dass mir das Ergebnis aus Haifa bis nächste Woche vorliegt. Ich melde mich.«

Stunden später BAB A 8
Abschnitt Unterhaching-Ost/Neubiberg

»Das hört ja gar nicht mehr auf zu schneien«, sagte Rosanne seufzend. »Ob wir heute überhaupt noch in Südtirol ankommen?«

»Sei froh, dass es schneit. Dann haben wir dort unten voraussichtlich gute Schneeverhältnisse«, erwiderte Schorsch, während Rosanne den Wagen vorsichtig durch das Schneetreiben lenkte. »Oder willst du dich nur im Wellnessbereich aufhalten?«

»Warum nicht? Gegen ein Kuschelwochenende ist doch nichts einzuwenden. Das wäre mal wieder bitter nötig, wir haben doch kaum mehr Zeit für uns. Alles dreht sich nur noch um eure Escort-Damen und um deinen demolierten Strich-Acht.« Rosanne sah Schorsch vorwurfsvoll von der Seite an.

»Den Kollegen geht es auch nicht anders. Heute habe ich mit Ben Löb gesprochen. Er und Suzanne sehen sich seit Anfang des Jahres auch nur noch ein paar Mal im Monat, aber Suzanne hat ihm zum Jahreswechsel mit etwas ganz Besonderem überrascht.«

Er erzählte Rosanne von der Blockhütte in Schottland und dass Ben sie beide für Silvester dorthin eingeladen hatte.

»Lass uns jetzt erst einmal unser Skiwochenende genießen«, schlug Rosanne vor. »Aber Schottland würde mich schon reizen, eine Blockhütte, Natur pur, gute Freunde …«

»… und einen guten Single Malt natürlich«, unterbrach Schorsch sie und legte zärtlich seine linke Hand auf ihren rechten Oberschenkel.

»Gedulde dich, ich muss mich auf die Fahrbahn konzentrieren.« Mit gespielter Empörung schob sie seine Hand zur Seite.

Schorsch hatte die kurze Auszeit schon seit Wochen geplant gehabt, Rosanne aber erst am Mittwochabend darüber informiert, da er wusste, dass sie flexibel genug und für spontane Aktionen zu haben war.

Wie es seiner Art entsprach, hatte er die Überraschung romantisch vorbereitet. Während Rosanne im Badezimmer gewesen war, hatte er einen Flyer des Hotels Windschar, den er mit einer roten Schleife und einem Herz versehen hatte, unter ihrem Kopfkissen platziert. Der Flyer trug die Aufschrift: »Start ins Ski- und Wellnesswochenende, Freitag 12.00 Uhr«.

Rosannes Freude war riesig gewesen, als sie nach der Dusche zu Schorsch ins Bett geschlüpft und das Überraschungskuvert unter ihrem Kopfkissen zum Vorschein gekommen war.

Samstag, 12. Dezember 2015, 16.30 Uhr,
GER-Nordbayern, Besprechungsraum 1.014

Heribert Piehls Mannschaft war pünktlich zur Einsatzbesprechung eingetroffen. Seit dem Vorabend stand auch die Maßnahmenerweiterung der Telekommunikationsüberwachung bei Abdul El Gadouchi. Dieser hatte um zweiundzwanzig Uhr siebzehn seinen Auftraggeber Abass Kaboua kontaktiert und die Fahrt mit dem Flixbus bestätigt. Das Ticket für die Fahrt habe er sich bereits ausdrucken lassen. Es lief demnach alles nach Kabouas Vorstellungen.

Heribert Piehl hatte bereits von Tereza Vaitkova die Zusage erhalten, dass die tschechischen Kollegen ihre Zielpersonen nun lückenlos in die Überwachung mit einbezogen hätten, der kontrollierten Lieferung stand somit nichts mehr im Wege.

Plan war es, um achtzehn Uhr mit der Observation der Zielperson Abdul El Gadouchi an dessen Wohnung in der Leyher Straße in Fürth zu beginnen. Dazu würde ein Observationsteam der Ermittlungsgruppe El Gadouchi im Fernbus begleiten, zwei weitere Überwachungsteams sollten dem Bus in zwei Einsatzfahrzeugen folgen.

Ein viertes Einsatzteam würde im Beisein des Übersetzers Manfred Kniebarth im Auswerteraum der Telekommunikationsüberwachung die Stellung halten. So sollte sichergestellt werden, dass aktive Kommunikationsdaten der Zielperson zeitnah an die Einsatzleitung weitergegeben werden konnten, um auf mögliche Planänderungen lageangepasst reagieren zu können.

Auf dem Busbahnhof in Prag waren Terezas Einsatzkräfte postiert, die die Überbringer des Gepäckstücks identifizieren und einer konspirativen Aufklärung unterziehen sollten. Ziel war es, einen Zugriff auf die Tätergruppierungen in Tschechien und Deutschland nach Absprache zeitgleich stattfinden zu lassen.

Rudi Mandlik, der Leiter des Mobilen-Einsatz-Kommandos MEK und seine Leute waren bereits vorab informiert worden und hielten sich in Bereitschaft. Ebenso wurden Spezialkräfte des SEK über das Einsatzprotokollsystem »EPS-Web« über die CD informiert und hielten sich lageangepasst zum Einsatzgeschehen auf.

Die Ermittler wollten mit dem Zugriff so lange warten, bis

der Koffer aus dem Schließfach entnommen und möglicherweise in einem Depot abgelegt oder an einen Dritten übergeben worden war. Angedacht war weiterhin, je nachdem, um welches Gepäckstück es sich handelte, einen GPS-Sender in der jeweiligen Transportvorrichtung des Koffers zu platzieren. Das entsprechende taktische Einsatzmittel hielt Rudi Mandlik bereit. Die Kollegen der Bundespolizei sollten mit einem Zentralschlüssel das Schließfach öffnen und somit den Zugang für die Überwachungsmaßnahme ermöglichen.

Die Zugangswege zur Schließfachanlage unterlagen einer Videoüberwachung, sodass die Ermittler mitbekamen, wenn jemand an das Gepäckstück wollte.

Es war davon auszugehen, dass Abass Kaboua das »Gift« zeitnah abholen ließ oder sogar selbst abholen würde.

Samstag, 12. Dezember 2015, 18.41 Uhr,
Busbahnhof, Willy-Brandt-Platz, 90402 Nürnberg

Abdul El Gadouchi war pünktlich angekommen, holte sein Busticket hervor und bestieg den Bus, wo er unmittelbar danach von einer weiblichen und einer männlichen Person aufgenommen wurde. Die als Touristenpärchen getarnten Beamten waren mit Rucksäcken, Wanderbekleidung und einem Reiseführer für Prag ausgestattet.

Gegen neunzehn Uhr, der Fahrer war im Begriff, den Bus von der A 73 auf die A 6 zu lenken, erhielt El Gadouchi einen Anruf. Die Übersetzung des in arabischer Sprache geführten Gesprächs hatten die Beamten bereits zehn Minuten später auf ihren Mobiltelefonen vorliegen. Der Einsatzablauf verlief reibungslos.

Abass Kaboua hatte sich mit seinem Kontrollanruf vergewissert, dass sich sein Kurier tatsächlich an Bord des Fernbusses befand. Anschließend wählte sich der Drogenhändler in das tschechische Mobilfunknetz ein und kontaktierte eine unbekannte weibliche Person, der er die planmäßige Ankunft seines Kuriers aus Nürnberg ankündigte.

Samstag, 12. Dezember 2015, 23.02 Uhr,
Pod výtopnou 13/10, 186 00Praha 8-Florenc, Tschechien

Es war eine verschneite Dezembernacht. Prags Straßen und Dächer waren von einer dicken Schicht Pulverschnee bedeckt. Auch hier hatte die Weihnachtszeit deutlich sichtbar Einzug gehalten, die Stadt an der Moldau war im festlichen Glanz geschmückt.

Um kurz nach dreiundzwanzig Uhr verließ Abdul El Gadouchi den Bus. Unmittelbar darauf läutete sein Telefon. Es war Abass Kaboua.

»Na, Aldaa, ist doch alles super gelaufen, ich hoffe, du konntest ein wenig schlafen«, sagte er. »Ist dir etwas Ungewöhnliches aufgefallen? Wurdest du im Bus kontrolliert? Wo bist du jetzt genau?«

»Nein, alles bestens«, erwiderte El Gadouchi. »Ich bin noch auf dem Parkplatz der Fernbusse, links von mir befindet sich ein Café namens ›Mokka‹.«

»Sehr gut. Geh in das Café und warte dort«, ordnete Abass Kaboua an. »Eine Frau wird sich gleich bei dir melden.«

El Gadouchi tat, was von ihm verlangt wurde, und suchte sich einen ungestörten Platz im »Mokka«. Kurz darauf betrat eine junge Frau das Café, die sich den Schnee vom Mantel klopfte. Sie zog einen kleinen schwarzen Trolley hinter sich her und steuerte zielgerichtet auf El Gadouchi zu.

188

»Sie fahren gleich mit dem Bus nach Nürnberg zurück?«, fragte sie in gebrochenem Deutsch, als sie an seinem Tisch angekommen war.

»Ja, warum?«

»Warten Sie auf mich?«, fragte die Frau.

»Vermutlich ja. Ich soll einen Koffer abholen.«

»Für Abass?«

»Genau.«

Die Frau sah sich kurz um, stellte den Trolley vor El Gadouchi ab und umarmte ihn dann zum Schein, als wären sie ein Pärchen, das sich für eine Reise verabschiedete. Dann verließ sie das Café und verschwand in die dunkle Nacht.

Kurz darauf trat auch Abdul El Gadouchi mit dem Rollkoffer an der Hand auf die verschneite Straße hinaus.

Die als Touristen getarnten Observationskräfte aus Piehls Einsatzteam hatten ihre Rollen mit den mobilen Beobachtern getauscht, die sich nach El Gadouchis Abfahrt aus Nürnberg mit ihrem Dienstfahrzeug an den Bus gehängt hatten. Sie würden ihm nun zu Fuß auf den Fersen bleiben und ihn während der Rückfahrt observieren. Im Ermittlerjargon hieß dies, »die Füße hatten ihre Zielperson aufgenommen«.

Es war kurz nach halb drei, als Abdul El Gadouchi die Schließfachanlage des Nürnberger Hauptbahnhofs erreichte, den Trolley in einem Fach deponierte und anschließend die Fahrt nach Fürth antrat.

Die Observationskräfte hatten ihn keinen Moment aus den Augen gelassen.

15. Kapitel

Heftiger Schneeschauer tobte über der Universitätsstadt, als er das fast leere Internetcafé betrat und sich den Schnee von der Jacke klopfte. Er hatte freie Platzwahl. Wie immer suchte er die letzte Reihe auf, um zu vermeiden, dass andere Besucher sein Surfverhalten auf dem Bildschirm mitverfolgen konnten.

Er spürte seine Erregung bereits, als er die Agenturseite *www.begleitungen-oberfranken.de* aufrief und das Profil eines Mädchens öffnete. Sie nannte sich Xenia Keil, war nach eigenen Angaben sechsundzwanzig Lenze jung und hatte ihren Mitbewerberinnen neben ihrem ansprechenden Äußeren etwas Wesentliches voraus: Sie verstand es, ihre Erlebnisse mit Kunden in erotischen Gedichten, Gedanken und präzisen Beschreibungen, die das sexuelle Verlangen und die Fantasie der Männer und Kunden enorm anregten, wiederzugeben. Diese Verführungsmasche beherrschte sie perfekt.

Xenia ging sogar noch einen Schritt weiter, indem sie ihre selbst vollzogenen Handlungen detailliert schilderte. Sie sei für jedes noch so ausgefallene erotische Abenteuer bereit, vorausgesetzt, der Kunde empfinde Spaß und Erfüllung bei der Sache.

Er scrollte nach unten, seine Atmung wurde tiefer, seine Erregung steigerte sich. Es standen zwei verschiedene Rubriken zur Auswahl: »Meine erotischen Erlebnisse« und »Meine BDSM-Erlebnisse«.

Er klickte auf »BDSM«. Ein neues Fenster öffnete sich. Die Überschrift des Beitrags lautete: »Urlaub auf Barbados«.

Gespannt begann er zu lesen.

»Als wir uns das erste Mal sahen, war ich von seiner Ähnlichkeit mit Seal überwältigt. Seine weißen Zähne, sein Lächeln und seine muskulöse Figur ließen erahnen, was er in seiner Hose für mich versteckt hielt. Und ich hatte mich nicht getäuscht. Ron war ein Charmeur par excellence, ein Verführer sondergleichen.

Als er mich das dritte Mal gebucht hatte, hielt er eine besondere Überraschung für mich parat. Ich sollte ihn zu einer einwöchigen Geschäftsreise nach Barbados begleiten. Das bedeutete eine Woche hemmungslosen Sex in Sonne, Sand und Meer.

Und es wurde eine spannende Woche! Ron verstand es, seine BDSM-Neigung nicht nur in unserem Erwachsenenhotel ›Divi Heritage Beach Resort‹ in St. James auszuleben. Auch die abgelegenen Strände mit den kleinen, nicht einsehbaren Felsbuchten schienen ihn herauszufordern, seine unterwürfigen Fesselspiele mit kleinen Bestrafungen an Ort und Stelle durchzuführen.

Ron liebte es, mich nackt zu sehen. Unterwäsche unterlag einem Trageverbot. So sollte es auch bei einem Geschäftsessen sein, das er für seine Freunde Mike und Samuel organisiert hatte. Er hatte mir schon vorher in Deutschland erzählt, dass wir die beiden auf der Insel treffen würden.

Auf Barbados rückte er mit dem Geheimnis des anstehenden Abends heraus: Er wollte die beiden anschließend mit in unsere Suite nehmen, um gemeinsam mit ihnen Spaß zu haben. Seine Bedingung: Er sollte natürlich alles bekommen, was er forderte, ganz nach dem Motto: ›Wer die Kapelle bezahlt, der bestimmt auch, was gespielt wird.‹

Vor dem Abendessen gingen wir auf Rons Wunsch noch eine Runde am Strand spazieren, um den Sonnenuntergang zu beobachten und unseren herrlichen Tag bei Meeresrauschen ausklingen zu lassen. Ron hatte einen kleinen Picknickkoffer vorbereiten lassen.

In einer kleinen versteckten Bucht angekommen, legte er das Handtuch zurecht und holte eine Champagnerflasche aus dem Koffer hervor. Er entkorkte die Flasche.

Das war das Zeichen – ein Zeichen, auf das seine Freunde offensichtlich gewartet hatten. Sie kamen erwartungsvoll hinter einem großen Felsen hervor. Das Ganze war ein abgekartetes Spiel der drei gewesen. Ein Spiel, auf das ich vollkommen unvorbereitet gewesen war.

Nun, Ron liebte nun mal Planänderungen – und ich das Spontane …

So standen wir uns also alle vier gegenüber und es zeigte sich recht schnell, worum es hier ging. Die Männer begannen, meinen Körper von allen Seiten zu streicheln. Ich veränderte meine Position, öffnete leicht meinen Stand, was die Männer als Herausforderung ansahen, fortzufahren.

Ich war neugierig auf das, was nun kommen würde. Was werden sie mit mir anstellen?, fragte ich mich. Da ich Ron vor der Abreise fest zugesagt hatte, auf alle seine Begierden einzugehen, musste ich geschehen lassen, was geschehen sollte – das war mein Job. Ein Job, der mir Spaß machte!

Als Ron anfing, mir das Kleid auszuziehen, zierte ich mich zunächst ein wenig, merkte ich doch, wie sehr es die drei reizte. Kurz darauf stand ich nackt und wie Gott mich schuf vor ihnen. Ich spürte, wie auch mich die Situation erregte, als die drei sich langsam entkleideten.

Ron holte vier Champagnerflöten aus dem Picknickkoffer und reichte jedem von uns ein Glas.

»Lageänderung«, sagte er, während er die Gläser füllte. »Den Nachtisch gibt es im Hotel, jetzt ist der Hauptgang angesagt, meine Liebe.«

Wir prosteten einander zu und tranken vom prickelnden Champagner, während wir uns über den Rand unserer Gläser neugierig musterten.

Meine Erregung nahm zu, ich fühlte meine Feuchtigkeit, als Samuels Hand zwischen meine Beine wanderte und über meine Klitoris glitt. Doch das Spiel war erst in der Anfangsphase.

Bestimmt drückte Ron meinen Kopf nach unten, sodass ich gezwungen war, auf die Knie herunterzusinken. Ich befand mich auf Augenhöhe mit drei erigierten Phallussen.

Mit seiner Aufforderung, alle drei zu lutschen, legte Ron seine Alltagssprache ab und ging zum ›Dirty Talk‹ über, den er in allen Variationen beherrschte.

Es wurde heftig, sehr heftig! Ich spürte, dass die vulgäre Sprache die Männer noch weiter anheizte. Jeder bekam an diesem lauschigen Sommerabend, an dem die Meeresbrandung jegliche Lustschreie in Richtung unserer Hotelanlage verschluckte, was Ron für sich und seine Freunde vorgesehen hatte. Es war ein ›Mega Happy End‹ mitten in der Karibik.«

Er scrollte zurück und atmete tief und schwer. Seine Erregung war kaum noch auszuhalten. Von nun an wusste er, dass Xenia einen ganz besonderen Platz in seinem Leben einnehmen würde.

Einen Platz auf seiner Todesliste!

Sonntag, 13. Dezember 2015, 09.47 Uhr,
Türkisch Islamisches Kulturzentrum Fürth,
Steubenstraße, 90763 Fürth

Ein Observationsteam des Mobilen Einsatzkommandos hatte in einem weißen, mit der Aufschrift »Wir lassen Sie nicht im Kalten sitzen – Uwe Brenner – Notdienst für Heizungen – Kompetenz seit 1994« getarnten Mercedes-Sprinter vor dem Gebetshaus Position bezogen. In einem anderen Fahrzeug wartete Abass Kaboua auf seinen Kurier, der kurz darauf erschien, die Beifahrertür öffnete und zu ihm in den Wagen stieg.

»*As salamu aleykum.* Ist alles super gelaufen«, begrüßte ihn Kaboua, indem sie beide ihre rechte Handfläche zusammenschlugen, diese dann unmittelbar zur Faust bildeten, die sie im gegenseitigen Wechsel zweimal von oben nach unten aufeinanderschlugen. Zwei Wangenküsschen rundeten die Begrüßung ab.

»*Wa aleykum As salam.* So, wie du es gewollt hast«, sagte Abdul El Gadouchi und überreichte Kaboua den Schließfachschlüssel. »Und wenn du wieder mal jemanden benötigst, der etwas für dich in Prag abholt, nur zu, immer wieder gern, mein Bruder.«

Kaboua reichte El Gadouchi ein zusammengerolltes und mit einem Einmachgummi zusammengehaltenes Geldbündel. »Sehr gut, hier dein Lohn, zähl nach«, sagte er knapp.

Mandliks Team hatte die Geldübergabe und das Gespräch per Video aufgezeichnet. Somit hatten sie die entscheidenden Worte, die den subjektiven und objektiven Verbrechenstatbestand des § 29 Abs. 3 Nr. 1 des Betäubungsmittelgesetzes bewiesen, gesichert. Hinzu kam, dass ihnen inzwischen das Ergebnis des Kofferinhalts vorlag. Abdul El Gadouchi hatte in dieser Nacht neun Kilogramm bestes Crystal Meth nach Deutschland eingeführt.

Was folgte, war eine Lageänderung. Von nun an durfte die Zielperson Abass Kaboua nicht mehr aus den Augen verloren werden. Sein Drogenkurier El Gadouchi hatte zwar für ihn den Einfuhrschmuggel durchgeführt, viel wichtiger war jedoch für die Fahnder, den Kopf der Bande zu überführen, zumal sie nicht wussten, was Kaboua mit dem Crystal vorhatte. Möglicherweise existierten weitere Hintermänner, die es noch zu identifizieren galt.

16. Kapitel

Sonntag, 13. Dezember 2015, 08.17 Uhr,
Ferien und Wellnesshotel Windschar,
I –39030 Gais Bruneck/Südtirol

Der letzte Skitag eines wunderschönen Kurzurlaubs zum dritten Adventssonntag war angebrochen. Rosanne und Schorsch saßen bereits im Shuttlebus. Sie befanden sich auf dem Weg zum Kronplatz, um noch einmal die traumhaften Pisten dieses außergewöhnlichen Skigebiets zu genießen.

Das Hotel der Familie Kronbichler, das unter den fünfundzwanzig Top-Hotels Italiens gelistet war, besaß eine vorzügliche Küche. Für die beiden Gourmets bedeutete das ein besonderes Highlight. Ferner erlaubte der Wellness- und Beautybereich seinen Gästen entspannende Momente nach einem gelungenen Skitag. Was wollte man mehr!
Schorsch und Rosanne beschlossen, im Sommer wiederzukommen, um einem weiteren gemeinsamen Hobby nachzugehen: dem Bergwandern. Künftig sollte dieses Hotel auch für Bergtouren ihr Domizil werden.

Sonntag, 13. Dezember 2015, 11.07 Uhr,
Hauptbahnhof Nürnberg, Schließfachanlage Untergeschoss

Abass Kaboua hatte seinen Wagen auf dem Parkplatz des Fürther Hauptbahnhofs abgestellt und die U 1 zum Nürnberger Hauptbahnhof genommen. Zügig nahm er die Rolltreppe zur Schließfachanlage im Untergeschoss und inspizierte unauffällig sein Umfeld. Nachdem er sich vergewissert hatte, dass ihm niemand gefolgt war, begab er sich zum Schließfach 71.

Noch einmal sah Kaboua nach links und nach rechts, dann steckte er den Schlüssel in das Schloss des Schließfaches und drehte ihn im Uhrzeigersinn. Die Stahltür öffnete sich.

Mandliks MEK-Kräfte hatten die Observation der Zielperson auf die Videoüberwachung beschränkt, da die Gefahr, von Kaboua entdeckt zu werden, in diesem Bereich des Hauptbahnhofs zu groß war. Sie kommunizierten über ihre konspirative Funkeinrichtung miteinander und warteten jeweils bei den Zu– und Abgängen zur Schließfachanlage sowie im unmittelbaren Zugangsbereich des Lidl-Supermarktes auf die Rückkehr des Drogenhändlers.

Kaboua zog den Koffer heraus, sah sich erneut um und verließ zügig den Hauptbahnhof in Richtung Südausgang.

Auf dem Vorplatz stand bereits ein alter Bundeswehr-Bulli T3 mit Nürnberger Kennzeichen für ihn bereit. Kaboua griff in seine Jackentasche, holte einen Schlüssel hervor und öffnete die Schiebetür des Kleinbusses. Er stellte das Gepäckstück in das Fahrzeug, stieg auf der Fahrerseite ein, startete den Motor und fuhr los.

Mit dieser Entwicklung hatten Heribert Piehl und die übrigen Einsatzkräfte nicht gerechnet. Trotz der wochenlangen Überwachung der Zielperson hatten sie keinen Hinweis darauf erhalten, dass jemand ein Ersatz- oder Kurierfahrzeug für Kaboua deponieren würde. Entweder hatte er für die Planung einen weiteren, nicht identifizierten Mobilfunkanschluss genutzt oder die Absprache mit dem Fahrer des Wagens mündlich getroffen. Es musste ihm gelungen sein, auf verstecktem Wege Gehilfen und Mittäter zu gewinnen.

Die Ermittler schlossen daraus, dass sie es mit einem hochgradig sensibilisierten Täter zu tun hatten, der seine Pläne akribisch zu durchdenken und geschickt in die Tat umzusetzen vermochte.

Rudi Mandliks Leute jedoch waren auf jede Lageänderung vorbereitet, zumal bekannt war, dass das »Gift« vom Bahnhof abgeholt werden musste.

Der Leiter des MEK hatte daher in unmittelbarer Nähe der vier Zu- und Abgänge des Hauptbahnhofs mobile Observationskräfte platziert, die nun von den »Füßen« das genaue Lagebild übermittelt bekamen und die Zielperson in kürzester Zeit aufnehmen und die Observation lageangepasst fortsetzen konnten.

Es war kurz nach zwölf Uhr dreißig, als Abass Kaboua seinen Wagen auf dem gut besuchten Parkplatz nahe der Liegewiese zur Schleuse 52 in Schwarzenbruck abstellte. Dieser Schleusenabschnitt des Ludwig-Donau-Main-Kanals war nicht nur bei den Einheimischen sehr beliebt. Im Winter trafen sich hier täglich zahlreiche Eisstockschützen älteren Semesters aus dem Nürnberger Land und frönten ihrem Wintersport.

Die Gemeinde Schwarzenbruck hatte neben dem traditionellen Mondscheinmarkt, der seit Jahren in den Sommermonaten am Schwarzenbrucker Plärrer stattfand und Hunderte von Franken anlockte, ein weiteres Event ins Leben gerufen. In der kalten Jahreszeit wurde seit Dezember 2014 regelmäßig am Sonntagvormittag zum Frühschoppen für Schlittschuhläufer, Eishockeyspieler und Eisstockschützen die »Après-Eisparty Schleuse 52« gefeiert – vorausgesetzt, der Alte Kanal war zugefroren.

Auch in diesem Jahr war die alte Liegewiese mit einer kleinen Imbiss-Wagenburg ausgestattet worden, die neben Grillspezialitäten, heißem Glühwein, Kinderpunsch und fränkischem Bier so manches Hochprozentige kredenzte. In der Mitte der Wagenburg knisterte ein großes Lagerfeuer, dessen Wärme

das ein oder andere vorweihnachtliche Gespräch unter den Besuchern anregte.

Abass Kaboua verließ seinen Bulli, öffnete die Schiebetür
und holte ein graues Mountainbike hervor. Dann zog er sich
eine schwarze Strickmütze und eine graue Daunenjacke über.
Nachdem er seinen Rucksack geschultert hatte, stieg er auf das
Rad und fuhr auf dem Kanalweg in Richtung Pfeifferhütte davon.

Mit dem Wechsel auf das Mountainbike hatte keiner der Ermittler gerechnet. Rudi Mandliks Observationsteam sah Abass
Kaboua sprachlos hinterher. Der Täter war äußerst raffiniert
vorgegangen und nun vermutlich mit dem Crystal, das sich ursprünglich in dem Trolley befunden hatte, auf und davon.

17. Kapitel

Sonntag, 13. Dezember 2015, 12.41 Uhr,
irgendwo in Franken

Eine innere Unruhe hatte ihn befallen. Sein Mobiltelefon war verschwunden – die Suche im Pkw und in seiner Wohnung war ohne Erfolg geblieben.

Er ließ die letzten Stunden Revue passieren und überlegte angestrengt, wann er das Handy zuletzt benutzt hatte. Das konnte nur im Internetcafé in Erlangen gewesen sein, wo er die Seiten mit den markanten Daten von Xenia Keil auf deren Profil fotografisch festgehalten hatte. Doch es waren nicht diese Aufnahmen, die seine Nervosität schürten. Kopfzerbrechen bereiteten ihm die Mobilfunknummern seiner Opfer, die sich im Speicher seines Telefons befanden.

Er musste es schnellstmöglich wiederbekommen und hoffte, dass die Betreiberin des Internetcafés das Handy entdeckt und an sich genommen hatte.

Gegen dreizehn Uhr erreichte er die Goethestraße. Gehetzt berichtete er der Dame hinter dem Tresen vom Verlust seines Mobiltelefons und deutete auf den Internetplatz, an dem er gesessen hatte.

Schamesröte überzog das Gesicht der Bedienung. »T…tut mir leid. Bei m…mir wurde nichts abgegeben«, stotterte sie unsicher, ohne ihn direkt anzusehen, und wischte verlegen mit einem Lappen über die Theke. Es war unverkennbar, dass sie log.

»Sind Sie sicher?«, sagte er barsch und kniff die Augen streng zusammen. »An Ihrer Stelle würde ich die Chance nutzen, wenn Sie straffrei davonkommen wollen. Oder soll ich meine

Kollegen rufen, die Sie auf die Wache mitnehmen?« Er holte ein zweites Mobiltelefon aus seiner Manteltasche und sah sie herausfordernd an.

Damit hatte die junge Frau nicht gerechnet.

In diesem Moment erklang unter der Theke die Melodie von »Creepy Little Girl Talking«, der vertraute Klingelton seines Handys.

Entsetzt sah ihn die Frau an. Dann holte sie mit zitternden Händen das Telefon hervor und überreichte es ihm wortlos.

»Na bitte, geht doch«, sagte er mit einem süffisanten Lächeln, drehte sich um und verließ das Café.

Schleuse 52, Ludwig-Donau-Main-Kanal, Schwarzenbruck

Frustration machte sich im Team breit. Laut Einsatzbefehl sollte der Beschuldigte erst dann festgenommen werden, wenn sein Depot oder ein möglicher Abnehmer lokalisiert worden war.

Die Gesprächsauswertung seiner Telekommunikationsdaten hatte ergeben, dass Abass Kaboua seine Ware nicht in seiner Wohnung aufbewahrte. Ein exaktes Bewegungsbild der Zielperson festzustellen, war allerdings nicht möglich gewesen, denn Kaboua besorgte sich fast wöchentlich über sogenannte Gehilfen eine neue SIM-Karte. Bis diese dann über einen IMSI-Catcher erfasst und über einen weiteren richterlichen Beschluss in die Telekommunikationsüberwachung aufgenommen werden konnten, vergingen mitunter Tage. Tage, in denen Kaboua unentdeckt weitere Vorbereitungen treffen oder Straftaten verüben konnte.

In dieser Zeit musste er sich auch den VW-Bulli organisiert haben, dessen Halter unterdessen über eine ZEVIS-Abfrage ermittelt worden war. Dieser war kein unbeschriebenes Blatt: Es handelte sich um den fettleibigen Autohändler Ismail El Gadouchi, den Vater des Kuriers Abdul El Gadouchi.

Rudi Mandlik schüttelte den Kopf, als er das Ergebnis der Halter-Abfrage las, und dachte, wie klein die Welt doch war – alle drei Personen stammten aus Tuggurt in Algerien.

»Eine Hand wäscht die andere«, murmelte er.

Ebenso sollte es kein Zufall sein, dass die Familien El Gadouchi und Kaboua in Deutschland in der Leyher Straße in Fürth wohnten. Der eine war Autohändler, der andere Drogenhändler, der ab und an seinem Onkel in einem Fürther Teppichgeschäft aushalf.

Inzwischen hatte auch Heribert Piehl die Nachricht erreicht, dass Abass Kaboua nicht mehr als Zielperson aufgenommen werden konnte. Es schien, als habe er den Beamten wieder einmal ein Schnippchen geschlagen.

Nähe Schleuse 49, Ludwig-Donau-Main-Kanal, Schwarzenbruck

Kaboua hatte nicht weit mit seinem Fahrrad zu fahren. Sein Ziel war das alte Schleusenwärterhaus der Schleuse 49. Das heruntergekommene Gebäude wurde seit Jahrzehnten nicht mehr bewohnt. Das große angrenzende Grundstück war stark verwildert und teilweise umzäunt. Der Eigentümer wies mit mehreren Schildern auf ein Betretungsverbot hin.

Kurz vor dem Schleusenhaus bog Kaboua links in einen Zugangsweg ein und folgte diesem bis zur Grundstücksgrenze. Dann radelte er rechts den Weg weiter, bis er ein altes Holzgebäude sah, das zu mehreren kleinen hölzernen Nebengelassen abseits des Schleusenhauses gehörte.

Kaboua drehte sich um und checkte den angrenzenden Wald und den Zufahrtsweg, ob ihm jemand gefolgt war. Dann stellte er sein Fahrrad ab, nahm den Rucksack von seinen Schultern und quetschte sich durch einen Teil des zerstörten Maschendrahtzauns. Schnellen Schrittes begab er sich zum Zugangsbereich des alten Holzhauses, griff über der Tür in einen kleinen Spalt der Holzlattung, holte einen Schlüssel hervor, öffnete die Tür und betrat die Hütte.

18. Kapitel

Bei Heribert Piehl und seinen Einsatzteams, die das Absetzen des Täters über das Einsatz-Protokoll-System EPS-Web mitverfolgt hatten, machte sich Ratlosigkeit breit. Denn nun stand es schwarz auf weiß in der Maske des elektronischen Einsatzprotokolls: Der Zielperson Abass Kaboua war soeben die Flucht gelungen. Kaboua war außer Kontrolle.

»Wir hätten ihn bereits am Nürnberger Hauptbahnhof abfischen sollen, die Beweismittel hätten in jedem Fall gereicht«, sagte Heribert Piehl. »Aber jeder von uns will natürlich immer das perfekte Verbrechen aufklären und so viele Beweismittel für die Anklageschrift der Staatsanwaltschaft sammeln, dass mindestens eine hohe Haftstrafe dabei rauskommt. Nach dem Motto: In Bayern urteilt die Justiz noch ermittler- und gesellschaftsfreundlich.«

Die beiden Kollegen der TKÜ-Besetzung nickten bestätigend, während der eine den Auswertebildschirm der überwachten Mobilfunknummer des Beschuldigten im Blick behielt und das Tool »GPS-Ortung« aktivierte.

»Erhält man in Hessen für zwanzig Tabletten Ecstasy vierzehn Tage Fernsehverbot, fährt so mancher Drogendealer in Bayern mit dieser Menge ein. Zum Glück haben wir Dr. Menzel«, sagte der andere.

Sein Kollege spielte die zurückliegenden zehn Minuten auf die GEO-Daten-Karte auf, fertigte einen Screenshot an und übertrug diesen als aktuelle Lagemeldung in das EPS-Web. Die

GPS-Ortung, die nun die Koordinaten des Kanalparkplatzes mit einem blinkenden grünen Punkt im Lagezentrum anzeigte, bewies, dass Kaboua sein Mobiltelefon tatsächlich nicht am Mann, sondern im Fahrzeug zurückgelassen hatte.

Er war ihnen tatsächlich entwischt.

Wieder folgte eine Lageänderung. Sie wussten nicht, wohin Kaboua mit seinem Fahrrad fuhr. Traf er möglicherweise einen Kontaktmann, an den er das Crystal übergeben wollte? Oder hatte er die Absicht, ein Drogendepot neu zu befüllen? Oder wollte er lediglich prüfen, ob ihm jemand folgte? Die Einsatzkräfte standen vor vielen offenen Fragen.

Wenn es Kaboua gelingen sollte, ohne das Crystal zu seinem Fahrzeug zurückzukehren, hätten sie lediglich die Videosequenzen der Observation und der Schließfachanlage sowie die vorhandene Schnellanalyse des Rauschgifts vorliegen. Mit Hilfe eines geschickten Anwalts wäre es ein leichtes Spiel für Kaboua, für diese verbotswidrige Verbringung seinen Kopf aus der Schlinge zu ziehen. Er war clever genug und überaus vorsichtig, hatte zudem bewiesen, dass er jeden Schritt seines Handelns minutiös durchdachte.

Ihnen war eine folgenschwere Ermittlungspanne unterlaufen, die niemals hätte passieren dürfen. Es gab nur eine Möglichkeit: abwarten. Irgendwann musste Kaboua zu seinem Fahrzeug zurückkehren. Alles, was sie bis dahin tun konnten, war, das Waldstück und die Gegend mit Ferngläsern abzuscannen und Verstärkung von anderen Einsatzabschnitten anzufordern.

Es war kurz nach dreizehn Uhr, sechs weitere Einsatzkräfte waren zwischenzeitlich am Parkplatz der Schleuse 52 eingetroffen, als zwei MEK-Beamte Abass Kaboua auf einem Waldweg entdeckten. Offensichtlich hatte er einen anderen Rückweg zu seinem Fahrzeug gewählt.

Lageangepasst bildeten die MEKler eine kleine Winterwandergruppe, die den Eindruck erweckte, auf dem Rückweg von der nahegelegenen Après-Eisparty zu sein, und den Zufahrtsweg zu Kabouas Bulli blockierte. Keiner der augenscheinlich alkoholisierten Männer war gewillt, den Waldweg für den herannahenden Radler freizumachen.

Kaboua verlangsamte seine Fahrt. »Hey, auf die Seite! Macht Platz, sonst fahre ich euch über den Haufen!«, rief er.

In diesem Moment trat ein Beamter blitzschnell mit seinem rechten Einsatzstiefel gegen die Vordergabel des Fahrrads, sodass Kaboua zu Boden stürzte.

»Kriminalpolizei! Abass Kaboua, Sie sind vorläufig festgenommen«, sagte der Beamte, während er Kaboua mit einem Armbeugehebel auf dem gefrorenen Boden ablegte und nach gefährlichen Gegenständen oder Waffen abtastete. Sekunden später klickten die Handschließen.

Kabouas Rucksack fehlte. Das Gift war weg, auch der im VW-Bus sichergestellte Trolley aus dem Schließfach war leer.

In der Zwischenzeit hatte sich der Polizeieinsatz auch bei den Besuchern der Après-Eisparty herumgesprochen. Schaulustige hatten den Zugriff mitverfolgt und standen mit Glühwein und anderen Getränken nahe dem Parkplatz in Gespräche vertieft herum.

Abass Kabouas Festnahme löste die eigentliche Einsatzalarmierungsphase aus. So waren nicht nur die Einsatzkräfte in Prag gefordert, Täter und mögliche Gehilfen zeitnah aufzuklären und festzunehmen, Wohnungen zu durchsuchen und Beweismittel zu sichern. Auch die GER-Nordbayern griff nun zum ganz großen Besteck und setzte Heribert Piehls Einsatzbefehl um. Denn um eine gewisse Vorlaufzeit für die unterschiedlichen Vollzugsbeamten sicherzustellen, mussten zeitgleich in beiden Ländern alle beteiligten Polizeieinsatzkräfte alarmiert werden, um sich an ihrem Einsatz- beziehungsweise Zugriffsort zur vorgegebenen Zeit, hier sechzehn Uhr dreißig, einzufinden. Erst wenn dem Lagezentrum ihre Einsatzbereitschaft an allen Einsatzabschnitten vorlag, kam das bekannte »Go« durch den zuständigen Polizeiführer, um die angedachten strafprozessualen Maßnahmen umzusetzen.

Von Kaboua ging keine Gefahr mehr aus. Bei seinem im Wagen vorgefundenen Mobiltelefon wurde die Mailboxfunktion aktiviert, um mögliche Kontaktpersonen des Beschuldigten daran zu hindern, mit Kaboua Verbindung aufzunehmen. Die Ermittler konnten ihm jetzt zwar lückenlos nachweisen, dass er das Crystal Meth aus dem Schließfach entnommen und hierher transportiert hatte, der Stoff jedoch fehlte.

Heribert Piehl und seine Leute mussten das Gift finden, koste es, was es wolle. Nur wie?

Neben einer weiteren Verstärkung von vier uniformierten Einsatzkräften der Polizeiinspektion Feucht, die mit einem Absperrband den Rad- und den Fußweg am Kanal in Richtung Pfeifferhütte und den Rückweg des Täters absperrten, traf auch der Polizeiführer Heribert Piehl am Einsatzabschnitt ein.

Es gab noch ein Fünkchen Hoffnung, den Weg des Täters zurückzuverfolgen und seinen Aufenthaltsort der letzten halben Stunde zu ermitteln. Die Beamten hatten einen speziell für solche Einsätze ausgebildeten Hund angefordert. Einen Mantrailer.

Nach einer knappen Dreiviertelstunde erreichte eine Hundeführerin den Waldparkplatz. Heribert Piehl hielt dem braunen Labrador, der als Personenspürhund ausgebildet worden war, die Daunenjacke von Abass Kaboua unter die Nase. Im Gegensatz zu anderen Spür- oder Suchhunden waren Mantrailer in der Lage, verschiedene menschliche Gerüche anders aufzunehmen. Sie ließen sich nicht von anderen Gerüchen ablenken, sondern verfolgten gezielt die eine markante Duftnote, die ihm sein Hundeführer vorlegte.

Mantrailer werden nicht nur bei der Spurensuche von Fußgängern und Radfahrern eingesetzt. Diese Hunde besitzen sogar die Fähigkeit, Geruchsspuren von Personen in vorbeifahrenden Fahrzeugen wahrzunehmen. Anders als übliche Fährtenhunde, die ihre Spur über Bodenverletzungen verfolgen, suchen und analysieren Mantrailer die Duftmoleküle der Zielperson.

Der Labrador kläffte aufgeregt und lief voller Energie vor den Beamten hin und her. Immer wieder schnüffelte er an der Daunenjacke, die als Geruchsträger diente und dem Hund ermöglichte, den Individualgeruch der Zielperson abzugleichen und zu verfolgen. Pro Minute verliert ein Mensch zahlreiche Hautschuppen, die bei jeder Bewegung verstreut werden. Diese körpereigenen metabolischen Abbauprodukte und ihre bakterielle Wirkung erzeugen ein spezielles Geruchsmuster, an dem sich Mantrailer-Hunde zur Spurfindung orientieren.[*] Empirische Studien belegen, dass es diesen Hunden möglich ist, Geruchsspuren in einem Zeitfenster von bis zu vier Wochen nachzuverfolgen.

Es war vierzehn Uhr einundzwanzig, als der Labrador die Duftspur aufgenommen hatte und, gefolgt von Heribert Piehl und Rudi Mandliks Einsatzkräften, die Fährte über den Kanalweg in Richtung Pfeifferhütte aufnahm.

Abass Kaboua hatte sich offensichtlich nicht weit vom Parkplatz der Schleuse 52 entfernt gehabt, denn schon nach circa siebenhundert Metern zog der Labrador nach links in den Zugangsweg des alten Kanalhauses Schleuse 49. Dort verharrte er kurz, bevor er sein Frauchen weiter bis zu einem alten Neben-

---

[*] Quelle: Wikipedia und *http://www.mantrailing-saar.de*

gebäude führte, das sich auf dem Grundstück des Schleusenwärterhäuschens befand. Unmittelbar vor dem Eingangsbereich des alten Holzhauses blieb der Hund sitzen und zeigte der Hundeführerin an, dass die Spur hinter der Tür weiterging.

Da die MEK-Kräfte bei der körperlichen Durchsuchung Kabouas keinen Schlüssel vorgefunden hatten, der zu diesem Haus passen konnte, verschafften sie sich Zugang, indem ein Beamter mit einem unterhalb des Türknaufs gekonnt platzierten Fußtritt das Schloss der Holztür zum Bersten brachte. Die Tür flog auf, der Hund konnte seine Spurensuche fortsetzen.

Um vierzehn Uhr siebenunddreißig machte der Labrador vor einem alten Fischräucherofen Platz und signalisierte seiner Hundeführerin durch lautes Kläffen, dass er auf etwas gestoßen war.

Wie sich Augenblicke später herausstellte, handelte es sich um eine Verstärkung der Duftspur, die von dem Rucksack der Zielperson ausging, der in dem ausrangierten Räucherofen platziert worden war.

Heribert Piehl atmete tief durch und sah den Labrador anerkennend an. Dann bedankte er sich mit einem kräftigen Handschlag bei der Hundeführerin. Endlich waren sie einen wichtigen Schritt weitergekommen: In dem Rucksack befand sich das Crystal Meth, das Abass Kaboua aus dem Trolley entnommen hatte, den er im VW-Bulli zurückgelassen hatte.

Der länderübergreifenden Einsatzoperation stand nun nichts mehr im Wege. Wichtig für die Polizeiführung war es daher, die vorgegebene zeitliche Abstimmung für weitere strafprozessuale Maßnahmen in Deutschland und Tschechien einzuhalten. Nur so konnte sichergestellt werden, dass mögliche Täter andere Beteiligte nicht warnen konnten, welche dann möglicherweise Beweismittel vernichteten oder Verdunklungshandlungen unternahmen.

Kaboua war in Polizeigewahrsam gebracht worden. Das alte Schleusenhaus, sämtliche Nebengelasse und das angrenzende Grundstück wurden von einem Einsatzzug der Bayerischen Bereitschaftspolizei Zentimeter für Zentimeter durchforstet. Es musste sichergestellt werden, dass dies der einzige Drogenbunker war, den der Beschuldigte hier unterhielt.

Auch Robert Schenk und sein Team waren angefordert worden. Die Spurensicherung nahm die daktyloskopischen Spuren Kabouas am alten Räucherofen und an der Zugangstür auf.

Die Beweislast war erdrückend. Man hatte nicht nur das wichtigste Beweismittel zu diesem Verbrechenstatbestand asserviert, auch die wochenlang aufgezeichneten Gesprächsinhalte der Telekommunikationsüberwachung und das gefertigte Video an der Schließfachanlage am Hauptbahnhof, das den Kurier Abdul El Gadouchi beim Bunkern des Crystal Meth und Stunden später den Abholer und eigentlichen Auftraggeber Abass Kaboua zeigte, bewiesen das verbotswidrige Verbringen und den gewerbsmäßigen Handel mit Betäubungsmitteln in nicht geringer Menge.

Eine weitere Festnahme bei der länderübergreifenden Einsatzoperation ließ nicht lange auf sich warten. Durch eine GPS-Handy-Ortung konnte der Tatverdächtige Abdul El Gadouchi in einem Spielcasino in der Hans-Vogel-Straße in Fürth aufgespürt werden. Spezialkräfte in Zivil hatten die Zielperson am Spielautomaten erkannt.

Als sie ihn direkt mit seinem Namen ansprachen und ihn baten, sich auszuweisen, reagierte El Gadouchi überrascht und versuchte, sich mit vehementem Körpereinsatz der Festnahme zu entziehen.

Mit dem Einsatz einer Tonfa-Hebeltechnik, deren Ziel es war, den Täter mit einem Kreuzfesselgriff handlungsunfähig zu machen und zu Boden zu bringen, konnten die Beamten El

Gadouchi überwältigen. Sekunden später war er mit Hand-schließen fixiert und nahm mit schmerzverzerrtem Gesicht die Worte seiner vorläufigen Festnahme entgegen.

»Fick disch, Aldaa, oder isch mach disch Messer!«, drohte er den Beamten.

Gegen seinen Vater, Ismail El Gadouchi, wurden auf Weisung von Dr. Menzel keine strafprozessualen Maßnahmen ergriffen. Allein das Ausleihen eines VW-T3-Transporters machte ihn nicht zum Mittäter. Nach dem jetzigen Ermittlungsstand konnte ihm weder in subjektiver noch in objektiver Hinsicht eine Beteiligung an den Drogengeschäften nachgewiesen werden.

Um zwanzig Uhr sieben nahm Heribert Piehl das Ergebnisprotokoll von Tereza Vaitkova entgegen. Die tschechischen Strafverfolgungsbehörden hatten insgesamt neun Festnahmen durchgeführt und zwei Drogenlabors hochgenommen. Zwei der Täter legten bereits bei ihrer ersten Einvernahme ein umfangreiches Geständnis ab, indem sie auf Anraten ihres Anwalts durch freiwilliges Offenbaren ihres Wissens wesentlich zur Tataufklärung und zur Aufdeckung von weiteren Straftaten in Tschechien und Deutschland beitrugen.

19. Kapitel

Schorsch sah auf seinen Terminkalender. In einer Woche war Heiligabend. Seit Wochen zerbrach er sich den Kopf darüber, was er Rosanne schenken sollte, nun aber hatte er das passende Geschenk gefunden: einen Bildband des Kölner Fotografen und Autors Guido Lenssen, der in seinem Werk »Esperanza Santiago« seine Lebensreise anschaulich darstellt und das Ganze mit ausgewählten Sprüchen untermalt.

Für den Mai 2016 hatten sie ein Ziel vor Augen, nämlich zum ersten Mal gemeinsam den Jakobsweg zu gehen, den *Caminho Português* von Porto nach Santiago de Compostela. Dafür hatten sie bereits zwei Wochen ihres Jahresurlaubs fest eingeplant.

Rosanne konnte es kaum erwarten und hatte sich schon mit allem notwendigen Equipment eingedeckt. Wanderrucksack, Schuhe, Daunenleichtschlafsack – alles war bereits vorhanden. Der Bildband war eine wunderbare Ergänzung, um sie noch mehr auf den Camino einzustimmen. So konnte sie sich beim Durchblättern auch nach der Reise gedanklich immer wieder auf den Weg zurückbringen.

Es hieß, der *Caminho Português* habe das Leben des Autors verändert. Mit seinem Werk wollte er all jenen Mut machen, die eine Begehung schon lange geplant, sie aber bislang aus unterschiedlichen Gründen noch nicht umgesetzt hatten. Es war ein Buch, das seinen Leser tief in seinem Inneren berührte, indem es die einen Lebensweg prägenden Fragen aufwarf: »Welcher ist mein Weg? Gehe ich ihn? Und wenn nicht, warum nicht?«

Schorsch wollte gerade die Online-Bestellung abschließen, als Günther Gast, der Auswerter der EASy für die »MOKO Body Bag«, mit einer roten Umlaufmappe in der Hand sein Büro betrat.

»Guten Morgen miteinander, na, habt ihr schon alle eure Weihnachtsgeschenke gefunden?«, fragte er. »Ich noch nicht. So wie es aussieht, werde ich vermutlich erst am Heiligen Abend dazu kommen. Im schlimmsten Fall greife ich auf die Oberpfälzer Weihnachtsüberraschung zurück und lasse mir von Schönbohm ein paar von seinen berühmten Eiertrennern mitbringen.« Er lachte herzhaft.

»Damit machst du mit Sicherheit nichts verkehrt. Ich habe schon alle Geschenke unter Dach und Fach«, erwiderte Schorsch amüsiert. »Schönbohm freut sich über die Bestellung und du erntest gleich noch Pluspunkte für die nächste Beurteilung von ihm.«

»Und, Horst, wie sieht's bei dir aus?«, fragte Günther Gast.

»Petra und ich schenken uns nichts, in unserem Alter hat man eh schon alles, da sparen wir lieber auf unseren zukünftigen Neuseelandurlaub. Lediglich unsere beiden Kinder haben wir auf unserer Geschenkeliste für Weihnachten stehen.«

»Na dann …« Günther Gast klappte seine Umlaufmappe auf und wurde wieder sachlich. »Ich habe Ergebnisse in Sachen ›MOKO Body Bag‹, die uns nicht sonderlich gefallen werden. Wir sind mit der Funkzellenauswertung soweit fertig. Die letzten Einloggdaten von Krystyna Dudeks Mobiltelefon haben wir am Sendemast des Nürnberger Flughafens festgestellt. Das könnte bedeuten, dass sie dort mit ihrem Mörder verabredet gewesen war. Wir haben dann versucht, die dort zeitgleich lokalisierten Einloggdaten anderer Mobilfunkteilnehmer mit ihren ausgewerteten Telefonverbindungen abzugleichen. Leider vergebens. Entweder hat der Täter auf dem Weg sein Mobilte-

lefon auf Flugmodus umgestellt oder eben gar nicht eingeschaltet. Mit den festgestellten Einwähldaten an den Telekom-
funkmasten kommen wir nicht weiter, zumal es Hunderte von
Datensätzen sind, die minütlich dort registriert werden. Da ist
alles dabei, vom Flugreisenden bis zum Partybesucher der
Ü-30-Partys im ›Terminal 90‹.«

Günther Gast klappte die Umlaufmappe zu und hielt sie mit
überkreuzten Händen vor seinem Bauch.

»Sorry, aber wir haben alles versucht«, fügte er achselzu-
ckend hinzu.

»Was ist mit diesem Pfarrer Bentheim? Gibt es da schon Erkenntnisse?«, fragte Schorsch.

»Das wäre mein nächster Punkt gewesen«, sagte Günther
Gast. »Meines Erachtens hat der die Hosen gestrichen voll, so
auskunftsfreudig, wie er bei unserem zweiten Besuch war.
Schon allein der Hinweis, wir könnten einen Beschluss für an-
gedachte strafprozessuale Maßnahmen beantragen, verursach-
ten bei ihm massive Darmprobleme.«

Er klappte die Umlaufmappe wieder auf und blätterte sich
durch die Seiten.

»Bentheim hat uns den Zugang zu sämtlichen Unterlagen,
auch den elektronischen, ermöglicht. Zu den Zeiten, in denen
die drei Mädchen verschwunden sind, hat er ein Alibi. Zudem
hat die Auskunftsdatenbank der Bundesnetzagentur bestätigt,
dass auf Bentheim kein anderes Mobiltelefon registriert ist. Der
Pfarrer besitzt lediglich sein Diensthandy, das er laut Angaben
auch privat nutzen darf. Das Erzbistum hat Flatrate-Verträge
für ihre Mitarbeiter abgeschlossen. Dieses Mobiltelefon war zu
allen möglichen Tatzeitpunkten in den Funkzellenmasten nahe
der Kirche St. Georg eingeloggt.«

Günther Gast hielt kurz inne und sah Schorsch nachdenklich
an.

»Es stellt sich allerdings die Frage, ob Bentheim zu diesen Zeitpunkten auch zu Hause war. Die Übereinstimmung der Einloggdaten sagt noch lange nichts darüber aus, ob er sich auch tatsächlich im unmittelbaren Umfeld der Kirche aufgehalten hat. Wir haben aber weitere Anhaltspunkte gefunden, die sein Alibi unterstreichen. So hat Bentheim tatsächlich seine bevorstehenden Messen an seinem Computer ausgearbeitet. Dazu holte er sich Hilfe aus einer katholischen Datenbank. Das bestätigte uns sein Verlauf im Internet. Darüber hinaus liegen uns die Verbindungsdaten zu einem Pizzalieferdienst vor. Bentheim hat demnach am möglichen Tattag, am Samstag, den 21. November 2015, um zwanzig Uhr dreiundvierzig eine Pizza geordert, die gegen einundzwanzig Uhr dreißig geliefert wurde. Den Auslieferer konnten wir ermitteln, er hat die Angaben bestätigt.«

Günther Gast blätterte in der Umlaufmappe ein paar Seiten weiter und überflog die Protokolldaten.

»Hier, Horst, hör zu, da ist jetzt auch was für dich dabei. Ich habe hier den Chronikverlauf von Bentheims Browser für den 21. November von zweiundzwanzig Uhr siebzehn bis dreiundzwanzig Uhr zweiunddreißig«, sagte er kurz darauf schmunzelnd. »Nachdem sich Pfarrer Bentheim auf seine Messen vorbereitet und sich mit einer Pizza gestärkt hatte, surfte er eine Stunde und fünfzehn Minuten auf ganz speziellen Seiten des Internets. Dreimal dürft ihr beiden raten, auf welchen.«

Er sah amüsiert von seinen Unterlagen auf und warf Schorsch und Horst einen vielsagenden Blick zu.

»Ach ja, nur so viel: Wisst ihr eigentlich, dass sich knapp vierundsiebzig Prozent aller männlichen Internetuser regelmäßig Pornos ansehen? Bei Frauen liegt die Quote bei vierundzwanzig Prozent. Aber ich mach mal weiter: Um dreiundzwanzig Uhr zweiundfünfzig, also kurz vor Mitternacht desselben

Tages, wurde Bentheim vom Krankenhaus der Uniklinik Erlangen kontaktiert. Zu dieser unchristlichen Zeit kam die Anfrage für eine Krankensalbung, deren Erwähnung Bentheim bei seiner ersten Befragung glatt vergessen hatte. Er ist also gegen null Uhr dreißig im Krankenhaus eingetroffen und hat die Handlung des heiligen Sakraments an einem Schwerverletzten seiner Kirchengemeinde vollzogen. Bentheim können wir definitiv als Täter ausschließen«, schloss Günther Gast seine Ausführungen.

Schorsch stand auf und ging zu seinem persönlichen Büroschrank, aus dem er eine große Einkaufstasche hervorholte, die er auf seinem Schreibtisch abstellte. Neugierig beobachtete Horst, der konzentriert die Quartalsstatistik der K11er bearbeitete, das Geschehen, als Schorsch in der Jutetasche kramte und ein kleines Wurstpaket hervorholte.

»Sehr gute Arbeit, Günther. Dafür habe ich dir etwas von einem der besten Metzger aus dem Nürnberger Land mitgebracht. Der Ossi aus Ezelsdorf ist für seine herzhaften Räucherspezialitäten bekannt. Die Würste waren zwar eigentlich für Anneliese bestimmt, als Anerkennung dafür, dass sie mir dieses Jahr immer die Endstücke vom Leberkäs reserviert hat, aber bis Weihnachten sind es ja noch ein paar Tage hin, um mich bei ihr zu bedanken«, sagte er lachend und überreichte Günther das Wurstpaket.

Der roch genussvoll am Inhalt der Tüte, holte eine geräucherte Bratwurst heraus und biss herzhaft hinein.

»Ich bin offen gestanden erleichtert, denn es hätte mich sehr gewundert, wenn ein Pfarrer zum Serienmörder geworden wäre«, sagte er mit vollem Mund. »Aber sag niemals nie … Erinnert ihr euch an den bundesweiten Zugriff 2011 im Bereich Kinderpornografie? Da hat sich auch herausgestellt, dass zwei der pädophilen Haupttäter katholische Priester gewesen waren. Insofern: Trau, schau, wem! Und wenn ich mir die Historie von Serienmördern so ansehe … da ist alles dabei. Schmeckt übrigens toll«, sagte er und biss erneut in die geräucherte Bauernbratwurst.

Schorsch drehte sich seinem Bildschirm zu, öffnete den Browser und gab den Begriff »Serienkiller« in die Suchleiste ein.

»Du hast recht, Günther, hier, um nur ein Beispiel zu nennen, Theodore ›Ted‹ Robert Bundy«, sagte er, nachdem er in der Ergebnisliste gescrollt hatte. »Der hatte eine ähnliche Methode für seine Morde ausgewählt wie unser Täter. Auch Ted Bundy hat sich gegenüber den Escort-Agenturen als engagierter Politiker und Gentleman ausgegeben. Mit seinem charmanten Auftreten, seinem Top-Aussehen und seiner Redegewandtheit vermittelte er seinen Opfern zweifelsohne eine gewisse Autorität. Bundy hat seine Opfer dazu überredet, ihn an abgelegene Orte zu begleiten, wo er sie schlug, bis zur Bewusstlosigkeit würgte und anschließend vergewaltigte. Meist hat er die Frauen danach erdrosselt oder erschlagen, um sie schließlich zu zerstückeln und über große Entfernungen zu entsorgen, um seine Spuren zu verwischen. Oft aber kehrte Ted Bundy noch einmal an die Tatorte zurück, um dort zu masturbieren.«

Schorsch wandte sich kurz angewidert vom Bildschirm ab und atmete tief durch. Auch nach vielen Dienstjahren konnte er sich nicht an die grausame und skrupellose Vorgehensweise solcher Täter gewöhnen. Die krankhafte Abgebrühtheit dieser Psychopathen schockierte ihn jedes Mal aufs Neue.

Auch Günther Gast starrte fassungslos auf den Bildschirm.

»Da bleibt mir gleich der Bauernseufzer im Hals stecken«, sagte er. »Es ist unglaublich, welche abartigen Bestien da draußen herumlaufen. Dieser Ted Bundy ist mit Sicherheit kein Einzelfall.«

»Die amerikanischen Kollegen bezifferten Bundys Opferzahl auf mindestens fünfunddreißig Frauen, andere sprechen sogar von über sechzig Morden«, fuhr Schorsch fort, nachdem er sich einigermaßen gefasst hatte. »In unserem Fall zerstückelt der Täter seine Opfer zwar nicht, aber er schändet sie, indem er sie mit einem Säure-Laugen-Gemisch übergießt. Dann versucht er genau wie Bundy, die Leichname über weitere Strecken zu entsorgen.«

Er sah Günther Gast an, der mittlerweile auch die zweite geräucherte Bratwurst vertilgt hatte. »Ich frage mich, ob wir es vielleicht auch mit einem Serientäter zu tun haben, der nicht nur bei uns drei Mädchen auf dem Gewissen hat, sondern der Ted Bundys Vorgehensweise so weit imitiert, dass er auch in anderen Bundesländern oder in den deutschsprachigen Anrainerstaaten Escort-Mädchen oder Prostituierte getötet hat. Jedes Bundesland bearbeitet seine Mordfälle doch eigenständig und wir sind zum Austausch über die jeweiligen Tötungsdelikte nicht miteinander vernetzt. Es besteht zumindest die Möglichkeit, dass er sich auch in anderen Ländern Opfer ausgesucht hat. Wir sollten bei Interpol in Lyon anfragen. Vielleicht gibt es in deren Datenbank ähnlich gelagerte Fälle mit vergleichbarem Tatmuster.«

Er holte tief Luft, der Duft von Geräuchertem füllte das Büro und Schorsch öffnete seinen Schreibtischunterschrank. Er nahm eine Butterbrottüte heraus, öffnete diese und zog ein Paar geräucherte Bratwürste hervor. Horsts flehender Blick, ihm davon die Hälfte abzugeben, war bei seinem Gegenüber angekommen.

Schorsch riss die zwei Würste auseinander. »Hier, Horst, dass du mir nicht verhungerst und konzentriert bei der Sache bleibst!«

Mit einem dankbaren Lächeln nahm Horst die Wurst entgegen und beide Kommissare bissen nun in die Geräucherten.

218

»Ich kümmere mich darum«, sagte Günther Gast kauend und blätterte in seinen Unterlagen. »Ich habe hier noch das Ergebnis der Anfrage bezüglich des E-Mail-Accounts ›Mitternachtsspitzen‹. Die E-Mail-Adresse wurde am 28. April 2015 bei GMX generiert. Laut Auskunftsersuchen der Bundesnetzagentur ist der Account auf einen gewissen Richard Schatz zugelassen, den es unter der angegebenen Adresse aber nicht gibt. Der Täter hat Namen und Adresse willkürlich erfunden. GMX oder auch andere Anbieter klären bei der Registrierung nur ab, ob es die Straße in Deutschland gibt und ob sie im angegebenen Postleitzahlbereich liegt. Eine Verifizierung des Namens findet nicht statt. Dieser Richard Schatz ist frei erfunden. Das Abklärungsergebnis der IP-Adressen lief ebenso ins Leere, weil der Täter häufig verschiedene VPN-Adressen gewählt hat.«

»VPN-Adressen? Was ist das?«, fragte Schorsch.

»Über einen VPN-Account kannst du dich unbemerkt im Internet bewegen. Dabei wird deine ursprüngliche IP-Adresse über den VPN-Server zum Beispiel in eine IP-Adresse aus Dänemark, Johannisburg oder aus Japan verschleiert. Durch diese neu zugeteilte VPN-Adresse besitzt der User nun eine völlig andere IP-Adresse, erhält also eine neue Identität, mit der er sich unerkannt im Netz bewegen kann. Heutzutage kann man sich über ein monatliches VPN-Abo einfach eine solche IP-Adresse bestellen. Für Strafverfolgungsbehörden ist somit die wahre Identität des Users nicht mehr feststellbar. Einmal surft er über eine IP-Adresse aus Tasmanien, das andere Mal nutzt er eine VPN aus Island. Aber Kommissar Zufall meint es in unserem Fall schon mal gut mit uns, denn der Täter nutzte nicht immer seine unterschiedlichen VPN beziehungsweise konnte sie nicht immer nutzen. Die E-Mails an die Begleitagenturen wurden von einem Internetcafé in der Bayreuther Straße in Nürnberg und aus der Goethestraße aus Erlangen versandt, so das gestrige Anfrageergebnis der Bundesnetzagentur. Betreiber von Internetcafés sind gesetzlich angehalten, keinen VPN-Wechsel zuzulassen. Keines der beiden Cafés verfügt über eine komplette Videoüberwachung. Nur der Kassenbereich wird aufgenommen. Die eigentlichen Computerplätze dürfen aus datenschutzrechtlichen Gründen nicht überwacht werden. Also gibt es lediglich diese Kassenaufzeichnungen, die aber irgendwann mal überspielt werden, da kommen wir nicht weiter, zumal wir keinerlei Kenntnis darüber besitzen, wie unser Täter überhaupt aussieht, Größe, Haarfarbe, Haarlänge, Hautfarbe etc.«

Schorsch dachte an das noch ausstehende Ergebnis aus Haifa. Er stand auf und ging zum Bürofenster. »Wie sieht er wohl aus …«, murmelte er und sah zu dem gegenüberliegenden Funkmast der Telekom hinüber, wo sich noch immer der rote Luftballon verfangen hatte. Dann drehte er sich um und wandte sich direkt an Günther Gast.

»Ich habe trotzdem eine Bitte«, sagte Schorsch und sah ihm tief in die Augen. »Fahr doch noch mal zu den Internetcafés und sichere dir, wenn noch möglich, die Überwachungsbänder, die an den Tagen eingesetzt waren, an denen der Täter die E-Mails an die Agenturen versandt hat.«

»Welchen Sinn sollte das haben, wenn wir keinerlei Beschreibung des Täters vorliegen haben?«, fragte Günther Gast.

»Frag nicht, mach einfach«, sagte Schorsch. »Die Aufzeichnungen könnten dennoch hilfreich für uns werden, denn sollten wir den Täter irgendwann schnappen, dann hätten wir ein weiteres Beweismittel, nämlich seine Vorbereitungen, auf Video gesichert.«

»Ich kümmere mich darum«, sagte Günther.

Der Blick von Schorsch galt nun Horst. »Und bevor ich es vergesse, ich habe eine super spannende Ermittlung für dich:

Wir müssen alle Escort-Agenturen in Franken oder besser in ganz Bayern herausfiltern.« Er grinste Horst an und fuhr fort: »Also nicht die persönlichen Profile der einzelnen Damen auswendig lernen, sondern wir sollten in jedem Fall eine Hinweisanfrage an diese Agenturen rausgeben. Wichtig wäre demnach, ob sich vielleicht Anfragen bei der Buchung von Damen ähnlich wie bei unseren beiden Agenturen ergeben haben. Ferner sollten wir auf die Gefährlichkeit unseres Täters hinweisen und bitten, dass wir über ähnlich gelagerte Anfragen sofort in Kenntnis gesetzt werden. Vielleicht tut sich da ja eine neue Spur auf.

Zumindest sollten wir die Agenturen hier in Bayern mit unserem Gentlemanlike-Politiker konfrontieren. Ob das bei deren täglichen Anfragen wirklich Sinn macht, weiß ich nicht, aber wie Günther eben schon sagte, einen Versuch ist es wert.«

Schorsch öffnete sein oberes Schreibtischfach und studierte den Speiseplan der Polizeikantine. »Leute, es ist Mittagszeit und bei Anneliese gibt es heute einen kulinarischen Leckerbissen. Also, worauf warten wir noch? Pack mers!«

Um kurz nach halb zwei kamen Horst und Schorsch gestärkt von Anneliese zurück, die es sich in der Weihnachtszeit nicht nehmen ließ, besondere Weihnachtsschmankerl auf den Mittagstisch ihrer Kantine zu zaubern. Heute hatte es fränkisches Winzersteak mit Semmelknödeln und als Nachtisch Rhabarberkompott gegeben.

Satt und zufrieden saßen die Ermittler hinter ihren Schreibtischen, als das Telefon klingelte. Im Display erkannte Schorsch die Telefonnummer von Heribert Piehl. Er griff zum Hörer und aktivierte die Mithörfunktion.

»Servus, Heribert, gibt es Neuigkeiten oder steht schon wieder ein Anschlag auf meinen Stricht-Acht bevor? Ich habe ihn erst gestern aus der Werkstatt abgeholt. Alles wieder in Ordnung.«

»Servus, Schorsch, freut mich, das zu hören«, erwiderte Piehl. »Ich habe auch etwas für dich. Du wirst nicht glauben, was unser gemeinsamer Zugriff mit den tschechischen Behörden am Sonntag ergeben hat. Halt dich fest ...«

»Schieß los«, sagte Schorsch mit einem Blick auf Horst, der dem Gespräch interessiert folgte.

»Wir haben Abass Kaboua«, ließ Piehl die Bombe platzen. »Du erinnerst dich an den Typen, der den Auftrag von den El Gadouchis erhalten hat, deinen Daimler zu demolieren? Den Auftraggeber haben wir eingesperrt.«

»Abdul El Gadouchi?«, fragte Schorsch überrascht.

Heribert Piehl berichtete Schorsch und Horst von den Einzelheiten der Kurierfahrt und der Aushebung des Drogendepots am Alten Kanal in Schwarzenbruck. »Abass Kaboua und Abdul El Gadouchi wurden am Montag dem Haftrichter vorgeführt, der für beide Untersuchungshaft angeordnet hat«, schloss er.

»Was zieht Abass Kaboua ins Nürnberger Land?«, fragte Horst in den Lautsprecher des Telefons. »Ich kenne das alte Kanalhaus und das verwilderte Grundstück gut, ich wohne doch dort draußen.«

»Hallo Horst«, begrüßte ihn Piehl. »Abass Kaboua und Abdul El Gadouchi kennen sich seit ihrer Kindheit. Ismail El Gadouchi, Abduls Vater, hat laut Auskunft des ehemaligen Eigentümers in den achtziger Jahren das Kanalhaus und das angrenzende Grundstück gepachtet. Die El Gadouchis nutzten es als Wochenend- und Ferienhaus. Böse Stimmen behaupten jedoch, dass El Gadouchi Anfang 1990 den Plan hatte, dort einen Biergarten aufzuziehen. Das klingt zwar ziemlich unglaubwürdig, weil seine Religion ihm nicht nur das Essen von Schweinefleisch, sondern auch den Genuss von Alkohol verbietet, aber El Gadouchi soll von dem Geschäft besessen gewesen sein, da er irgendwie mitbekommen hatte, wie hoch die jährlichen Umsatzzahlen am Brückkanal waren. Ein solches Geschäft wollte er sich nicht entgehen lassen und heuerte Einheimische an, die für ihn den Biergarten managen sollten. Aber er hatte die Rechnung ohne den Wirt gemacht. Denn der ursprüngliche Eigentümer hatte in dieser Zeit ein weit besseres Angebot vorliegen. Der Betreiber des Brückkanal-Biergartens hatte nämlich Wind davon bekommen, dass El Gadouchi das alte Schleusenhaus mit Grundstück erwerben wollte und was er damit vorhatte. Ein möglicher Konkurrenzkampf war daher nicht mehr von der Hand zu weisen. Kurzerhand ist er El Gadouchi zuvorgekommen und hat das alte Schleusenhaus mit Grundstück vom ehemaligen Eigentümer erworben. Aus die Maus für El Gadouchi. Der wiederrum drohte dem neuen Käufer, sein Lebenswerk zu zerstören. Drei Wochen nach der notariellen Beurkundung wurde der neue Eigentümer nachts von einem Unbekannten mit dem Motorrad überfahren und schwer verletzt. Der Motorradfahrer flüchtete, die Tat wurde bis heute nicht aufgeklärt und ist seitdem ein zu den Akten gelegter unaufgeklärter Kriminalfall, ein sogenannter ›Cold Case‹.«

»Ich kenne den Fall gut«, warf Horst ein. »Damals wurde wirklich alles versucht, an den Fahrer heranzukommen, von einzelnen Flyern, die am Brückkanal verteilt wurden und auf die Unfallflucht hingewiesen haben, über Zeitungsberichte bis hin zur Berichterstattung im Bayerischen Rundfunk. Es gab nicht eine heiße Spur, vereinzelte Hinweise verliefen im Sande, irgendwann wurde der Fall dann eben als ›Cold Case‹ deklariert.«

»Ich weiß, das war damals sehr bewegend«, pflichtete Heribert Piehl ihm bei. »Der Geschädigte war seit dem Unfall vom dritten Brustwirbel an abwärts gelähmt und saß für den Rest seines Lebens im Rollstuhl. Auch psychisch erholte er sich nicht mehr von der Tat. Heute führt seine Tochter die Gastronomie weiter. Ismail El Gadouchi leugnete eine mögliche Tatbeteiligung und bestritt seine Drohgebärden gegen den Gastronom vehement. Man konnte ihm nichts nachweisen. Zum Tatzeitpunkt hatte er ein Alibi. Seit diesem Vorfall wurde das Anwesen nicht mehr bewohnt und verwilderte zunehmend. Deshalb ist es durchaus nachvollziehbar, dass Abass Kaboua weiterhin einen Bezug dorthin hat. Er kennt die Umgebung und die Zufahrtswege seit seiner Kindheit sehr gut. Zudem war ihm bekannt, dass durch den neuen Eigentümer keine baulichen Veränderungen an dem Objekt vorgenommen worden waren. Er konnte sich also ziemlich sicher sein, dass das Grundstück brachlag und die Gebäude nicht mehr genutzt wurden. Die Verbotsschilder des neuen Eigentümers, die rund um das Grundstück angebracht waren, hielten ungebetene Gäste fern. Seine Idee, dort die Drogen zu deponieren, war gar nicht so schlecht. Auch die räumliche Entfernung zu seinem Wohnort in Fürth spricht dafür. Ein anderer hätte vielleicht im Fürther Stadtwald seine Drogen gebunkert. Kaboua aber hat sie zwanzig Kilometer entfernt von seinem tatsächlichen Wohnort deponiert und konnte sie wegen der direkten Autobahnanbindung trotzdem schnell erreichen. Ein ideales Versteck.«

»Lagen euch während der gesamten Überwachungsmaßnahme keinerlei Hinweise auf das Depot im Nürnberger Land vor?«, fragte Schorsch.

»Gab es denn keine Funkzellenortung, die darauf hindeutete?«, fügte Horst hinzu.

»Vermutlich ist uns das entgangen, weil Kaboua häufig seine SIM-Karte gewechselt beziehungsweise sein Mobiltelefon in den Flugmodus gestellt hatte«, erklärte Heribert Piehl. »So gab es keine Einloggdaten und wir hatten ihn zeitweise nicht auf dem Schirm. Kaboua war clever. Aber ich bin noch nicht fertig, Schorsch. Wir haben beim Auslesen der sichergestellten Mobiltelefone noch etwas festgestellt, das dich interessierten dürfte: Die Gesprächsaufzeichnungen der TKÜ über die Anstiftung, deinen alten Daimler zu demolieren, unterliegen ja einem Verwertungsverbot. Aber wir können noch andere Beweise heranziehen. Kaboua hat nämlich mit seinem Mobiltelefon Bilder von seinem Werk festgehalten und sie laut Übersetzungsprotokoll mit dem Zusatz ›Erledigt, der wird morgen Augen machen‹ versehen. Die Aufnahmen hat er per WhatsApp Ismail und Abdul El Gadouchi zugesandt. Wir haben zwar in der Abhörmaßnahme mitbekommen, wer den Auftrag erteilt hat, aber das dürfen wir nicht verwerten. Zu deiner Genugtuung, Schorsch: Die sitzen erst mal für einige Jahre hinter Schloss und Riegel. Wie klein und gerecht doch unsere Welt ist«, schloss Piehl.

»Du hast recht, Heribert. Was eine penetrante Autoankaufnummer auf dem METRO-Parkplatz alles ins Rollen gebracht hat … Schlussendlich hat die Gerechtigkeit auf ihre Weise gesiegt.«

»Gut, ihr beiden, ich wünsche euch schon mal ein ruhiges, erholsames und gesegnetes Weihnachtsfest. Wir sehen uns dann im Januar im IPA-Turm in Nürnberg. Bis dahin gibt es vielleicht weitere Erkenntnisse zu unseren Tätern.«

Kaum hatte Schorsch das Telefonat beendet, stand eine Botin an der Bürotür und überreichte ihm ein graues DIN-A4-Kuvert, das an »Georg Bachmeyer persönlich« adressiert war. Ein Blick auf den Absender ließ eine Vorahnung in Schorsch aufkommen. Er öffnete das Kuvert und sichtete grob den Inhalt.

Kurz darauf griff er zum Telefon, um Gunda, Robert Schenk

und Michael Wasserburger zu verständigen, dass er eine bedeutende Nachricht von Ben Löb erhalten habe.

Die drei fanden sich pünktlich um fünfzehn Uhr zu der spontan anberaumten vertraulichen Besprechung ein.

»Nehmt euch Kaffee und setzt euch«, sagte Schorsch und deutete auf die dampfende Kaffeemaschine. Dann öffnete er sein Schreibtischfach und holte Ben Löbs Unterlagen hervor.

20. Kapitel

Mittwoch, 16. Dezember 2015, 14.07 Uhr, Internetcafé,
Goethestraße, 91054 Erlangen,
Skype-Telefonat abgehend: 0921-xx78x266

»Begleitungen Oberfranken, Sie sprechen mit Saskia Kelch, was darf ich für Sie tun?«

»Guten Tag, Frau Kelch. Vorab eines: Darf ich davon ausgehen, dass Diskretion bei Ihnen Ehrensache ist?«

»Selbstverständlich. Vertrauen und Verlässlichkeit gegenüber unseren Kunden hat oberste Priorität.«

»Gut, mein Name ist Benno Huth, ich sitze im Vorstand eines bekannten deutschen Pharmakonzerns.«

»Wie kann ich Ihnen weiterhelfen?«

»Ich habe ein wenig auf Ihrer Seite gestöbert. Ich suche für den anstehenden Silvesterabend eine Begleitung.«

»Männlich oder weiblich?«

»Weiblich. Um ehrlich zu sein: Ich habe bereits eine Dame gefunden, deren Profil mich sehr anspricht. Es geht eigentlich nur noch um die Frage, ob sie für die Silvesternacht noch frei ist.«

»Um wen geht es?«

»Xenia. Xenia Keil gefällt mir sehr gut.«

Im Hintergrund war das Klappern einer Computertastatur zu hören.

»Sie sind ein Glückspilz, Herr Huth. Eigentlich war Xenia vom 30. Dezember bis 03. Januar fest verbucht, aber aus gesundheitlichen Gründen musste der Kunde absagen. Somit steht Ihrer Anfrage nichts mehr im Wege. Xenia wird sich gern um Sie kümmern. Für welchen Zeitrahmen darf ich Ihre Buchung in der Silvesternacht vornehmen?«

»Nun, da mir ein paar Überraschungen vorschweben, sollten wir genügend Zeit einplanen. Ich denke, vom 31. Dezember, neunzehn Uhr, bis 01. Januar, neun Uhr, wäre angemessen. Ich kann das Mädchen ja nicht um Mitternacht nach Hause schicken, vor allem dann nicht, wenn es vielleicht gerade am schönsten ist.«

»Das kann ich gut nachvollziehen, Herr Huth. Wie möchten Sie bezahlen?«

»Ich werde den Betrag unter dem Betreff ›Silvesterknaller 2015‹ überweisen. Wenn Sie mich kontaktieren möchten, Sie wissen schon, Zahlungseingang, mögliche Änderungen, Kontaktdaten von Xenia und so weiter, dann bitte ausschließlich unter der E-Mail-Adresse *silvesterknaller2015@gmx.de*. Meine private Erreichbarkeit sollte weiterhin unter Verschluss bleiben. Ich freue mich auf Xenia.«

»Ich werde Ihnen den Termin gern per E-Mail bestätigen«, sagte Saskia Kelch freundlich. »Kann ich Ihnen sonst noch irgendwie behilflich sein, Herr Huth?«

»Nein, vielen Dank, ich bin sehr froh, dass der Termin geklappt hat. Ich bin Ihnen sehr verbunden. Adieu.«

Es war kurz nach neunzehn Uhr, als er den auf Benno Huth ausgestellten und mit seiner Unterschrift gefälschten Überweisungsträger in die dafür vorgesehene Box im Foyer der Commerzbank Neumarkt einwarf. Der zweite Schritt war getan, die Vorbereitungen zu seiner tödlichen Mission »Silvesterknaller2015« verliefen reibungslos.

Das gesamte Team hatte sich versammelt. Gespannt saßen die Ermittler da und betrachteten das Kuvert, das Schorsch vor sich liegen hatte.

»Ben Löb war mal wieder fix«, begann er und holte einen kleinen Schnellhefter aus dem Kuvert, der mit hellgrünen Blättern gefüllt war.

In der oberen linken Ecke des Titelblatts befanden sich der Briefkopf sowie das firmeneigene Logo des Instituts, darunter der Adressat, das israelische Konsulat in München – Ben Löb persönlich. Jedem Originalblatt des forensischen Gutachtens, das in hebräischer Schrift abgefasst war, folgte eine deutsche Übersetzung.

»Das GENOM-Lab in Haifa unter der Leitung von Dr. Chaim Pfefferkorn hat tatsächlich das von Michael vorgefundene Erbgut weiter entschlüsseln können«, erläuterte Schorsch. »Nach deren Analyse konnten sie das Alter des Erbgutträgers exakt eingrenzen. Demnach haben wir es mit einer männlichen Person zwischen dreiundvierzig und vierundvierzig Jahren zu tun, deren Größe mit einsachtundsiebzig bis einsachtzig angegeben wird. Vermutlich stammt der Mann aus Süddeutschland. Darüber hinaus konnten aus dem DNA-Stamm noch weit mehr Informationen gezogen werden. Pfefferkorns gentechnische Entschlüsselungen sind gleichzusetzen mit den Methoden des amerikanischen Gen-Pioniers Craig Venter. Dem israelischen Wissenschaftler ist es tatsächlich gelungen, ein Phantombild eines Täters aus dem vorhandenen DNA-Strang zu kreieren, in seiner bildlichen Darstellung hatte er sogar seine Augen- und Haarfarbe mit aufgenommen.«

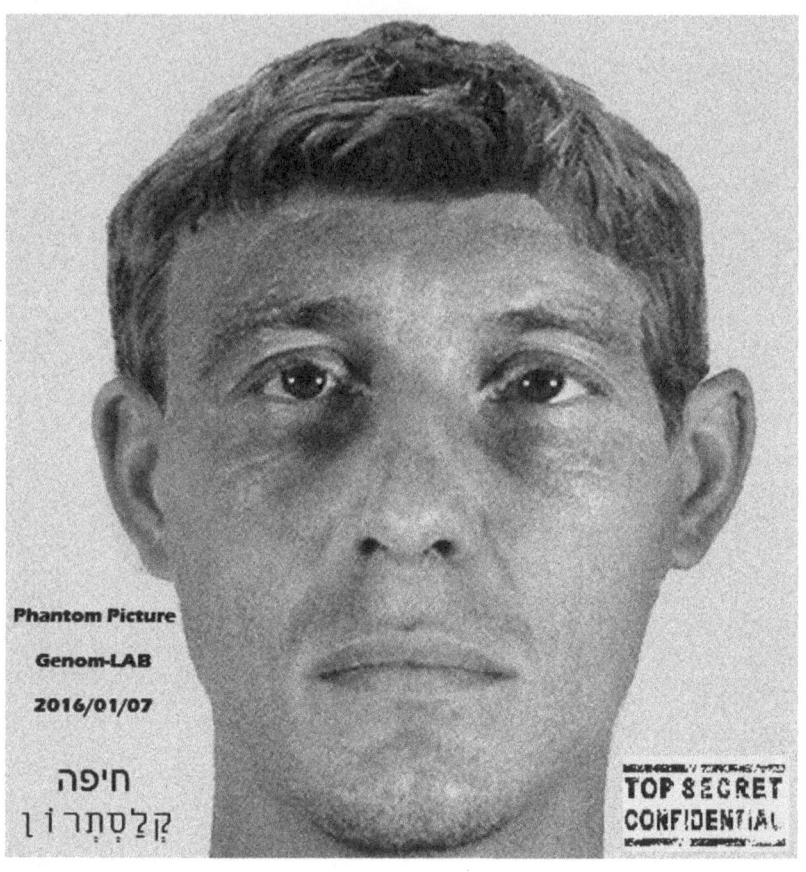

Phantom Picture
Genom-LAB
2016/01/07

חיפה
קַלַסְתְר וֹ ן

TOP SECRET
CONFIDENTIAL

Schorsch reichte ein Phantombild herum, das die Kollegen interessiert betrachteten.

»Perfekt«, sagte Gunda, »eine männliche Person, circa einsachtzig, Mitte vierzig, gemäß Angaben grüne Augen, blonde Haare.«

»Dr. Pfefferkorn ist wirklich ein wahres Genie«, sagte Schorsch begeistert und blätterte weiter im Gutachten bis zu einer rot markierten Stelle. »Ich habe noch eine Überraschung parat: Der Täter hat ein Problem mit seiner Bauchspeicheldrüse, die produziert kein Insulin mehr. Dadurch sind, so der Forensiker, insbesondere das Chromosom Nummer sechs, die sogenannten MHC-Gene und das Insulin-Gen betroffen. Kurz gesagt, wir suchen einen Diabetiker Typ 1. Wie stark er unter Diabetes leidet, ob er sich täglich Insulindosen spritzt oder Tabletten einwirft, wissen wir nicht. Trotzdem schränkt diese Erkenntnis den Täterkreis deutlich ein. Wir haben mehr erreicht als bisher mit unseren Ermittlungen.«

»Deine grandiosen Vorschläge und Ideen hauen mich echt vom Sockel«, sagte Michael Wasserburger anerkennend zu Gunda. »Bravo! Deine Quellen, insbesondere unser israelischer Kollege Ben Löb, sollten niemals versiegen.«

Robbi nickte bestätigend. »Es ist unglaublich, wie weit die Wissenschaft heutzutage schon mit der Entschlüsselung unserer Gene vorangekommen ist. Wenn wir diese Errungenschaften nutzen dürften, wäre das ein Wendepunkt bei der Verbrechensbekämpfung, der nicht mehr aufzuhalten wäre. Scheiß Datenschutz, die genetische Privatsphäre müsste generell bei Beschuldigten durch ein entsprechendes Gesetz aufgehoben werden, zumal ja so ein Ergebnis auch zu einer möglichen Entlastung eines Verdächtigten führen würde. Mit einer fortentwickelten Aufschlüsselung des Erbguts könnte ein dringender Tatverdacht erhärtet oder eine mögliche Entlastung des Täters sogar beweiskräftiger vor Gericht untermauert werden.«

Die Anwesenden stimmten Robbi zu.

»Das Ergebnis aus Haifa bleibt erst einmal unter Verschluss«, sagte Schorsch. »Ich möchte die Erkenntnisse selbst im Team nicht weiter bekanntgeben. Je weniger davon wissen, desto besser. Zumindest haben wir jetzt eine konkretere Beschreibung des Täters, das sollte uns weiterhelfen. Was wir aber aufgrund des vorliegenden Ergebnisses von Dr. Pfefferkorn mit

Gewissheit sagen können, ist die Tatsache, dass Pfarrer Bentheim entlastet zu sein scheint. Die Kollegen von der EASy haben in ihren Ermittlungen bereits darauf hingewiesen, dass sich der Geistliche sehr kooperativ gezeigt hat. Er wollte mit allen Mitteln dazu beitragen, einen möglichen Verdacht gegen ihn auszuschließen, deshalb hat er alles bis ins kleinste Detail offenbart, angefangen bei der Pizzabestellung über seine E-Mails bis zu seinem Browserverlauf auf bestimmten Webseiten. Die Verbrechen haben Bentheim sehr mitgenommen. Er befindet sich seit letzter Woche im Krankenstand. Die psychische Belastung durch den Mord an den Mädchen und die Recherchen um sein Alibi waren einfach zu viel für ihn.«

»Ich habe noch einen Vorschlag bezüglich der DNA-Feststellungen aus Haifa«, warf Michael Wasserburger zögernd ein. »Wir haben zwar eine wirklich erfolgversprechende Aufschlüsselung erhalten, die uns mit Sicherheit bei den fortlaufenden Ermittlungen weiterbringen wird. Aber …«, er hielt kurz inne und sah unsicher in die Runde. »Ich will das Ergebnis aus Haifa nicht in Frage stellen, aber was haltet ihr davon, wenn wir in dieser Angelegenheit zweigleisig fahren? Wie ihr sicherlich bei unserer letzten Besprechung bemerkt habt, ist mir spontan etwas eingefallen. Ich habe mich daraufhin ein wenig mit der aktuellen Gen-Forensik beschäftigt und in meinen Lehrgangsunterlagen gestöbert.«

»Wie meinst du das? Zweigleisig?«, fragte Horst.

»Naja, eigentlich hat es bei mir erst richtig Klick gemacht, als Gunda den Vorschlag einbrachte, über Ben Löb den DNA-Strang unseres Täters weiter aufschlüsseln zu lassen«, erklärte Michael Wasserburger. »Ich war doch vergangenes Jahr knapp elf Wochen an der prestigeträchtigen National Academy des FBI in Quantico/Virginia. In einem Studienfach erhielten wir einen Abriss über die Möglichkeiten, das Erbgut zu analysieren – andere Möglichkeiten, als sie bei uns vorgegeben sind.«

Michael meinte mit seinen Ausführungen die rechtlichen Einschränkungen in Deutschland. Hier musste erst die Strafprozessordnung geändert werden, um ethnische Herkunft, Hautfarbe, Augenfarbe und Haarfarbe entschlüsseln zu können. Dem widersprach jedoch vehement der Paragraf 81g der Strafprozessordnung. Durch diese Einschränkungen wurden den Strafverfolgern wichtige Informationen, wie sie in Amerika tagtäglich angewendet wurden, systematisch vorenthalten. Auch die Briten, deren Forensic Science Service Ltd in Trident Court, Birmingham Business Park, beheimatet war, sahen das nicht so eng wie die Deutschen.

»Dr. Simon Kenneth, der Leiter des Instituts Forensic Science Service, referierte bei uns in Quantico an verschiedenen Tagen speziell über dieses Thema«, sagte Michel Wasserburger. »Und wie bei allen Fortbildungslehrgängen, sei es bei uns in Europa oder anderswo auf der Welt, sitzt man abends zusammen und vertieft das am Tag Gehörte bei einem Bier, einem Glas Wein oder einem guten Single Malt. An einem dieser Abende habe ich mich mit Dr. Kenneth nicht nur über dienstliche Belange unterhalten. Er ist mit einer Fränkin aus Dörfles-Esbach verheiratet, die bei ihm im Institut angestellt ist. Er spricht also sehr gut unsere Sprache, kennt uns Deutsche und weiß um die Probleme, die unsere Strafprozessordnung mit sich bringt. Ich könnte ihn bitten, das Erbgut unseres Täters noch einmal von einem seiner vertrauten Mitarbeiter oder von seiner Frau im Rahmen einer wissenschaftlichen Forschungsarbeit entschlüsseln zu lassen. Also kein offizielles Rechts- und Amtshilfeersuchen, sondern auf dem Obergefreiten Dienstweg eine Anfrage starten. Ob er auf den Zug aufspringt, kann ich natürlich nicht versprechen, aber einen Anruf wäre es allemal wert. Was meint ihr?« Michael Wasserburger sah erwartungsvoll in die Runde.

»Ich finde deinen Vorschlag sehr gut«, sagte Schorsch. »Vielleicht kommen die Briten ja zu demselben Ergebnis wie die Israelis. In dem Fall müssten wir nur noch einen Weg finden, die Informationen verwerten zu können. Bevor wir zum Ende kommen und über Michaels Vorschlag abstimmen, möchte ich euch keineswegs ein hochinteressantes Beispiel vorenthalten, das exakt zu diesem Phantombild aus Haifa passt und uns vermutlich alle überzeugen wird. Auch ich habe mich ein wenig mit den Möglichkeiten der Entschlüsselung beschäftigt.«

Er öffnete seine Aktentasche und holte eine rote Umlaufmappe hervor, in der sich verschiedene Computerausdrucke befanden.

»Und ich bin von dem beeindruckenden Fortschritt der Molekularwissenschaft echt überzeugt, denn die vorliegende Geschichte zeigt uns, dass wir viel weiter sein könnten, wenn uns die jetzige Gesetzgebung nicht solche Knüppel zwischen die Beine werfen würde. Die Amerikaner hatten da mal einen sehr merkwürdigen Fall: An einem Tatort fanden sie das Erbgut des Mörders und glichen seine DNA-Spur mit allen bekannten forensischen Datenbänken ab. Vergebens. Es stellte sich jedoch an einem anderen Tatort heraus, dass genau dieser gesuchte Täter auch für jenen Mord verantwortlich war. Beide DNA-Stämme waren konform. Und jetzt kommt das Highlight …«

Während Schorsch in der Umlaufmappe blätterte, war es mucksmäuschenstill im Raum geworden.

»Die Ermittler ließen nicht locker und beauftragten die Firma Parabon NanoLabs mit der weiteren Aufsplittung beider DNA-Stränge«, fuhr er fort, nachdem er der Mappe einen Computerausdruck entnommen und diesen kurz überflogen hatte. »Einem Wissenschaftler des Instituts der forensischen Molekulargenetik war es gelungen, das Erbgut mit Hilfe ihrer neuen Technik weiter zu entschlüsseln, denn in jedem Genom eines Menschen sind seine phänotypischen, also äußeren Merkmale verankert. Anhand der neu ermittelten Daten erstellte der Wissenschaftler ein computergeneriertes Foto des Täters, genauso eines wie das hier.«

Schorsch deutete auf das Phantombild aus Haifa, das Horst gerade interessiert betrachtete.«

»Seit diesem Zeitpunkt war der Mörder nicht mehr unsichtbar, genau wie hier – das ist unser Serienkiller. Was ich damit sagen möchte, liebe Kollegen, ist Folgendes: In den Vereinigten Staaten unterstützen immer mehr Staatsanwaltschaften diese Möglichkeit, um Tatverdächtige zu identifizieren. Deshalb kann ich Michaels Vorschlag nur befürworten. Wir sollten zweigleisig fahren. Lasst uns Dr. Kenneth in unser wissenschaftliches Experiment mit einbeziehen und das Ergebnis seiner Entschlüsselung abwarten. Sollten beide generierten Phantombilder tatsächlich ein und denselben Täter zeigen, dann …«, Schorsch sah jeden Einzelnen bedeutungsvoll an, »dann müssen wir uns die Karten neu legen und einen Lösungsweg finden, der keinen von uns den Kopf kostet.«

»Ich bin dabei«, sagte Gunda.

Horst nickte überzeugt. »Ich sehe es genauso. Unseren Ermittlungen wird es in keinster Weise schaden, im Gegenteil. Nur so werden wir den Fall aufklären können.«

»Dann lasst uns den Täter fassen«, sagte Robbi.

21. Kapitel

Samstag, 19. Dezember 2015, 10.22 Uhr,
Internetcafé, Bayreuther Straße, 90409 Nürnberg

Er gab das Passwort für »Silvesterknaller2015« ein, klickte auf Return, dann auf Posteingang. Ein Doppelklick auf die oberfränkische Agenturmail bestätigte ihm nicht nur den Zahlungseingang, sondern auch Xenia Keils Buchung. Ihre persönlichen Kontaktdaten entnahm er einer angehängten Datei.

Dann legte er eine neue SIM-Karte in sein Mobiltelefon ein, die er über einen Harz-IV-Empfänger vor drei Wochen erworben hatte, den er vor dem Alkoholregal eines großen Lebensmitteldiscounters im Untergeschoss des Nürnberger Hauptbahnhofs angesprochen hatte. Es brauchte keine große Überzeugungsarbeit – für einhundert Euro war der Mann bereit, die Registrierung auf seinen Namen abzuschließen. Weitere Kosten würden für ihn nicht anfallen, da die künftige Aufladung der Mobilfunkkarte über einen Guthaben-Bon des Lebensmitteldiscounters erfolgen würde. Eine Woche später hatte der Mann mit der Registrierungsbestätigung des Mobilfunkanbieters am vereinbarten Ort gestanden, alles war ohne weitere Worte vonstattengegangen, Zug um Zug.

Nun würde er sich seiner neuen Zauberin um einen weiteren Schritt nähern.

Als das Mobiltelefon vorbereitet war, wählte er Xenias Nummer.

Schon nach zweimaligem Freizeichen meldete sie sich mit sanfter Stimme. »Guten Morgen, hier ist Xenia.«

»Guten Morgen, hier ist Benno«, erwiderte er. »Ich habe

deine Telefonnummer von der Agentur erhalten, ich bin der Silvesterknaller2015. Hast du schon etwas von mir und meiner Silvesterüberraschung erfahren?«

»Jein, Benno, Saskia sagte mir lediglich, dass wie immer Verschwiegenheit an erster Stelle stehe. Da bist du bei mir richtig aufhoben«, sagte Xenia.

»Wunderbar. Ich freue mich schon sehr auf unseren gemeinsamen Abend. Deine Erlebnisse, die du auf deiner Profilseite schilderst, haben mich ziemlich angetörnt«, sagte er heiser.

»Ich freue mich auch, Benno, du hast eine sympathische Stimme. Deine Art gefällt mir. Eigentlich war ich für die Silvesternacht schon ausgebucht. Nun bin ich ganz froh darüber, dass der Kunde abgesagt hat«, gab Xenia zurück.

»Ich lasse mir für unser Treffen etwas ganz Besonderes einfallen. Versprochen. Ich habe auch schon eine Idee. Schließlich soll es ein unvergesslicher Jahreswechsel für uns beide werden.«

Er leckte sich begierig über die Lippen und strich mit der flachen Hand nervös über seinen Oberschenkel.

»Ach, und noch etwas zum Dresscode«, fügte er hinzu. »Ich liebe unanständige Mädchen, deshalb darf es gern etwas Gewagtes mit einem Hauch von Frivolität sein.«

»Okay, ganz wie du willst«, sagte Xenia lachend. »Hast du besondere Vorlieben? Spielzeug oder etwas anderes Ausgefallenes, Verruchtes? Und wo sollen wir uns treffen?«

»Ich bin für alle Überraschungen offen. Kommt drauf an, was du in deinem Repertoire hast. Ich bin mir noch nicht ganz klar darüber, wo wir es richtig knallen lassen werden. Aber ich bin mir sicher, dass dir der Abend in ewiger Erinnerung bleiben wird. Ich melde mich am 30. Dezember vormittags noch mal bei dir, sagen wir um elf Uhr unter dieser Mobilfunknummer. Bis dahin, adieu.«

Zufriedenheit breitete sich in ihm aus. Lächelnd beendete er die Verbindung und blickte über die Trennwand nach vorn. Überrascht stellte er fest, dass auch diesmal die drei Jugendlichen, die bereits im November, als er hier an diesem Platz Stella auserkoren hatte, anwesend gewesen waren, vor einem Bildschirm in einer vorderen Reihe saßen und in ein Computerspiel vertieft waren. Es schien, als ob sie ihm Glück bei seiner mörderischen Auswahl brachten.

Seine Atmung wurde tiefer. Allein die Vorstellung, Xenia bald voll und ganz zu besitzen, erregte ihn. Sein Brustkorb hob und senkte sich schneller, um die Luft seiner Lungen in kürzeren Intervallen auszustoßen. Er warf einen letzten Blick auf seine drei Glücksritter, ehe er sich erhob und zügig das Café verließ.

22. Kapitel

Samstag, 19. Dezember 2015, 10.52 Uhr,
Lupinenweg, 91058 Erlangen

Professor Dr. Alois Nebel hatte eine unruhige Nacht hinter sich. Er hatte stundenlang nicht einschlafen können. Eigentlich war erst der 25. Dezember für seine Schlafunruhe vorprogrammiert, denn dann war Vollmond.

Vor knapp zwölf Stunden war Doc Fog, nachdem er die Seite der Deutschen Gesellschaft für Rechtsmedizin aufgerufen und sich in den Mitgliederbereich eingeloggt hatte, auf einen brisanten Hinweis gestoßen: Es handelte sich um den Fall eines Rechtsmediziners aus Mecklenburg-Vorpommern, der seinen Freund Schorsch sehr interessieren dürfte.

Die Rostocker Kollegen waren am Dienstag, den 15. Dezember 2015, mit der Obduktion einer weiblichen Leiche beauftragt worden, die ein Krabbenfischer von der Insel Poel am Vortag kurz vor Kühlungsborn neben den üblichen Krabben als Beifang in seinen Netzen zu verzeichnen hatte. Zuerst hielt der Fischer den Fund für den Rest einer weggeworfenen Plastikplane. Beim näheren Betrachten stellte er jedoch fest, dass es sich um eine geschlossene Umhüllung samt irgendeinem Inhalt handelte. Ein Mitarbeiter zog mit einer Stange, an deren Ende sich ein Stahlhaken befand, die Umhüllung aus dem bereits auf Deck ausgeschütteten Fanggut heraus und öffnete den sackähnlichen Gegenstand an einem eingelassenen, gut sichtbaren Reißverschluss.

Was folgte, war ein schreckhaftes, ja schockiertes Zurückweichen des Fischers, als er mit ansehen musste, wie sich ein Bündel Aale und mehrere Krebse, die auf und in einem menschlichen Torso ihre Futterquelle gefunden hatten, fluchtartig über das Schiffsdeck bewegten.

Nachdem der Fischer die Küstenwache alarmiert und die Kriminalpolizei Rostock das offenbare Tötungsdelikt übernommen hatte, wurde der Fund dem Institut für Rechtsmedizin Rostock überstellt. Bei der ersten Begutachtung stellten die Mediziner fest, dass es sich um die sterblichen Überreste einer Frau handelte, die zu ihrer Ruhestätte in einen Leichenbergesack gesteckt und dem Meer übergeben worden war.

An zwei Schlaufen des Sacks befanden sich Karabiner, an denen jeweils die Reste einer Schnur hingen. Vermutlich hatten diese zur Befestigung von Gewichten gedient, die dafür sorgen sollten, das Opfer für immer auf dem Meeresgrund zu halten.

Ersten Hinweisen zufolge handelte es ich bei dem Opfer um die sechsundzwanzigjährige Cornelia Husenbek aus Schwerin. Husenbek galt seit Montag, den 07. Dezember, als vermisst. Ein vorhandenes Tattoo am Steiß, ein sogenanntes Arschgeweih, erhärtete den Verdacht, dass es sich bei dem Opfer um die Vermisste handelte, die seit zwei Jahren als Begleitdame unter dem Namen Pia Horn bei einer Rostocker Escort-Agentur tätig gewesen war. Gewissheit ihrer Identität brachte jedoch schlussendlich ein DNA-Abgleich, den die Rostocker Staatsanwaltschaft aufgrund der vorliegenden Vermisstenanzeige veranlasst hatte.

Doc Fog war sich unschlüssig. Sollte er die Information erst am Montag an das K11 weitergeben oder war es eine Information, die er Schorsch nicht bis Montag vorenthalten sollte? Er entschied sich für Letzteres und griff zum Telefon.

»Guten Morgen, Alois«, sagte Schorsch, der Doc Fogs Nummer offenkundig im Display erkannt und rasch abgenommen hatte, zur Begrüßung. »Die Forellen sind bis 31. März gesperrt –

oder willst du mir ein paar Trockenübungen beibringen? Spaß beiseite, was gibt es Neues?«

Doc Fog berichtete ihm von seiner Entdeckung auf der internen Internetplattform der Gerichtsmedizin, auf der ungewöhnliche Tötungs- und Selbsttötungsdelikte den Kolleginnen und Kollegen nicht nur bundesweit zur Verfügung standen. Auch die rechtsmedizinischen Institute aus Österreich und der Schweiz waren fest mit dieser Online-Plattform verankert. Somit standen den Rechtsmedizinern bei gleichgelagerten oder ähnlichen Fällen die Obduktionsergebnisse zum möglichen Abgleich ihrer eigenen Untersuchungsergebnisse zur Verfügung.

»Da habt ihr Rechtsmediziner uns Strafverfolgungsbehörden noch einiges voraus. Weil bei uns jedes Land seine eigenen Polizeigesetze hat und eigenständig seine Fallsachbearbeitung durchführt, weiß zum Beispiel das Bundesland A nicht, was das Bundesland B für Tötungsdelikte bearbeitet. Dem Bundeskriminalamt oder dem Zentralrechner bei Interpol Lyon liegen daher nur Falldaten vor, die gleichgelagerte, länderübergreifende Delikte betreffen«, bemerkte Schorsch.

»Wie denkst du über die Rostocker Geschichte? Die Details der Obduktion sprechen doch dafür, dass es sich womöglich um einen ähnlich gelagerten Fall handeln könnte«, meinte Doc Fog.

»Aber wer sagt uns, dass es sich tatsächlich auch um unseren Tatverdächtigen handelt?«, fragte Schorsch zweifelnd und dachte augenblicklich an das forensische Gutachten aus Haifa, das die Herkunft des Täters mit Süddeutschland beschrieb. »So, wie es nach dem Untersuchungsergebnis aus Rostock aussieht, ist zumindest ein übereinstimmendes Tatmuster des Täters erkennbar. Der Body Bag, wieder ein Escort-Mädchen …«

Nach einer kurzen Pause rief Schorsch laut: »Boah, natürlich!

Alois, das könnte wirklich auf unseren Serientäter hindeuten, da bin ich mir ziemlich sicher. Denn vielleicht ist unser Täter ein Pendler, der aus Franken kommt und auch in Mecklenburg seine Verbrechen begeht.«

»Tja, Schorsch, als Rechtsmediziner sehe ich in jedem Fall Gemeinsamkeiten zu meinen drei obduzierten Escort-Damen, ich möchte mir gern ein persönliches Bild bei den Rostockern machen. Eigentlich wollte ich dich erst am Montag mit meiner Entdeckung im Netz konfrontieren, aber dann hielt ich es doch für besser, dich sofort anzurufen.«

»Besten Dank, Alois, dass du mich gleich informiert hast. Ich werde mit den Kollegen in Rostock am Montag Kontakt aufnehmen, um mehr in Erfahrung zu bringen. Entscheidend ist, nach welchem Muster der Täter dort oben vorging und wie die Kontaktaufnahme zur Agentur erfolgte. Wenn es wirklich derselbe Täter ist, warum versenkt er dann seine Opfer im Meer und übergießt sie nicht mit Säure? Alles wichtige Fragen, die wir zeitnah klären sollten. Das ist vor Ort sicher am sinnvollsten.«

»Dann sollte einer gemeinsamen Dienstreise nichts mehr im Wege stehen«, sagte Doc Fog.

»Bitte sei so gut, Alois, und sende mir das Obduktionsergebnis und die übrigen Erkenntnisse per E-Mail zu. Am Montag möchte ich in der Lagebesprechung unser Team und Dr. Menzel davon unterrichten. Es wäre gut, wenn du es einrichten könntest, dabei zu sein.«

23. Kapitel

Montag, 21. Dezember 2015, 08.36 Uhr,
Polizeipräsidium Mittelfranken, K11

Schorsch hatte die Weihnachtswoche schon sehr früh gestartet. Bereits seit sechs Uhr zwanzig saß er hinter seinem Schreibtisch und studierte zum wiederholten Mal die vorliegenden Erkenntnisse der Rechtsmedizin Rostock, die ihm Doc Fog übermittelt hatte. Dann griff er zum Telefon und kontaktierte die Mordermittler aus Mecklenburg-Vorpommern, um weitere Informationen zu sammeln, die er seinem Team bei der Lagebesprechung vortragen wollte. Außerdem wollte er die Ermittler vor Ort schon mal über die Erkenntnisse im Frankenland informieren.

Um neun Uhr sieben betrat Schorsch als Letzter den Besprechungsraum und stellte fest, dass Dr. Menzel und Schönbohm bereits in ein Gespräch mit Doc Fog vertieft waren. Der Rechtsmediziner hatte es geschafft, pünktlich zur Besprechung zu erscheinen, und ließ es sich nicht nehmen, dem Oberstaatsanwalt und dem Kommissariatsleiter schon vor der offiziellen Montagsbesprechung Details des Rostocker Obduktionsergebnisses mitzuteilen.

Schorsch betrachtete kurz amüsiert die Anwesenden. Schönbohm hatte seit Jahren etwas mit Doc Fog gemeinsam: Er hegte eine besondere Affinität zu weißen Socken. Dieser Modetrend der siebziger Jahre war nicht nur in seinem Heimatdorf Altneihaus weit verbreitet, auch in der mittelfränkischen Dienststelle behielt er diesen Trend bei.

Als Schorsch hinter das Stehpult trat, kehrte Ruhe ein. Doch bevor er die eigentliche Frühbesprechung eröffnen konnte, übernahm Schönbohm das Wort und machte unmissverständlich klar, dass man nach den nun vorliegenden Erkenntnissen aus Rostock um eine Dienstreise dorthin nicht mehr herumkomme.

Schorsch nahm lächelnd zur Kenntnis, dass der Vorschlag einer Dienstreise von Schönbohm selbst angeregt wurde. Er konnte also sicher sein, dass sein Dienstreiseantrag auch genehmigt werden würde. Denn gerade der Oberpfälzer Kommissariatsleiter war für seine Pfennigfuchserei bekannt. Jeder Beamte in seinem Kommissariat hatte bei seinen Ermittlungen stets den Wirtschaftlichkeitsgedanken beim Einsatz der vorgegebenen Haushaltmittel zu wahren. Deshalb kam es vielen so vor, als meine Schönbohm immer, alles aus eigener Tasche bezahlen zu müssen. Fast täglich fand er belehrende Worte über Einsparung von Ermittlungskosten.

Heute jedoch, kurz vor Ablauf des Haushaltsjahres, musste es wohl noch ein besonderes Budget in seiner Haushaltskasse geben, denn Schönbohm genehmigte die Dienstreise sogar für drei Personen. Doch die Freude der Ermittler hielt nur für einen kurzen Moment.

»Mich eingeschlossen«, fügte Schönbohm hinzu. »Ich wollte schon immer mal das ehemalige Stasi-Hotel Neptun sehen. Außerdem stehen ja bald wieder Beurteilungen an, da muss ich mir noch ein persönliches Bild von dem einen oder anderen machen«, so seine Worte in die Runde.

Schorsch war klar, dass Schönbohm vor Ort wie immer eine fadenscheinige Ausrede finden würde, sich von den Ermittlungen abzuseilen und stattdessen Sightseeing zu machen. Er sah in die Runde und überlegte, wen er mitnehmen sollte. Doch Schönbohm, der bereits die Urlaubs- und Vertretungsliste studierte, unterbrach seine Gedanken.

»Nach der mir vorliegenden Weihnachts- und Silvesterplanung sind wir ja recht eng besetzt«, sagte er. »Soll die Dienstreise zwischen den Feiertagen stattfinden oder erst im Januar?« Fragend sah er Schorsch an.

»Das muss ich erst mit den Kollegen aus Rostock absprechen, ein genauer Termin steht noch nicht fest«, erwiderte Schorsch.

»Ich frage deshalb, Herr Bachmeyer, weil ich doch am 06. Januar meinen Skiurlaub antrete«, fügte Schönbohm erklärend hinzu.

Doc Fog, der seit Jahren Zeuge von Schönbohms Hang zum Eigennutz war, reagierte geistesgegenwärtig. »Mensch, das hätte ich fast vergessen«, sagte er und fasste sich an die Stirn. »Ich komme erst am 05. Januar vom Kronplatz zurück. Dann geht es bei mir frühestens nach Heilige Drei Könige.«

»Aber ohne dich können wir das nicht durchziehen«, sagte Schorsch, der Doc Fogs Spiel verstanden hatte. »Dann müssen wir wohl im Januar ohne Sie fahren.« Er warf Schönbohm einen bedauernden Blick zu, den die Kollegen mit einem süffisanten Lächeln quittierten.

Der Kommissariatsleiter hob resigniert die Hände und ergab sich schweigend der Entscheidung.

»Also gut, das wäre geklärt«, sagte Schorsch munter. »Dann brauchen wir noch zwei Kollegen, die mit nach Rostock fahren.«

»Meines Erachtens reichen zwei K11er völlig aus, Herr Bachmeyer«, warf Schönbohm ein. »Sobald Sie wissen, wann es losgeht, legen Sie mir bitte den Dienstreiseantrag vor.« Er rückte lautstark mit dem Stuhl zurück, erhob sich und verließ schnellen Schrittes den Besprechungsraum.

»Am liebsten möchte ich natürlich alle mitnehmen«, sagte Schorsch, nachdem Schönbohm die Tür geschlossen hatte. »Ich schlage vor, dass wir einen kleinen Test entscheiden lassen.«

Die Kollegen warfen sich fragende Blicke zu.

»Ich habe zwei Testaufgaben für euch erstellt. Es geht dabei um logisches Denken und Abstraktionsfähigkeit. Es können eine Aussage, mehrere oder keine richtig sein.«

Schorsch ging zur Leinwand hinüber, zog sie herunter und betätigte den Beamer. Die Kollegen sahen gespannt auf die Aufgaben, die Schorsch auf die Leinwand projizierte.

»Wer zuerst die richtige Lösung parat hat, ist dabei«, sagte er. »Nun hört zu:

1. Nur schlechte Menschen betrügen oder stehlen.
   Elfriede ist gut.
   a) Elfriede betrügt.
   b) Elfriede stiehlt.
   c) Elfriede stiehlt nicht.
   d) Elfriede betrügt und stiehlt.
   e) Elfriede betrügt nicht.

2. Alle Bäume tragen ausschließlich dicke Kronen.
   Wer dicke Kronen trägt, war beim Zahnarzt.
   Wer beim Zahnarzt war, kennt Schmerz.
   a) Bäume kennen Schmerz.
   b) Bäume kennen keinen Schmerz.
   c) Wer dicke Kronen trägt, ist kein Baum.
   d) Wer Schmerz kennt, ist kein Baum.
   e) Kronen tragen Bäume, weil sie beim Zahnarzt waren.«[*]

Wie aus der Pistole geschossen, beantwortete Günther Gast in Sekundenschnelle beide Fragen richtig.

Schorsch nickte ihm bestätigend zu und bat ihn, den anderen Kollegen den logischen Hintergrund der Aufgaben zu erklären.

»Also, auf Frage eins gab es keine richtige Antwort, denn nur

---

[*] Quelle: Hesse/Schrader Testtraining 2000plus

schlechte Menschen betrügen oder stehlen, und wir wissen aus dem Nachsatz, dass Elfriede gut ist, somit scheiden die Antworten a bis e logischerweise aus. Könnt ihr meine Argumentation nachvollziehen?«

»Ich hab das noch nicht begriffen«, sagte Waltraud, die in der zweiten Stuhlreihe saß und sich geruhsam die Nägel feilte. »Ich hätte auf c und e getippt.« Sie erntete ein spöttisches Lachen der Kollegen, denen ihr desinteressiertes Verhalten bei Dienstbesprechungen zunehmend ein Dorn im Auge war.

»Fünf Minudn bleed schdelln, erspord a Schdund Ärberd«, kommentierte Roland trocken.

Die Reaktionen der Kollegen schienen an ihr abzuprallen.

»Wenn du mit deinen Nägeln fertig bist, kann ich dir den Lösungsansatz gern noch einmal erklären«, sagte Günther, ehe er zur Beantwortung der zweiten Frage überging. Er deutete mit dem Zeigestab auf die Leinwand.

»Hier kann nur Antwort a richtig sein. Viele von uns kennen das Zusammenwirken dicker Kronen und dem Schmerz beim Zahnarzt. Denn alle Bäume tragen dicke Kronen, die Folge, dicke Kronen waren beim Zahnarzt, wer beim Zahnarzt war, hat Schmerzen. Folglich sind alle anderen Antworten unlogisch.«

»Schade, du bist mir zwei Sekunden zuvorgekommen, das wäre auch mein Tipp gewesen«, sagte Hubsi. »Dabei wäre ich zu gern mit nach Rostock gefahren, um einen alten Bekannten zu besuchen.«

»Bravo, Günther, besser hätte ich die Lösungen auch nicht erklären können«, lobte Schorsch.

Somit war entschieden, dass Günther Gast gemeinsam mit Schorsch und Doc Fog nach Rostock fahren würde. Mit einem kleinen Applaus beendeten die Ermittler ihre Dienstbesprechung.

Schorsch saß nachdenklich an seinem Schreibtisch. Weihnachten stand vor der Tür und seit Samstag kriselte es in der Beziehung zu Rosanne. In gewisser Weise waren Konflikte vorprogrammiert gewesen, denn schon seit Wochen hatte er sie sträflich vernachlässigt. War es der außergewöhnliche Fall, der ihn und seine Leute forderte, oder war es der noch immer in ihm brodelnde Ärger wegen seines ramponierten Wagens?

Fest stand, dass Rosanne am Samstagabend nach einem heftigen Streit ihre Tasche gepackt und Schorsch mit den Worten verabschiedet hatte: »Ich suche den Mann, den ich mal geliebt habe, oder zumindest Spuren davon. Und wenn du mal wieder Zeit für mich oder uns beide haben solltest, dann lass es mich wissen. Wenn es dann mal noch nicht zu spät ist, mein Lieber ...«

Seitdem hatte sie sich nicht mehr gemeldet. Auch auf Schorsch' wiederholte Anrufe und WhatsApp-Nachrichten reagierte sie nicht, obwohl er sehen konnte, dass sie seine Nachrichten gelesen beziehungsweise abgehört hatte.

Schorsch sah ratlos zu Horst hinüber, der ihm gegenübersaß und in die Arbeit vertieft war. Sollte er ihn um Rat fragen? Nein, er wollte ihn nicht mit privaten Problemen belasten. Noch nicht.

Einen Joker hatte er zumindest noch parat, auf den die meisten Frauen abfuhren. Ein Blumengruß mit einer netten Karte wirkte manchmal Wunder.

Er war gerade dabei, den passenden Spruch zu verfassen, als sein Telefon klingelte. Im Display erkannte er Rosannes Nummer. Hastig griff er zum Hörer.

»Endlich! Guten Morgen, Rosanne, ich habe schon mehrmals

versucht, dich zu erreichen. Ich bin froh, dass du dich meldest«, sagte er aufgeregt.

»Guten Morgen, Schorsch, ich hoffe, ich störe dich nicht bei wichtigen Ermittlungen«, sagte Rosanne sachlich. »Ich will dich auch gar nicht lange aufhalten. Eigentlich wollte ich dir nur schöne Weihnachten wünschen. Genieße die Tage und erhol dich gut. Wenn du zwischendurch Zeit finden solltest, über unsere Beziehung nachzudenken, wäre das sicher nicht verkehrt, denn ich werde nicht in Deutschland sein.«

Schorsch blieb erst einmal der Atem weg. »Was … was soll das …«, sagte er schließlich stotternd, »was soll das heißen: Du wirst nicht in Deutschland sein? Ich habe gedacht, wir schmücken gemeinsam unseren Weihnachtsbaum und feiern gemeinsam das Weihnachtsfest?«

»Nein, Schorsch, daraus wird nichts. Sammle dich über die Feiertage und denk über uns und unsere Beziehung nach. Seit Wochen hast du nur diesen Serienmörder und deinen Strich-Acht im Kopf. Für mich hast du null Zeit gehabt. Und fang jetzt nicht mit dem Skiwochenende an. Das war zwar sehr schön, aber sei doch mal ehrlich zu dir selbst: Abschalten konntest du auch da nicht. Vielleicht bahnt sich auch ein Burnout bei dir an, bei den Überstunden, die du vor dir herträgst. Um es kurz zu machen: Ich fliege morgen früh zu meinen Eltern nach Boston. Mom geht es nicht so gut, sie ist im Krankenhaus, und ich möchte meinen Dad über die Feiertage nicht allein lassen.«

»Was hat deine Mutter?«, fragte Schorsch zerknirscht. In seinem tiefsten Inneren wusste er, dass Rosanne mit ihren Vorwürfen recht hatte.

»Das wollte ich dir eigentlich schon lange erzählen. Aber in den letzten Wochen hattest du ja keine Zeit, die Beschaffung der Ersatzteile für deinen Wagen erschien dir wichtiger«, erwiderte Rosanne kalt. »Mom hat Leukämie und gerade ihre erste Chemo hinter sich.«

Schorsch war sprachlos und geschockt. Genau an dieser Krankheit hatte er damals sein Liebstes verloren. Isabell. Die Bilder waren sofort wieder da, alles spielte sich wie ein Film vor seinen Augen ab. Es war ein düsterer, kalter Tag gewesen, der die Wetterkapriolen dieses 07. Aprils unvergessen machte. Der Nieselregen, der sich damals auf Isabells dunklem Eichensarg niedergelegt hatte und langsam an den lackierten Seiten herabgeflossen war, hatte den Eindruck vermittelt, es seien Tränen. Tränen all derer, die Isabell damals auf ihrem letzten Weg begleitet hatten.

Er konnte sehr gut nachvollziehen, dass Rosanne nun von ihrer Familie gebraucht wurde.

»Es tut mir so leid«, sagte er aufrichtig bewegt. »Entschuldigung, ich bin so ein Arsch. Soll ich mitkommen?«

»Danke, Schorsch, aber du hättest gar nicht die Möglichkeit, so kurzfristig frei zu nehmen und deine Überstunden abzubauen. Nein, ich fliege allein«, sagte Rosanne entschieden.

»Rosanne, Liebes, ich hatte wirklich viel um die Ohren in letzter Zeit«, setzte Schorsch zu einer Rechtfertigung an. »Ich gebe zu, dass ich dich vernachlässigt habe. Das tut mir wirklich leid. Aber das mit deiner Mutter geht mir auch nah. Ganz besonders nach der Geschichte mit Isabell. Ich habe dir von ihr erzählt.« Er spürte, dass er gegen die aufkommenden Tränen ankämpfen musste.

»Ja, ich weiß, Schorsch, aber Mom und Dad brauchen mich jetzt vermutlich dringender als je zuvor. Morgen früh geht mein Flieger. Ich melde mich, schöne Weihnachten.«

Schorsch wollte noch etwas erwidern, doch da hatte Rosanne das Gespräch bereits beendet. Resigniert legte er den Hörer zurück und rieb sich mit beiden Händen über das Gesicht.

Sein schlechtes Gewissen überkam ihn mit aller Macht. Was, wenn er sich einfach krankmelden würde? Dann müsste auch jemand seine Arbeit übernehmen. Nein, als Kriminalbeamter musste er an diesem Fall dranbleiben, Krankfeiern kam nicht in Frage. Wieso kam er überhaupt auf solch blöde Gedanken? Wenn ihm in Boston irgendetwas passieren würde, wäre das das perfekte Dienstvergehen. Auf solches Terrain wollte und konnte sich kein Beamter begeben.

Aus die Maus, Schorsch' Träume von einem gemeinsamen Weihnachten zerplatzten wie eine Seifenblase im Wind.

Nachdem er die aus seiner Sicht einzig richtige Entscheidung getroffen hatte, richtete er sich gefasst auf, nahm seine Kaffeetasse in die Hand und schritt zu seinem Bürofenster. Nachdenklich blickte er auf den Jakobsplatz und beobachtete die Leute, die wie in einer Ameisenstraße die umliegenden Einkaufsgeschäfte für ihre letzten Weihnachtskäufe ansteuerten.

Schorsch drückte sich mit dem rechten Handrücken eine Träne weg. Rosannes Aussagen über die letzten Wochen hatten gesessen. Zu Recht. Gefühlsmäßig war es wie ein Schlag in den Solarplexus. Er blieb noch einen Moment um Fassung ringend am Fenster stehen, dann begab er sich wieder an seinen Schreibtisch.

Horst, der von seinem Platz gegenüber das Telefonat mitbekommen hatte, sah ihn fragend an. »Stress mit Rosanne? Was ist passiert?«, fragte er vorsichtig.

»Sie hat vorgestern ihre sieben Sachen gepackt und ist gegangen«, erklärte Schorsch und spürte erneut Traurigkeit in sich aufsteigen. »Hat sich bis eben nicht gemeldet gehabt, meine Anrufe einfach ignoriert. Jetzt sagt sie mir, dass ich sie seit Wochen vernachlässige, ihr kaum Beachtung schenke, obwohl wir doch einen wunderschönen Skiurlaub hatten.«

»Naja, Urlaub kann man nicht wirklich sagen zu den zwei

Tagen«, sagte Horst ruhig. »Und wenn du in der letzten Zeit nicht viel Gelegenheit hattest, dich um dein bestes Stück zu kümmern, dann kann ich das schon irgendwie nachvollziehen. Kurz vor Weihnachten gehen sowieso die meisten Beziehungen in die Brüche. Oft sind es länger anhaltende Beziehungskrisen, die dann an den Weihnachtsfeiertagen mit Trennungen enden.«

»Jetzt mal nicht gleich den Teufel an die Wand«, sagte Schorsch aufgebracht.

»Doch, schau doch mal im Netz nach, Weihnachten ist der absolute Beziehungskiller. Man redet immer vom Fest der Liebe, aber ganz ehrlich, Schorsch, für viele Paare entpuppt sich gerade diese schönste Zeit des Jahres als Albtraum. Wenn ich die Jahresstatistik für häusliche Gewalt aufrufe, finde ich klare Hinweise, dass genau in dieser Zeit unsere grünen Kollegen mehr gefordert sind als in der übrigen Zeit des Jahres.«

»Was heißt hier häusliche Gewalt, das gab es bei mir noch nie«, empörte sich Schorsch, stand auf und nahm wieder seinen Platz am Fenster ein, wo er erneut die menschlichen Ameisenscharen beobachtete.

»Ich meinte ja nicht eure Beziehung. Generell wird in der Weihnachtszeit die Beziehung von Paaren auf eine harte Probe gestellt. Da ist Stress schon mal vorprogrammiert, weil zum Beispiel die zündende Idee zum passenden Weihnachtsgeschenk fehlt und dann auf den letzten Drücker irgendein Schmarrn besorgt wird. Hauptsache, es liegt etwas unter dem Weihnachtsbaum. Durch unsere übertriebene Erwartungshaltung setzen wir uns selbst unter Druck, denn wir wollen, dass zu den Festtagen alles perfekt ist. Wenn es dann doch nicht so klappt, wie man sich das vorstellt, kommt die große Ernüchterung.«

Horst drehte seinen Bildschirm in Richtung Schorsch. »Schau, hier steht es schwarz auf weiß. Umfragen zufolge graut es über vierzig Prozent der Deutschen vor Weihnachten, die Hälfte davon ist froh, wenn Weihnachten und die damit verbundene Völlerei vorbei ist, der Superbeziehungscrash ist in dieser Zeit allgegenwärtig. Also sei froh, Schorsch, dass es so gekommen ist.«

»Du kannst einem wirklich Mut machen. Danke, Horst«, erwiderte Schorsch resigniert. »Was mache ich jetzt mit Rosannes Weihnachtsgeschenk? Soll ich es nach Boston schicken?«

»Bis das ankommt, ist Weihnachten vorbei und sie wieder in Deutschland. Was bekommt sie denn?«

»Wir wollen doch im Mai gemeinsam den Jakobsweg laufen, da habe ich ihr einen wunderschönen Bildband ausgesucht.«

»Bis Mai ist es noch eine Weile hin. Ob bis dahin eure Beziehung wieder gekittet ist? Im schlimmsten Fall marschierst du allein und lässt dich mal so richtig läutern, denn eine spirituelle Reinigung tut auch einem Kommissar mal gut«, sagte Horst amüsiert.

»Danke, dass du immer einen draufsetzen musst, dein Pessimismus geht mir langsam auf die Nerven«, erwiderte Schorsch, drehte sich vom Fenster weg und nahm im Sessel der gegenüberliegenden Besprechungsecke Platz.

In diesem Moment ging die Bürotür auf. Waltraud war im Begriff, mit einer Umlaufmappe unter dem Arm einzutreten.

»Jetzt nicht!«, brüllte Schorsch.

Waltraud quittierte seine schlechte Laune mit einem Kopfschütteln und vollführte schnurstracks eine Kehrtwendung.

»Wenn ich dich schon in meine Krise einweihe«, fuhr Schorsch ruhiger fort, »könntest du mir wenigstens ein wenig Mut machen und vernünftige Ratschläge geben. Jeder von uns macht doch mal Fehler.«

»Klar, wenn es denn bei dem einen Fehler bleibt«, sagte Horst augenzwinkernd. »Viele verfallen nach der Versöhnung wieder in den gleichen Trott, gehen nicht wirklich auf ihren Partner ein. Da ist der nächste Streit vorprogrammiert.«

»Super Weisheiten, du hättest Ehe- oder Pärchenberater werden sollen. Aber Rosanne hat noch ein anderes Problem: Ihre Mutter ist an Leukämie erkrankt. Hat schon ihre erste Chemo hinter sich. Sie wollte schon länger mit mir darüber reden, aber ich hab ihr keine Gelegenheit dazu gegeben. Hatte eben in den letzten Wochen meine Gedanken woanders. Das tut mir im Nachhinein sehr leid.«

»Ist nicht Isabell an Leukämie gestorben?«, fragte Horst vorsichtig.

»Isabell hatte Leukämie, bekam die Chemo und anschließend fand sich der passende Knochenmarkspender. Das hat alles gut geklappt«, erklärte Schorsch. »Allerdings ist solch eine Therapie, bei der nicht nur die kranke Blutbildung, sondern auch das Immunsystem ausgewechselt wird, immer noch sehr schwierig. Denn Komplikationen wie zum Beispiel schwere Infektionen oder Unverträglichkeitsreaktionen durch das neue und heruntergefahrene Immunsystem schränken die Erfolgsaussichten auf eine glatt verlaufende Behandlung erheblich ein, so auch bei Isabell. Der Auslöser für ihren Tod war eine einfache Erkältung gewesen. So, ich mache jetzt für heute einen H-Tag und baue ein paar Überstunden ab.«

Schorsch stand auf, ging zu seinem Kleiderschrank und nahm seine Jacke heraus. Dann schritt er zurück zu Horst und klopfte ihm auf die Schulter.

»Mit den Frauen kann es manchmal recht kompliziert und schwierig werden. Das liegt nicht immer an ihnen«, sagte er, während er seine Jacke anzog und zur Tür ging.

»Einsicht ist der beste Schritt nach vorn, Schorsch«, erwiderte Horst. »Du wirst sehen, das legt sich wieder.« Er sah Schorsch aufmunternd an.

In der offenen Tür stehend, drehte sich Schorsch noch einmal um. »Weil wir gerade über Isabell sprachen: Ich war schon lange nicht mehr an ihrem Grab. Es ist Weihnachten. Ich denke, ich sollte ihr einen Besuch abstatten.«

Isabell hatte Schorsch sehr am Herzen gelegen. Sie war schon eine geraume Zeit tot, doch jetzt quälte ihn sein Gewissen, dass er in all den Jahren so gut wie nie den Weg zu ihrer Grabstätte gefunden hatte.

Er sah aus dem Fenster. Der Himmel war wolkenbehangen, Schnee kündigte sich an. Es war an der Zeit, einem geliebten Menschen Hallo zu sagen.

»Eine gute Entscheidung«, sagte Horst.

14.17 Uhr, Südfriedhof, 90469 Nürnberg

Der Südfriedhof in der Gartenstadt war mit einer Fläche von fast sechsundsechzig Hektar und seinen über vierzigtausend Gräbern Nürnbergs größter Gottesacker. Schorsch stellte seinen Daimler in der Paumannstraße ab, überquerte die Julius-Loßmann-Straße und erreichte gegen dreizehn Uhr den Eingang zum Friedhof.

Seit Jahren war er nicht mehr hier gewesen, hatte die Erinnerung an Isabell aus seinem Gedächtnis verdrängt. Doch der heutige Tag hatte die Erinnerungen wach werden lassen.

Der Blick in die Vergangenheit wurde in dem Moment allgegenwärtig, als er vor Isabells Grab stand und feststellte, dass es lange nicht mehr gepflegt worden war. Der Schnee bedeckte teilweise die Oberfläche, die Einpflanzungen waren verwelkt, der Windschutz des Grablichts, das einmal ein Besucher aufgestellt hatte, war stark ausgeblichen. Lediglich der Grabstein, den Schorsch extra für sie hatte anfertigen lassen, stach von allen anderen Gräberstätten merklich hervor. Schorsch hatte damals lange gesucht, um den richtigen Steinmetz zu finden.

Isabells Stein hatte die Form eines alten stehenden Reisekoffers aus den vierziger Jahren. Seine vier Enden waren, wie damals üblich, mit Stoßkanten verstärkt. Er wies zwei Schnappschlösser und einen großen Gepäckanhänger auf, der am Tragegriff befestigt war. Der Steinmetz hatte den Anhänger so aus dem Carrara-Marmor geschlagen, dass er sich nun fest in der Mitte der Kofferseite befand. Er trug die Gravur

»Isabell Lundgren, 1970–2010
Auf der Durchreise«.

Genau so hätte es Isabell gewollt, dachte Schorsch, denn eines ihrer gemeinsamen Hobbys war das Reisen gewesen – und beide hatten es geliebt, dies mit dem Schiff zu tun.

Schorsch nahm das Licht vom Grab weg, sah in den Himmel und sprach innerlich ein Gebet. Sein schlechtes Gewissen plagte ihn sehr. Die vorweihnachtliche Stimmung tat ihr Übriges.

Je länger er Isabells letzte Ruhestätte betrachtete, desto nachdenklicher wurde er. Er blickte um sich und bemerkte nicht weit entfernt ein älteres Ehepaar bei der Grabpflege. Spontan und um auf andere Gedanken zu kommen, beschloss er, es ihnen gleichzutun.

Als er die welken Einpflanzungen beseitigt und mit einem Rechen die Oberfläche geebnet hatte, kaufte er in der Friedhofsgärtnerei ein weihnachtlich geschmücktes Mooskreuz, das er in der Mitte des Grabes platzierte. Daneben stellte er ein neues Grablicht und zündete es an.

Es war ein grauer und kalter Dezembertag, seit dem Morgen war der Himmel mit Schneewolken bedeckt, und laut Wettervorhersage sollte es auch so bleiben. Es wurde eine weiße Weihnacht vorhergesagt.

Schorsch wollte gerade gehen, als sich plötzlich für ein paar Sekunden die dichte Wolkendecke öffnete und die Sonne die umliegenden Gräber des Südfriedhofs bestrahlte.

Sonderbar, dachte er, da hat sich Isabell wohl kurz bei mir bedankt.

24. Kapitel

Montag, 21. Dezember 2015, 23.27 Uhr,
Pilotystraße, Nürnberg

Schorsch goss sich noch einen Single Malt ein. Seit einer Stunde saß er in seinem Sessel, blickte abwechselnd auf die künstlichen Flammen seines Elektrokamins und auf eine besondere Erinnerung an Isabell. Es war ihr Lieblingsbild von Paul Gauguin, »Zwei Frauen von Tahiti«. Dazu hörte er zum wiederholten Mal den Song »Do you remember« von Phil Collins.

»We never talked about it ...«

Erinnerungen wurden in ihm wach, Rückblicke auf sein Leben, die ihn sehr nachdenklich stimmten. Die Scheidung von seiner Ehefrau. Die Tochter, die sich seit Jahren nicht mehr bei ihm meldete und ihn inzwischen sogar zum Opa gemacht hatte. Die unzähligen Liaisons, die ihn geprägt hatten. Dann endlich war Isabell gekommen, die Frau, die er seit Langem gesucht hatte. Doch das Schicksal hatte ihr gemeinsames Leben knallhart beendet.

Sie hatten sich schon auf eine völlige Genesung eingestellt, bereits Zukunftspläne geschmiedet. Mit ihrem schnellen Tod hatte Schorsch keinesfalls gerechnet. Die Trauer um Isabell belastete ihn noch immer schwer.

Als er dann an jenem Samstagnachmittag, es war der 24. September 2011, im »Café Beer« gesessen hatte und ihm Rosanne zum ersten Mal begegnet war, schien es, als hätte man diese Frau genau dorthin geschickt. Zu ihm! War es göttliche Fügung gewesen, sie dort zu treffen? Die Frau, die bis vorgestern sein Leben ausgefüllt hatte, mit der er seinen Lebensabend verbringen wollte. Sollte das jetzt alles vorbei sein?

Schorsch stellte sich die Frage, ob er überhaupt beziehungsfähig war. Die meisten seiner Kolleginnen und Kollegen waren in ihren Beziehungen gescheitert, weil sie fast ausschließlich für ihren Job lebten und ihre Partner die zweite Geige in ihrem Leben spielen ließen.

Er holte sein Mobiltelefon hervor, öffnete WhatsApp, klickte auf Rosannes Profil und setzte folgende Nachricht ab:

»Du fehlst mir sehr, Rosanne. Schlafe gut und träume bunt, einen guten Flug und liebe Grüße an Mom und Dad, dein Schorsch!«

Donnerstag, 24. Dezember 2015, 12.07 Uhr,
METRO-Markt, Nürnberg

Da war er wieder. Ismail El Gadouchi. Schorsch hatte seine Weihnachtseinkäufe gerade bezahlt und war auf den Parkplatz herausgetreten, als er den fettleibigen Algerier erkannte, der seine Visitenkarten in die Gummiabdichtungen der Pkw-Fenster steckte.

Schorsch ging zu seinem Wagen und öffnete die Kofferraumhaube. Während er seine Lebensmittel verstaute, kam El Gadouchi auf ihn zu und stellte sich breit grinsend vor ihn.

»Hey, mein Freund, oh, zwei neue Spiegel, neue Scheibenwischer, neue Antenne und neuer Tankdeckel, hübsches Auto. Wollen Sie immer noch nicht verkaufen?«

Schorsch war fassungslos. »Hör zu, du Fettsack, schleich di! Oder willst du deinem Sohn Gesellschaft leisten? Wir hätten da bestimmt noch ein Plätzchen frei!«

»Warum so aggressiv, mein Freund? Ist dir deine Frau weggelaufen, weil du heute hier allein antanzt?«

Ismail El Gadouchi trat einen Schritt näher an Schorsch heran und neigte seinen Oberkörper leicht nach vorn. »Hör zu, Junge, ich bekomme immer, was ich möchte«, sagte er gepresst. »Hast du mich verstanden?«

Es fiel Schorsch sichtlich schwer, sich zu beherrschen. Seine innere Anspannung war im Begriff, sich in einem gezielten Faustschlag in die grinsende Visage des Arabers zu entladen. Um die Lage nicht eskalieren zu lassen, atmete er tief durch, stieg in seinen Wagen und startete den Motor. Ohne Ismail El Gadouchi eines weiteren Blickes zu würdigen, rangierte er aus dem Parkfeld und fuhr zurück in seine Wohnung.

Dort angekommen begann er, seine Einkäufe einzuräumen, als es klingelte. Noch immer genervt, nahm er den Hörer seiner Sprechanlage ab.

»Was? Wir spenden nix und über Gott wissen wir auch schon alles!«, sagte er barscher, als beabsichtigt.

»Die Post ist da«, verkündete eine Stimme, die Schorsch sofort erkannte. Reumütig betätigte er den Türöffner.

»Wie schön, dass ich Sie noch persönlich antreffe. Frohe Weihnachten«, sagte der Postbote und überreichte Schorsch ein mittelgroßes rechteckiges Paket.

Als er auf den Absender sah, schlug sein Herz höher. »Besten Dank«, sagte er und drückte dem Postboten einen Fünf-Euro-Schein in die Hand, den er hastig aus seiner Hosentasche gezogen hatte. »Auch Ihnen eine frohe Weihnacht.«

»Herzlichen Dank, Herr Bachmeyer, dann ist ja hoffentlich Weihnachten gerettet«, erwiderte der Postbote, dem Schorsch' Freude nicht entgangen war. »Besinnliche Tage und einen guten Rutsch!«

Besinnliche Tage würde er wohl haben, genügend Zeit hatte

er jedenfalls. Schorsch konnte es kaum erwarten, das Paket zu öffnen. Nachdem er seine Einkäufe verstaut hatte, war es endlich so weit.

Er staunte freudestrahlend, als er die Überraschung in den Händen hielt. Rosanne hatte die gleiche Idee für ein außergewöhnliches Weihnachtsgeschenk gehabt wie er. Schorsch war gerührt und kämpfte gegen die Tränen an, als er die erste Seite des Bildbands »Esperanza Santiago« aufschlug und laut vorlas:

»Irgendwann in Deinem Leben hörst Du vom Camino. Du weißt nicht, was es ist. Aber es ist da. Ein Gefühl, das Dich umgibt und nicht mehr loslässt – ein unsichtbares Band, welches Dich zieht. Schon lange, bevor Du wirklich Deinen Rucksack packst, spürst Du, dass Du den Weg gehen wirst. Der Camino ruft Dich. Und ist Deine Zeit gekommen … mag Deine Angst vor dem Ungewissen auch noch so groß sein … Du gehst! Es gibt kein Zurück – jetzt!«[*]

Hoffnung hellte in Schorsch auf. Würde eine Frau, die vorhatte, sich von ihm zu trennen, so ein herzliches Geschenk für ihren Freund auswählen? Nein! Schorsch hatte sie vernachlässigt, aber das war kein Grund für eine Trennung. Der ausschlaggebende Grund für Rosannes schnelles Handeln war vielmehr die Krebsdiagnose ihrer Mutter gewesen, da war sich Schorsch nun sicher. Er hätte vermutlich genauso gehandelt. Egal, wo seine Mutter auf diesem Planeten beheimatet gewesen wäre, er hätte sie in dieser schweren Zeit ebenso besucht. Kein Weg könnte dafür zu weit sein.

Schorsch hatte sich bereits seine Karten für den Heiligen Abend gelegt. Zwei Dinge waren ihm besonders wichtig und gehörten jedes Jahr zu seinem Pflichtprogramm. Abends besuchte er den Weihnachtsgottesdienst und vorher die Gräber der Fami-

---

[*] Quelle: »Esperanza Santiago«, Guido Lenssen, Lammerich Verlag 2014

lie, in die er nun auch Isabell miteinschloss. Denn jeder Verstorbene sollte in der Heiligen Nacht ein neues Lichtlein bekommen.

In diesem Jahr gab es allerdings eine Änderung in seinem Ablauf. Schorsch war zwar evangelisch und besuchte alljährlich die Kirche, in der er getauft und konfirmiert worden war, doch dieses Jahr stand die Konkurrenz auf seinem Plan. Die Weihnachtsmesse mit Pfarrer Bentheim …

Sonntag, 27. Dezember 2015, 17.02 Uhr,
Vogelherdstraße, 91325 Adelsdorf

Das seit dem ersten Weihnachtsfeiertag bestehende Fieber ging zurück, stattdessen bildeten sich kleine rote Flecken, die sich in Schüben auf ihrem ganzen Körper ausbreiteten und sich zu kleinen, mit Flüssigkeit gefüllten Bläschen entwickelten, die einen starken Juckreiz hervorriefen. Der überwiegende Teil der Bläschen hatte nicht nur ihre Rückenpartie, ihren Bauch und ihr Gesicht befallen, auch die Genitalien und ihr After waren betroffen. Xenia Keil hatte sich mit einem hochansteckenden Virus infiziert.

Eigentlich waren Windpocken eine typische Kinderkrankheit. Im Erwachsenenalter jedoch kann es bei einem Ausbruch zu schwerwiegenden Komplikationen kommen. Xenia überlegte nicht lang: Das bevorstehende Silvesterevent mit dem charmanten Benno musste abgesagt werden, denn die Ansteckungsgefahr würde so lange anhalten, bis die Bläschen vollständig abgeheilt waren.

Sie griff zum Telefon und verständigte ihre Agenturchefin.

Die Terminabsage der Begleitagentur warf seine Pläne durcheinander. Unruhe machte sich in ihm breit, denn er hatte Xenia Keil telefonisch kontaktiert, was bedeutete, dass sie nun seine Stimme kannte. Hinzu kam, dass die Agentur bald den Schwindel mit der Geldüberweisung bemerken würde. Über die Feiertage fanden bei der Bank keine Belegbuchungen statt. Auch in den Tagen bis zum 03. Januar dürfte der Betrug nicht auffallen.

In einem Punkt war er sich jedoch ziemlich sicher: Auf einen Pharmavorstand würde die Begleitagentur künftig nicht mehr hereinfallen. Diese Legende war verbrannt.

Noch etwas anderes machte ihm zu schaffen: Der eigentliche Kontoinhaber, dessen Überweisungsträger er verwendet hatte, könnte Anzeige erstatten. Da der ausgefüllte Schein der Bank vorlag, würde er den Bullen als Beweismittel seines Betrugs dienen. Auch war nicht auszuschließen, dass Xenia Keil seine Mobilfunknummer abgespeichert hatte. Mit ihrem Tod in der Silvesternacht hätte er dieses Problem wieder in den Griff bekommen, nun jedoch bestand die Gefahr, entdeckt zu werden, denn was würde passieren, wenn sie die Mobilfunknummer des Pharmavorsitzenden Benno Huth an die Bullerei weitergeben würde?

Alles offene Fragen, auf die er spontan keine Antworten fand.

25. Kapitel

Montag, 28. Dezember 2015, 07.05 Uhr,
Polizeipräsidium Mittelfranken, K11

Über die Weihnachtsfeiertage hatte Schorsch viel Zeit gehabt, über sich und seine Zukunft mit Rosanne nachzudenken. Sie hatte sich am Heiligen Abend bei ihm gemeldet und war froh gewesen, seine Stimme zu hören. Sie gab zu, überreagiert zu haben – die Diagnose ihrer Mutter hatte sie zu sehr mitgenommen. Ihre Eltern hatten sich sehr über ihren Überraschungsbesuch gefreut und waren voller Hoffnung auf einen Knochenmarkspender.

Wenn das kein positives Zeichen für einen Neustart ist, hatte Schorsch gedacht.

Er war gerade damit beschäftigt, einen Fragenkatalog für die Dienstreise nach Rostock zusammenzustellen, als sein Telefon klingelte. Die im Display sichtbare Vorwahl deutete auf einen Anrufer aus Amerika hin. Schorsch nahm ab.

Anstelle einer Begrüßung drang die Stimme von Jeff Lynne – *Telephone Line* – an sein Ohr.

»Hello, how are you?
*Have you been alright …«**

»Hallo, mein Bester, ich hoffe, ich störe dich nicht«, sagte Rosanne. Die Entfernung war an der rauschenden Telefonverbindung deutlich zu erkennen.

»Rosanne, das ist aber eine Überraschung!«, sagte Schorsch begeistert. »Schön, dich zu hören. Und dann noch mit dem pas-

---

* *https://www.youtube.com/watch?v=K6oI2zlBF6c*

senden Song von ELO. Du fehlst mir sehr. Wie geht es deinen Eltern?«

»Den Umständen entsprechend gut, ich bin jeden Tag bei Mom und werde die Knochenmarkspende noch abwarten, die sollte übermorgen stattfinden. Meinen Rückflug habe ich noch nicht gebucht, aber mein Abteilungsleiter bei Siemens hat sich schon mal darauf eingestellt, mich vor dem 06. Januar nicht wiederzusehen. Gibt es schon Näheres über euren Serienmörder?«

Schorsch war erleichtert, dass sich die Wogen zwischen ihnen wieder geglättet hatten.

So sind die Frauen, dachte er. Verpassen dir einen heftigen Tiefschlag, der dir erst einmal alle Hoffnungen an die Zukunft raubt, und gehen dann einfach zur Tagesordnung über.

Er erzählte ihr, wie er die Feiertage verbracht hatte, und dass er soeben Vorbereitungen für eine Dienstreise nach Rostock treffe, da es dort einen ähnlich gelagerten Fall gebe und sie sich von Ermittlungen vor Ort weitere Erkenntnisse erhofften.

»Wie lange soll die Reise dauern?«, fragte Rosanne interessiert.

»Geplant ist vom 07. bis 09. Januar. Nach meiner Rückkehr könnten wir abends unser gemeinsames Weihnachtsessen nachholen, wozu ich dich gern einladen würde. Vorausgesetzt, du bist dann schon wieder angekommen. Was hältst du davon?«

»Nein.«

»Nein?«

»Nein, ich möchte *dich* einladen«, sagte Rosanne bestimmt. »Ich glaube, ich bin dir noch etwas schuldig. Und vielleicht gibt es ja noch eine Bescherung für mich ...«

»Überzeugt«, gab Schorsch zurück. »Wegen der Bescherung ... die gibt es natürlich, aber es ist nur eine Kleinigkeit, keine wirkliche Überraschung für dich, oder vielleicht doch. Auf jeden Fall ist es etwas sehr Persönliches, das einen zur Besinnung bringt, wie ich am eigenen Leib erfahren durfte.«

»Jetzt machst du mich aber neugierig«, erwiderte Rosanne amüsiert.

»Dann warte mal ab, vielleicht gibt es ja noch eine zweite Überraschung, für entgangene Stunden.«

»Ich kann es kaum erwarten.«

»Also, rutsche gut ins neue Jahr …«

»Danke, ach ja, was machst du eigentlich Silvester? Wie sehen deine Pläne aus?«

»Im ›Fürthermare‹ steigt dieses Jahr ein besonderes Silvesterevent: eine lange Saunanacht mit speziellen Aufgüssen, verschiedenen Cocktails, Sekt und leckeren Überraschungen«, erzählte Schorsch. »Innerhalb von zwei Tagen waren alle Karten vergriffen. Die Saunanacht endet erst am Neujahrstag um neun Uhr. Das heißt, die Leute, die eine Eintrittskarte ergattern konnten, übernachten in den Ruheräumen. Für die übrigen Saunagäste endet das Ganze um zwei Uhr, dann ist erst einmal Nachtruhe angesagt. Um sieben Uhr dreißig rundet nach dem ersten Morgenaufguss ein Frühstücksbüfett das Event ab.«

»Eine gute Entscheidung«, sagte Rosanne. »Dann bist du unter Leuten und kannst den Stress der letzten Wochen ein wenig abbauen. Ich freue mich für dich. Besser als zu Hause abhängen und sich mit blöden Gedanken quälen.«

Nachdem sie sich einen guten Start ins Neue Jahr gewünscht hatten, beendeten sie das Gespräch.

Schorsch war erleichtert. Optimistisch betrachtete er Rosannes Foto, das neben dem Telefon auf seinem Schreibtisch stand.

Ein Klopfen an seiner Bürotür riss ihn aus seinen Gedanken. Unmittelbar darauf wurde die Tür geöffnet und Michael Wasserburger trat ein.

»Servus, Schorsch, na, Weihnachten gut verbracht? Endlich ist die Völlerei wieder vorbei«, sagte er und zwickte sich in den Rettungsring um seine Hüften. »Wie bringe ich diesen Speck bloß schleunigst wieder weg. Als ich mich heute Morgen auf die Waage stellte, traute ich meinen Augen nicht. Der Dezember hatte es in sich. Und wer ist schuld? Meine Frau! Die weiß seit Jahren, dass ich bei Marzipan nicht widerstehen kann. Dieses Hüftgold wirkt wie eine Droge bei mir. Wenn ich einmal damit anfange, kann ich nicht mehr aufhören. Es ist zum Verzweifeln … Aber warum ich hier bin: Simon Kenneth, der Forensiker aus Birmingham, hat mich heute Morgen angerufen. Er hat das Erbmaterial von uns erhalten und ist mit seinem *Genetic Profiling* bis auf die Rekonstruierung eines Phantombildes fast fertig. Seine Auswertungen des genetischen Fingerabdrucks unseres Täters sind mit den uns vorliegenden Ergebnissen aus Haifa identisch. Sämtliche forensischen Ergebnisse decken sich mit denen der Israelis. Wenn Simons Phantombild mit dem israelischen übereinstimmt, müssen wir es irgendwie schaffen, das Bild in unseren Ermittlungen verwerten zu können.«

»Keine Chance, wie wollen wir das hinkriegen, Michael? Vergiss es«, sagte Schorsch mit einer abwinkenden Handbewegung. »Wir werden uns so viel Ärger aufhalsen, dass wir monatelang Stellungnahmen und Berichte pinseln können. Ich sehe schon den Aufschrei der Grünen und der Linken. Wenn da etwas an die Öffentlichkeit kommen sollte, dann ›Habe di griasam‹. Die Presse schlachtet uns. Ich sag mal das berühmte Beamten-Handicap-Unwort ›EDEKA‹, Ende der Karriere! Wollen wir das? Nein. Deshalb bleibt Verschwiegenheit, lieber Michael, oberstes Gebot in diesem Tatkomplex.«

»Ich weiß, dass es ungemütlich für uns werden kann, wenn wir damit an die Öffentlichkeit gehen, Schorsch. Aber zumindest sollten wir mal unsere Datenbank mit den Profilfotos von vergleichbaren Täterbeschreibungen prüfen. Noch besser wäre natürlich ein Abgleich über Interpol Lyon. Wir wissen jetzt zwar, dass der Täter aus Süddeutschland stammen soll, aber wer sagt uns, dass er nicht einen Zweitwohnsitz irgendwo in der Europäischen Union hat? Diese französischen Server bergen einen riesigen Datenbestand von erfassten Täterprofilen, die man biometrisch abgleichen könnte.«

Schorsch wirkte nachdenklich. »Kannst du mir erklären, wie wir den Lyoner Kollegen den Grund unserer Abfrage beibringen sollen?«

Die Bürotür öffnete sich erneut. Horst trat grüßend ein, zog sich einen Kaffee und startete seinen Computer. Interessiert musterte er seine Kollegen.

»Macht nur weiter«, sagte er schließlich. »Ich bin ganz Ohr.«

»Wo waren wir stehen geblieben ... ja, um eine Abfrage in Lyon zu starten, müssen wir nicht unbedingt den konkreten Tathergang beschreiben«, fuhr Michael Wasserburger fort. »Ganz ehrlich, Schorsch, ein bisschen tricksen tun wir doch sowieso, sonst hätten wir nicht Ben und Simon mit unserer wissenschaftlichen Forschungsreihe beauftragen dürfen.«

»Michael hat recht, Schorsch«, sagte Horst, der die Zusammenhänge des Gesprächs schnell erfasst hatte. »Wir haben die Grenze mit dieser Geschichte sowieso schon überschritten. Wir müssen das jetzt durchziehen und das Beste und Ungefährlichste für uns rausholen.«

»Ich bin ganz deiner Meinung, Horst«, sagte Michael. »Wir sollten uns nicht beunruhigen. Wir müssen uns einfach genau absprechen. Aber ich würde gern noch einmal auf unser Phantom zurückkommen, das ja eigentlich keines mehr ist, denn mit dem übersandten Foto der Israelis ist das Aussehen unseres Täters ja bekannt. Wir müssen ihn nur finden. Wenn Simons Phantomfoto mit dem Bild der Israelis konform ist, würden weitere Bedenken ausgeräumt.« Sein Blick wechselte von Horst zu Schorsch. »Und Simon hat mich noch auf eine andere Idee gebracht. Die Briten gehen sogar noch einen Schritt weiter: Deren Strafverfolger und natürlich das ›Government Communications Headquarters‹, deren Schlapphüte, vergleichen nicht nur die biometrisch gespeicherten Profildaten auf den verschiedenen Interpolrechnern. Im Königreich werden seit geraumer Zeit auch die biometrischen Bilddaten von beantragten Reisedokumenten unter die Lupe genommen. Dies erfolgt nach dem *British Nationality Act* von 1981 und dem neu auferlegten *Immigration Act* von 2014. Die britischen Kollegen gleichen die biometrischen Bilddaten von Anwohnern des Mutterlandes sowie von den Anwohnern der abhängigen Gebiete, den sogenannten *British Subjects without Citizenship*, mit ab.«

»Das ist in der Tat eine fabelhafte Errungenschaft bei der Feststellung von Identitäten«, erkannte Schorsch an. »Stell dir mal vor, wir hätten die gesetzliche Befugnis, alle in der Bundesdruckerei vorhandenen Bilddateien biometrisch auszuwerten. Das wäre ein Highlight bei der Verbrechensbekämpfung. Hinzu käme noch ein Schriftprobenabgleich. Da wir von unserem Serientäter zwei gefälschte Banküberweisungen sichergestellt haben, ist uns sein Schriftbild bekannt.«

»Gleich zwei erkennungsdienstliche Merkmale in den Datenbanken abprüfen zu können, das biometrische Aussehen und die grundeigene Graphologie eines Täters, die er ja bei jeder Beantragung seines Identitätsnachweises hinterlässt, wäre die Vollendung bei der Verbrechensbekämpfung«, bestätigte Michael.

»So ist es«, bekräftigte Schorsch. »Deshalb verstehe ich auch nicht, warum sich Linke und Grüne dagegenstellen und vom gläsernen Bürger sprechen. Heutzutage trägt doch die Masse selbst dazu bei. Allein die Payback-Kunden wissen vermutlich gar nichts von ihrer permanenten Durchleuchtung. An jeder Kasse wird man dazu aufgefordert, Payback-Punkte zu sammeln. Als Anreiz gibt es tolle Prämien. Der eigentliche Hintergrund ist jedoch, das Kaufverhalten der Leute zu analysieren. Durch die Angaben ihrer persönlichen Daten, die zur Ausstellung einer Payback-Karte erforderlich sind, und mit der Unterschrift auf dem Antrag erfolgt die Zustimmung zur Verwendung der persönlichen Daten. Die Kunden haben doch keine Ahnung, was mit ihren Daten passiert. Hauptsache, irgendwann gibt es eine Prämie.«

Bevor Schorsch sich in weiteren Ausführungen verlieren konnte, lenkte Michael Wasserburger das Gespräch wieder auf das eigentliche Thema. »Bei den gesetzlichen Voraussetzungen eines biometrischen Bild- und Schriftprobenabgleichs würden die Aufklärungsquoten exorbitant nach oben schnellen. Allein die erkennungsdienstliche Behandlung gemäß § 81b der Strafprozessordnung, bei der neben Messen, Wiegen, Klavierspielen, Sprachaufnahme auch Lichtbildaufnahmen und Schriftproben genommen werden, würde vermutlich die Matchmeldungen bundesweit ansteigen lassen. Und mal ganz unter uns: Wenn du keinen Dreck am Stecken hast, dann brauchst du doch auch keine Angst vor Justitia zu haben.«

»Vielleicht bringen wir ja mit unseren Ergebnissen aus Haifa und Birmingham wirklich eine Lawine ins Rollen. Wir wissen, dass der Täter äußerst präzise und skrupellos vorgeht. Dazu zieht er all seine Register. Um seiner habhaft zu werden, sollten wir ebenso konzentriert alle uns vorliegenden Beweismittel so in unsere Auswertung einbeziehen, dass zeitnah die Handschließen klicken und der Mörder gefasst ist. Wir kriegen die Bestie!«, beendete Schorsch die Unterhaltung.

26. Kapitel

Montag, 28. Dezember 2015, 09.27 Uhr,
Justizvollzugsanstalt Nürnberg, Vernehmungsraum 0.57

Heribert Piehl hatte bereits vor Weihnachten die Beschuldigten Abdul El Gadouchi und Abass Kaboua zum Tatkomplex des § 30 Abs. 1 Nr. 4 BtMG – verbotswidrige Einfuhr / Verbringen von Betäubungsmitteln in nicht geringer Menge – in Verbindung mit § 29 Abs. 3 Nr. 1 und § 30 Abs. 1 Nr. 1 BtMG – gewerbsmäßiger Handel mit Betäubungsmitteln – einvernommen. Die Täter saßen in unterschiedlichen Haftblöcken, um eine Kontaktaufnahme auszuschließen. Sie beriefen sich jedoch auf ihr Aussageverweigerungsrecht und machten keine Angaben zu den Tatvorwürfen.

Heute jedoch wollte Heribert eine andere Taktik anwenden, um ihnen auf den Zahn zu fühlen.

Die Justizvollzugsbeamten brachten Abdul El Gadouchi in den Vernehmungsraum. Die Blessuren seiner Festnahme, der er sich mit heftigem Widerstand zu entziehen versucht hatte, waren noch immer deutlich sichtbar. Die Schwellung über einem Bluterguss an seinem linken Auge lieferte ein bemerkenswertes Farbspiel. Von lila über grau bis dunkelgelb breitete sich die Verfärbung vom Jochbein bis zum Wangenknochen aus und bildete einen deutlichen Kontrast zur blauen Anstaltskleidung und zum Vollbart des Beschuldigten.

»Grüß Gott, Herr El Gadouchi«, sagte Heribert, als der Beschuldigte mit auf dem Rücken durch Handschließen gesicherten Händen vor ihm stand. »Piehl. Mein Name ist Ihnen ja sicherlich noch geläufig.«

»Ich grüße keinen Gott der Ungläubigen, das sollten Sie wissen, Herr Piehl. Es gibt nur Allah, den Allmächtigen«, erwiderte El Gadouchi barsch und zog scharf die Luft ein.

»Gut, bei einem Moslem sollte man diese süddeutsche Begrüßungsfloskel vielleicht vermeiden, obwohl Sie doch hier aufgewachsen sind, oder nicht? Da sollte Ihnen die Redewendung doch geläufig sein. Aber nehmen Sie erst einmal Platz. Um zu verhindern, dass Ihr rechtes Auge später genauso aussieht wie das linke, sollten wir es bei den angelegten Handschließen belassen. Eigensicherung ist bei uns ein wichtiges Thema, zumal mein Kollege …«, Heribert deutete auf Egon Walz, »… Polizeieinsatztrainer ist. Bei Widerstand fackelt der nicht lange. Wir können Ihnen die Handfesseln aber gern nach vorn legen, da spricht es sich bequemer«, bot Heribert an.

»Auf Ihr Angebot kann ich verzichten, ich sage sowieso nichts«, erwiderte El Gadouchi und zog geräuschvoll die Nase hoch.

»Wie Sie wollen«, entgegnete Egon Walz gleichgültig. Er machte keinen Hehl daraus, was er von Typen wie El Gadouchi hielt. Nachdem er den Laptop hochgefahren und die Maske der Beschuldigtenvernehmung geöffnet hatte, drehte er den Bildschirm in Heriberts Richtung und deutete ihm mit einer Geste, die Vernehmung zu beginnen.

»Angaben zum Vorhalt von Verstößen gegen das Betäubungsmittelgesetz möchten Sie ja auf Anraten Ihres Verteidigers nicht machen«, sagte Heribert. »Heute sind wir aber noch wegen etwas anderem hier.«

»Keine Ahnung, was Sie von mir wollen. Langweilen Sie mich nicht und kommen Sie zum Punkt.« El Gadouchi rutschte auf seinem Stuhl ein Stück tiefer und streckte die Beine lang vor sich aus.

»Wir haben hier ein paar Bilder von einer Sachbeschädigung an einem Oldtimer.« Heribert präsentierte El Gadouchi die Beweisfotos von Schorsch' Strich-Acht. »Was können Sie dazu sagen?«

»Diesen Wagen wollte mein Vater kaufen, aber der Besitzer ist auch ein Bulle, wollte nicht verkaufen. Damit eins klar ist: Die Gadouchis bekommen immer, was sie wollen. Das war schon in Tuggurt so, und es wird auch hier in Deutschland so bleiben. Da hat wohl jemand ein wenig nachgeholfen, um den Verkauf voranzutreiben.« Abdul El Gadouchi lachte verächtlich.

»Dann erklären Sie uns doch, wie die Fotos auf Ihr Handy und das Ihres Vaters kommen konnten. Und, Herr Gadouchi, anhand der Geodatenauswertung wissen wir sogar, wer Ihnen diese Fotos geschickt hat. Die auf den Fotos ermittelten Koordinaten stimmen exakt mit den Einloggdaten des Mobiltelefons überein, mit welchem die Fotos aufgenommen wurden. Schon mal als kleine Hilfestellung: *Ihr* Mobiltelefon war es nicht. Deshalb sollten Sie jetzt in sich gehen. Mit guten und hilfreichen Antworten kann man heutzutage bei jedem Staatsanwalt punkten und so vielleicht durch Kooperationsbereitschaft Einfluss auf sein zukünftiges Strafmaß nehmen. Oder ist es Ihnen egal, wie lange Sie in der Blüte Ihres Lebens gesiebte Luft atmen, nur weil Sie einem guten Freund einen kleinen Dienst erwiesen haben und jetzt bis zum Kopf in seiner Scheiße stecken? Nur zu, ein Versuch war es zumindest wert, Ihnen mal einen Alternativweg aufzuzeigen«, schloss Heribert.

El Gadouchi ging in sich. Allerdings vermochte er nicht zu sagen, ob er die Bilder von Abass Kaboua oder von seinem Vater Ismail erhalten hatte. Er wusste lediglich, dass sie sich auf seinem WhatsApp-Account befanden und sein Vater der Drahtzieher der Geschichte gewesen war, der ihn und Kaboua zu der Tat angestiftet hatte.

»Gut, die Bilder haben Sie. Ich war es nicht, das haben Sie ja anhand Ihrer Ermittlungen sicherlich schon festgestellt«, sagte er schließlich überheblich. »Und wenn Ihnen die Koordinaten der Bilder schon bekannt sind, kann ich es Ihnen auch gleich bestätigen: Ja, Abass hat den Wagen ein klein wenig bearbeitet.«

»Abass Kaboua?«

»Ja.«

»Wer hat ihm den Auftrag erteilt. Waren Sie das? Oder Ihr Vater?«

»Ich jedenfalls nicht. Ich wusste nur, dass er es für uns machen würde. Jetzt bringen Sie mich zurück in meine Zelle.«

Es war kurz nach elf Uhr, als Piehl sich Abass Kaboua vorknöpfte, der ebenso in blauer Anstaltskleidung, aber ohne Fesseln das Vernehmungszimmer betrat. Kaboua hatte keine sichtbaren Blessuren. Er machte einen wesentlich interessierteren Eindruck als Abdul El Gadouchi und schien neugierig auf die Fragen des GER-Leiters zu sein.

»Wir wissen zwar von Ihrem Anwalt, dass Sie keine Angaben zu den Vorwürfen in der Betäubungsmittelgeschichte machen wollen«, begann Piehl mit der Vernehmung, »aber das ist auch nicht der Grund, warum ich Sie heute herbestellt habe. Es geht um etwas anderes.«

Abass Kaboua kniff seine Augen zu engen Schlitzen zusammen und sah Heribert überrascht an.

»Uns liegen nach Auswertung Ihres Mobiltelefons Hinweise auf andere Straftaten vor«, fuhr dieser fort. »Soeben haben wir auch Abdul El Gadouchi mit dem gesicherten Bildmaterial konfrontiert. Und stellen Sie sich vor, der ist nicht so blöd und schweigt. Abdul El Gadouchi zeigte sich sehr kooperativ. Auf die Frage, wer das Fahrzeug des Kripobeamten beschädigt habe, hat er sofort Ihren Namen genannt. Wir haben ihm natürlich auch gesagt, dass wir bei unserer Beweismittelauswertung exakt die vorgefundenen Koordinaten auf Ihrem Mobiltelefon sichern konnten. El Gadouchi ist deshalb fein aus der Sache raus. Demnach ist die Straftat allein Ihnen zuzuordnen. Okay, das kommt dann wohl noch bei der Strafzumessung mit obendrauf, wird aber hoffentlich nicht so heftig werden, denn Ihr Schwerpunkt vor Gericht ist ja die Betäubungsmittelgeschichte.«

Kaboua atmete tief durch. Er sah die Beamten sichtlich verunsichert an.

»Wie Sie bereits über Ihren Anwalt wissen«, fuhr Heribert fort, »schreiben wir bei Vernehmungen auch entlastende Sachverhalte auf, zum Beispiel, wenn jemand zu einer Tat gedrängt wurde, die er gar nicht begehen wollte, oder wenn es sich aufgrund eines solchen Drängens um eine Kurzschlussreaktion handelte. Sie wissen ja, Herr Kaboua, vor Gericht und auf hoher See ist man in Gottes äh … Allahs Hand.«

»Ismail und sein Sohn haben das von mir verlangt«, sagte Abass Kaboua wütend.

»Welcher Ismail?«

»Ismail El Gadouchi, mein Nachbar und Onkel, und Abdul, mein Cousin.«

Jetzt war es also raus. Kaboua hatte von sich aus eingeräumt, dass er dem algerischen Clan um die El Gadouchis angehörig war. Unbemerkt stieß Heribert seinem Protokollführer an dessen rechtes Knie. Der schmunzelte, hob seinen Kopf und sah hoch zur Decke. Von nun an war das Wort »bandenmäßig«, also der Zusammenschluss von mindestens drei Personen und deren organisiertes und arbeitsteiliges Vorgehen, bei allen vorliegenden Straftaten des Clans neu zu bewerten.

»Wenn Sie mit El Gadouchi verwandt sind, gehört es wohl zu einer gewissen Ehre, den Wünschen Ihres Onkels nachzukommen. Verstehe ich Sie da richtig? Oder macht man so etwas schlichtweg aus Gehorsam oder Respekt gegenüber älteren Familienangehörigen?«

»Alles, was mein Onkel sagt, gilt bei uns als Gesetz. Jeder kann sich ohne Einschränkungen auf den anderen verlassen. Wir sind eine Familie, eine Großfamilie!«

»Gut, dann machen wir doch Nägel mit Köpfen und bringen das eben Besprochene zu Papier«, schlug Piehl vor. »Oder möchten Sie erst Ihren Anwalt befragen? Diese Geschichte hat ja nichts damit zu tun, warum Sie hier in Untersuchungshaft sitzen. Gleichwohl zeigt es aber eine gewisse Kooperationsbereitschaft mit den Strafverfolgungsbehörden und macht deutlich, dass Sie durchaus an der Aufklärung anderer, ich sag mal kleinerer Delikte, interessiert sind. Denn aus Ihrem Traum von Ruhm, viel Geld, dicken Villen und Sonnenbrillen wird wohl in den nächsten Jahren nichts werden. Das geile Leben wird sich ein wenig einschränken müssen.«

Aufmerksam folgte Kaboua Heribert Piehls Ausführungen. Dabei gelang es ihm, eine Büroklammer zu erhaschen, die Egon Walz beim Durchblättern der Beweismittel vor seinem Laptop abgelegt hatte.

Doch dem geschulten Auge der Ermittler war dies nicht entgangen. Auffordernd hielt Walz Kaboua seine offene Handfläche entgegen.

»Wir wissen, dass die heiß begehrt sind in der Haftanstalt. Sei es zum Reinigen von Tätowiernadeln oder zum unerlaubten Öffnen der Handschließen bei einem Gefangenentransport. Sie sind nicht der Erste, also her damit.«

Mit kaltem Blick schob Kaboua die Büroklammer zurück auf den Tisch.

»Denken Sie einfach mal darüber nach«, nahm Heribert Piehl den Faden wieder auf. »Zeit haben Sie ja während Ihrer Haftzeit genug, endlich *tabula rasa* zu machen. Das heißt für mich, nicht nur zu den Tatvorwürfen der verbotswidrigen Einfuhr und des gewerbsmäßigen Handels von Betäubungsmitteln den Gürtel aufzumachen, sondern zum Tatgeschehen die Hosen komplett runterzulassen. Ein Geständnis bewirkt oft mehr als die klugen Worte eines Verteidigers. Deshalb kann ich Ihnen nur raten, in sich zu gehen und mit Ihrem Verteidiger zu sprechen, denn er ist es nicht, der Ihre Haftzeit absitzen wird. Glauben Sie mir, das bringt bei jedem Staatsanwalt Punkte. Und die können Sie bei dem zu erwartenden Strafmaß reichlich gebrauchen.«

Um kurz nach vierzehn Uhr schlossen Heribert Piehl und Egon Walz die Beschuldigtenvernehmung ab. Kaboua hatte auf seine Mittagspause verzichtet und war auf den Vorschlag der Ermittler eingegangen, ein paar Punkte bei der Staatsanwaltschaft herauszuholen, indem er den Tatvorwurf der Sachbeschädigung einräumte. Zu den Tatvorwürfen nach dem Betäubungsmittelgesetz schwieg er weiterhin beharrlich – ganz nach dem Schlüsselsatz seines Verteidigers: »Reden ist Silber, Schweigen ist Gold«.

Dennoch hatte Heribert Piehl einen Erfolg zu verbuchen. Das Geständnis zur Sachbeschädigung an Schorsch' Mercedes war in trockenen Tüchern, Ismail El Gadouchi demnach ein Anstifter nach § 26 Strafgesetzbuch. Somit konnte nun auch gegen ihn ein Ermittlungsverfahren eingeleitet werden.

Auf die Frage, wie El Gadouchi denn an die Adresse des Fahrzeughalters gekommen sei, gab Abass Kaboua an, dass sein Onkel als Autohändler wohl einen guten Draht zum Zentralruf der Autoversicherer habe. So habe man mit ein wenig Geschick auch die Adresse »dieses Bullen« herausbekommen.

Die Beweismittelauswertung der zuständigen Sachbearbeiter und Mitarbeiter im Ermittlungsverfahren Abass Kabou und andere kam gut voran. Nicht nur die Hausdurchsuchung am Alten Kanal in Schwarzenbruck hatte erdrückende Beweise gegen Kaboua geliefert. Auch die Ergebnisse der Wohnungsdurchsuchungen beider Hauptwohnsitze in der Leyher Straße in Fürth, die Wohnung des Haupttäters sowie die seines Kuriers bestätigten den Ermittlern, dass Kaboua über Jahre hinweg über ein Drogenlabor in der Nähe von Prag sein Crystal Meth hatte herstellen lassen. Sein ursprünglicher Kurier, dessen Dienste Abdul El Gadouchi am 12. Dezember übernommen hatte, war vier Tage zuvor ins Fürther Klinikum eingeliefert worden. Es handelte sich um Ayasha Kaboua, die Ehefrau des Beschuldigten, die bei einem häuslichen Unfall Verbrühungen dritten Grades erlitten hatte und deshalb die anstehende Busfahrt nach Prag nicht antreten konnte.

Ayasha Kaboua war voll und ganz in die Geschäfte ihres Mannes involviert. Sie teilten sich die Aufgaben. Ayasha übte ausschließlich die Funktion als Kurierin aus, indem sie das Rauschgift illegal nach Deutschland transportierte. Abass war für die Verteilung des Rauschgifts in Franken zuständig. Er hatte ein kleines Netzwerk mit teilweise minderjährigen Straßendealern, die er unter seinen Landsleuten rekrutiert hatte, geschaffen. Bei mehreren Festnahmen seiner Rauschgiftverkäufer durch die Polizei war in den meisten Fällen eine Einstellung des Verfahrens erfolgt, da die Dealer Jugendliche unter vierzehn Jahren waren.

Abass Kaboua war zudem für die finanzielle Absicherung seiner Familie zuständig. Gelder aus den Drogengeschäften wusch er über den Orient-Bazar in der Dr.-Mack-Straße. Die gewaschenen Gelder legte der Besitzer Rasith Mohammad, ebenfalls aus Algerien stammend, dann in heruntergekommene Immobilien an, die er an Landsleute weitervermietete, so die ersten Auswertungen der Ermittler. Was folgte, waren strafprozessuale Folgemaßnahmen gegen Mohammad im Bereich der Geldwäsche.

Ayasha Kaboua konnte erst nach der Festnahme ihres Mannes als Täterin überführt werden. Relevante Gesprächsinhalte aus den überwachten Kommunikationsverbindungen zwischen Abass und Ayasha Kaboua gab es nach jetzigem Kenntnisstand nicht. Lediglich in zwei Telefonaten wies Abass Kaboua seine Frau auf »neun« beziehungsweise »sieben Kilogramm Mehl« hin. Alle weiteren erforderlichen Absprachen führten die Beschuldigten mündlich durch.

Somit lagen den Ermittlern keinerlei Telekommunikationsdaten vor, durch deren Auswertung sie Rückschlüsse auf die Tatbeteiligung der Ehefrau hätten ziehen können. Auch während der Kurierfahrten nach Prag, die Ayasha Kaboua vor ihrem Unfall durchgeführt hatte, verzichtete das Paar auf eine Kontaktaufnahme.

Das Auslesen der Daten von Ayasha Kabouas Mobiltelefon durch die Rauschgiftfahnder brachte schließlich den Durchbruch. Die Algerierin hatte einen marginalen Fehler begangen, der ihr nun zum Verhängnis werden sollte: Sämtliche Kurierfahrten einschließlich der exakten Reisezeiten hatte sie akkurat in ihren digitalen Terminkalender eingetragen. Jede Notiz war mit einem Zusatzvermerk versehen, der die Menge des transportierten »Mehls« angab. Mittels der Einträge zur letzten Lieferung, die Ayasha Kaboua zwar notiert, aber aufgrund ihres Unfalls nicht durchgeführt hatte, konnten die Ermittler schließlich feststellen, dass es sich bei den Mengenangaben um Kilogrammangaben handelte, die mit dem Drogenlabor vereinbart worden waren. Die Menge an Crystal Meth, das in Abass Kabouas Drogenbunker auf dem Gelände der Schleuse 49 sichergestellt worden war, stimmte mit den Gewichtsangaben in Ayashas Aufzeichnungen überein.

Ayasha Kaboua war ihrer eigenen perfekten Buchhaltung zum Opfer gefallen. Bereits am 31. Dezember war im Klinikum Fürth der Haftbefehl des Amtsgerichts Führt gegen sie verkündet worden. Anschließend wurde sie in die Krankenabteilung der Justizvollzugsanstalt Aichach verlegt.

Eine Wohnungsdurchsuchung bei den El Gadouchis lieferte zwar abgesehen von der bestätigten Kurierfahrt keine weiteren Hinweise auf ihre Drogengeschäfte. Allerdings stießen die Ermittler auf eine andere Spur – sie wies auf ein Verbrechen hin, das Jahre zurücklag und vermutlich bei den El Gadouchis in Vergessenheit geraten war …

27. Kapitel

Donnerstag, 07. Januar 2016, 13.03 Uhr,
Kriminalpolizei Rostock, MK1

Die BAB 9 war wenig befahren gewesen und hatte ihnen gutes Durchkommen ermöglicht. In Begleitung von Doc Fog erreichten Schorsch und Günther die Dienststelle der Rostocker Kollegen, wo sie erst einmal von den Ermittlern Mandy und Maik zu einem gemeinsamen Mittagessen eingeladen wurden.

Die mecklenburgische Küche war typisch nordostdeutsch geprägt und galt seit Jahrhunderten als bodenständig und deftig, worin sich einerseits das einfache Leben der Bewohner der verschiedenen Landstriche, die maßgeblich von der Landwirtschaft geprägt waren, andererseits aber auch der Reichtum der Ostseeküste mit seinen Binnengewässern in der Hanse widerspiegelte.

Die drei Franken staunten nicht schlecht, als sie das Restaurant »Zum Stromer« in Rostock-Warnemünde, seit 1842 direkt am Warnemünder Hafen gelegen, erreichten. Es war ein kleines und uriges Restaurant mit einem wundervollen Ambiente, das an Gemütlichkeit kaum überboten werden konnte.

Mandy und Maik führten sie in den hinteren Teil des Lokals, wo sie sich um einen etwas abseits gelegenen Tisch gruppierten, um ungestört reden zu können. Hungrig studierten sie die Speisekarte.

Als Vorspeise entschieden sie sich für die hausgemachte Fischsuppe. Günther und Schorsch wählten als Hauptspeise Filet vom Dorsch mit Ziegenkäse gratiniert, dazu gegrilltes Knoblauch-Tomaten-Baguette. Doc Fog, der heute keinen Appetit auf Fisch hatte, entschied sich für Bäckchen vom Ochsen in Rotwein geschmort, dazu gegrilltes Gemüse und Grenaille-Kartoffeln. Zum Runterspülen taten sie es Mandy und Maik gleich und wählten das Störtebeker Bernsteinweizen, das es natürlich auch alkoholfrei gab.

Mandy Karbaum und Maik Kiesow verstärkten seit acht Jahren das Team der Rostocker Mordkommission 1. Sie brachten einiges an Lebenserfahrung mit. Mandy war Mitte vierzig, kam ursprünglich aus Sachsen-Anhalt und hatte dort beim Staatsschutz ihren Dienst verrichtet. 2009 war ihre Ehe aus den Fugen geraten und sie hatte einen Ortswechsel gesucht. Schon zu DDR-Zeiten verbrachte sie mit ihren Eltern den Sommerurlaub an der Ostsee, Rostock war damals schon ihre zweite Heimat geworden.

Ihr dunkler Kurzhaarschnitt und ihre stechenden blauen Augen verliehen Mandy eine besondere Ausstrahlung, die Günther vom ersten Moment an faszinierte. Als sie ihren Wintermantel ablegte und er ihre überaus sportliche Figur, ihren knackigen Hintern und ihre dezente Oberweite registrierte, hatte er Schorsch augenzwinkernd zu verstehen gegeben, neben Mandy sitzen zu wollen. Nun bahnte sich ein kleiner Flirt zwischen den beiden an.

»Schön dass ihr so zeitnah kommen konntet«, sagte Mandy, nachdem alle fünf ihre Vorspeise genossen hatten.

Um eine gute Gesprächsgrundlage zu schaffen, brachte Schorsch die Rostocker Kollegen kurz auf den aktuellen Stand ihrer Ermittlungen.

»Wir sollten uns die Vorgehensweise des Täters und die Tatumstände noch einmal genau vornehmen«, sagte er schließlich. »Wir müssen exakt beleuchten, wie unser und euer Täter vorgegangen ist. Jede Einzelheit ist wichtig. Mit welcher Identität hat er sich an die Agenturen gewandt, welche Telefon- und

E-Mail-Kontakte unterhielt er, wie hat er den Geldtransfer bewerkstelligt, alles. Bis hin zu den Opfern. Die Obduktionsergebnisse müssen noch mal und noch mal umgekrempelt werden.«

»Cornelia Husenbek alias Pia Horn war erst seit 2013 im Begleitgeschäft«, sagte Maik in Bezug auf den Rostocker Fall. »Sie studierte an der Uni-Rostock Gräzistik mit dem Ziel des Bachelor of Arts. Dazu hat sie sich im Frühjahr 2013 bei der Agentur ›Hidden-Events‹ beworben. Nach Auskunft des Geschäftsführers hatte sich Husenbek in der Szene bereits einen Namen über die Grenzen Mecklenburgs hinaus gemacht. Laut ihrem Profil führte sie bei ihren Kunden zudem den Beinamen ›Lady of the dark‹. Sie fuhr im BDSM-Bereich zweigleisig. Das heißt, man konnte sie entweder als verruchte Domina oder als devote Sklavin buchen.«

»Da war die Dame bei der spielerischen Umsetzung gegenüber ihrem Auftraggeber wohl sehr flexibel«, ergänzte Mandy schmunzelnd. »Aber nun zur Vorgehensweise unseres Täters. Was wir bisher wissen, ist, dass er sich bereits Anfang November bei dem Begleitservice gemeldet hat – nicht etwa, um irgendein Mädchen zu buchen, sondern er hat Pia Horn ganz bewusst ausgesucht. Deshalb hat er auch nicht sofort einen Termin bei ihr bekommen, weil sie in der Vorweihnachtszeit komplett ausgebucht war, so ihre Agentur. Sie hat wohl alle vorlesungsfreien Tage für diesen Job eingeplant.«

»Gibt es Hinweise auf die Art der Kontaktaufnahme?«, fragte Schorsch.

»Sie erfolgte laut Agentur über ein Skype-Gespräch«, erklärte Mandy und blätterte in einer Umlaufmappe, die sie vor sich auf dem Tisch liegen hatte. »Bei diesem Anruf soll es sich um die Vorwahl 001, also USA oder Kanada, gehandelt haben. Beim Folgeanruf ein paar Tage später wählte sich der Anrufer über die Vorwahl 0046 ein. Das ist Schweden. Vermutlich wechselte er seine IP-Adresse über eine VPN-Kennung, deshalb die unterschiedliche Länderzuordnung auf die Internetgespräche. Er sprach hochdeutsch, eine regionale Zuordnung war nicht möglich.«

Nachdem die Getränke serviert worden waren, prosteten sie einander zu und tranken auf eine erfolgreiche Zusammenarbeit.

»Die Bezahlung erfolgte wie in eurem Fall«, fuhr Mandy fort. »Der Täter verwendete einen gefakten Überweisungsträger der Ostsee Sparkasse Rostock, das heißt, er muss einen Bezug hierher haben. Entweder wohnt er in der Gegend, oder er hat Freunde hier, die er besucht. Er könnte auch ein Pendler sein, der hier nur seiner Arbeit nachgeht. Sein Auftritt am Telefon war freundlich und nett, von der Stimme her schien es eine Person mittleren Alters zu sein.«

Maik, der mit beiden Händen sein Bierglas umklammerte, übernahm: »Also vielleicht ein Ebenbild eures Täters in Franken oder eben jemand ganz anderes, der rein zufällig zur Beseitigung seines Opfers auf den Trichter kam, auch einen Leichenbergesack zu verwenden. Meine letzte Theorie aber widerspräche der nahezu identischen Vorgehensweise zu eurem Täter.« Plötzlich verstärkte er die Aufmerksamkeit in der Runde, indem er seine rechte Hand zum Glasrand führte und mit seinen Fingern dagegen schnalzte. Ein heller Ton erklang und Maik sagte mit einem nachdenklichen Blick: »Also, Kollegen, ich bin fest überzeugt, dass es da irgendwie einen Sachzusammenhang geben muss.«

»Das sehe ich auch so«, pflichtete Mandy ihm bei und blätterte in der Umlaufmappe. »Als der geforderte Buchungsbetrag auf dem Geschäftskonto der Agentur *Hidden-Events* eingegangen war, erhielt der Kunde per E-Mail die Bestätigung des Zahlungseingangs und der Buchung von Cornelia Husenbek. Bis dahin ein ganz normales Prozedere. Die Agentur wurde erst misstrauisch, als sie am Tag des Treffens keine Nachricht von Husenbek erhielt, die sich normalerweise gewissenhaft an die Sicherheitsvorgaben der Agentur gehalten und Zeitpunkt und Ort des Treffens telefonisch durchgegeben hatte. Rückrufe seitens der Agentur auf ihrer Mobilfunknummer stießen lediglich auf die Ansage ›*The person you have called is temporarily not available*‹.«

»Warum erschien die Ansage nicht auf Deutsch, sondern auf Englisch?«, fragte Günther.

»Das liegt an der Nähe zu Polen und an der Tatsache, dass wir hier internationale Containerschiffe und Autofähren liegen haben«, erklärte Mandy. »Deshalb wird im Küstenbereich beim Netzausfall, oder wenn das hier zuletzt eingeloggte Telefon ausgeschaltet wird, die englische Hinweisanzeige abgespielt.«

»Polen …«, sagte Schorsch nachdenklich. »Das ist ein interessanter Hinweis. Unser Täter hat sich unter einer polnischen Mobilfunknummer bei den Escort-Damen gemeldet.« Er überlegte kurz. »Habt ihr Kenntnis darüber, dass die Wohnung eures Opfers abgebrannt wurde?«, fragte er schließlich.

»Nein, Cornelia Husenbek wohnte in einem Studentenwohnheim«, erwiderte Mandy. »Ihr tatsächlicher Wohnort ist Binz auf Rügen. Die Gefahr, in einem Studentenheim entdeckt zu werden, schreckte den Täter vielleicht ab. Vielleicht hatte er aber auch gar nicht die Absicht, ihre Wohnung niederzubrennen. Vielleicht war das in euren Fällen nur eine Vorsichtsmaßnahme.« Sie hielt kurz inne. »Nach den vorliegenden Tatmustern überlege ich, ob es sich vielleicht um zwei unterschiedliche Täter handelt, die sich kennen und ihre Taten miteinander abstimmen. Vielleicht haben sie sie sogar gemeinsam geplant. Die Webadresse unseres Täters wurde auf einen Helmut Wolter registriert. Tatsächlich gibt es jemanden mit diesem Namen im Landtag von Mecklenburg-Vorpommern, sodass nicht angezweifelt wurde, dass es sich tatsächlich um diesen Mann handelte. Klar ist, dass der oder die Täter sehr gewissenhaft vorgehen. In unserem Fall hat er nur nicht damit gerechnet, dass ein Krabbenfischer sein Opfer mit seinem Schleppnetz aus der Ostsee fischen würde.«

»Wie groß ist die Entfernung zwischen dem Punkt, an dem Cornelia Husenbeks Leiche auf See geborgen wurde, und dem Ort, an dem ihr letztes Handy-Login registriert wurde?«, fragte Günther.

Mandy blätterte in der Umlaufmappe. »Vermutlich hat sie ihr Handy zuletzt dort verwendet, wo sie sich mit dem Täter verabredet hatte. Das war …«, sie suchte nach dem entsprechenden Eintrag, »…genau, hier hab ich es: Verabredet gewesen waren Husenbek und ihr mutmaßlicher Mörder am Seebad in Warnemünde, hier um die Ecke beim Stromer. Um neunzehn Uhr achtunddreißig hat sich ihr Handy eingeloggt. Um zwanzig Uhr sieben verliert sich ihre Spur kurz nach Bad Doberan auf der B 105, nachdem die letzte Registrierung ihrer SIM-Karte am Funkmast TK18NA7 erfolgt war. Zwischen diesem Ort und der Stelle ihrer Bergung auf See liegen annähernd fünfzig Kilometer. Entweder hat der Täter sie irgendwo in diesem Radius getötet, oder der Tatort ist ein anderer und er hat sie erst Tage später dorthin gebracht und versenkt. Diese Frage wird uns unser Gerichtsmediziner morgen hoffentlich beantworten können.«

»Jetzt sollten wir erst einmal zum Nachtisch übergehen«, schlug Maik vor.

Sie genossen die warmen Schokotörtchen mit heißer Glasur von Zartbitter- und Vollmilchkuvertüre mit Vanilleeis auf Mandelsplitter.

Gegen halb vier verließen sie das Restaurant. Doc Fog hatte die Rechnung bereits heimlich beglichen.

»Habt ihr noch Lust auf einen Ausflug in unsere geschichtliche Vergangenheit?«, fragte Mandy, als sie auf der Straße standen, und sah dabei vor allem Günther an.

Schon während des Essens hatten die beiden verstärkt Blickkontakt zueinander gesucht. Ihr gegenseitiges Interesse war auch den Kollegen nicht entgangen.

»Unser Stasi-Museum ist ein Muss für alle Besucher, denn es zeigt unverhüllt, was damals in Rostock geschehen ist.«

Alois und Schorsch nickten Günther ermutigend zu.

»Kultur ist immer prima bei Dienstreisen, so etwas interessiert mich«, entgegnete der Doc.

»Dann fahren wir euch hinterher«, sagte Schorsch an Mandy und Maik gewandt.

Die Franken bestiegen ihr Fahrzeug. Doc Fog, der die Fahrt durch die alte Hansestadt entspannt auf der Rückbank genoss, sah Günther amüsiert im Rückspiegel an.

»Wir können heute Abend gern die Zimmer tauschen, Günther. Es könnte ja sein, dass sich der Abend an der Hotelbar in die Länge zieht und Mandy nicht mehr fahren kann«, sagte er augenzwinkernd. »Mir wurde ein Doppelzimmer zugeteilt, das für einen allein viel zu groß ist. Mir reicht auch ein Einzelzimmer.«

»Danke, lieber Kollege, für das überaus spannende Angebot. Ich nehme dich beim Wort, Alois, und halte mir die Option frei.«

Die fünf verließen gegen neunzehn Uhr das Museum und fuhren in Richtung Hotel. Es war in der Tat eine sehr spannende Exkursion in die Stasivergangenheit gewesen, die die Franken erleben durften. Den Besuchern wurden nicht nur die Haftbedingungen, unter denen die Regimegegner eingesperrt gewesen waren, sondern auch die Vorgehensweise des MfS in all seinen Facetten nähergebracht. Veranschaulicht wurden Abhöroperationen mit Wanzen sowie die sogenannten Fälscherwerkstätten, in denen Briefe der Inhaftierten und ihrer Angehörigen verfälscht wurden, um die Gefangenen psychisch unter Druck zu setzen.

Ein absolutes Highlight war jedoch das Stasi-Duftarchiv gewesen. Hier waren von Regimegegnern Duftproben angelegt worden, um speziell ausgebildete Hunde in Einzelfällen ihre Fährte aufnehmen zu lassen. Für die Sicherung der Duftprobe wurden die Inhaftierten zum Verhör auf einen Stuhl gesetzt, dessen Sitzoberfläche mit kleinen Löchern versehen war. Darunter war der sogenannte Geruchsträger angebracht, der den Individualgeruch der entsprechenden Person aufnahm. Die sichergestellte Duftprobe wurde dann in luftdichten Gläsern archiviert und stand für den Einsatz der Fährtenhunde jederzeit bereit.

Schorsch war beeindruckt von der Tatsache, dass die Staatssicherheit damals schon das »Mantrailing« für sich entdeckt hatte. Davon hatte man im Westen noch nicht den blassesten Schimmer gehabt.

Für den Abend hielten Mandy und Maik noch eine Überraschung parat. Sie führten ihre Besucher in die an das Hotel in Warnemünde angeschlossene »Grillstube Broiler«.

Seit den siebziger Jahren des letzten Jahrhunderts hatte sich die legendäre Broilerbar als eine Kultstätte für Hähnchenfans etabliert, die auch heute noch über die Grenzen Deutschlands hinaus bekannt war. Nirgendwo im Osten bekam man damals so leckere knusprige Hähnchen serviert. Das war auch heute noch so. Das Ostseehotel hatte seine Rezeptur für diese Köstlichkeit nach der Wende nicht irgendwelchen westlichen

Standards anpassen müssen, sondern das Geheimrezept aus DDR-Zeiten beibehalten können.

Als ihnen die Hähnchen serviert wurden, strahlten Maiks Augen. Theatralisch rezitierte er:

»Nackt liegst du vor mir.
Deine gebräunte Haut schimmert im Kerzenlicht.
Gedankenverloren betrachte ich deine perfekten, festen Brüste und
fahre mir mit der Zunge über meine Lippen.
Ich berühre Deine Schenkel,
spüre ihre Wärme.
Dein Geruch steigt in meine Nase,
mein Atem geht schneller und ich schmecke das Salzige auf Deiner
Haut.
Behutsam drücken meine Hände Deine Beine auseinander,
*mein Mund öffnet sich und meine Finger ...«**

»Mein Gott, Maik! Kannst du nicht einmal einen Broiler normal essen, so wie andere Leute auch?«, sagte Mandy kopfschüttelnd.

Die drei Franken lachten herzhaft.

»Dieses Prozedere gehört nun mal dazu, wenn wir Gäste aus dem Westen haben«, erklärte Maik grinsend.

Nach dem Abendessen folgte ein Rundgang durch das Hotel. Mandy ließ es sich nicht nehmen, extra für Günther den geschichtsträchtigen Betonbau in allen Einzelheiten zu beschreiben.

Anschließend ließen Günther und Mandy den Abend in der Hotellobby ausklingen. Maik hatte sich nach der Broilerstube verabschiedet und Schorsch und Alois wollten noch etwas für

---

* Quelle: *www.feierabend.de*

ihre Gesundheit tun. Sie suchten den einzigartigen Wellness- und Spa-Bereich auf, der sich in der vierten Etage des Hotels befand und mit einem riesigen Meerwasserschwimmbecken ausgestattet war.

»Vielen Dank für den informativen Tag«, sagte Günther zu Mandy, die neben ihm Platz genommen hatte. »Wir haben viel geschafft und obendrein noch ein bisschen von Rostock sehen dürfen.«

»Gern geschehen«, erwiderte Mandy lächelnd. »Wenn schon mal so nette Kollegen aus dem Baziland zu uns kommen, tut man das doch gern.«

»Dann trinken wir doch noch einen Absacker, ich lade dich ein«, sagte Günther geschmeichelt, der deutlich spürte, dass sich da in den letzten Stunden etwas zwischen ihnen entwickelt hatte. Aber er wollte die Sache mit der charmanten Kollegin nicht gleich am ersten Tag auskosten – auch wenn er tatsächlich mit Doc Fog das Zimmer getauscht hatte.

»Und, Günther, erzähl mir ein wenig von dir. Was machst du in deiner Freizeit? Gibt es spezielle Hobbys?«, fragte Mandy.

»Bei uns steht die fränkische Gemütlichkeit im Vordergrund. Die fängt im Sommer in unseren schönen idyllischen Biergärten mit prima Brotzeiten an und hört im Winter beim ein oder anderen Weizen auf so mancher Après-Ski-Party auf. Warum fragst du?«

»Ich bin neugierig, das gehört doch zu unserem Beruf. Du bist also entweder im Biergarten, auf der Piste oder im Sportstudio anzutreffen?«

»Nein, das war nur ein Beispiel«, erwiderte Günther, dem Mandys Interesse an seiner Person sichtlich schmeichelte. »Ich koche zudem gern. Und wenn es der Dienst erlaubt, sehe ich mir die Welt an.«

»Klinkt sehr interessant, da haben wir einiges gemeinsam«,

sagte Mandy und sah Günther kess an. »Hat dir schon mal jemand gesagt, dass du eine interessante Ausstrahlung hast?«

Günther wurde verlegen. Ein solches Kompliment hatte er schon lange nicht mehr gehört. Seit fast sechs Jahren war er Single. Sein berufliches Engagement hatte ihn, genauso wie Mandy, seine Ehe gekostet. Nach vierzehn Jahren war nichts mehr zu retten gewesen. Trotzdem war alles gut über die Bühne gegangen. Günthers Frau hatte ihren Jugendtraum verwirklicht und war mit siebenunddreißig Jahren nach Neuseeland ausgewandert. Der Scheidungskrieg war ausgeblieben.

Eine Frau aus dem Osten. Was haben die, was unsere Mädels nicht haben?, fragte sich Günther.

Freitag, 08. Januar 2016, 09.56 Uhr,
Rechtsmedizin Rostock, 1 UG

Diplom-Medizinerin Doreen Fuchs sah auf ihre Uhr und lächelte den Beamten vor ihr freundlich an. »Willkommen im Reich der sprechenden Toten«, sagte sie.

»Guten Morgen, Füchslein«, entgegnete Maik Kiesow und stellte der adretten Pathologin die drei fränkischen Kollegen vor.

Doreen Fuchs schüttelte jedem die Hand. »Franken hatten wir hier noch nie zu Besuch. Ich erinnere mich auch nicht daran, schon mal einen auf dem Tisch gehabt zu haben«, sagte sie humorvoll. »Aber bevor wir loslegen, trinken wir erst mal eine Tasse Bohnenkaffee, oder wäre euch bei dem Sauwetter da draußen ein steifer Grog lieber?«

»Wir bleiben beim Kaffee«, antwortete Doc Fog für alle drei. »Schließlich wollen wir das Obduktionsergebnis nüchtern mitbekommen. Den Grog gern ein anderes Mal.«

Doreen Fuchs war Mitte vierzig und trug ihren Spitznamen »Füchslein« nicht umsonst. Sie hatte rote lange Haare, die sie zu einem langen Pferdeschwanz geflochten und in einem Kringel hochgesteckt hatte. Ihre grünen Augen und ihre kleine Stubsnase passten sehr gut zu ihrem nahezu faltenlosen Gesicht. Im oberen Wangenknochenbereich konnte der aufmerksame Betrachter einige Sommersprossen ausmachen, die jedoch weder ihrem hübschen Gesicht und noch dem zarten Lächeln schadeten.

Die Pathologin verstand es zudem, ihren Beruf mit ein wenig schwarzem Humor zu begegnen. Deshalb war sie nicht nur bei ihren Studenten, sondern auch bei ihren Polizeikollegen sehr beliebt.

Der Oberpräparator erschien und gab Doreen Fuchs mit einem Nicken ein Zeichen.

»Dann wollen wir mal«, sagte sie. »Mein Mitarbeiter hat Frau Husenbek noch mal für uns vorbereitet. Bevor wir aber in den Obduktionsraum gehen, sollten wir uns erst einmal umziehen und uns Parfümpads in den Mundschutz einlegen. Mandy und Maik zeigen euch alles.«

»Bilder hätten doch völlig gereicht«, sagte Schorsch, der sichtlich nervös geworden war. »Macht euch doch unseretwegen keine Umstände.«

Günther stimmte ihm nickend zu.

Doc Fog sah seine Kollegen amüsiert an. »Die beiden haben es nicht so mit Leichen«, erklärte er Doreen Fuchs. »Und gerade Wasserleichen schrecken doch so manchen Betrachter zurück.«

»Da müssen Sie durch, liebe Kollegen, denn live ist alles viel anschaulicher. Also, in fünf Minuten treffen wir uns vor der großen Edelstahltür.«

Wie vereinbart, standen sie ein paar Minuten später vor

einer geöffneten Schiebetür und sahen in den großen Obduktionsraum, der mit vier Tischen bestückt war. Auf zweien der Tische lagen mit einem blauen Tuch abgedeckte Leichname. Lediglich die Füße, an denen ein beschriftetes Etikett befestigt war, lagen frei.

Nachdem die Ermittler zögernd an den Obduktionstisch herangetreten waren, schaltete Doreen Fuchs die Abzugsanlage ein. Dann übergab sie Doc Fog eine Ablichtung ihres Obduktionsberichts.

»Bei der Verstorbenen handelt es sich um Cornelia Husenbek, geboren am 08. Januar 1989 …«, begann sie, während sie in ihren eigenen Unterlagen blätterte. »Sie hätte also heute Geburtstag gehabt. Gewicht von Leber, Herz, Lunge und Hirn können wir auslassen. Größe 174 cm, dunkles, beziehungsweise dunkelbraun gefärbtes Haar im Kopfbereich, Intim- und Achselbereich waren rasiert. Wir wissen, dass es sich in diesem Fall um ein sogenanntes Leichen-Dumping handelt, das heißt, der Tatort weicht vom tatsächlichen Sterbeort der Geschädigten ab. Cornelia Husenbek ist erst nach ihrem Tod im Meer versenkt worden. Vermutlich sollte das Tötungsdelikt auf diese Weise vertuscht werden. Untermauert wird diese Annahme auch durch die fehlende Schaumpilzbildung bei der Toten. In der Phase der Dyspnoe bildet sich durch die Vermischung von Wasser, Luft und Bronchialepithelien vor Mund und Nase eines Ertrinkenden der typische weißliche, feinblasige Schaumpilz. Diese Schaumbildung setzt allerdings eine Atembewegung, also ein Vitalzeichen, voraus. Das kann bei unserem Opfer definitiv ausgeschlossen werden. Oder sind Sie anderer Meinung?«, fragte Doreen Fuchs an Doc Fog gewandt.

»Ich stimme Ihnen zu«, bestätigte er. »Beim Bergen einer Wasserleiche, die einen atypischen Tod durch Ertrinken erleidet, tritt an Mund und Nase genau die von Ihnen beschriebene

Schaumbildung auf – vorausgesetzt, das Opfer hat beim Untertauchen noch geatmet. Das Fehlen dieses Schaums – wie es bei Cornelia Husenbek der Fall war – ist für uns Rechtsmediziner ein eindeutiges Zeichen dafür, dass das Opfer beim Eintritt in das Wasser bereits tot gewesen sein musste. Für diese These spricht auch, dass die sogenannten Paltauf'schen Flecken, Kapillarblutungen, die sich im Falle des normalen Ertrinkens im Lungenfell des Opfers bilden, gänzlich fehlen, so der Untersuchungsbericht der Kollegin. Wir können demnach mit ziemlicher Sicherheit davon ausgehen, dass Cornelia Husenbek ermordet und erst danach in der Ostsee versenkt wurde«, schloss Doc Fog.

»Lass Sie uns jetzt das Verletzungsbild genauer betrachten«, schlug Doreen Fuchs vor. »Husenbek wurden beide Brustwarzen entfernt. Die Schnürspuren an Hand- und Fußgelenken weisen darauf hin, dass sie bis zu ihrem Tod fixiert wurde. Die Leichenfäulnis hat dabei nicht nur die allgemeine Befunderhebung bei der Obduktion, sondern auch die eigentliche Identifizierung des Opfers erheblich erschwert, daher musste ich die Obduktion unmittelbar nach dem Auffinden durchführen, da eben dieser Fäulnisprozess außergewöhnlich schnell nach der Bergung aus dem Wasser fortschreitet.«

Günther, der neben Mandy stand, hatte die Schilderungen der Pathologin aufmerksam verfolgt. Sein Gesicht war aschfahl geworden.

»Da wird mir doch wohl keiner aus den Latschen kippen«, sagte Doreen Fuchs scherzhaft. »Gib gut auf deinen Kollegen acht, Mandy.«

»Atme tief durch und denk an etwas anderes«, riet Doc Fog und klopfte Günther aufmunternd auf die Schulter.

»Ich glaube, der Parfümpad unter meiner Nase verliert die Wirkung«, sagte Günther.

»Das haben wir gleich.« Mandy drehte sich auf dem Absatz um und lief schnellen Schrittes zu einem Nebentisch, öffnete die obere Schublade, holte ein weiteres Duftpad hervor und fixierte es mit einem Pflaster über Günthers Oberlippe.

»Soll ich Ihnen sicherheitshalber einen Stuhl bringen«, fragte Doreen Fuchs lächelnd.

»Du wirst uns doch hier nicht blamieren«, flüsterte Schorsch.

»Es geht schon wieder, danke«, sagte Günther und richtete seinen Blick wieder tapfer auf den Obduktionstisch.

»Also gut, was man anhand der vorliegenden Waschhautbildung sehr schön feststellen kann, ist die Liegezeit«, fuhr Doreen Fuchs fort. »Hier die Quellung der verhornenden Plattenepithelien«, Füchslein deutete mit einer großen Pinzette auf den nackten Körper des Opfers, »also ihrer Hautzellschichten, die sich in Abhängigkeit von der Wasserliegezeit in unterschiedlich starker Ausprägung deutlich machen. Dieses Erscheinungsbild kann uns Rückschlüsse auf die vorausgegangene Wasserliegezeit geben, denn je nach vorhandener Gewässerflora bildet sich bereits nach mehreren Tagen Liegezeit an der Körperoberfläche ein Algenrasen, der bei unserem Opfer ganz deutlich an der Handinnenseite zu sehen ist.«

Doreen Fuchs drehte die Handinnenflächen der Leiche nach außen. »Es gibt im Wasser, ebenso wie an Land, postmortale Veränderungen an der Leiche. Hier bei unserem Beispiel haben die Aale und Krebse der Ostsee einen reichlich gedeckten Tisch vorgefunden. Sie durchlöcherten sowohl den Torso als auch die Extremitäten des Opfers. Als bestes Beispiel nenne ich mal die Szene aus ›Die Blechtrommel‹, die kennt ja jeder von uns. Ihr erinnert euch sicher an den Pferdekopf, der im Wasser an einer Leine versenkt wurde, um Aale anzulocken …«

Nun wurde es Günther doch zu viel. Er spürte, wie das Frühstück in seinem Magen rumorte. »Ich hätte doch gern einen Stuhl«, bat er mit schwacher Stimme. »Und ein Glas Wasser.«

Dorren Fuchs reagierte in Sekundenschnelle. Als Günther versorgt war, fuhr sie mit ihren Ausführungen fort.

»Aufgrund der fortgeschrittenen Fäulnis, der Liegezeit und des Tierfraßes konnten keine Anzeichen, die auf möglichen Geschlechtsverkehr hindeuten, festgestellt werden. Dass eine sexuelle Handlung stattgefunden hat, möchte ich aber nach Sichtung des vorliegenden Verletzungsbildes an Fuß- und Handgelenken nicht ausschließen. Auch die Entfernung der Brustwarzen deutet auf eine sexuell orientierte Tat hin.«

»Haben Sie bei der Obduktion im Rachenraum oder in anderen Körperöffnungen des Opfers zufällig ein Metallplättchen gefunden, in das ein biblischer Spruch eingraviert war?«, fragte Doc Fog.

Die Pathologin sah ihn verwundert an. »Nein, warum?«

Doc Fog erklärte ihr den Hintergrund seiner Frage. Nachdem sie die restlichen Obduktionsergebnisse durchgegangen waren, fiel ihm noch etwas ein.

»Wollt ihr eine interessante Geschichte über einen Mord hören, der uns die Grenzen unserer Arbeit wunderbar aufzeigt?«, fragte er in die Runde.

»Nur zu«, sage Doreen Fuchs und lächelte ihn ermunternd an.

»Es geht um die Darstellung eines fast perfekten Verbrechens von 1915[*], das uns jungen Medizinern damals im Hörsaal von unseren Professoren vorgetragen wurde. Jeder Ermittler sollte die Geschichte kennen. Es geht um den Fall des Serienmörders Georg Joseph Smith, besser bekannt als Badewannenmörder

---

[*] Quelle: Uni Düsseldorf, Der Tod im Wasser, Wolfgang Huckenbeck, Michael Tsokos, Claus-Martin Muth und Wikipedia = George Joseph Smith

von England. Überführt wurde Smith durch den Gerichtsmediziner Sir Henry Spilsbury, der sich wochenlang Gedanken über die Badewannen und die Körpermaße seiner Opfer gemacht hatte. Bei seinem letzten Opfer gab der Täter an, dass seine Frau einen epileptischen Anfall erlitten habe und in der Wanne ertrunken sei. In Anbetracht ihrer Größe von einem Meter siebzig und der Länge der Badewanne von einem Meter fünfzig hätte sich ihr Oberkörper am schrägen Kopfende der Wanne weit oberhalb des tatsächlichen Wasserspiegels befinden müssen. Zudem hätte der epileptische Anfall heftige spasmische Reaktionen zur Folge gehabt, die ein Zusammenziehen ihrer Gliedmaßen bewirkt hätte, die sich Sekunden später peitschenartig nach außen hin hätten ausbreiten müssen. Kein Mensch mit der Körpergröße der Frau hätte dabei in einer Badewanne mit den vorhandenen Maßen vollständig unter Wasser geraten können – auch nicht, wenn sich die Muskeln im dritten Stadium des Anfalls wieder entspannt hätten. Dafür war die Badewanne einfach zu klein.«

Doc Fog warf Günther, der sich inzwischen wieder auf beiden Beinen befand, einen besorgten Blick zu. Da sein Zustand sich stabilisiert zu haben schien, fuhr er fort:

»Gerichtsmediziner Spilsbury vermutete, dass Smith seine Frau im Rahmen einer gespielten Neckerei unter verliebten Eheleuten vom Fußende der Badewanne aus an den Fußgelenken gepackt und ruckartig zu sich herangezogen hat, sodass ihr Oberkörper unter Wasser geriet und sie einen Schock erlitt, der zur Bewusstlosigkeit führte. Äußere Einwirkungen auf den Körper waren dabei ausgeblieben. Es konnten keinerlei Verletzungsspuren beim Opfer festgestellt werden. Alle seine Ehefrauen wurden mit dem Kopf nach unten in der Badewanne aufgefunden. Um seine Theorie zu beweisen, suchte der zuständige Ermittler nach erfahrenen und sportlichen Taucherinnen, welche dem Opfer in Körperbau und Größe glichen, und versuchte, sie mit Gewalt unter Wasser zu drücken, was auf heftige Gegenwehr der Probanden stieß und Anzeichen eines Kampfes deutlich an deren Körper sichtbar machte. Dann aber befolgte er die Anweisung des Gerichtsmediziners Spilsbury: Er packte eine Taucherin überraschend an ihren Fußgelenken und zog sie zu sich heran. Der Kopf der Frau glitt unter Wasser und sie verlor aufgrund des reflektorisch ausgelösten Blutdruckabfalls, bedingt durch das Eindringen von Wasser in Nase und Mund, augenblicklich das Bewusstsein, bevor sie zur Gegenwehr ansetzen oder sich am Wannenrand hätte festhalten können – obwohl sie auf den Angriff vorbereitet und eine erfahrene Taucherin gewesen war. Nachdem die Probandin reanimiert worden und wieder zu sich gekommen war, berichtete sie, dass das Einzige, an das sie sich vor ihrer Ohnmacht erinnere, der plötzliche Wasserschwall gewesen sei. So wurde Spilsburys Theorie bestätigt. Auch bei den drei anderen Ehefrauen von Georg Joseph Smith, der aufgrund der gerichtsmedizinischen Rekonstruktion des Tathergangs zum Tode verurteilt worden war, hatte die Bewusstlosigkeit zum nachfolgenden Ertrinken geführt.

Doreen Fuchs atmete tief durch und nickte zustimmend.

»Die Geschichte wurde auch bei uns im Osten gelehrt. Eigentlich der perfekte Mord, um seinen Lebenspartner zu beseitigen«, sagte sie augenzwinkernd. »Ich möchte gar nicht wissen, wie viele da schon auf meinem Tisch lagen, bei denen ich fälschlicherweise den Ertrinkungstod diagnostiziert habe, denn bei der üblichen Leichenschau findet man keinerlei Anhaltspunkte für einen gewaltsam herbeigeführten Tod.«

»Das mag schon stimmen«, sagte Doc Fog, »solange es nur einmal in einem Haushalt passiert. Wenn sich der Vorfall aber in demselben Haushalt wiederholt, sollte man näher hinsehen.

Ein schönes Beispiel dafür ist der tragische Tod von Whitney Houston. Die Pop-Diva wurde tot in ihrer Badewanne aufgefunden, mit dem Gesicht nach unten. Laut Obduktionsbericht soll das Badewasser extrem heiß gewesen sein. Sie hatte Verbrühungen am ganzen Körper. Ich frage euch: Wer badet denn freiwillig in so heißem Wasser? Als dann Whitney Houstons einzige Tochter, Bobbi Kristina, die Alleinerbin des Vermögens ihrer Mutter, im Januar 2015 ebenso leblos mit dem Kopf nach unten in einer Badewanne aufgefunden wurde, haben sich einige unserer Kollegen Gedanken darüber gemacht. Wenn in zwei Autopsieberichten von möglichem Drogenmissbrauch mit anschließendem Ertrinken die Rede ist, sollten alle Alarmglocken klingeln. Sowohl Mutter als auch Tochter wurden mit dem Kopf nach unten aufgefunden. Hat sich hier ein möglicher Mörder an der Vorgehensweise des Badewannenmörders Georg Joseph Smith, orientiert? War es also in beiden Fällen der perfekte Mord?«

Die Ermittler sahen sich untereinander an und nickten Alois Nebel zu. Der perfekte Mord war eines der besonderen Geheimnisse der Gerichtsmediziner, die sie eigentlich für sich behielten – zumal diese Art vom perfekten Mord ihre Berufssparte in die Schranken verwies.

Gegen zwölf Uhr, pünktlich zur Mittagszeit, hatten sich die Franken ihrer Medizinkittel entledigt und warteten auf Doreen Fuchs, die sie zum Labskaus in die Kantine einlud. Doc Fog und Doreen Fuchs hatten den Kollegen nicht nur spannende Einblicke in ihre Arbeit vermittelt, sondern zudem eine ausgezeichnete Lehrstunde über die markanten Anzeichen des Ertrinkungstods geliefert.

28. Kapitel

Heribert Piehl und Michael Wasserburger saßen vor dem PC und durchkämmten die Verkehrsunfälle mit Fahrerflucht von 1990. Das bei Ismail El Gadouchi sichergestellte Foto, das eine am Boden liegende Person zeigte, die mutmaßlich in einen Verkehrsunfall verwickelt und von einem Motorradscheinwerfer angeleuchtet worden war, trug auf der Rückseite neben dem Datum, 05/1990, auch einen Vermerk in arabischer Schrift:

»كل شخص يحصل على ما يستحقه.«
kl shakhs yahsul ealaa ma yastahiqquh.«

Die Übersetzung lautete: »Jeder bekommt, was er verdient.«

»Da! Ich habe den Fall gefunden«, sagte Michael Wasserburger schließlich. »Verkehrspolizeiinspektion Feucht, Tagebuchnummer 1990/05/01-VPI-TA07, Fahrerflucht am 01. Mai 1990 auf der Zufahrtsstraße zum Brückkanal, Tatzeit zwischen zweiundzwanzig Uhr fünfunddreißig und zweiundzwanzig Uhr fünfzig. Das Opfer wurde schwer verletzt in das Nürnberger Klinikum eingeliefert.«

Er überflog das Protokoll.

»Die Spurenlage gab damals offensichtlich nicht viel her. Beim Eintreffen der Kollegen hatte Platzregen eingesetzt. Das Motto ›Mai-Regen bringt Segen‹ traf wohl an jenem Tag nicht zu. Die Kollegen leuchteten den Unfallort aus und machten Fotos. Bemerkenswert war lediglich eine markante Reifenspur, die das Motorrad, vermutlich eine Geländemaschine, beim

Überrollen des Opfers auf seiner Kleidung hinterlassen hatte. Ismail El Gadouchi, der aufgrund seiner Drohungen unter Tatverdacht stand, bestritt vehement den Tatvorwurf. Er habe keinen Motorradführerschein und sei zur Tatzeit zu Hause gewesen. Seine Familie hat das bestätigt. Die Anklagebehörde tat sich damals bei der Auswertung der vorhandenen Beweismittel sehr schwer. Hinweise auf den Täter fehlten gänzlich. Das Ermittlungsverfahren gegen Unbekannt wegen unerlaubten Entfernens vom Unfallort und gefährlicher Körperverletzung wurde nach kurzer Zeit eingestellt.«

»Schau dir mal das Foto von der Spurenlage am Unfallort an«, sagte Heribert Piehl und deutete auf eine Stelle auf dem Bildschirm. »Auf der beigen Sommerjacke des Opfers sind eindeutig Reifenspuren zu erkennen. Auf unserem Foto aus El Gadouchis Schrankwand beleuchtet das Blitzlicht die Vordergabel, die Armaturen und den Vorderreifen so, dass das Profil erkennbar ist. Das muss die gesuchte Maschine sein. Aber wer war der Fahrer, der die Abgebrühtheit besessen hat, ein Foto von dem Opfer zu machen, bevor er sich aus dem Staub gemacht hat?«

»Das sieht mir danach aus, als hätte er ein Beweisfoto seiner Tat aufgenommen«, sagte Michael Wasserburger nach kurzem Überlegen. »Vielleicht war es eine Auftragsarbeit, so wie bei Schorsch' Daimler, und der Täter wollte seinem Auftraggeber Ismail El Gadouchi mit dem Bild die Durchführung der Tat bestätigen.«

»Und wie sollen wir ihm die Tat nach all den Jahren nachweisen?«, fragte Heribert Piehl.

»Das wird nicht einfach werden. Wir haben nur das Foto mit Datum und Vermerk auf der Rückseite. Eine positive Handschriftenanalyse wäre ein weiteres Indiz. Zumindest was die Anstiftung zur Tat angeht. Ich kenne jemanden beim ZKA, der das übernehmen könnte. Habt ihr bei der Wohnungsdurchsuchung noch andere Beweismittel sichergestellt, auf der sich El Gadouchis Handschrift befindet?«

»Unser Übersetzer durchforstet gerade seine Geschäftsordner«, sagte Piehl. »Da wir nicht wussten, was sich in den arabisch beschrifteten Ordnern befand, haben wir sie erst einmal zur Durchsicht sichergestellt.«

»Dann können wir zumindest die handschriftlichen Angaben auf dem Foto mit denen aus den Ordnern durch einen forensischen Handschriftenabgleich jagen. Eine Schriftenexpertise von einem Sachverständigen wird uns hoffentlich Gewissheit bringen, ob die Schriften aus ein und derselben Hand stammen. Sobald ich die Vergleichsproben habe, werde ich das Erforderliche veranlassen. Den Mistkerl bekommen wir!«, sagte Michael Wasserburger entschieden.

Freitag, 08. Januar 2016, 20.48 Uhr,
Rostock Warnemünde, Hotel Neptun, Sky-Bar.

Es war der letzte Abend, die Dienstreise neigte sich dem Ende entgegen. Doreen Fuchs und Doc Fog hatten eine besondere Überraschung geplant. Die beiden Rechtsmediziner erwarteten die anderen Ermittler in der Sky-Bar.

Aus vierundsechzig Metern Höhe hatten sie auch in der Winterzeit einen einmaligen Blick auf den Warnemünder Strand sowie auf die beleuchtete Stadt, und draußen auf der Ostsee waren die vorbeifahrenden Schiffe erkennbar – kurzum, es war eine traumhafte Atmosphäre, die eine Dienstreise unvergessen machte.

Mandy hatte sich fein herausgeputzt und zog sämtliche Blicke auf sich, als sie in ihrem schwarzen kurzen Cocktailkleid und hohen Lederstiefeln an der Seite von Maik den Aufzug verließ und lächelnd auf Günther und Schorsch zuging, die bereits vor dem Eingangsbereich der Bar auf die Rostocker Kollegen warteten.

»Oh, là, là, die Abendsonne geht auf«, sagte Günther bewundernd.

Gemeinsam betraten die Ermittler die Sky-Bar und begrüßten Doreen und Doc Fog.

Sie hatten einen großen runden Sechsertisch im hinteren Teil der Bar reserviert. Mandy nahm neben Günther Platz. »Heute ist doch ein Cocktailabend angesagt, wie mir Füchschen mitteilen ließ«, sagte sie leise, als müsse sie sich für ihre Aufmachung entschuldigen. »Wie lautet deine Bestellung?«

»Ich nehme einen Mandy-Tai ... äh Mai Tai, und du?«, fragte Günther.

»Ich denke, ich steige bei Piña Colada ein und höre bei Sex on the Beach auf.«

Günther quittierte ihre Entscheidung mit einem Lächeln.

Nachdem ihre Getränke serviert worden waren, schlug Schorsch mit dem Messer an sein Glas, um sich Gehör zu verschaffen.

»Ich möchte mich noch einmal für eure Bereitschaft zur Zusammenarbeit bedanken«, sagte er und sah die Rostocker Kollegen an. »Es war durchaus sinnvoll, das Tatgeschehen noch einmal vor Ort Revue passieren zu lassen. Besonders der Exkurs durch unsere beiden Rechtsmediziner war sehr aufschlussreich. Eigentlich wollte unser Kommissariatsleiter Schönbohm die Dienstreise mit uns gemeinsam durchführen, da er nicht nur großes Interesse an der Fallaufklärung hat, sondern auch das Hotel Neptun unbedingt einmal sehen wollte. Er wird sich sicher ärgern, dass wir zwei Nächte in genau diesem Hotel verbringen durften. Aber er wäre kein guter

Kommissariatsleiter, wenn er nicht bei jeder Dienstreise an die Gastgeschenke denken würde.«

Schorsch holte eine Tüte unter dem Tisch hervor.

»Ich möchte jedem von euch in seinem Namen ein Mitbringsel aus seiner Heimat, der Oberpfalz, aushändigen, und mich zugleich mit einem Gruß aus Franken von mir und meinen Kollegen bei euch bedanken.«

Er griff in die Tüte und holte drei Bocksbeutel heraus, an deren Flaschenhals sich jeweils ein in Geschenkpapier verpackter Würfel befand, und überreichte sie den Rostocker Kollegen. Kurz darauf hielt jeder von ihnen amüsiert einen »Yolk Fish Eiertrenner« in der Hand.

Dann öffnete Doreen Fuchs ihre Umhängetasche und packte vier kleine schwarze Schachteln in der Größe eines Kugelschreiberetuis aus.

»Wenn wir schon dabei sind, mache ich gleich weiter«, sagte sie. »Rechtsmediziner sind ja bekanntlich recht ungewöhnliche Menschen, die sich Tag und Nacht mit dem Tod desjenigen befassen, der gerade auf ihrem Tisch liegt. In eurem Fall haben wir uns etwas ganz Besonderes einfallen lassen. Etwas, das wir euch bis jetzt verschwiegen haben. Alois und ich hatten ja annähernd das gleiche Verletzungsbild an den vier Opfern festgestellt. Gut, bei den Morden in Franken kam noch Säure dazu, bei uns haben die Aale und Krebse etwas nachgeholfen. Aber alle Opfer wurden in Body Bags entsorgt.« Doreen Fuchs machte eine bedeutungsvolle Pause. »Um auf den Punkt zu kommen: Wir sind beide zu dem Schluss gekommen, dass die Mädchen mit einem ›Wartenbergrad‹ gefoltert und verstümmelt worden sind. Dieses medizinische Instrument kommt normalerweise bei der neurologischen Untersuchung zur Schmerzwahrnehmung zum Einsatz. Heute wird es jedoch medizinisch kaum noch eingesetzt. Verwendung findet es dafür zusehends im BDSM-Bereich. Das Nadelrad mit seinen stern-förmig angeordneten spitzen Stiften wird dabei zur Schmerz- und Lustempfindung über die Haut gerollt. Je heftiger man es auf die Haut drückt, desto tiefer dringen die Nadeln in die Haut ein und erhöhen den Schmerz. Das Wartenbergrad ist vergleichbar mit einem Teigausstecher, den wir üblicherweise in der Weihnachtszeit verwenden.«

Doc Fog öffnete eine der Pappschachteln und entnahm die-ser ein solches Rad. »Wir alle haben in den letzten beiden Tagen den außerordentlich schwarzen Humor meiner Kollegin ken-nengelernt«, sagte er schmunzelnd. »Entsprechend konnte ich ihr dieses makabre Gastgeschenk auch nicht ausreden. Wir ha-ben es mit einem außergewöhnlichen Fall zu tun, der uns über Ländergrenzen hinweg beschäftigt und die abscheuliche Tat an den Opfern unvergesslich macht.«

Doreen Fuchs deutete auf die Gravur. »›MOKO Body Bag 2015 N-HRO‹«, las sie. »Für die Städtenamen fanden wir kei-nen Platz, daher mussten wir auf die Autokennzeichen zurück-greifen.

Nach dem Essen zog Mandy Günther zur Tanzfläche. Als hätte sie es gewusst, wurde das laufende Lied in dem Moment, als sie die Fläche betraten, durch die Blues-Runde abgelöst. Das gedämpfte Licht und das Flackern des Discoballs vermittelten eine romantische Atmosphäre.

»Mandy, welches Parfüm, verrate mir doch bitte den Na-men!«

»Also Günther«, flüsterte sie ihm ins Ohr, »ist Sex on the Beach heute noch angesagt, dann verrate ich dir auch den Na-men.«

Das war eine klare Ansage. Günther, der den ganzen Abend gemeinsam mit Mandy die Cocktailkarte ausgetestet hatte, war zwar ein klein wenig beschwipst, aber dieser Hinweis ließ natürlich sein Männerherz höherschlagen. Diese Frau wollte mehr von ihm, das war offensichtlich.

Er drückte Mandy an sich und flüsterte ihr ins Ohr: »Aber dann sollten wir das vertraulich behandeln, muss ja nicht gleich jeder mitbekommen. Heimfahren könntest du ja sowieso nicht mehr, da muss ich dir ja einen kollegialen Schlafplatz anbieten.« Er küsste ihr linkes Ohrläppchen. »Wir warten ab, bis sich die Runde auflöst. Wir geben dann vor, noch einen kurzen Absacker zu trinken. Wollen wir das so machen?«

Mandy biss Günther ins rechte Ohrläppchen und meinte: »Vielleicht sollten wir uns heute noch mit dem Einsatz solch eines Wartenbergrads auseinandersetzen.«

»Das ist ein sehr guter Vorschlag, das wird quasi eine dienstliche Nachbearbeitung der Dienstreise. Ich bin dabei!«

Samstag, 09. Januar 2016, 07.44 Uhr,
Rostock Warnemünde, Hotel Neptun, Zimmer 996

Günther hatte eine kurze Nacht hinter sich. Als am Vorabend das Sammeltaxi vor der Tür des Hotels gestanden hatte, um die Rostocker Kollegen sicher nach Hause zu bringen, hatten er und Mandy wie vereinbart vorgegeben, noch einen Absacker an der Bar zu nehmen. Und um keine Spekulationen bei den Franken aufkommen zu lassen, ob nun Günther die Nacht allein oder mit der hübschen Mandy verbracht hatte, entschloss sich die Kommissarin, noch vor dem Frühstück das Hotel zu verlassen.

Schorsch war überrascht, dass seine Wohnungstür unverschlossen war. Der Grund dafür war schnell ermittelt: Rosanne hatte sich, nachdem Schorsch ihr mitgeteilt hatte, wann er wieder in Nürnberg eintreffen würde, eine kleine Versöhnungsüberraschung ausgedacht.

Mucksmäuschenstill lag sie in der Badewanne und lauschte dem knarrenden Parkettboden, als Schorsch jedes Zimmer seiner Wohnung abschritt. Der sinnliche Duft des Badezusatzes mit Lavendel, Moschus, Akazienblüten und Bergamotte lockte ihn geradewegs in Richtung Badezimmer. Vorsichtig öffnete er die Tür.

»Na, mein Lieber, wieder heil im Frankenland angekommen?«, sagte Rosanne. »Die lange Autofahrt hat dich sicher sehr mitgenommen. Was hältst du von einem Entspannungsbad?«

Bei diesem Angebot konnte Schorsch nicht widerstehen. Er schlüpfte schnell aus seinen Klamotten und ließ sich langsam in die Eckbadewanne hineingleiten, wo ihn Rosanne mit einem Begrüßungskuss empfing.

Das Entspannungsbad zeigte seine Wirkung, denn nachdem sie sich über die letzten vergangenen Wochen ausgesprochen hatten, war nun das Licht am Ende des Tunnels für beide wieder klar erkennbar. Der psychische Druck aufgrund der Krebserkrankung von Rosannes Mutter hatte sich gelegt, die Knochenmarkspende schien angeschlagen zu haben. Noch einmal entschuldigten sie sich beieinander und bekundeten ihr jeweiliges schlechtes Gewissen am Beitrag der Streitigkeiten.

»Lass uns die verlorenen Weihnachtstage nachfeiern«, schlug Rosanne vor. »Dein Weihnachtsbaum nadelt zwar schon ein wenig, aber ich habe vorhin festgestellt, dass noch ein Geschenk darunter liegt.«

Es war kurz nach neunzehn Uhr, als Rosanne Schorsch' Bildband in der Hand hielt.

»Es soll unser Weg werden, denn, was Du auf Deiner Reise nach Santiago noch nicht weißt: Wenn Du Dich einmal dazu entschlossen hast, den gelben Pfeilen – Deinen Wegweisern – zu folgen, so wirst Du es für den Rest Deines Lebens tun«[*], las sie vom Umschlagtext vor. »Ich freue mich schon riesig auf den Camino. Und jetzt los, Leo wartet auf uns, ich habe um halb acht einen Tisch für uns bestellt.«

---

[*] Quelle: »Esperanza Santiago«, Guido Lenssen, Lammerich Verlag 2014

29. Kapitel

Während Schorsch Horst von der Dienstreise nach Rostock berichtete, betraten Michael Wasserburger und Gunda ihr Büro. Schorsch begrüßte die beiden und schlug vor, bei der für neun Uhr anberaumten Besprechung alle Kollegen im Beisein von Günther über die Ermittlungsergebnisse in Rostock zu informieren.

»Was gibt es bei euch Neues?«, fragte er.

»Wir haben ein Ergebnis aus Birmingham«, sagte Michael Wasserburger und deutete auf die gelbe Umlaufmappe, die er in der Hand hielt. »Simon Kenneth hat mir bereits am Samstag das Phantombild auf meinen privaten Rechner geschickt. Sicher ist sicher.«

»Außerdem haben wir das Ergebnis von Bens Genom-LAB aus Haifa dem von Simon Kenneth gegenübergestellt«, fügte

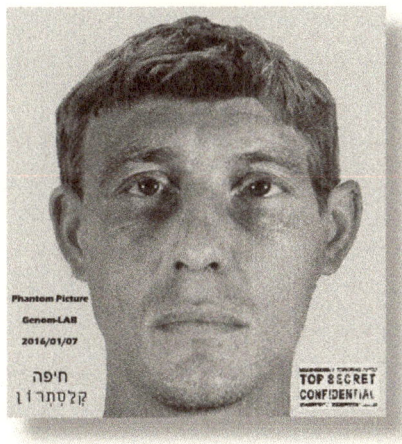
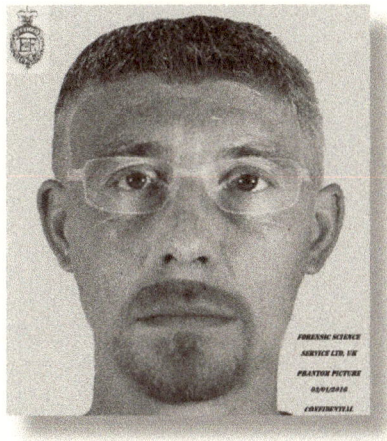

Gunda hinzu. Der Umlaufmappe, die sie bei sich trug, entnahm sie zwei Bilder und legte sie auf Schorsch' Schreibtisch.

Die Ermittler staunten nicht schlecht.

»Wahnsinn, die Bilder sind nahezu identisch«, stellte Schorsch fest. »Lediglich die Frisur unterscheidet sich geringfügig. Das ist unser Täter, exakt so sieht er also aus. Das britische Ergebnis bestätigt das der Israelis zu fast einhundert Prozent.«

»Es ist phänomenal, in welche Sphären die Wissenschaft heutzutage vorzudringen vermag«, ereiferte sich Gunda. »Und wir dürfen derartige forensische Errungenschaften offiziell nicht verwerten.«

Schorsch nickte bestätigend. »Jetzt wissen wir zwar, wie der Täter aussieht, aber eine Veröffentlichung über die Medien bleibt uns verwehrt. Das ist ärgerlich, denn die Ermittlungen gestalten sich ohne dieses Hilfsmittel schwierig, wenngleich …«

Er hielt inne und legte eine kurze Denkpause ein.

»Der ist mit Sicherheit schon mal aufgefallen«, sagte er schließlich. »Wir haben doch die Videoaufzeichnungen von den Internetcafés, die uns Günther besorgt hat. Und der Typ hat sich aus den Mülleimern der Geldinstitute die weggeworfenen Überweisungsträger besorgt. Glaubt mir, der macht das wieder, es ist nur eine Frage der Zeit. Ein Serientäter lässt nicht so schnell locker. Auch die Macht der Gewohnheit ist nicht zu unterschätzen. Eigenständiges Handeln auf der Grundlage ausgeprägter Gewohnheiten kommt immer schneller zustande als bewusstes Handeln. Denn gerade beim bewussten Handeln nehmen die notwendigen Überlegungen für die Planung und die Umsetzung mehr Zeit in Anspruch als ein spontan zustande kommendes und gewohnheitsmäßiges Reagieren. Denkt zum Beispiel an Konrad Lorenz: Er hat in seinen wissenschaftlichen Erhebungen herausgefunden, dass der Gewohnheitsdrang fest in unseren evolutionären Wurzeln verankert ist. Kurzum, der Mensch ist ein Gewohnheitstier.«

»Ein philosophisch wertvoller Satz, den wir in dieser Sache durchaus ernst nehmen sollten«, sagte Michael.

»Wie sollen wir weiter vorgehen?«, fragte Horst in die Runde.

»Wie wäre es, wenn wir den Bankangestellten und den Betreibern der Internetcafés die Phantombilder vorlegen?«, schlug Schorsch vor. »Wir müssen ja nicht gleich verraten, um welchen Tatbestand es sich handelt. Aber vielleicht ist unser Täter einem von ihnen schon mal aufgefallen, zum Beispiel als Kunde, an der Tankstelle oder im nahegelegenen Supermarkt. Wenn ja, weiß derjenige vielleicht, ob er allein oder in Begleitung war. Denn laut den jetzigen Erkenntnissen aus Rostock ist nicht auszuschließen, dass es zwei Täter gibt, die sich kennen, da ihre Vorgehensweise nahezu identisch ist. Es könnte eine engere Verbindung zwischen ihnen vorliegen, oder sie könnten einfach Freunde sein. Die Planung einer solchen Tat teilt man doch nur mit der Person, zu der man absolutes Vertrauen hat.«

»Ein guter Ansatz«, lobte Michael. »Aber was machen wir, wenn wir den Täter tatsächlich anhand des Phantombildes ergreifen sollten? Dann kommen wir in Erklärungsnot, wie wir zu dem Bild gekommen sind. Die Fragen der Journalisten und natürlich der Klatschpresse würden unseren Beruf ins schlechte Licht rücken. Jeder Medienvertreter würde das Zauberwort ›Rechtsstaatlichkeit‹ rauf und runter spielen. Auf dieses Terrain können wir uns nicht begeben.«

»Da bin ich mit Michael einig«, sagte Gunda. »Das ist ein verdammt heißes Eisen, davon sollten wir lieber die Finger lassen. Wir wissen zwar jetzt, wie der Täter aussieht, aber wir wären nur zweiter Sieger, wenn die Sache ans Licht kommen würde. *C'est la vie.*«

»Und wenn uns oder der Staatsanwaltschaft das Phantombild über Umwege oder von einem investigativen Journalisten der ›Süddeutschen‹ oder des ›Spiegel‹ zugespielt worden wäre?«, schlug Horst vor.

»Wie willst du einem investigativen Journalisten das Phantombild vorlegen und ihm glaubhaft eine gute Story vermitteln, auf die er anspringt? Daran scheitert es doch schon. Das Bild landet nach dem Posteingang sofort im Papierkorb«, gab Gunda zu bedenken.

Schorsch rieb sich mit der rechten Hand das Kinn. »Und wenn wir die Sache verdeckt angehen?«, fragte er.

»Wie meinst du das?«, fragte Michael Wasserburger.

»Wir könnten die Gesichtsdaten biometrisch vermessen lassen und sie in der Gesichtsfelderkennung in der Datenbank bei Interpol abgleichen. Als Grund für diese Abfrage müssten wir einen Hinweis schalten, dass es sich auf dem Foto um eine Person handelt, die verdächtigt wird, Banken auszubaldowern, um sie zu überfallen. Unser Handeln wäre also eine präventive Maßnahme. Wenn es dann eine Matchmeldung gäbe, hätten wir den Täter.«

»Wir checken sein Alibi zur Tatzeit, vergleichen seine DNA, das volle Programm«, sagte Horst. »Und wenn jemand einen guten Kontakt zur Bundesdruckerei hat, dann böte sich dort die Möglichkeit, die vorliegenden biometrischen Daten des Mörders mit deren Bilddatei abzugleichen, im Klartext: Die dort gespeicherten Lichtbilder von beantragten Personalausweisen und Reisepässen mit den vorliegenden biometrischen Daten der Israelis und der Briten mit abzugleichen.«

»Wenn sich unser Täter, der ja aus Süddeutschland kommen soll, dort in den letzten Jahren ein Ausweispapier ausstellen lassen hat, wäre das ein Megaerfolg für uns«, warf Michael ein.

Schorsch klopfte sich auf seinen rechten Oberschenkel und

grinste zufrieden in die Runde. »Gleichzeitig könnten wir den Datenschutz gewaltig mit Füßen treten.«

»Das spricht zwar alles gegen rechtstaatliches Handeln und jeder von uns macht sich eines Dienstvergehens schuldig, aber es soll ja sozusagen nur als wissenschaftliche Studie gelten, die auf keinen Fall an die Öffentlichkeit kommen darf – quasi ein geheimes und einmaliges Erkenntnisprojekt über die DNA-Aufschlüsselung 2016«, sagte Gunda.

»Genau richtig erkannt«, stimmte ihr Michael zu.

»Sehe ich auch so, mitgefangen, mitgehangen.« Horst sah nickend in die Runde.

»Ich könnte mir vorstellen, dass diese Idee nicht neu ist«, sagte Schorsch. »Wenn die forensische Wissenschaft heutzutage mit der Aufschlüsselung des DNA-Strangs solche Fortschritte erzielt, dann werden diese Erkenntnisse auch umgesetzt. Zwar nicht bei den Strafverfolgungsbehörden, aber bei den Nachrichtendiensten. Ich werde meinen Freund Ben in einem Vieraugengespräch mal ein bisschen ausquetschen, vielleicht kann er uns ja einen kleinen Tipp geben, um unser Projekt nach außen hin wasserdicht zu machen. Denn auf ein Disziplinarverfahren ist ja wohl keiner von uns scharf.«

Montag, 11. Januar 2016, 10.44 Uhr,
irgendwo in Franken, Skype-Gespräch ankommend

»Hallo Bruder, wie geht es dir? Schon lange nichts mehr gehört. Keine neuen Bilder oder Videos in der Cloud hinterlegt, was ist los mit dir? Haben die Escorts in Oberfranken aufgehört, ihre Dienste anzubieten? Du wolltest das neue Terrain für dich doch an Silvester erkunden und mir darüber berichten.«

»Grüße dich, es ist ein wenig aus dem Ruder gelaufen. Ich

hatte die Bestätigung für den ›Silvesterknaller2015‹ bereits, aber Xenia wurde überraschend krank. Die Agentur hat mir abgesagt. Jetzt fürchte ich, dass alles auffliegt. Ich meine den Zahlungseingang bei der Agentur. Entweder hat der Kontoinhaber den unberechtigt überwiesenen Zahlungsbetrag nach den Feiertagen bemerkt, oder die Agentur hat ihn zurückgesandt und ihn damit auf die Kontobewegung aufmerksam gemacht. Er wird die Buchungen bei seiner Bank reklamieren und um deren Aufklärung bitten.«

»Mist, das könnte in den nächsten Wochen brenzlig werden. Lass erst einmal Gras über die Sache wachsen und halte dich zurück. Aber zu deinem Trost: Bei mir ist auch etwas schiefgelaufen.«

»Was ist passiert?«

»Am Wochenende gab es im ›Ostsee-Express‹ einen Bürgeraufruf für sachdienliche Hinweise zu einem Mord an einem Escort-Girl.«

»Diese Pia?«

»Genau. Mensch, ich hab die wirklich weit rausgebracht, um zu verhindern, dass mich eine Landratte sieht, wenn ich sie Neptun übergebe. Aber ein Krabbenfischer hat sie in den frühen Morgenstunden mit seinem Netz gehoben. Scheiße, die lag gerade mal fünf Tage im Salzwasser.«

»Ist doch egal. Selbst nach fünf Tagen wird sie schon Bekanntschaft mit Aasfressern gemacht haben. Da ist vermutlich nicht mehr viel übrig. Und was sollte der Bürgeraufruf?«

»Na ja, das Übliche. Sachdienliche Hinweise, ob jemand in der Zeit vom 09. bis zum 15. vor Kühlungsborn ein Schlauch- oder Paddelboot gesehen hat. Eigentlich eine blöde Frage, da dort doch ständig Fischer unterwegs sind. Wieso grenzen die das nur auf Schlauch- und Paddelboote ein?«

»Kann ich dir beantworten. Fischkutter oder andere Pötte haben ein Radargerät an Bord, das mit dem internationalen Seenot-rettungsdienst verbunden ist. Die Küstenwache zeichnet alle Schiffsbewegungen auf Wasserstraßen innerhalb und außerhalb der Dreimeilenzone, also bis zu zehn Seemeilen, auf. Dabei loggen sich die Schiffe in einem gewissen Radius in deren Ortungs- und Sicherheitssystem ein. Die Bullen der Küstenwache haben vermutlich schon alle zum damaligen Zeitpunkt rund um den Fundort verkehrenden Schiffe überprüft. Du mit deinem Motor-boot fällst da nicht drunter, wenn dich keiner beim Einladen des Body Bags und bei der Rückkehr zur Mole gesehen hat. Oder ist dir irgendein Fehler unterlaufen? Versuch, dich zu erinnern.«

»Nein, alles im Lot. Der ›Ostsee-Express‹ hat noch keine detaillierten Angaben veröffentlicht. Ich warte jetzt erst einmal ab und schau mir andere Plattformen an. Stettin ist ja nicht weit entfernt. Die Polen haben das Geschäft mit den Begleit-damen offensichtlich auch schon entdeckt. Die bieten ihren Service sogar in sieben Sprachen an. Schau dir mal die Web-seite *www.eskapady-rok.pl* an. Das könnte unser neues Revier werden. Wir haben offene Grenzen, die Mädels kommen auch auf Bestellung. Und sie sind wesentlich günstiger als bei uns. Die bekommst du schon für fünfzig Euro die Stunde – und da sind wirklich absolute Knallerfrauen dabei.«

»Ich bin gerade auf der Seite. In der Tat ein Geheimtipp, die Preise phänomenal und eine riesige Auswahl. Da ist alles dabei von Soft bis BDSM. Aber die kannst du nur in Polen treffen und mit der Bezahlung läuft es genauso wie in Deutschland, Kredit-karte, PayPal oder Überweisung. Der Vorteil von Auslands-überweisungen ist sogar noch größer, denn wenn jemand die Abbuchung von seinem Konto bemerkt und reklamiert, dau-ern die Rückbuchungen aus dem Ausland länger. Aber wo willst du die Mädchen hinbestellen? Wir brauchen einen siche-ren Ort. Im Hotel hinterlässt man Spuren.«

»Ideal wäre ein Ferienhaus. In Polen bekommst du die sogar, ohne deine wahre Identität preisgeben zu müssen. Alles, was zählt, ist Bares. Ich fahre jetzt seit drei Jahren regelmäßig auf die Halbinsel Hel, die circa zwanzig Kilometer nördlich von Danzig liegt. Man nennt sie auch das neue Sylt an der Ostsee. Super Strände und viele Ferienhäuser, die teilweise geschützt hinter den hohen Dünenreihen liegen. Ein idealer Ort, um unseren Gedanken freien Lauf zu lassen, zumal viele Deutsche dort verkehren, da die Halbinsel früher zu Deutschland gehörte. Der Ort ist als Urlaubsort sowohl bei den Polen als auch bei den Deutschen angesagt. Die Ferienhäuser und Appartements kann man von hier aus online, aber auch vor Ort buchen. Die Masse der polnischen Mädchen spricht deutsch oder englisch. Und glaub mir, wenn du denen noch zusätzlich mit ein paar Zweihundert-Zloty-Scheinen entgegenwedelst, machen die alles für dich.«

»Gebongt. Du hast mich überzeugt, Bruder. Wir fahren an die Ostsee. Das Risiko ist weit geringer als hier in Deutschland. Keine Registrierung unserer Namen, meine polnische Handynummer kann ich für die Kontakte dort beibehalten. Was wir brauchen, ist eine neue und überzeugende Identität, der Politiker wird verbannt. Der deutsche Unternehmer könnte gut ankommen …«

»Formaljuristisch wäre das eine Verabredung zu einem Verbrechen, also unsere konkludente Willenseinigung zur Ausführung einer in tatsächlicher Hinsicht konkretisierten Straftat.«

»Da kommt wieder dein Jurastudium zum Vorschein. Der Plan ist genial. Sei also weiter vorsichtig, wir sprechen uns, bis bald.«

Schorsch' Mobiltelefon klingelte. Ben Löbs Nummer erschien im Display.

»Ich weiß, die Parkplatzsuche ist um diese Zeit sehr schwierig bei uns. Wo bist du?«, fragte Schorsch ohne Begrüßung.

»Ich bin heute mit den Öffentlichen da, habe gerade die U-Bahn verlassen und bin in fünf Minuten bei dir. Ich hoffe, du hast das Bier schon kaltgestellt. Ich hab einen Plan für euch.«

»Bin gespannt, bis gleich«, sagte Schorsch und beendete die Verbindung.

Eine halbe Stunde später hatte Schorsch Ben dezidiert auf die rechtliche Problematik bei der Veröffentlichung des Phantombilds in Deutschland hingewiesen und ihn in seine Suche nach einem Lösungsweg, ein so wichtiges Beweismittel irgendwie verwenden zu können, eingeweiht.

»Das ist in der Tat eine heikle Geschichte«, räumte Ben ein. »Wenn das an die Öffentlichkeit kommt, seid ihr alle am Arsch. Deswegen habe ich mir etwas einfallen lassen. Wenn wir solch einen konkreten Hinweis als Non-Paper steuern, wird er entweder angenommen und jemand forscht nach der Glaubwürdigkeit oder er landet im Schredder.«

Auf Schorsch' fragenden Blick erklärte Ben ihm, was es mit diesem inoffiziellen Arbeitspapier auf sich hatte, das lediglich eine Aufzeichnung darstellte, die keinerlei bindenden Charakter hatte und somit keinen formalen und rechtlichen Status erwirken konnte. Denn obwohl ein Non-Paper nicht als offizielles Schriftstück bei Behörden und Organisationen registriert wurde, konnte es dennoch eine Innen- und Außenwirkung erzeugen. Die offizielle »Nichtexistenz« eines solchen Papieres war de facto eine juristische Fiktion.

»Unser gesteuerter Hinweis liefert also keinerlei Hinweise auf den Absender. Briefkopf, Unterschrift oder Stempel fehlen«, sagte Ben. »Damit unterscheidet sich das Papier von einer Erinnerungsnotiz, die auch keine Außenwirkung erzeugt, jedoch den eigentlichen Verfasser klar erkennen lässt. Das ist dann so, als würde man eine Zahnpastatube mit brisanten Inhalten ausquetschen. Die Geschichte ist bei bestimmten Personen und Behörden angekommen, die Sache ist raus und kann nicht mehr zurück in die Tube. Verstehst du? Der Hinweis soll lediglich eine Diskussions- und Arbeitsgrundlage für neugierige Journalisten bieten. Wenn nichts dabei rauskommt, haben wir zumindest den Versuch unternommen, mit dem Phantombild an die Öffentlichkeit zu kommen.«

»Wie soll das deiner Meinung nach konkret vonstattengehen?«, fragte Schorsch beeindruckt.

»Es gibt da ein besonderes Projekt unserer Medien: Der ›Norddeutsche Rundfunk‹ hat gemeinsam mit dem ›Westdeutschen Rundfunk‹ und der ›Süddeutschen Zeitung‹ eine Art Recherchekooperation, eine anlass– und themenbezogene Zusammenarbeit bei allen wichtigen Ereignissen, erwirkt. Wir könnten unsere ermittelten Erkenntnisse wie Aussehen, Größe, Augenfarbe et cetera über einen Serientäter bekanntgeben und den Tatort nicht weiter eingrenzen, sondern nur Bayern benennen, und dann mal abwarten, was passiert. Sollten die investigativen Journalisten aktiv werden und zum Beispiel die Staatsanwaltschaft in Süd- und Nordbayern damit konfrontieren, dann werdet ihr sowieso darüber informiert und mit möglichen Vorermittlungen betraut. Wenn man dem anonymen Papier keinerlei Beachtung schenkt, okay, dann war es das eben.«

Schorsch' Zustimmung war Ben gewiss. »Das Papier könnte eine gewisse Aufmerksamkeit bei den investigativen Pressefritzen hervorrufen. Bei denen läuft es ähnlich wie bei uns Kriminalisten ab. Auch hier sieht man sich anonyme Anzeigen genau an. Wenn sich herausstellt, dass der vorliegende Sachverhalt verifizierbar ist und ein konkreter Hinweis auf ein Vergehen oder Verbrechen vorliegt, werden tiefer gehende Abklärungen in der Sache eingeleitet.«

»Siehst du, genau so könnte das auch bei unserer Geschichte laufen«, hob Ben noch einmal hervor.

»Ich sehe die einzige Schwierigkeit in der Überzeugungskunst, gerade den Empfängern die erforderliche Wichtigkeit unseres Anliegens zu vermitteln. Nur allein mit dem Phantombild wird man unserem Non-Paper keinerlei Beachtung schenken«, konterte Schorsch. »Frag dich doch mal selbst, was du mit solchen Hinweisen anfangen kannst. Eigentlich nichts. Denn das Foto und die stichpunktartige Beschreibung des Täters ist den Leuten vermutlich erst einmal zu wenig Fleisch am Knochen. Und wenn Journalisten das Phantombild sehen, fragen die sich auch, wer so etwas überhaupt anfertigen kann. Der Verdacht fällt doch dann sofort auf die Polizei, die in deren Augen versucht, einen Hinweis zu steuern, der allem Anschein nach nicht nach rechtsstaatlichen Grundsätzen zustande gekommen sein kann, und die nun mit nicht legalen Mitteln an den Täter heranzukommen versucht.«

»Mag sein, Schorsch, aber wenn das Non-Paper aus dem Ausland gesteuert wird, der Absender aber nicht klar erkennbar ist, dann erweckt es mehr Neugierde, als wenn es in deren Pressepostfach in einem neutral frankierten Umschlag aus Deutschland vorgefunden wird.«

»Soll ich jetzt nach Luxemburg fahren und von dort aus eine E-Mail oder ein Fax an die Journalisten schicken?«, fragte Schorsch.

»Ich habe einen besseren Vorschlag«, erwiderte Ben. »Ich bin kommende Woche in Tel Aviv und erledige das von dort aus für dich. So dürfte kein Verdacht auf die bayerische Polizei fallen. Eine Recherche darüber, woher das Phantombild stammt, würde sowieso ins Leere laufen. Es ist unmöglich, anhand der Vielzahl von Gen-Laboren den Ersteller des Bildes zu ermitteln.«

»Gut, von mir kommt das Papier ja nicht, aber … warte mal, mir fällt da gerade was ein, was uns die Sache erleichtern könnte«, sagte Schorsch. »Ich hole uns erst einmal einen Single Malt, bevor ich loslege.«

Kurz darauf saßen die beiden Ermittler vor dem elektrischen Kaminfeuer. Für einen Moment genossen sie schweigend die Wärme und das Aroma des Whiskys.

»Wir haben bei uns in Nürnberg einen extravaganten Journalisten, Rolf Müller vom ›Nürnberger Express‹, unter Kollegen auch der rasende Rolf genannt«, sagte Schorsch schließlich. »Der wittert hinter jeder spannenden Kriminalgeschichte seinen durchbrechenden Erfolg als Kriminalreporter, der ihn über die Grenzen Frankens hinweg bekannt machen wird. Wenn wir Müller das Phantombild zuleiten und es noch ein wenig mit den alten Schlagzeilen von den drei Escort-Morden aufpeppen, macht er daraus eine Story und veröffentlicht unser Phantombild. Da bin ich mir ziemlich sicher. Müller ist sehr erfolgsorientiert und verkauft seinen Lesern gern seine überaus wichtigen Ermittlungen und Recherchen. Wir müssen ihm nur glaubhaft darlegen, dass allein der ›Express‹ unter seiner Federführung Licht in diese dunkle Geschichte bringen und damit zur Aufklärung des Verbrechens beitragen kann. Unter diesen Gesichtspunkten wäre Müller der Polizei sogar noch einen Schritt voraus, weil nur ihm exklusiv das Phantombild vorliegt.«

»Schorsch, das ist es!« Ben war begeistert. »Wenn Müller mitspielt, könnten sich eure Bauchschmerzen in dieser heiklen Angelegenheit erst einmal minimieren. Ich werde dir dabei helfen. Hast du die genaue Anschrift vom rasenden Rolf?«

»Den findest du ganz einfach auf der Webseite des ›Nürnberger Express‹. Er stellt sich da als Polizeireporter vor.«

30. Kapitel

Ismail El Gadouchi hatte um einundzwanzig Uhr ins Nebenzimmer der Shisha-Bar geladen. Denn vor zwei Tagen hatte
der Strafverteidiger Rasith Bin Al-Saud Akteneinsicht in das
Ermittlungsverfahren seines Sohnes Abdul erhalten. Man war
daher gespannt, was die Polizei bisher ermittelt hatte.

El Gadouchi begrüßte seine Gäste in arabischer Sprache,
dann nahm er auf den am Boden ausgelegten Polstern Platz,
griff das Mundstück einer Wasserpfeife und inhalierte den
Rauch des schwarzen Afghanen. Er sah Bin Al-Saud auffordernd an.

Dieser holte eine Ermittlungsakte aus seiner Umhängetasche
und übergab sie El Gadouchi.

»Sicher habt ihr alle mitbekommen, dass diese Hurensöhne
meine Tochter Ayasha, meinen Schwiegersohn Abass und meinen einzigen Sohn Abdul eingesperrt haben«, sagte Ismail El
Gadouchi und blätterte in der Ermittlungsakte. »Verantwortlich dafür ist ein gewisser Heribert Piehl. Dann gibt es noch
eine Elke Ullrich und einen Egon Walz, beide Rauschgiftfahnder. Diese Ungläubigen haben meine Familie zerstört, ausein-
andergerissen. Ich möchte die Namen künftig auf keinem Papier bei den Bullen mehr zu lesen bekommen. Findet heraus,
wie die aussehen. Das Internet vergisst ja gewöhnlich nichts.
Irgendwo sind diese Leute zu identifizieren, sei es in einer Pressemitteilung, in einem Sport– oder Männergesangsverein, im
Lions Club oder in sozialen Netzwerken. Und noch ein kleiner
Tipp: Es gibt nur einen Zufahrtsweg zu deren Dienststelle.«

El Gadouchi nahm einen tiefen Zug aus seiner Wasserpfeife, blickte nach oben zur Decke des Raumes, inhalierte das Rauschgift genüsslich und stieß es kurz darauf geräuschvoll wieder aus.

»Und bevor ich es vergesse: Euer Auftrag ist erst zu Ende, wenn wir auch den zuständigen Staatsanwalt, einen gewissen Dr. Menzel, von der Unschuld meiner Kinder überzeugt haben – und zwar vor der Gerichtsverhandlung«, fügte er mit glasigen Augen hinzu. »Ich verlasse mich auf euch, denn das bin ich meinen Kindern schuldig, Allahu akbar.«

Ismail El Gadouchi stand auf, gab Bin Al-Saud seine Ermittlungsakte zurück und zückte ein graues Kuvert aus seiner Jackentasche, das der Strafverteidiger sichtlich dankbar annahm.

»Die El Gadouchis haben schon immer das bekommen, was sie wollten, und das verteilt, was jemand anderes verdient hat«, schloss Ismail El Gadouchi.

Mittwoch, 24. Januar 2016, 11.36 Uhr,
Polizeipräsidium Mittelfranken, K11

Gunda, Michael, Robbi und Horst saßen wartend in der Besprechungsecke, als Schorsch das Büro betrat.

»Häng bitte das ›Bitte nicht stören‹-Schild an die Tür«, sagte Gunda. »Was ist denn mit deiner Nase passiert?«, fragte sie überrascht, als sie Schorsch von Nahem betrachtete.

»Ach, ich glaube, das hört nie auf. Ich habe am Wochenende mal wieder eine raue Stelle auf meinem Nasenrücken festgestellt und komme soeben von meinem Dermatologen. Präkanzerose … aber es geht schon wieder«, erklärte Schorsch seine Verspätung.

»Prä… was?«, fragte Michael.

»Verhornungsstörung der Haut, eine Vorstufe zum weißen Hautkrebs. Und weil ich vor zwei Jahren schon mal mit dieser Diagnose konfrontiert wurde, bin ich sensibilisiert, deshalb gehe ich alle halbe Jahre zum Screening. Das sollte jeder ab Fünfzig mindestens einmal im Jahr durchführen, darüber berichtet doch regelmäßig die Rentner-Bravo.«

»Die was?«, fragte nun Robbi.

Schorsch amüsierte sich köstlich. »Die Apotheken-Umschau«, erklärte er.

»Das stimmt, mit Krebs ist nicht zu spaßen, ich gehe auch regelmäßig zur Vorsorge«, sagte Gunda, um die Blicke der Kollegen von Schorsch' Nasenrücken abzulenken.

»Aber ich will euch nicht mit meinen Krankheiten quälen«, sagte Schorsch, nachdem er sich zu den anderen an den Besprechungstisch gesetzt hatte. »Auf was wartet ihr eigentlich?« Er sah belustigt in die Runde.

»Wir haben heute Morgen etwas Interessantes und zugleich Erschreckendes reinbekommen«, sagte Michael Wasserburger.

11.41 Uhr, Staatsanwaltschaft Nürnberg-Fürth

Oberstaatsanwalt Dr. Menzel griff zum Telefon und drückte die Kurzwahltaste 7, die eine Verbindung zum Telefonanschluss von Heribert Piehl aufbaute.

»GER Nordbayern, Walz«, hörte er kurz darauf zu seiner Überraschung.

»Hallo, Herr Walz, Menzel hier. Vertreten Sie heute wohl Herrn Piehl?«

»Ach, Sie wissen es noch nicht? Heribert Piehl liegt seit heute Nacht auf der Intensivstation des Südklinikums. Er wurde gestern Abend in seiner Garageneinfahrt überfallen, niedergestochen und schwer verletzt.«

»Um Gottes willen!«

Es dauerte eine Weile, bis der Staatsanwalt die Sprache wiederfand. »Wann ist das passiert, das ist ja entsetzlich!«

»Gestern Abend, als er gegen zweiundzwanzig Uhr dreißig von seinem wöchentlichen Schachabend nach Hause gekommen ist«, berichtete Walz. »Die Täter haben ihm wohl aufgelauert. Heribert hatte einen Schutzengel, sonst wäre er heute nicht mehr am Leben. Eine Nachbarin, die vermutlich kurz nach dem Überfall ihren Hund ausführte, hat sofort reagiert und den Rettungsdienst alarmiert. Sie ist selbst Ärztin und hat die ersten Notfallmaßnahmen eingeleitet. In der Klinik wurde er ins künstliche Koma versetzt. Von den Tätern fehlt jede Spur.«

»Wer kann das gewesen sein?«, fragte Dr. Menzel mit brüchiger Stimme. Seine Fassungslosigkeit war ihm deutlich anzuhören.

»Dem ersten Anschein nach könnte es sich um einen Raubüberfall handeln, da Heriberts Armbanduhr und seine Geldbörse samt Dienstausweis und Scheckkarten fehlen«, erwiderte Walz. »Ich frage mich, warum es gerade ihn getroffen hat. Wenn jemand richtig Kasse machen will, dann sucht er sich doch einen wohlhabenden Unternehmer und keinen Beamten aus.«

»Das ist wirklich merkwürdig«, sagte Dr. Menzel nachdenklich. »Vielleicht sollte es nur wie ein Raubüberfall aussehen.«

»Sie vermuten einen Racheakt, der als Raub vorgetäuscht wurde?«

»Zum Beispiel«, sagte Dr. Menzel. »Wissen Sie, Herr Walz, ich habe heute Morgen Post vom Ermittlungsrichter erhalten, deswegen wollte ich Herrn Piehl sprechen. Es gibt Neuigkeiten im Ermittlungsverfahren Abdul El Gadouchi und Abass Kaboua. Bei der Durchsuchung von Gadouchis Anwesen haben wir doch ein Foto entdeckt, auf dem ein Opfer zu sehen ist, das mit einem Motorrad überrollt wurde. Sie wissen schon, das Foto mit dem Vermerk auf der Rückseite.«

»Die Unfallflucht. Ja, ich weiß Bescheid«, erwiderte Walz.

»Der Verdacht, dass Ismail El Gadouchi irgendwas mit der Sache zu tun hat, konnte ja bis heute nicht ausgeräumt werden. Der Fall lag als *Cold Case* im Archiv. Und jetzt halten Sie sich fest, Herr Walz. Bisher sind wir vom Tatbestand der gefährlichen Körperverletzung ausgegangen. Vorgestern ging das Gutachten der angeforderten Schriftprobenanalyse von Ismail El Gadouchi bei uns ein. Die wissenschaftliche Abteilung beim Zollkriminalamt hat die Schriftzüge auf dem sichergestellten Foto mit den vorgefundenen handschriftlichen Aufzeichnungen bei Ismail El Gadouchi begutachtet. Herr Walz, die sind konform, die stimmen überein! Ich gehe daher fest davon aus, dass Ismail El Gadouchi den Käufer des alten Schleusenhauses aus Hass und Habgier umbringen wollte. Ich werde das damalige Ermittlungsverfahren gegen Unbekannt wegen Körperverletzung und unerlaubten Entfernens vom Unfallort neu aufrollen. Ich bin mir ziemlich sicher, dass wir es mit einem versuchten Tötungsdelikt zu tun haben, und habe schon einmal ›rosarot‹ in meiner Umlaufmappe liegen, dieser Haftbefehl soll in Kürze von den K11ern vollstreckt werden.«

»Das klingt interessant, Dr. Menzel. Wenn wir den alten El Gadouchi in die U-Haft einfahren lassen, wird der algerische Clan endlich gesprengt werden. Unsere Vermögensabschöpfer sind derzeit immer noch dabei, die undurchsichtigen Geldströme seines Schwiegersohnes zu durchforsten. Neben den gewaschenen Drogengeldern, die er überwiegend in alten Immobilien angelegt hat, liegt zudem der Verdacht nahe, dass Abass Kabou im Hawala-Banking aktiv war. So hat er Gewinne aus den Drogengeschäften nicht nur vertraulich und kostengünstig nach Algerien transferiert, Kaboua verlieh auch Geld an seine Landsleute. Hierzu bediente er sich eines vertrauten Clan-Mitglieds, Rasith Mohammad, der Inhaber des Orient-Bazars in der Dr.-Mack-Straße in Fürth. Mohammad nahm dabei die Funktion des Hawaladar ein, also des Händlers, der die Geldströme von A nach B transferierte. In Deutschland ist das Hawala-Banking ohne Genehmigung und Kontrolle der BaFin strafbar, somit haben wir erneut einen Straftatbestand für Ihre Anklageschrift.«

»Gut, Herr Walz, aber erst einmal steht die Genesung von Piehl im Vordergrund. Sobald er aus dem Koma erwacht ist, möchte ich ihn in der Klinik besuchen. Halten Sie mich bitte über seinen Zustand auf dem Laufenden«, sagte der Oberstaatsanwalt und beendete das Gespräch.

12.02 Uhr, Polizeipräsidium Mittelfranken, K11

Schorsch und sein Team waren geschockt, als sie von Gunda, die in dieser Woche den Bereitschaftsdienst im K11 absolvierte, Details über den Überfall auf Heribert Piehl erfuhren. Erkenntnisse, wer hinter der Tat steckte, gab es nicht. Alle hofften auf Ergebnisse der Tatortsicherung und der Kriminaltechnik, die bereits dabei waren, das erste Spurenbild vom Tatort auszuwerten.

Der Überfall auf Heribert Piehl war jedoch nicht die einzige Überraschung an diesem Mittwochvormittag. Der »Nürnberger Express« hatte in der heutigen Ausgabe ein Phantombild veröffentlicht, das einen mutmaßlichen Täter zeigte, der für die Serienmorde an Prostituierten in den vergangenen Wochen verantwortlich sein sollte.

Nach vorliegenden Quellen des Polizeireporters Rolf Müller

sollte es sich um einen Deutschen um die Mitte vierzig handeln, der circa einen Meter achtzig groß sei, blonde Haare und grüne Augen habe. Müller behauptete in seinem Artikel, dass seiner Tageszeitung exklusiv ein Phantomfoto zugespielt worden sei, das in einem Bürgeraufruf weitere sachdienliche Hinweise bringen solle. Angaben über die Quelle dieser außergewöhnlichen Information machte Müller aus Geheimhaltungsgründen nicht, da sein Quellenschutz oberste Priorität genieße und er sich deshalb auf sein Zeugnisverweigerungsrecht gemäß § 53 Abs. 1 Nr. 5 der Strafprozessordnung berufe. Er unterstrich dies mit der Anmerkung, dass er sich vollumfänglich auf den sogenannten Pressekodex berufe und die journalistisch-ethischen Grundregeln in dieser brisanten Mitteilung *expressis verbis* gewahrt habe.

Ihr Plan war aufgegangen. Sie konnten dem Reporter dankbar sein, dass er an die Öffentlichkeit gegangen war. Hinsichtlich drohender Disziplinarverfahren hatten sie nun nichts mehr zu befürchten. Es würde kein Verdacht auf mögliche Strafverfolger fallen. Ben Löb hatte ihr selbst gestricktes Non-Paper *par excellence* gesteuert und der rasende Rolf war sofort auf den Zug aufgesprungen.

»Wir werden den Kerl fassen«, sagte Schorsch entschlossen. »Es ist nur eine Frage der Zeit, bis die Falle zuschnappt und unser Phantom entschlüsselt wird.«

14.07 Uhr, Polizeipräsidium Mittelfranken, K11

Schönbohm hatte sein K11-Team in den großen Besprechungsraum beordert. Auch Polizeipräsident Dr. Mengert und Dr. Menzel waren anwesend.

»Liebe Kollegen, wie wir bereits durch den Kriminaldauerdienst erfahren haben, wurde gestern Nacht der Leiter der GER

Nordbayern, Heribert Piehl, vor seinem Anwesen in Kornburg überfallen und niedergestochen«, begann Schönbohm, als alle Platz genommen hatten. »Den Fall habe ich heute Morgen Frau Vitzthum übertragen. Der Kollege liegt auf der Intensivstation und ist noch nicht außer Lebensgefahr. Das erst einmal informativ, ich übergebe nun an Dr. Menzel.« Er deutete dem Oberstaatsanwalt an, das Wort zu übernehmen.

»Ja, wir haben es mit einem Verbrechen zu tun, das wie ein Raub mit Tötungsabsicht aussieht«, erläuterte Dr. Menzel. »Was mich an der ganzen Sache nachdenklich stimmt, ist die Tatsache, dass Piehl drei Leute eingesperrt hat, die dem El-Gadouchi-Clan angehören: seinen Sohn, den Schwiegersohn und seine Tochter. Dazu sollten Sie wissen, dass die Kollegen der GER in einer Wohnung der Tatverdächtigen einen Hinweis auf ein älteres, vermutlich in Vergessenheit geratenes Verbrechen sichergestellt haben.«

Er erörterte die Details und begründete den vorliegenden Haftbefehl gegen El Gadouchi.

»Es ist daher keineswegs ausgeschlossen, dass Ismail El Gadouchi es auf Heribert Piehl abgesehen hatte. Wir wissen alle, dass er sich die Hände nicht selbst schmutzig macht. Er hat seine Leute dafür. Wir sollten daher das ganz große Besteck auffahren, um das Verbrechen an Heribert Piehl aufzuklären.«

Dr. Menzel überreichte Gunda eine rote Umlaufmappe. »Ich weiß, Sie können das. Vollstrecken Sie deshalb erst einmal den Haftbefehl. In der Mappe finden Sie alle notwendigen Unterlagen. Einen erneuten Durchsuchungsbeschluss seiner Wohnung sowie seiner Geschäftsadresse mit Nebengelassen habe ich bereits erwirkt.«

»An der Geschichte könnte tatsächlich etwas dran sein«, sagte Schorsch. »Meinen Daimler hat El Gadouchi auch nicht selbst demoliert. Das hat jemand anders in seinem Auftrag erledigt, wie sein Schwiegersohn bei der Vernehmung bestätigt hat. Aber es gibt noch eine andere Sache, die ich mit euch besprechen möchte. Es geht um den Artikel unseres Polizeireporters Müller, der heute zusammen mit einem Phantombild des Täters veröffentlicht wurde. Wie kommt Müller an ein solches Foto? Gibt es noch andere Zeitungen, die über dieses Phantom berichtet haben?« Er sah vermeintlich ratlos in die Runde. Niemand schien seinen Bluff zu bemerken.

»Das ist mir schleierhaft, sagte Schönbohm. »In seinem Artikel verweist Müller sogar explizit auf sein Zeugnisverweigerungsrecht. Entweder will er sich nur profilieren, oder seiner Quelle liegen tatsächlich brisante Hinweise vor. Allerdings wundert es mich, dass er sich bislang nicht bei uns gemeldet hat. Normalerweise ruft der doch fast täglich an, wenn es um wichtige Kriminalfälle geht und er Informationen von uns möchte. Auch seine Quelle hätte sich an uns wenden können, statt den rasenden Rolf mit Informationen zu füttern. Sonderbar …«

In diesem Moment erfüllte ein lauter, schriller Piepton den angrenzenden Flur. Sofort sprang Polizeipräsident Dr. Mengert auf und begab sich schnellen Schrittes in den Flur, wo ihm bereits kreidebleich Dr. Menzel entgegenkam.

»Dr. Mengert, es tut mir leid, das mit den Rauchmeldern in der Männertoilette ist wohl neu, ich wollte gleich wieder der Besprechung beiwohnen, daher habe ich auf eine Rauchpause im Hof verzichtet und die Toilette bevorzugt. Es ist mir jetzt so was von peinlich.«

»Ja, Dr. Menzel, die Rauchmelder wurden auf Vorschlag unseres Personalrats neu installiert. In der Vergangenheit hatten sich immer wieder Kollegen beschwert, dass nach längeren Besprechungen Zigarettenrauch im Männerklo festgestellt wurde.«

Zwischenzeitlich hatte sich der Flur nicht nur mit den Besprechungsteilnehmern gefüllt, auch die Kolleginnen und Kollegen der benachbarten Büros hatten ihre Türen geöffnet und folgten teilweise lachend, teilweise mit ernster Miene Dr. Menzels Geständnis.

Nachdem kurze Zeit später wieder Ruhe auf dem Flur eingekehrt war und alle Besprechungsteilnehmer ihre Plätze eingenommen hatten, fuhr Schorsch mit seinen Ausführungen zu Müllers Zeitungsbericht fort:

»Das wundert uns alle«, erwiderte Schorsch. »Zumindest kann es nicht schaden, wenn er die Infos an die Bürger weitergibt. Uns soll es recht sein. Vielleicht ergibt sich ja was. Abwarten.«

»Das sehe ich auch so«, sagte Dr. Menzel, der immer noch von einigen Kollegen belächelt wurde. »Jeder Hinweis in der Mordserie kann uns nur weiterbringen. Sollte da was dran sein, sind wir dem rasenden Reporter sogar zu Dank verpflichtet. Aber mal unter uns: Müllers Quelle würde ich doch allzu gern enttarnen. Ach ja, und bevor ich es vergesse, wir haben den Bürgeraufruf natürlich dahingehend unterstützt, dass wir Müller heute Morgen noch den Hinweis auf eine Belohnung für sachdienliche Hinweise haben zukommen lassen. In der Samstagausgabe wird der ›Express‹ daher den Artikel entsprechend ergänzen und nochmals an die Öffentlichkeit herantreten. Die Staatsanwaltschaft Nürnberg-Fürth hat nämlich zur Ergreifung des Täters siebentausend Euro ausgelobt. Und wie wir wissen, hat Geld schon viele Vertraute oder Bezugspersonen eines Täters zum Judas gemacht. Also sind wir mal zuversichtlich.«

Gunda hatte ihren Einsatzbefehl fertig und die Mannschaft, bestehend aus den K11ern Robert Schenk mit einem Spurensicherungsteam, Rudi Mandlik mit MEK-Kräften sowie einer Gruppe SEKlern, zur kurzfristig anberaumten Einsatzbesprechung einberufen. Sie verteilte an die Einsatzabschnittsleiter die Durchsuchungsbeschlüsse. Schorsch, der für die Privatwohnung von Ismail El Gadouchi zuständig war, erhielt zudem noch einen rosaroten Haftbefehl.

»Besten Dank, dass ihr so zeitnah kommen konntet«, sagte Gunda, als sich alle versammelt hatten. »Wie ihr bereits wisst, sollen morgen früh um sechs Uhr ein Haftbefehl sowie ein Durchsuchungsbeschluss des Amtsgerichts Nürnberg-Fürth gegen den Beschuldigten Ismail El Gadouchi vollstreckt werden. Dazu haben wir drei Einsatzabschnitte gebildet: die Privatwohnung, die Firmenadresse in der Leyher Straße sowie die Saladin-Shisha-Bar in der Schwabacher Straße.«

»Die Bar ist mit Vorsicht zu genießen«, warf Robert Schenk ein. »Sie dient nicht nur als Besprechungs– und Rückzugsort für El Gadouchis Leute. Es heißt, dass dort auch so mancher schwarze Afghane von seinen Leuten konsumiert wird. Das soll sich alles in einem Nebenraum abspielen. Wir sollten also auch auf Drogen achten.«

»Da zu vermuten ist, dass sich El Gadouchi nicht allein in seiner Wohnung aufhält und die Gefahr besteht, dass er sich der Vollstreckung widersetzt beziehungsweise gewaltbereite Clanmitglieder seine Festnahme vereiteln könnten, erfolgt der erste Zugriff in der Leyher Straße durch unsere Spezialkräfte«, fuhr Gunda fort. »Nach seiner Festnahme werden die Räumlichkeiten an seiner Privat- und den beiden Firmenadressen durchsucht. Und wie Robert bereits anklingen ließ, ist laut Gewerbeamt die Saladin-Shisha-Bar auf Ismail El Gadouchi angemeldet und als Treffpunkt seines Clans bekannt. Ein Schlüsseldienst für die Anwesen ist nicht erforderlich, da wir auf zwei Türöffnungsspezialisten aus Rudis Team zählen können. Bei der letzten Durchsuchungsmaßnahme bei den El Gadouchis beschränkte sich der Zweck auf das Auffinden von Beweismitteln nach dem Betäubungsmittelgesetz.«

»Richtig, Gunda. Ismail El Gadouchi wurde damals nicht als Beschuldigter geführt, dementsprechend wurden die strafprozessualen Maßnahmen allein gegen seinen Sohn Abdul vollzogen, der als Kurier für seinen Cousin tätig gewesen war. Somit waren die Durchsuchungsaktion und seine Festnahme unter ganz anderen Gesichtspunkten zu betrachten«, bestätigte Hubsi mit nasaler Stimme.

»Genau, liebe Kollegen, das Beweisfoto, das damals in einem gemeinsam genutzten Keller- oder Abstellraum vorgefunden wurde, galt als sogenannter Zufallsfund«, ergänzte Gunda. »Dem Foto wurde zuerst keine Bedeutung beigemessen. Heute jedoch wissen wir, dass es sich um ein Foto eines Verbrechens handelt, bei dem El Gadouchi maßgeblich mit beteiligt gewesen war.«

»Wann und wo soll El Gadouchi vorgeführt werden?«, fragte Rudi Mandlik. »In der Bäumenstraße beim Amtsgericht in Fürth oder beim Ermittlungsrichter in der Bärenschanzstraße?«

»Das wäre mein nächster Punkt gewesen«, sagte Gunda. »Dr. Menzel hat bereits für morgen zehn Uhr einen Vorführungstermin beim Ermittlungsrichter in der Bärenschanzstraße reserviert. Danach soll El Gadouchi in die JVA Amberg verschubt werden. Und, Leute, wie immer das übliche Prozedere: Eigensicherung beachten, auch wenn der erste Zugriff durch die Spezialkräfte erfolgen wird. Gibt es sonst noch Fragen?« Sie sah auffordernd in die Runde. »Stelle fest, keine, dann für morgen alles Gute. Meldeort und -zeit ist hier um fünf Uhr fünfzehn. Euch noch einen erholsamen Abend.«

31. Kapitel

Ismail El Gadouchi hatte traditionell zum Abendessen geladen und den Boden des Nebenzimmers seiner Shisha-Bar reichlich gedeckt. Gemeinsam mit seinen Gästen platzierte er sich in der Mitte des Raumes auf einem großen Teppich im Kreis um die Speisen herum. Als Vorspeise gab es einen Eintopf aus Paprika, Tomaten, Zwiebeln und Eiern, danach folgte das Hauptgericht aus gebratenem Lamm, gegrillter Dorade mit Cous-Cous und Gemüse.

»Ich habe euch vor einigen Tagen einen Auftrag erteilt. Warum wurde er bis heute nicht vollständig ausgeführt?«, fragte Ismail El Gadouchi streng, nachdem Ruhe eingekehrt war. »Lediglich bei diesem Piehl hat sich euer Besuch gelohnt.«

Er holte sein Smartphone hervor, öffnete die Videogalerie, betätigte den Abspielmodus und hielt das Video in die Runde. Es zeigte den schwerverletzten Heribert Piehl, der blutüberströmt am Boden lag und weiter mit Fußtritten im Brust- und Kopfbereich malträtiert wurde.

»Das habt ihr sehr gut gemacht. Doch was ist mit den anderen auf meiner Liste? Es quält mich, mit ansehen zu müssen, wie der Staatsanwalt und seine Leute noch immer ungeschoren herumlaufen. Woran liegt es, dass unsere Familie noch nicht gerächt wurde. Was macht ihr eigentlich den ganzen Tag?« Seine Stimme wurde lauter. »Was braucht ihr noch? Ist es Geld? Kein Problem. Die Ehre unserer Familie hat oberste Priorität! Ihr hattet fast zwei Wochen Zeit, euren Auftrag zu erledigen. Also, an was hat es gelegen?« Er sah einen nach dem anderen auffordernd an.

Ali Nasser, ein Tuareg Mitte dreißig, setzte als Erster zu einer Erklärung an. »Dieser Menzel ist leider zweimal davongekommen. Letzten Samstag ist er uns an der Oper entwischt. Eigentlich war geplant gewesen, ihn im U-Bahn-Verteiler von hinten niederzustechen, aber dann erschien eine Streife mit drei Bullen. Es war zu gefährlich. Menzel stieg in die U-Bahn ein und verschwand. Erst seit Montagabend wissen wir, wo er wohnt. Als er dann am Dienstagmorgen um kurz vor sieben Uhr von einem Fahrer von zu Hause abgeholt wurde, konnten wir wieder nicht an ihn ran, aber morgen Abend wird es klappen, da hält er einen Vortrag im Lions Club. Wir warten, bis er nach Hause fährt, dann schlagen wir zu. Und was die beiden anderen Beamten, diesen Walz und seine Kollegin, betrifft: Die nutzen vermutlich einen anderen Zu– oder Ausgang zu ihrer Dienststelle. Die Zufahrtsstraße zur ehemaligen Kaserne wird mit Kameras überwacht, daher ist es sehr schwierig, die Leute zu beobachten, ohne aufzufallen oder von den Bullen kontrolliert zu werden. Aber wir werden dranbleiben, mein Herr.« Der Tuareg verbeugte sich unterwürfig vor El Gadouchi.

Donnerstag, 25. Januar 2016, 05.59 Uhr,
Leyher Straße x7a, 90763 Fürth

Es war ein verschneiter Donnerstagmorgen, als sich die Spezialkräfte dem Anwesen näherten. Die Wohnung von Ismail El Gadouchi lag im Erdgeschoss und hatte einen direkten Zugang zum Gartenbereich, der von einer großen Kirschlorbeerhecke umgeben war und das große Anwesen nach außen hin abschirmte. Seine Schlafräume und das Badezimmer befanden sich im Obergeschoss. Lediglich eine große Holztür, die Zutritt zum südwärtigen Bereich bot, war neben der an der Straße liegenden Haustür der einzige Zugang zu El Gadouchis Residenz.

HaPe, der Leiter der SEK-Kräfte, hatte sich anhand von Google-Earth-Luftaufnahmen und mit Hilfe eines »Fancopters«, einer Minidrohne der Penzberger Drohnenschmiede EMT, einen Zugriffsplan erarbeitet. Die taktische Aufklärungsdrohne war nicht nur in der Lage, in Häuser hineinzufliegen, sondern durch ihre drei verschiedenen Kameras konnten zudem brillante und hochauflösende Videomitschnitte und Bilder projiziert werden. Eine Infrarot-Wärmebildkamera und Spezialmikrofone erlaubten den Spezialkräften, nach taktischen Gesichtspunkten das jeweilige Lagebild abzuarbeiten.

Das Herzstück der Spezialeinheiten war jedoch die Amok-S4D, eine Minidrohne, die speziell für Amoklagen entwickelt wurde und dafür konstruiert war, unbemerkt in Räumlichkeiten einzudringen. Hierzu reichte bereits ein geöffnetes Fenster aus. Neben den hochentwickelten Videokameras war diese Minidrohne mit einer Schussapparatur im Kaliber 4,6 mm x 30 ausgestattet, deren Durchschlags- und Zielwirkung um ein Vielfaches das ursprüngliche Polizeikaliber 9 mm x 19 übertraf und durch ihre Laserzielvorrichtung eine exakte Treffsicherheit auf acht Meter gewährleistete.

Das Anwesen lag noch im Dunkeln. Lediglich in dem kleinen Fenster der Gästetoilette, die sich im Erdgeschoss unmittelbar neben der Eingangstür befand, ging Sekunden vor dem Zugriff das Licht an. Nach dem vorliegenden Infrarot-Wärmebild, das direkt in den weißen Mercedes Sprinter der Einsatzleitung übertragen wurde, handelte es sich um eine kleine, untersetzte Person, die gerade ihr morgendliches Geschäft verrichtete.

Laut einer Wohnungsskizze befanden sich im ersten Stock vier Zimmer, die als Schlaf- und Gästezimmer von El Gadouchi und seinen Familienangehörigen genutzt wurden. Nach der Wärmebildaufzeichnung von El Gadouchis Schlafzimmer lag noch eine Person schlafend im Bett, das zweite Bett im Raum konnte erst vor wenigen Minuten verlassen worden sein. Die Umrisse des Wärmebilds projizierten eine verminderte Wärmeabstrahlung auf die Überwachungsmonitore. Es könnte sich um eine kleinwüchsige, untersetzte Person gehandelt haben, die dort gelegen und eben erst das Schlafzimmer verlassen hatte. Ismail El Gadouchi.

Hinweise auf die Anwesenheit anderer Personen lagen nicht vor.

Gespannt beobachtete Schorsch aus dem Mercedes Sprinter das Vorgehen der Kollegen. Solange nicht das Wort »Sicherheit« von den Einsatzkräften an die Einsatzleitung vorlag, durften die Ermittler das Objekt nicht betreten.

Dann ging alles sehr schnell. Nachdem sich die MEK-Kräfte zur rückwärtigen Absicherung auf der Terrasse des Anwesens positioniert hatten, kam an der Haustür ein Öffnungsspezialist zum Einsatz, der ihnen in Sekundenschnelle Zutritt zum vorderen Bereich des Anwesens verschaffte.

Daraufhin drangen die Spezialkräfte des SEKs in das Gebäude ein, überwältigten Ismail El Gadouchi, der noch immer auf der Toilette saß, und arbeiteten sich in das Obergeschoss vor, wo seine wesentlich jüngere Frau noch schlafend im Bett lag. Weitere Beteiligte des Clans befanden sich nicht in der Wohnung, sodass kurz darauf die Sicherheitsfreigabe erfolgte und Schorsch den Einsatzabschnitt mit seinem Team betreten konnte.

»So sieht man sich wieder«, sagte er zufrieden, während er Ismail El Gadouchi den Haftbefehl aushändigte und ihm Handschließen anlegte.

Unterdessen machte sich auch die Frau des Beschuldigten

bemerkbar, die wild gestikulierend die Beamten im ersten Stock beschimpfte, weil sie sie ohne Kopftuch in ihrem Bett angetroffen und zudem mit Einsatzstiefeln ihr Haus betreten hatten. Amira El Gadouchi hatte sich emotional nicht mehr unter Kontrolle und versuchte lautstark und mit Gegenständen um sich werfend, die Durchsuchungsaktion zu stören.

Bevor die Beamten ihrer Toberei durch Fesselung ein Ende bereiteten, gelang es der Frau auf einen arabischen Zuruf ihres Mannes hin, nach seinem Mobiltelefon auf dem Nachttisch zu greifen und es durch die offene Schlafzimmertür in das angrenzende Treppenhaus zu werfen, wo es gegen die Wand schlug und in Einzelteilen die Treppe bis zum Erdgeschoss herunterstürzte. Damit wollte Amira El Gadouchi ein wichtiges Beweismittel vernichten.

Am Fuße der Treppe realisierte Schorsch geistesgegenwärtig, dass hier Teile eines Beweismittels zerstreut vor ihm lagen, die es zu retten galt.

El Gadouchi sah ihn grinsend an. »Vergessen Sie Ihre Anstrengungen, Herr Bachmeyer. Sie können nicht gegen uns gewinnen. Das einzige Bild, was in diesem Haftbefehl begründet steht, ist uralt, was wollen Sie mir denn beweisen? Nichts, gar nichts!«

Dann spuckte ihm El Gadouchi ins Gesicht.

Schorsch war von dieser Reaktion so perplex, dass er schon mit seiner rechten Faust zum Schlag ansetzen wollte, dann aber zur Besinnung kam. Auf so etwas hatte sein Gegenüber nur gewartet, um ihm dann mit einer Anzeige wegen Körperverletzung im Amt ein Disziplinarverfahren zu verpassen. Schorsch griff zum Tempo und wischte sich die Spucke aus seinem Gesicht.

Gegen neun Uhr hatten Robert Schenk und sein Team mögliche Beweismittel gesichert und konnten die Durchsuchungsaktion beenden.

Im Nebengebäude der Saladin-Shisha-Bar trafen die Einsatzkräfte unterdessen auf vier männliche Personen im Alter zwischen siebenundzwanzig und sechsunddreißig Jahren und stellten deren Personalien fest. Laut Angaben handelte es sich um Mitarbeiter der Shisha-Bar, die in einem Beschäftigungsverhältnis bei El Gadouchi standen und hier zur Untermiete wohnten. Alle vier waren in der Vergangenheit bereits einschlägig wegen Körperverletzung sowie Eigentumsdelikten in Erscheinung getreten, so eine INPOL-Abfrage. Argwöhnisch duldeten die vier Araber die strafprozessualen Handlungen.

09.52 Uhr, Polizeipräsidium Mittelfranken, KTU

Michael Wasserburger war bereits durch die Spurensicherung vorinformiert worden, dass er eine Herkulesaufgabe zu bewältigen habe. Auf dem zerstörten Mobiltelefon des Beschuldigten Ismail El Gadouchi brauchbare Hinweise zu sichern, um sie einer forensischen Auswertung zuführen zu können, forderte das ganze technische Geschick des Kriminalwissenschaftlers. Allein die Tatsache, dass El Gadouchi mutmaßlich für den Überfall auf Heribert Piehl verantwortlich war, ließ ihn alle Register ziehen.

Und Wasserburger hatte Glück. Auf einem Teil des zerstörten Mobiltelefons entdeckte er ein externes Speichermedium: eine Minispeicherkarte, die noch fest in ihrem Steckplatz arretiert war.

Vorsichtig zog er mit einer Pinzette die Karte heraus und

legte sie in den Speicherschacht des forensischen Auswerte-tools ein. Dann klickte er auf »Speichermedium anzeigen« und wartete, bis sich kurz darauf die Bilderreihen öffneten.

10.03 Uhr, Ermittlungsrichter,
Bärenschanzstraße, 90429 Nürnberg

Ismail El Gadouchi hatte neben seinem Verteidiger Bin Al-Saud Platz genommen, der pünktlich zur Vorführung seines Man-danten erschienen war. Den Vorhalt des Richters, dass El Gadouchi unter dringendem Tatverdacht stehe, einen Mord-versuch selbst durchgeführt oder zumindest in Auftrag gege-ben zu haben, bezeichnete Bin Al-Saud als abwegig. Er blickte grimmig zur Ermittlungsrichterin Anke Behr und zu Dr. Men-zel, der als Anklagevertreter auf der linken Seite des Vorführ-raumes Platz genommen hatte.

Bin Al-Saud behauptete, dass ein vorgefundenes Foto allein noch lange keinen Beweis darstelle, dass sein Mandant irgend-etwas mit einer alten Unfallsache zu tun gehabt habe, und gab an, El Gadouchi habe das Foto in einem Kriminalroman gefun-den, den er vor langen Jahren auf einem Trödelmarkt erworben habe. Dieses Buch sei damals sehr spannend gewesen, und als er das Foto mit dem überfahrenen Mann darin entdeckt habe, habe er lapidar auf der Rückseite vermerkt, jeder bekäme das, was er verdiene – so auch der Täter in diesem Kriminalroman. Dass diesem Gekritzel heutzutage solch eine Bewertung beige-messen wurde, entbehre seiner Meinung nach jeglicher Grund-lage zu einem Mordvorwurf.

»Die erhobenen Beweismittel, insbesondere die Schriftpro-benanalyse und die Tatsachte, dass Ismail El Gadouchi den Ge-schädigten Jürgen Schön vor der Tat massiv bedroht hat, lassen den Schluss zu, dass er entweder die Tat selbst ausgeführt oder sie in Auftrag gegeben hat«, erwiderte die Ermittlungsrichterin Anke Behr. »Denn nicht jeder Mordversuch endet auch mit dem Tod des jeweiligen Opfers. Und die Verwerflichkeit dieser Tat bestimmt sich nicht daran, dass der Taterfolg auch tatsächlich eingetreten ist, deshalb bleibt auch der Versuch strafbar, selbst wenn dieser nicht *expressis verbis* in § 211 StGB unter Strafe gestellt ist.«

Dr. Menzel wollte gerade mit einer Ausführung beginnen, als das Telefon von Richterin Behr klingelte und die Nebenstelle ihrer Kanzlei angezeigt wurde.

»Ich bin doch gerade in der Vorführung, was gibt es so Dringendes?« fragte sie ungehalten.

»Der Leiter des K11, Herr Schönbohm, hat eine wichtige Information zur Vorführung von Ismail El Gadouchi, ich stelle durch.«

»Behr, Ermittlungsrichterin. Herr Schönbohm, was gibt es?«

»Hallo, Frau Behr, gut dass ich Sie erreiche. Bei der forensischen Auswertung des Mobiltelefons des Beschuldigten haben wir drei Fotos und eine Videodatei sichergestellt, die ein weiteres Verbrechen zeigen. Es handelt sich um den Raubüberfall beziehungsweise nach Sichtung der Beweismittel eindeutigen Mordversuch an Heribert Piehl, dem Leiter der GER-Nordbayern. Anhand der drei Fotos, die laut vorliegenden Geodaten am 24. Januar 2016 um zweiundzwanzig Uhr achtunddreißig in Piehls Garageneinfahrt aufgenommen wurden, kann die Tatausführung mit der Videosequenz lückenlos bewiesen werden. Wir haben bereits den Sender der WhatsApp-Nachricht an Ismail El Gadouchi identifiziert. Es handelt sich hierbei um Ali Nasser. Nasser wurde heute Morgen bei der Durchsuchungsaktion in der Saladin-Shisha-Bar angetroffen und einer Personenüberprüfung unterzogen, ist aber auf freiem Fuß. Er ist vermutlich von Ismail El Gadouchi mit dem Anschlag auf Heribert Piehl beauftragt worden. Kräfte unserer Spezialeinheiten sind bereits im Einsatz, um Ali Nasser habhaft zu werden.«

»Das ist doch eine erfreuliche Nachricht, Herr Schönbohm. Speichern Sie bitte die Beweismittel auf einen Datenträger und drucken Sie die Fotos mit den festgestellten Koordinaten gleich mit aus. Ich warte hier auf Sie. Bis dahin werde ich die Vorführung unterbrechen. Schon mal besten Dank«, sagte Anke Behr und beendete das Telefonat.

Den Anwesenden teilte sie mit, dass die Vorführung für eine Dreiviertelstunde unterbrochen würde, und ließ den Gefangenen von einem Justizvollzugsbeamten in den Haftraum führen. Dann bat sie Oberstaatsanwalt Dr. Menzel und Schorsch in ihr Richterzimmer.

»Herr Bin Al-Saud, Sie dürfen bitte vor der Tür warten, bis die Vorführung fortgesetzt wird«, sagte sie an den Verteidiger gewandt.

Um elf Uhr sieben traf Schönbohm in der Bärenschanzstraße ein, legte die drei Beweisfotos vor und spielte anschließend die Videosequenz im Richterzimmer ab.

»Das ist eindeutig«, sagte Dr. Menzel, nachdem die Aufnahme geendet hatte. »Hier liegt ein Mordversuch an Herrn Piehl vor, der heimtückisch vorbereitet wurde und die Arg- und Wehrlosigkeit des Opfers widerspiegelt, die die Täter zu ihren Zwecken ausgenutzt haben. Piehl hat vermutlich nichts Böses geahnt, als er in der Garageneinfahrt von einem der Täter angesprochen wurde. Man sieht die noch offene Fahrertür. Die müssen ihn unter irgendeinem Vorwand angesprochen haben. Daraufhin verließ Piehl sein Fahrzeug. Blitzschnell kam dann ein zweiter Täter hinzu und beide haben ohne Vorwarnung auf ihn eingestochen. Der dritte Tatbeteiligte hat alles auf Video aufgezeichnet. Ich bin entsetzt über dieses abscheuliche Verbrechen.«

»Das passt genau in das vorliegende Tatmuster unseres Beschuldigten. Damals hatte er seinen Auftragskillern die Anweisung erteilt, ein Beweisfoto von dem überrollten Biergartenbetreiber anzufertigen. In der heutigen digitalisierten Welt, in der jeder sein Smartphone dabeihat, bekommt er die direkte Bestätigung der Erledigung seines Auftrags per Videodatei und Fotos übersandt.«

Anke Behr schüttelte den Kopf. »Herr Dr. Menzel, ich werde aufgrund der vorliegenden Beweismittel den Haftbefehl gegen Ismail El Gadouchi wegen versuchten Mordes zum Nachteil von Heribert Piehl erweitern. Es ist klar ersichtlich, dass der Beschuldigte an beiden Verbrechen beteiligt war. Sobald wir Ali Nasser und die anderen Tatbeteiligten haben, bringen wir schnell Licht ins Dunkel und werden mit ziemlicher Sicherheit Ismail El Gadouchi als Anstifter dieses Verbrechens überführen. Zumal wir nun durch die Auswertung der Mobilfunkdaten am Tatort gezielt die weiteren Tatbeteiligten identifizieren können.«

Es war elf Uhr siebenundvierzig, als die Ermittlungsrichterin den Beschluss der Untersuchungshaft gegen Ismail El Gadouchi verkündete und die Vorführung beendete.

32. Kapitel

Donnerstag, 25. Januar 2016, 14.09 Uhr,
Unternehmensberatung brain4solution,
Laufamholzstraße, 90482 Nürnberg

Seit fast einer Stunde surfte er wechselseitig auf den Pornoseiten von *youporn.com* und *tube8.com*. Er war sichtlich erregt, als er plötzlich eine weibliche Stimme vernahm, die sich offensichtlich hinter dem geöffneten Pornolink verbarg. Er klickte das Fenster weg und erkannte eine junge Frau, die sich auf einer großen Spielwiese in eindeutigen Posen räkelte.

»Na, mein Süßer, ich bin Alina und möchte ein wenig Spaß haben. Hast du Lust? Wollen wir gemeinsam Spaß haben?«

Die überaus attraktive Mittzwanzigerin, die nur mit einer Lackkorsage und hohen Lackstiefeln bekleidet war, hatte einen kleinen Dildo in der Hand, mit dem sie an ihren Oberschenkeln entlangstreichelte.

»Heute ist alles umsonst bei mir, ich bin ja so heiß auf dich, verrate mir doch deinen Namen, dann kann es losgehen. Für unseren gemeinsamen Spaß musst du einfach auf OK klicken.«

»Dann zeig mir mal, was du so draufhast«, sagte er und klickte auf den Button.

Das Mädchen nahm den Vierfüßlerstand ein, beugte ihren Oberkörper nach unten und positionierte ihren Hintern vor die Kamera. Dann führte sie ihr kleines Spielzeug zwischen ihre Schenkel und masturbierte vor seinen Augen. »Allein macht es keinen Spaß, los, zeig mir, was du in der Hose hast, und mache mit«, sagte sie nach kurzer Zeit. »Lass uns gemeinsam zum Happy End kommen.«

Erregt öffnete er seine Hose und begann vor Alina zu onanieren, die ihm befahl, aufzustehen und sich in die Mitte des Raumes zu stellen, um ihn in seiner vollen Größe betrachten zu können. Er befolgte ihre Anweisungen und stellte sich vor seinen Schreibtisch. Während sie sich gegenseitig mit Worten anheizten, kamen sie wenige Minuten später gemeinsam zum Orgasmus.

»Das ging ja schnell, mein Lieber«, sagte Alina lächelnd, nachdem sich seine Atmung wieder beruhigt hatte. »Nun hör mir genau zu: Mit dem Klick auf den Button hatten wir zwar gemeinsam viel Spaß, aber wir haben den kleinen Spaß auch aufgezeichnet. Was, meinst du, würden alle deine Facebook-Kontakte, deine Geschäftspartner und Freunde, deren E-Mail-Adressen uns nun vorliegen, zu dem Video sagen? Deine Reputation ist im Arsch! Du hast achtundvierzig Stunden Zeit, um zwanzig Bitcoins unter dieser Linkadresse zu transferieren. Schaffst du das nicht, geht das Video an alle deine Kontakte. Hast du mich verstanden?«

»Du bluffst doch nur, aber die Idee ist gut«, sagte er und wischte sich Schweißperlen von der Stirn.

Als sich ein kleines Fenster öffnete und die Videosequenz freigab, starrte er schockiert auf den Bildschirm.

Donnerstag, 25. Januar 2016, 18.31 Uhr,
Kirchengemeinde St. Georg, Palmweg, Erlangen

Pfarrer Bentheim saß an seinem Schreibtisch und blickte nachdenklich auf einen Artikel des »Nürnberger Express«, der in der gestrigen Ausgabe veröffentlicht worden war. Ein Bürgerhinweis zeigte das Phantombild eines Serientäters, dessen Personenbeschreibung ein Bild aus vergangenen Tagen vor Pfarrer Bentheims Augen erscheinen ließ. Ein Kommilitone, der seinerzeit mit ihm die Studienfächer Theologie und Religionspädagogik belegt hatte. Der Mann auf diesem Fahndungsfoto hatte eine gewisse Ähnlichkeit mit Martin Hartdegen.

Bentheim hatte Hartdegen zuletzt im Sommer 2012 bei einem Treffen des Abschlussjahres 1996 getroffen. Hartdegen hatte sein Priesteramt unmittelbar nach Beendigung seiner Dienstzeit bei der Militärseelsorge niedergelegt. Inzwischen war er ein bekannter Geisteswissenschaftler, der sich auf die Beratung von Unternehmen spezialisiert hatte.

Bentheim schüttelte den Kopf. Nein, das ist unmöglich, dachte er und öffnete den rechten Unterschrank seines Schreibtisches, um eine alte Keksdose hervorzuholen, in der er seine Erinnerungsfotos aus der Studienzeit aufbewahrte.

Schon bald wurde er fündig. Ein Foto zeigte den Weihekandidaten bekleidet mit Schultertuch, Stola, Albe und Zingulum. Seine grünen Augen und blonden Haare stachen besonders hervor.

Bentheim atmete schwer.

Dann suchte er ein Bild vom Sommer 2012, das Martin Hartdegen im Beisein des ehemaligen Kommilitonen Johann Fleischer zeigte. Sie prosteten sich in der Klosterschänke des Klosters Banz zu, wo sie sich alle zu einem geselligen Abend getroffen hatten.

Pfarrer Bentheim betrachtete die beiden lange, dann schüttelte er erneut den Kopf und legte die Fotos wieder in die Keksdose zurück.

Heidi Baumann hatte es mal wieder erwischt. Die Wochenend-
bereitschaft stand an und es schien ruhig anzulaufen, bis sie
um kurz nach zehn Uhr ein Telefonat von der Telefonvermitt-
lung übernahm.

»Kriminalpolizei, Baumann, Grüß Gott, mit wem spreche
ich?«

»Guten Tag, mein Name tut nichts zur Sache. Ich rufe wegen
des Bürgerhinweises vom Mittwoch im ›Nürnberger Express‹
an. Da war doch ein Phantombild eines Täters abgelichtet.«

»Ja, der Artikel ist uns bekannt. Möchten Sie uns etwas dazu
sagen?«

»Naja, ich bin mir nicht sicher ... aber bei der Betrachtung
des Bildes fühlte ich mich an einen Bekannten erinnert. Zunächst blätterte ich weiter und schenkte dem Artikel keine weitere Beachtung. Aber heute Morgen ... wie soll ich sagen, heute
Morgen jedoch hatte ich eine pikante E-Mail in meinem Postfach, die mich nun doch nachdenklich gestimmt hat. Also ...
diese Mail zeigt ein Video, auf dem sich jemand ... nun ja ... be-
friedigt. Sie wissen schon, was ich meine.«

»Im Klartext, da holt sich jemand einen runter. Habe ich das
richtig interpretiert?«, fragte Heidi Baumann unbefangen.

»Exakt, Frau Baumann, exakt. Ich weiß gar nicht genau, warum, jedenfalls habe ich daraufhin die Zeitung vom Mittwoch
wieder aus der Papiertonne geholt und das Phantombild mit
der Person auf dem Video verglichen. Es könnte sein, dass es
sich um die gesuchte Person handelt.«

»Dann verraten Sie mir bitte Ihren Namen.«

»Und was, wenn ich mich täusche und der ist es gar nicht?
Dann habe ich eine Anzeige am Hals wegen falscher Verdächti-

gung. Nein danke, auf so etwas möchte ich mich gar nicht einlassen.«

»Keine Sorge, dann gehen die zuständigen Kollegen Ihrem Hinweis am Montag nach, ohne Sie persönlich ins Spiel zu bringen.«

»Gut, Frau Baumann, denn mir ist das Ganze wirklich unangenehm, einfach so einen zu beschuldigen, wo dann vielleicht doch nichts an der Sache dran ist …«

»Kann ich sehr gut nachvollziehen, Herr …«

»Aurich.«

»Sehen Sie, Herr Aurich, wir sind da über jeden Hinweis dankbar, ohne dass Sie deshalb irgendwelche Schuldgefühle plagen sollten. Wie heißt denn Ihr Bekannter, der dem Täter ähneln soll?«

»Martin Hartdegen. Der hat eine Unternehmensberatung, die *brain4solution* in der Laufamholzstraße. Aber wie gesagt, von mir haben Sie die Information nicht. Versprochen?«

»Meine Kollegen werden diskret vorgehen. Sollte sich der Verdacht erhärten, dann sind wir Ihnen sehr dankbar. Wenn nicht, verbuchen wir unser Gespräch als anonymen Hinweis eines aufmerksamen Bürgers. Machen Sie sich also keine Gedanken. Haben Sie sonst noch etwas, was in diesem Zusammenhang wichtig sein könnte?

»Nein, Frau Baumann, das war es dann schon. Vielen Dank für Ihr Verständnis. Ich hoffe, ich rutsche da in nichts hinein.«

»Ganz bestimmt nicht. Ihnen noch ein schönes Wochenende«, schloss Heidi Baumann.

Diese Schlampe hatte ihre Prophezeiung umgesetzt. Martin Hartdegen war fassungslos und wütend, als er eine Vielzahl von Nachrichten in seinem E-Mail-Postfach vorfand. Es waren nicht nur Freunde aus sozialen Netzwerken, die ihm heute Morgen eine Nachricht hatten zukommen lassen, sondern auch Geschäftspartner, die auf die Videosequenz des Unternehmensberaters reagierten.

Hartdegen war geschäftlich ruiniert. Seine Reputation, die er sich mit großer Mühe aufgebaut hatte, war im Arsch. Seine Freunde und Bekannten würden sich von ihm abwenden, da war er sich ganz sicher.

Rolf Müller studierte gerade die eingehenden Nachrichten über das gesuchte Phantom, als sein Telefon klingelte.

»Redaktion, Müller, Grüß Gott.«

»Grüß Gott, Herr Müller, ich rufe wegen Ihres Zeitungsartikels vom letzten Mittwoch an. Es geht um das Phantombild. Gibt es da schon Reaktionen?«

»Darf ich Ihren Namen erfahren?«, fragte Müller.

»Sebald mein Name, ich bin ganz ehrlich ein wenig neugierig, weil ich vielleicht auch etwas dazu sagen kann, deshalb meine Frage, ob bei Ihnen schon Hinweise eingegangen sind oder ob ich der Erste bin?«

»Einige spärliche Informationen liegen uns vor, aber mal

handelt es sich um einen Unternehmer aus Nürnberg, dann um einen Polizeibeamten aus Schwabach. Ein Unternehmensberater von hier soll auch eine gewisse Ähnlichkeit mit dem Phantom haben. Wir haben die Bürgerhinweise erst einmal fein säuberlich zusammengeschrieben und werden unsere Erkenntnisse dann kommende Woche an die Kripo weiterleiten. Aber nun zu Ihnen, Herr Sebald. Wie kann ich Ihnen helfen?«

»Ich habe das Bild schon in der Mittwochausgabe betrachtet, war mir aber nicht ganz sicher. Erst als ich eben eine unmoralische E-Mail in meinem Postfach hatte, war ich wieder an Ihren Bürgeraufruf erinnert. Ich bin mir ziemlich sicher, dass ein sehr guter Bekannter von mir eine gewisse Ähnlichkeit mit dem Phantombild hat. Er ist Unternehmensberater. Wenn ich Sie richtig verstanden habe, hat sich bereits ein anderer bei Ihnen gemeldet, der einen Unternehmensberater kennt, der Ihrem Phantom ähnelt. Ist Ihnen dessen Name bekannt?«

»Natürlich, sonst hätte ich ihn ja nicht benennen können. Wie heißt denn Ihr Bekannter?«

»Martin Hartdegen. Wir haben gemeinsam das Dürer-Gymnasium besucht, kennen uns seit über dreißig Jahren. Wissen Sie, er kann es ja eigentlich nicht sein, also dieser Serienmörder, den Sie da suchen. Der Martin war doch früher mal Pfarrer, und ein Pfarrer kann doch keiner Fliege etwas zuleide tun.«

»Gut, erstmal vielen Dank, dass Sie sich auf meinen Artikel gemeldet haben«, erwiderte Müller. »Als Polizeireporter bin ich für jeden Hinweis dankbar, der meine Ermittlungen in der Sache vorantreibt. Schließlich bin ich schon seit Jahren in diesem Geschäft und habe gemeinsam mit der Nürnberger Kripo schon Hunderte von Verbrechen aufgeklärt. Wenn Ihnen also noch etwas einfallen sollte: Bitte melden, denn ich bin immer für meine Leser da. Rund um die Uhr!«

Schorsch saß vor seinem PC und las das Ereignisprotokoll über die abgeschlossene Fahndung nach Ali Nasser und seinen Komplizen.

Nasser, der kurz nach der Vorführung von Ismail El Gadouchi telefonisch von dessen Verteidiger Rasith Bin Al-Saud über die vorliegenden Beweismittel der Staatsanwaltschaft informiert worden war, hatte mit seinen Mittätern die SIM-Karten ihrer Mobiltelefone gewechselt und die Gunst der Stunde genutzt, sich in Richtung Süden abzusetzen. Um unterzutauchen, brachen sie in ein Ferienhaus ein. Als Nachbarn aufgrund des rauchenden Kamins und eines im Innenhof geparkten Pkw mit Ansbacher Kennzeichen misstrauisch wurden, da die ursprünglichen Eigentümer aus der Nähe von Coburg ihr Feriendomizil erst ab dem Frühjahr nutzten, verständigten sie am Abend des 24. Januar die zuständige Polizei. Im Rahmen der Eigensicherung wurden Kräfte des Mobilen-Einsatz-Kommandos mit der Objekt- und Personenabklärung beauftragt. Unter dem Einsatz einer Aufklärungsdrohne wurde bekannt, dass es sich bei den im Objekt befindlichen Personen um Araber aus Fürth handelte, die zur Fahndung ausgeschrieben waren.

Der Zugriff durch die Spezialkräfte war unter Einsatz von zwei Blendgranaten erfolgt. Dazu hatten sich die Beamten über den großen Außenbalkon zu den zwei Schlafzimmertüren im ersten Stock vorgearbeitet, wo zeitgleich die Granaten durch die Scheiben in das Innere des Raumes geschleudert worden waren.

Ali Nasser und seine Komplizen hatten keinerlei Widerstand geleistet, so der Einsatzbericht des SEK-Südbayern.

Während Schorsch über die Ereignisse nachdachte und Horst die eingegangenen E-Mails abarbeitete, läutete das Telefon. Es war eine Erlanger Nummer, die Schorsch bekannt vorkam. Er nahm das Gespräch an.

»Bachmeyer, K11.«

»Guten Tag, Herr Bachmeyer, Bentheim hier. Ich muss Sie dringend sprechen«, sagte Pfarrer Bentheim aufgebracht.

»Um was geht es?«, fragte Schorsch tonlos.

»Ich weiß gar nicht, wie ich anfangen soll, Herr Bachmeyer«, sagte Pfarrer Bentheim, dessen Nervosität sich in seiner Stimme niederschlug, »aber mich bedrücken seit Tagen ein Zeitungsbericht und eine E-Mail, die ich bekommen habe. Ich glaube, den Mörder Ihrer drei Opfer zu kennen.«

Schorsch war mit einem Schlag hellwach und setzte sich aufrecht hin. »Holen Sie erst einmal tief Luft, Herr Bentheim. Dürfen wir das Gespräch aufzeichnen?«

»Ja … ja, machen Sie nur. Also, das Phantombild aus der Zeitung vom letzten Mittwoch … das hat mich an einen ehemaligen Kommilitonen erinnert, mit dem ich damals gemeinsam in Innsbruck studiert habe. Inzwischen hat er sein Priesteramt, er war zuletzt Militärseelsorger, abgelegt und ist seither in Nürnberg als Unternehmensberater tätig. Martin Hartdegen heißt der Mann. Martin wusste von meinem Kontakt zu Krystyna und Sabrina. Ich habe ihn bei einem unserer Treffen darüber in Kenntnis gesetzt. Gewisse Männergespräche gibt es nun mal auch unter Priestern – oder eben unter ehemaligen Priestern.«

»Ist Ihnen bekannt, warum Ihr Bekannter sein Priesteramt abgelegt hat?«

»Ich sag es mal so: Es müssen psychische und zugleich andere Gründe gewesen sein. Über die genaueren Umstände möchte ich mich nicht auslassen, da sie dem Beichtgeheimnis unterliegen. Martin hat mir jedenfalls damals in seiner sakramentalen Beichte etwas offenbart, was dem Priesteramt vehement entgegenspricht. Verstehen Sie bitte, Herr Bachmeyer, das ist eine der ältesten Datenschutzinstitutionen, über die ich als Beichtvater nicht berichten kann. Ich bin hier zur strikten Geheimhaltung verpflichtet. Aber der Bürgeraufruf mit dem Phantomfoto unterliegt keineswegs meiner Schweigepflicht. Daher geht heute mein Hinweis an Sie, dass mich das Foto an Martin Hartdegen erinnert, dem ich seinerzeit mein kleines Geheimnis über Krystyna und Sabrina anvertraut habe. Wissen Sie, wenn Sie über Jahre hinweg gemeinsam Theologie studieren, dann entwickelt sich eine Freundschaft, die sich durch das ganze Leben zieht, auch wenn der andere seinen Beruf aufgeben muss. Hinzu kommt, dass mir über Martins privaten E-Mail-Account ein pikantes Video zugespielt wurde. Ich weiß nicht, was er damit bezwecken wollte, denn das Video schadet seiner Reputation als Unternehmensberater erheblich. Es war der eigentliche Auslöser, dass ich Sie angerufen habe.«

»Danke, Herr Bentheim, aber alles, was Sie am Telefon gesagt haben, müssen wir protokollieren. Sie sollten daher als Zeuge in dieser Angelegenheit einvernommen werden – und zwar noch heute. Ist es Ihnen möglich, zeitnah bei uns vorbeizukommen, oder wollen wir uns bei Ihnen treffen?«

»Ich bin in einer Stunde bei Ihnen, Herr Bachmeyer«, sagte Bentheim und beendete das Telefonat.

circa eine Stunde später

Nachdem Schorsch und Horst Pfarrer Bentheim über dessen Wahrheitspflicht als Zeuge belehrt und ihn nochmals explizit darauf hingewiesen hatten, dass alles, was unter seiner Schweigepflicht als Priester einzuordnen war, nicht Gegenstand dieser Vernehmung sein würde, legte Bentheim los.

»Wissen Sie, meine Herren, Martin war immer ein in sich gekehrter Einzelgänger. Den Beruf des Priesters hat er gewählt, weil er in seiner Kindheit mehrere traumatische Erlebnisse mit dem weiblichen Geschlecht hatte. Einer seiner Therapeuten war überzeugt davon gewesen, dass der Priesterberuf ihm helfen könne, diese zu verarbeiten. Ich habe Martin damals erzählt, dass ich zu Krystyna, meiner ehemaligen Ministrantin, Kontakt aufgenommen hatte. Ich erzählte ihm die ganze Geschichte, wie ich sie auch Ihnen erzählt habe, Sabrina Suttner mit eingeschlossen. Nach dem Bürgeraufruf im ›Express‹ sagte mir meine innere Stimme, dass Martin die beiden Mädchen ausgekundschaftet und irgendetwas mit ihrem Verschwinden zu tun haben musste.«

»Da könnte durchaus etwas dran sein, Herr Bentheim«, sagte Schorsch. »Wir haben weitere Hinweise aus der Bevölkerung erhalten, die zu einem Unternehmensberater namens Martin Hartdegen führen. Kollegen sind gerade dabei, die Person näher zu durchleuchten. Wie denken Sie rückblickend über Ihren Freund. Wenn Sie eine gute Meinung von ihm hätten, säßen Sie heute nicht hier, hab ich recht?«

»Richtig«, sagte Pfarrer Bentheim nachdenklich. »Wenn ich all die Jahre zurückverfolge, war das alles längst überfällig. Ich glaube, wir haben es hier in der Tat mit einem Psychopathen zu tun, der am Tod der Mädchen die Verantwortung trägt. Martin hat schon in seiner Studienzeit abnorme Gedankenzüge offenbart, die ich hier und jetzt aber nicht benennen möchte.«

»Ist Ihnen sonst noch jemand bekannt, der näheren Kontakt zu Martin Hartdegen unterhält?«

»Nein, dazu kann ich nichts sagen.«

Schorsch griff zum Telefon. »Ich möchte die Vernehmung an

dieser Stelle kurz unterbrechen, um den Staatsanwalt über Ihre Aussage in Kenntnis zu setzen.« Er drückte die Kurzwahlnummer von Dr. Menzel.

»Bauer, Vorzimmer Dr. Menzel«, sagte eine freundliche Frauenstimme kurz darauf in der Leitung.

»Bachmeyer hier, ist Dr. Menzel in einer Sitzung?«

»Der fährt heute mal wieder Straßenbahn«, erwiderte die Sekretärin lachend.

»Ist sein Wagen in der Werkstatt?«

»Nein, Dr. Menzel muss doch jedes Jahr seine Straßenbahnführerprüfung ablegen. Aber Moment ... Er kommt gerade zur Tür herein, ich verbinde«, sagte Bauer.

»Menzel«, meldete sich der Staatsanwalt nach einem kurzen Wahltongeräusch.

»Bachmeyer hier. Jetzt bin ich ein wenig verwundert, Dr. Menzel. Reicht die Besoldungsstufe R2 nicht mehr aus, dass Sie zum Nebenjob greifen müssen?«

»Wissen Sie denn nicht, dass wir Staatsanwälte dazu angehalten sind, in gewissen Zeitabständen unsere Straßenbahnfahrerprüfung abzulegen?«, erklärte Dr. Menzel amüsiert. »Hintergrund ist der, dass bei Unglücksfällen mit Verkehrsteilnehmern die Unfallursache viel besser nachvollzogen werden kann, wenn man sich mit der Technik und den Regeln auskennt. Aus einem Unfallbericht lässt sich das manchmal schwer erkennen. Was kann ich für Sie tun?«

Schorsch informierte den Oberstaatsanwalt über die Aussagen von Pfarrer Bentheim und über die eingegangenen Bürgerhinweise bezüglich Martin Hartdegen.

»Wir sind dem ›Nürnberger Express‹ in dieser Angelegenheit zu Dank verpflichtet«, sagte Dr. Menzel. »Ohne deren Veröffentlichung des Phantombildes wären wir längst noch nicht so weit. Zu gern würde ich die Quelle des Polizeireporters erfahren. Was schlagen Sie vor, Bachmeyer, wie sollen wir weiter vorgehen?«

»Die Kollegen sind gerade dabei, Martin Hartdegens Einloggdaten in den verschiedenen Funkmasten mit denen unserer Opfer abzugleichen. Die letzten Daten von Dudek und Suttner sind uns ja bekannt. Vielleicht erhalten wir hier ein weiteres Indiz dafür, dass Hartdegen etwas mit dem Verschwinden der Mädchen zu tun hat. Außerdem erstellen zwei Kollegen für die Bankangestellten eine Lichtbildmappe mit dem Phantomfoto, einem aktuellen Passfoto sowie einem Führerscheinfoto von Hartdegen. Wie ich in den letzten Minuten nicht nur von Herrn Bentheim, sondern auch heute Morgen über unsere Kriminaltechnik erfahren konnte, sollen diese besagten Fotos absolut identisch sein. Lediglich beim neuen Passfoto soll der linke Nasenflügel eine minimale Veränderung zum Phantombild aufzeigen. Das könnte von einer möglichen Nasenkorrektur stammen. Vermutlich hat sich Hartdegen einmal die Nase gebrochen. Das etwas ältere Führerscheinfoto wurde von unserer KTU mit einer speziellen Software in die Vergangenheit abgeändert, sodass ein Bild des fünfzehn Jahre jüngeren Hartdegen entstand. Laut Michael Wasserburger passt hier jedes Detail. Es handelt sich um ein und dieselbe Person.«

»Wir brauchen dringend Hartdegens DNA. Haben Sie sich schon Gedanken darüber gemacht, wie wir da rankommen könnten? Die Wissenschaft oder besser gesagt die Möglichkeiten, die im Bereich der forensischen DNA-Extraktion vorhanden sind, sind phänomenal. Wir könnten somit in der Verbrechensbekämpfung noch nie dagewesene Fortschritte erzielen, die für unser aller Sicherheit nur Vorteile bringen würden. Gut für uns, schlecht für die Verbrecher.«

»Das sehe ich genauso, Dr. Menzel. Die Israelis, die Briten oder Amerikaner, ja sogar die Holländer schöpfen schon längere Zeit diese Möglichkeiten aus. Bei uns hat der Datenschutz einen großen Riegel davorgeschoben, leider. Mit der Feststellung von Haudegens DNA lasse ich mir etwas einfallen.«

»Um einen Durchsuchungsbeschluss für Hartdegen durchzusetzen, brauche ich noch ein paar mehr Informationen. Sollten die Ergebnisse der abgeklärten Einloggdaten, die Lichtbildvorlagen oder eben eine erhobene DNA von diesem Burschen positiv für unsere Beweisführung ausfallen, dann fahren wir das ganz große Besteck auf. Sie halten mich auf dem Laufenden, bis dahin frohes Schaffen«, sagte Dr. Menzel entschieden und beendete das Gespräch.

Es war kurz nach elf Uhr, als Bentheim die einzelnen Seiten seiner Zeugenvernehmung abzeichnete und seine Einvernahme unterschrieb.

Dienstag, 30. Januar 2016, 22.02 Uhr,
Unternehmensberatung brain4solution,
Laufamholzstraße, 90482 Nürnberg

Martin Hartdegen stellte seine Mülltonne vor seinem Haus neben den anderen Tonnen ab und ging wieder hinein. Kurze Zeit später erfolgte das »Go« für Rudi Mandliks Observationsteam, das sich seit den Nachmittagsstunden unweit des Anwesens aufgebaut hatte und nun schnellen Schrittes zwei Mülltüten aus der grauen Mülltonne entnahm.

Michael Wasserburger hatte gefunden, wonach er suchte. Die sichergestellten Mülltüten enthielten jede Menge Gen-Material von Hartdegen, das mit dem vorliegenden Vergleichsmaterial abgeglichen werden konnte.

Bis jetzt hatten die K11er eine stimmige Treffermeldung vorliegen, denn die erhobenen Einloggdaten in den verschiedenen Funkmasten stimmten mit denen der Opfer überein. Was noch ausstand, war das Ergebnis der Lichtbildvorlage, die noch am Morgen in den bekannten Bankfilialen und in den beiden Internetcafés durchgeführt werden sollte.

Mittwoch, 31. Januar 2016, 22.02 Uhr,
Unternehmensberatung brain4solution,
Laufamholzstraße, 90482 Nürnberg

Martin Hartdegen hatte schlecht geschlafen. Laufend erhielt er neue E-Mails von Freunden und Kunden. Jeder hatte Abstand zu dem Unternehmensberater genommen, Aufträge blieben aus. Sein Ansehen war stark in Mitleidenschaft gezogen worden.

Hinzu kam die Tatsache, dass drei seiner E-Mail-Kontakte ihm das Phantombild des »Nürnberger Express« geschickt hatten. Die starke Ähnlichkeit des gesuchten Mannes mit ihm war nicht zu übersehen.

Hartdegen musste handeln. Er packte das Notwendigste in einen Koffer und verstaute diesen in seinem Mercedes, den er mit einem falschen Kennzeichen versehen hatte. Dann ging er zurück in seine Wohnung und bereitete alles für eine Abfackelung vor.

Kurze Zeit später fuhr er von seinem Anwesen in Richtung Autobahn.

13.37 Uhr, Polizeipräsidium Nürnberg, K11

Die K11er sowie Schönbohm und Dr. Mengert saßen im Besprechungsraum und folgten den Ausführungen von Dr. Menzel.

»Meine Damen, meine Herren, liebe Kollegen, wir haben es nun schwarz auf weiß: Martin Hartdegen ist unser gesuchter Serienmörder. Nicht nur die Lichtbildvorlage bei zwei Bankangestellten und den Betreibern des Internetcafés brachten Gewissheit, auch die erhobene DNA des Beschuldigten stimmt mit unserem Vergleichsmaterial überein. Stimmig sind auch die Einloggdaten. Wir werden Martin Hartdegen wegen Mord zum Nachteil der Geschädigten Krystyna Dudek, Sabrina Suttner und Ulla Lankes vorläufig festnehmen und ihn dem Ermittlungsrichter vorführen.«

In diesem Moment öffnete sich die Tür. Es war der zuständige Brandermittler, der die Wohnungsbrände der drei vermissten Opfer untersucht hatte.

»Grüß Gott, ich wollte eine wichtige Nachricht zu eurem mutmaßlichen Täter abgeben. Wir wurden heute Vormittag zu einem Wohnungsbrand in der Laufamholzstraße gerufen. Die Wohnung wurde nach dem gleichen Schema heruntergebrannt wie die eurer drei weiblichen Mordopfer. Der Eigentümer, ein gewisser Martin Hartdegen, ist nicht auffindbar. Seine Garage war leer. Über seine Mobilfunknummer ist er nicht erreichbar. Vermutlich hat er sein Handy abgeschaltet oder auf Flugmodus gestellt.«

»Scheiße, der ist uns zuvorgekommen«, donnerte Dr. Mengert.

»Er muss Lunte gerochen haben«, ergänzte Schönbohm. »Vielleicht hat er sich auf dem Phantomfoto selbst erkannt und geahnt, was auf ihn zukommt.«

»Oder er plant eine Verzweiflungstat«, warf Gunda ein.

»Gunda könnte recht haben«, erwiderte Schorsch. »Hartdegens Reputation ist vollends hinüber, erst das Video, dann der Bürgeraufruf in der Zeitung, der sieht seine Stunden gezählt. Ihm bleibt nur Flucht ins Ausland oder an ein stilles Örtchen für einen Suizid. Wir sollten zügig handeln und ihn zur polizeilichen Beobachtung und Festnahme an allen Flughäfen und Grenzübergängen ausschreiben.«

Schorsch blätterte in seiner Umlaufmappe.

»Ich habe hier etwas. Eine ZEVIS-Abfrage hat ergeben, dass Hartdegen einen Mercedes GL fährt, der mit dem neuen Notrufsystem ausgestattet ist und die Connect-Me-Funktion zu Mercedes Benz und die Möglichkeit zur externen Ortung besitzt. Über diese beiden Funktionen sollten wir seinen Standort feststellen können. Vorausgesetzt, er hat die Funktion nicht deaktiviert oder bereits mit dem Flieger das Land verlassen.«

»Taktisch ein sehr guter Plan, Bachmeyer«, lobte Dr. Menzel.

»Brauchen wir einen Beschluss?«, fragte Schönbohm.

»Nein, meine staatsanwaltschaftliche Anordnung reicht hier völlig aus«, sagte Dr. Menzel. »Gefahr im Verzug liegt vor, wir müssen rasch handeln. Meine Anordnung sollte nur innerhalb von drei Tagen von einem Richter bestätigt werden. Ich kümmere mich darum.«

»Gut, dann setze ich mich mit der Mercedes-Zentrale in Stuttgart in Verbindung, wir müssen Hartdegen heute noch lokalisieren«, schloss Schorsch die Besprechung.

Um kurz nach vier stand sowohl über das Notrufsystem als auch über das Mercedes-Tool eine Parallelortung von Hartdegens Wagen fest. Nach den vorliegenden Koordinaten befand sich sein Pkw auf der Rastanlage Biegener Hellen Süd an der BAB 12 Richtung polnische Grenze.

Unverzüglich informierte Schorsch die Koordinierungsstelle der Spezialeinheiten des Landes Brandenburg über das aktuelle Lagebild und bat um Zugriffsunterstützung.

Eine Stunde später wurde Martin Hartdegen in Höhe der Ausfahrt Frankfurt/Oder von Spezialkräften aus seinem Wagen gezogen. Die Verkehrspolizei hatte einen Stau auf der A 12 verursacht, der die Verkehrsteilnehmer dazu veranlasste, sich im Schritttempo der einspurigen Stauzone zu nähern.

Nun folgte der Einsatz einer taktischen Igelkette, die Hartdegens Fahrzeug nach dem Überfahren abrupt stoppte und einen für die übrigen Verkehrsteilnehmer gefahrlosen Zugriff der Spezialkräfte erlaubte.

Hartdegen konnte widerstandlos festgenommen werden. Der mutmaßliche Serienmörder wurde in Polizeigewahrsam des Landeskriminalamts Brandenburg gebracht, wo er am nächsten Tag dem zuständigen Haftrichter vorgeführt werden sollte.

Montag, 13. Juni 2016, 09.05 Uhr,
Landgericht Nürnberg-Fürth, Sitzungssaal 618

Die Hauptverhandlung gegen Abass und Ayasha Kaboua, Abdul El Gadouchi und andere hatte begonnen und war auf drei Verhandlungstage angesetzt. Die Anklage von Dr. Menzel hatte sich in diesem Verfahren im Wesentlichen auf die Anklagepunkte Unerlaubtes Handeltreiben mit Betäubungsmitteln in nicht geringer Menge mit unerlaubter Einfuhr/Verbringen von

Betäubungsmitteln in nicht geringer Menge und mit zehn tateinheitlichen Fällen der gewerbsmäßigen unerlaubten Abgabe von Betäubungsmitteln an Minderjährige beschränkt.

Dr. Menzels Anklageschrift hatte die gesonderten Tatvorwürfe gegen die einzelnen Angeklagten präzise dargestellt und die Einfuhrmengen zu den jeweiligen Tatzeiträumen aufgelistet:

»Die Angeklagten Ayasha und Abass Kaboua sollen gemeinschaftlich insgesamt einunddreißig Kilogramm Crystal Meth zur Weiterveräußerung nach Deutschland verbracht haben. Hierzu gingen die Angeklagten arbeitsteilig vor: Die Ehefrau Ayasha Kaboua war, bis auf eine durchgeführte Kurierfahrt, maßgeblich für die Einfuhr des Betäubungsmittels zuständig und übernahm daher die Kurierfunktion, wie in der nachfolgenden Auflistung mit den jeweiligen Einfuhrmengen dargestellt. Gemeinsam mit Abass Kaboua organisierte sie die Herstellung und den Erwerb des Betäubungsmittels in Tschechien. Abass Kaboua war für den Absatz des Betäubungsmittels in der Frankenmetropole zuständig. Hierzu bediente er sich einer Netzwerkstruktur von minderjährigen Landsleuten, die das Betäubungsmittel für ihn veräußerten und dem El-Gadouchi-Clan zuzuordnen sind. Abdul El Gadouchi übernahm über ein Busunternehmen nachweislich eine Kurierfahrt für die beiden Angeklagten Ayasha und Abass Kaboua. Am Sonntag, den 13. Dezember 2015, gegen zwei Uhr verbrachte er das Betäubungsmittel, neun Kilogramm Crystal Meth, von Tschechien über die Grenzübergangsstelle Waidhaus/Rozvadov nach Deutschland.«

Die Verlesung der Anklageschrift hatte eine innere Genugtuung in Dr. Menzel hervorgerufen. Er richtete seinen Blick auf die Anklagebank. Seine Ermittler hatten ganze Arbeit geleistet.

Schorsch, Horst und Gunda waren pünktlich zur Hauptverhandlung gegen Ismail El Gadouchi eingetroffen. Die Sitzung war ausnahmsweise im großen Sitzungssaal 600 anberaumt worden, der nur noch sehr selten als Schwurgerichtssaal herangezogen wurde, da er den Besuchern für Führungen der geschichtlichen Aufarbeitung der Nürnberger Kriegsverbrecherprozesse diente.

Heute jedoch saßen die Besucher und Pressevertreter in den Reihen und warteten auf den Angeklagten, der kurz darauf in Begleitung zweier Justizvollzugsbeamter über einen Personenaufzug in den Schwurgerichtssaal gelangte.

Ismail El Gadouchi wurde lautstark durch seine Großfamilie begrüßt, die fast zwei Drittel der Besucher ausmachte und bereits seit den frühen Morgenstunden auf Einlass in den Gerichtssaal gewartet hatte. Andere Besucher wie Schulklassen, Senioren oder verschiedene Pressevertreter waren durch die Clan-Mitglieder massiv am Einlass gehindert und sogar bedroht worden.

Die Vorsitzende Richterin Dr. Armborst hatte Kräfte des Unterstützungskommandos USK der 15. Einsatzhundertschaft der IV. Bereitschaftspolizeiabteilung angefordert, die sich rechtzeitig zur Eröffnung der Hauptverhandlung positioniert hatten und nun die Innen- und Außenabsicherung übernahmen, um einen störungsfreien Ablauf der Hauptverhandlung zu gewährleisten.

Ismail El Gadouchi, der in einem schwarzen Anzug und einer weißen Gebetskappe erschienen war, nahm neben seinen drei Verteidigern Platz. Auffällig war, dass er sich in der Untersuchungshaft einen grauen Salafistenbart hatte wachsen lassen. Während er in seiner rechten Hand eine Gebetskette hielt, deren schwarze und rote Perlen er mit Daumen und Zeigefinger rhythmisch weiterschob, beobachtete er mit angehobenen Mundwinkeln die Mitglieder seiner Großfamilie. Seine Mimik signalisierte Zynismus, Arroganz und ein gewisses Überlegenheitsgefühl.

Staatsanwalt Dr. Menzel eröffnete die Anklagepunkte, von denen der Angeklagte jedoch keine Notiz nahm. Er unterhielt sich unterdessen mit seinen Anwälten oder kommunizierte mit triumphaler Gestik und Mimik mit seinen Angehörigen.

Nach Zurechtweisung durch die Vorsitzende rief er provozierend in den Saal: »Eine Frau hat mir nichts zu sagen, gehen Sie nach Hause, versorgen Sie Ihre Kinder und kochen Sie was Schönes für Ihren Ehemann!«

Seine Aussage wurde durch Trommeln mit den Füßen und lautstarkes Jubeln seitens seiner Großfamilie untermalt.

Schließlich verwies die Vorsitzende Richterin die Familienangehörigen von Ismail El Gadouchi aufgrund massiver Störungen aus dem Gerichtssaal. Erst danach konnte Dr. Menzel störungsfrei seine Ausführungen zum Tatgeschehen fortsetzen.

Seine Anklagepunkte im Sinne der Anstiftung zu diesen Verbrechen wurden von der Kammer weitestgehend bejaht. Auch seine Ausführungen zu den subjektiven Mordmerkmalen des Anstifters El Gadouchi begründete er nicht nur mit der Heimtücke des Auftraggebers, sondern hob auch das bewusste Ausnutzen der Arg- und Wehrlosigkeit seiner Opfer hervor. Und auch die dritte Alternative des Mordparagrafen, eine andere Straftat zu ermöglichen beziehungsweise zu verdecken, kam bei seinen Ausführungen vor der Strafkammer zum Tragen.

Wesentlich waren die Umstände anzusehen, die in der Psyche des Täters lagen. Hierbei handelte es sich demnach nicht um tat-, sondern um täterbezogene und damit besondere Merkmale, die bei der Strafzumessung zu berücksichtigen waren.

Aufgrund des vorliegenden Tatgeschehens beim Geschädigten Heribert Piehl sowie der nunmehr bewiesenen Tathandlungen beim Geschädigten des Grundstücks Schleuse 49, Herrn Jürgen Schön, ging die Kammer davon aus, dass in allen vorliegenden Anklagepunkten die niedrigen Beweggründe des Angeklagten Ismail El Gadouchi maßgeblich für seine Anstiftung zu der jeweiligen Tatausführung beigetragen hatten.

Montag, 27. Juni 2016, 08.53 Uhr,
Polizeipräsidium Mittelfranken, K11, Besprechungsraum 1.102

Pünktlich hatte sich das K11-Team zur Frühbesprechung eingefunden, um nochmals die Schwerpunkte in der Mordsache Martin Hartdegen durchzugehen, dessen Hauptverhandlung für den nächsten Tag angesetzt war, als Dr. Mengert und Schönbohm mit versteinerter Miene den Raum betraten.

»Meine Damen, meine Herren, soeben hat mich Dr. Menzel angerufen«, sagte Schönbohm. »Es liegt ein Verfahrenshindernis vor, das gemäß § 206a Strafprozessordnung zur Einstellung des Verfahrens führt. Martin Hartdegen hat sich heute Nacht in seiner Zelle erhängt. Nach Auskunft von Dr. Menzel hat er in einem Abschiedsbrief die Mordserie an Ulla Lankes, Sabrina Suttner und Krystyna Dudek vollumfänglich gestanden. Der Auslöser zu seinem Suizid seien nicht die Verbrechen an den drei Frauen gewesen, sondern die Tatsache, dass er mit der Veröffentlichung eines heimlich von ihm gedrehten Videos psychisch nicht mehr zurechtgekommen sei. Freunde und Geschäftspartner hätten sich von ihm abgewandt, daher sah er keinen Sinn mehr in seinem künftigen Leben, das sich in den nächsten Jahrzehnten hinter dicken Mauern abgespielt hätte.«

Unter strengen Sicherheitsvorkehrungen verkündete die große Strafkammer des Landgerichts Nürnberg-Fürth das Urteil über die Angeklagten Mitglieder des El-Gadouchi-Clans.

Ismail El Gadouchi wurde in jeweils zwei unabhängigen Fällen zu einer Gesamtfreiheitsstrafe von dreizehn Jahren und sechs Monaten verurteilt. Die Kammer erkannte anhand einer vorliegenden Indizienkette, die sich im Wesentlichen auf die vorhandenen Beweismittel und deren gutachterliche Auswertung stützte, im Falle des Geschädigten Jürgen Schön auf eine Strafzumessung wegen gefährlicher Körperverletzung, § 224 StGB, und versuchten Totschlags, § 212 StGB, auf fünf Jahre und vier Monate.

Ebenso konnten die subjektiven und objektiven Tatbestandsmerkmale der gefährlichen Körperverletzung, § 224 StGB, in Tateinheit mit einem versuchten Mord, § 211 StGB, zum Nachteil von Heribert Piehl durch die große Strafkammer bejaht werden. Die Strafzumessung wurde hierfür mit zehn Jahren und sechs Monaten angesetzt. Ismail El Gadouchi wurde zur Verbüßung seiner Strafhaft in die Justizvollzugsanstalt Straubing verlegt.

Ali Nasser, der wesentlich für die Tatausführung zum Nachteil von Heribert Piehl zuständig gewesen war und dessen geraubte Rolex-Armbanduhr sich an seinem Handgelenk befand, wurde mit einer Freiheitsstrafe von zehn Jahren und sechs Monaten verurteilt.

Seine Helfershelfer, die Algerier Ali Aboud und Mohamad Soudani, wurden jeweils zu einer Freiheitsstrafe von acht Jahren und sechs Monaten verurteilt. Alle drei Angeklagten wiesen die jeweiligen Tatvorwürfe durch ihre Verteidiger zurück und machten keinerlei Angaben zur Sache.

Ali Nasser wurde nach der Urteilsverkündung in die JVA München Stadelheim verlegt. Ali Aboud und Mohamad Soudani traten ihre Strafhaft in der JVA Regensburg an.

Ayasha und Abass Kaboua wurden zu einer Freiheitsstrafe von jeweils sieben Jahren und vier Monaten verurteilt. Das ermittelte Vermögen der Verurteilten, sechs Immobilien, Barmittel sowie Geldeinlagen bei verschiedenen Geldinstituten, das im Wesentlichen aus Drogen- und illegalen Bankgeschäften bestand und mit einem Buchwert von 7.035.619,28 Euro beziffert wurde, unterfiel der Vermögensabschöpfung und wurde eingezogen.

Ayasha Kaboua verbüßte ihre Strafe in der Frauenanstalt der JVA München, ihr Ehemann buchte seinen staatlichen Aufenthalt in der JVA Memmingen.

Epilog 1

Die Strafverfolger waren mit den Ausführungen der großen Strafkammer zufrieden, zumal ein Vertreter der Bezirksregierung von Mittelfranken noch während der Hauptverhandlung ein Abschiebeverfahren der verurteilten Täter nach Verbüßung ihrer Freiheitsstrafe angekündigt hatte.

Und auch Schorsch konnte in seinem Disput mit Ismail El Gadouchi auf Gerechtigkeit hoffen. Das Amtsgericht Nürnberg verurteilte ihn nicht nur wegen der in Auftrag gegebenen Sachbeschädigung an seinem Daimler. Der Angeklagte wurde auch zivilrechtlich zu einem Schadenersatz verurteilt.

Heribert Piehl, der Leiter der GER Nordbayern, erholte sich von der Tat nicht mehr. Die psychischen Belastungen in Form einer posttraumatischen Belastungsstörung sowie die physischen Verletzungen, der Verlust seiner Milz und eine dauerhafte Schädigung seines linken Lungenflügels, veranlassten die Verwaltung, ihn vorzeitig in den Ruhestand zu versetzen.

Pfarrer Bentheim, der mit seinen Angaben wesentlich zur Tataufklärung beigetragen hatte, kam psychisch mit den Umständen der von Hartdegen verübten Verbrechen nicht zurecht. Auch nach einem viermonatigen Aufenthalt in einer psychosomatischen Klinik litt der Geistliche weiterhin an den Folgen und befindet sich seither im Krankenstand.

Rolf Müller vom »Nürnberger Express« wurde zum Chefredakteur ernannt und übernahm zugleich das Ressort »Investigativer Journalismus«.

Mandy Karbaum und Günther Gast unterhalten seit Februar eine leidenschaftliche Fernbeziehung.

Der Camino im Mai 2016 lenkte das gemeinsame Leben von Schorsch und Rosanne in neue Bahnen. Sie betrachten ihre Zukunft nun aus einem ganz anderen Blickwinkel und machten sich folgenden Leitspruch zu eigen:

»Was Du auf Deiner Reise nach Santiago noch nicht weißt: Wenn Du Dich einmal dazu entschlossen hast, den gelben Pfeilen – Deinen Wegweisern – zu folgen, so wirst Du es für den Rest Deines Lebens tun.«[*]

---

[*] Quelle: »Esperanza Santiago«, Guido Lenssen, Lammerich Verlag 2014

Epilog 2

Die Todesangst der Mädchen und ihr Todeskampf steigerten seine Lust ins Unermessliche. Er musste bei seiner weiteren Vorgehensweise vorsichtiger sein. Aber in Osteuropa waren die Frauen hungrig. Hungrig nach Geld. Die Gier darauf ließ so manche Begleitdame unachtsam werden. Die Gefahr, bei ihrer Ermordung entdeckt zu werden, schien daher minimal zu sein.

Die Morgendämmerung setzte gerade ein, als er den grauen Body Bag mit einer blauen Plastikplane abdeckte, den Choke des Außenbordmotors herauszog, die Benzinpumpe drückte und mit einem schnellen Ruck am Starterseil den Motor zum Laufen brachte. Das Geschrei der Lachmöwen sowie der salzige Geruch, der durch die aufschäumende Gischt beim Aufschlagen des Bootes auf die Kielseite hervorgerufen wurde, lösten eine innere Zufriedenheit in ihm aus, die er mit einem sanften Lächeln über die Weite des Meeres genoss.

»Von den Begierden sind die einen natürliche und
notwendige, die anderen natürliche, aber nicht notwendige,
die dritten weder natürliche noch notwendige, sondern auf
Grund leeren Meinens entstehend.«

Epikur

Glossar

A

- Analyst's Notebook = Datensoftware zur Fallermittlung; grafische Darstellung von wichtigen Personen, Ereignissen, Verbindungen, Mustern und Trends

B

- BaFin = Bundesanstalt für Finanzdienstleistungsaufsicht
- Barbiturate = Salze und Derivate der Barbitursäure. In der Regel haben sie eine dämpfende Wirkung auf das Zentralnervensystem (Quelle: *https://de.wikipedia.org/wiki/Barbiturate*)
- Bauernseufzer = dunkel geräucherte Schweinsbratwurst
- Baziland = Bayern
- BDSM = In der Fachliteratur gebräuchliche Sammelbezeichnung für eine Gruppe miteinander verwandter sexueller Vorlieben, die oft unschärfer als Sadomasochismus (kurz: SM oder Sado-Maso) bezeichnet werden. Weitere mögliche Bezeichnungen sind beispielsweise Ledersex oder Kinky Sex. Der Begriff umfasst eine sehr vielgestaltige Gruppe von meist sexuellen Verhaltensweisen, die unter anderem mit Dominanz und Unterwerfung, spielerischer Bestrafung sowie Lustschmerz oder Fesselungsspielen in Zusammenhang stehen können. »BDSM« kommt von den Anfangsbuchstaben der englischen Bezeichnungen »Bondage & Discipline, Dominance & Submission, Sadism & Masochism« (Quelle: *https://de.wikipedia.org/wiki/BDSM*)
- BKA = Bundeskriminalamt
- Body Bag = Leichenbergesack
- Brandy Cien Años = *https://www.vinos.de/brandy-luis-felipe-cien-anos-gran-reserva-0-5-l?adword=google/shoppingDE/*

*22162&adword=google/Keyword/ShoppingDE/Wein
brand/&gclid=Cj0KCQjwybvPBRDBARIsAA7T2kgTdK
za05pWg-a-BKvwoaDLAZQ8cpZBdTvTRdShPI74Gx26RmKZ
pD4aAlNyEALw_wcB*

- *British Nationality Act* von 1981 = Abkommen, das die Briten in drei Kategorien aufteilte: *British Citizen* (Anwohner des Mutterlandes), *British Dependent Territories Citizen* (Anwohner der abhängigen Gebiete) und *British Subjects without Citizenship* (alle Inhaber des *Citizenship of the United Kingdom and Colonies*, die 1981 nicht in die ersten beiden Kategorien fielen) (Quelle: *https://de.wikipedia.org/wiki/Britische_Staats bürgerschaft*)
- *British Subjects without Citizenship* = siehe British Nationality Act von 1981
- BtMG = Betäubungsmittelgesetz
- Bürgerhinweis = Anzeigen/Hinweise von Bürgern an die Strafverfolgungsbehörden

C

- CD = Eine *Controlled Delivery*, im Ermittlerjargon CD genannt, umfasst die Überwachung von illegalen Gütern, z. B. Crystal Meth
- Chlordioxid = chemische Verbindung aus Chlor und Sauerstoff mit der Summenformel ClO_2
- Craig Venter = John Craig Venter (*Salt Lake City, Utah) ist ein US-amerikanischer Biochemiker und Unternehmer, dessen Firma Celera Corporation als Erste ein gesamtes menschliches Genom sequenzierte und dem es als Erstem gelungen ist, ein Erbgut selbst herzustellen und in eine Zelle einzupflanzen, sodass ein lebensfähiges Bakterium entstand (Quelle: *https:// de.wikipedia.org/wiki/Craig_Venter*)

- Crystal Meth = Methamphetamin (…) ist eine synthetisch hergestellte Substanz aus der Stoffgruppe der Phenylethylamine. Sie wird sowohl in der Medizin als Arzneistoff wie auch missbräuchlich als euphorisierende und stimulierende Rauschdroge verwendet Quelle: *https://de.wikipedia.org/wiki/Methamphetamin*)

D
- Daktyloskopie = Methode zur Personenidentifizierung mittels der Fingerabdrücke
- Darknet = verstecktes Web für nicht frei zugängliche Informationen
- Divi Heritage Beach Resort = Hotel – Sunset Crest, Holetown, St. James, Barbados

E
- EASy = Ermittlungsunterstützung und Analyse
- EMA-Abfrage = Abfrage der Einwohnermeldedatenbank zur Feststellung von Wohn- oder Nebenwohnsitz einer Person
- EPS-Web = webbasiertes Einsatz-Protokoll-System
- »Esperanza Santiago« = Bildband/Reisebuch von Guido Lenssen, erschienen im Lammerich Verlag 2014
- expressis verbis = ausdrücklich, mit ausdrücklichen Worten

F
- Fischla = fränkisch Fisch
- Forensisches Gutachten = Das forensische Gutachten wird im Rahmen gerichtlicher Auseinandersetzungen (Ziviler Rechtsstreit/Strafrecht – Nachweis der Täterschaft) erstellt. Es dient dem nicht fachkundigen Richter, Staatsanwalt oder Rechtsanwalt, für die anstehende gerichtliche Entschei-

dung die erforderliche Hintergrundinformation zu erhalten. (*Quelle: https://www.goeth.com/goeth_de/forensischegutachten.html*)

- Funkzellenauswertung = ermittlungstaktisches Auslesen der Mobilfunkdaten in den jeweiligen Funkmasten, in denen sich jedes Mobiltelefon des Anschlussteilnehmers registriert

G

- Genom = die im Chromosomensatz vorhandenen Erbanlagen
- Genetic Profiling = Genetischer Fingerabdruck = Als genetischer Fingerabdruck wird ein DNA-Profil eines Individuums bezeichnet, das für dieses in hohem Maße charakteristisch ist. Die DNA wird aus Zellen gewonnen, die aus Gewebeteilen oder Sekreten, zum Beispiel Sperma, Hautzellen oder Speichel stammen. Das Verfahren wird in der Molekularbiologie auch als Genetic Fingerprinting oder DNA Fingerprinting bezeichnet. (Quelle: *https://de.wikipedia.org/wiki/Genetischer_Fingerabdruck*)
- GER Nordbayern = Gemeinsame Ermittlungsgruppe Rauschgift Nordbayern

H

- Habe di griasam = Da kommt was auf uns zu
- Hawala-Banking = arabisches/muslimisches Finanzsystem für Geldtransfer (in Deutschland verboten)
- H-Tag = halber Tag im Dienst

I

- IDKO = Identifizierungskommission des Bundeskriminalamts
- IGVP = Integrierte Vorgangsbearbeitung Polizei, Datenbearbeitungsprogramm

- IMSI-Catcher = operatives Einsatzmittel der Strafverfolgungsbehörden und Geheimdienste für das Auslesen der Mobilfunkkarte eines Mobiltelefons, die Bestimmung des Standorts und das Mithören von Mobilfunktelefonaten (Quelle: *https://de.wikipedia.org/wiki/IMSI-Catcher*)
- Ingreisch = Innereien
- INPOL = Informationssystem der deutschen Polizei
- Interpol = Die Internationale kriminalpolizeiliche Organisation–Interpol, kurz IKPO, ICPO–Interpol, Interpol (von englisch *International Criminal Police Organization*), ist ein Verein zur Stärkung der Zusammenarbeit nationaler Polizeibehörden (Quelle: *https://de.wikipedia.org/wiki/Interpol*)
- Isotopenanalyse = Ermittlung der geografischen Herkunft

J
- Jammer = Störsender bei Mobilfunk/elektronisches Auslesegerät

K
- Käfir = muslimische Bezeichnung für Ungläubige/anderer monotheistischer Religionen – Juden und Christen
- Kaliumhydroxid = weißer hygroskopischer Feststoff, Chemische Formel KOH
- KAN-Akte = Der Kriminalaktennachweis (KAN) ist ein zentrales, in INPOL-neu integriertes Aktennachweissystem. KAN weist die in den einzelnen Polizeibehörden vorliegenden Fallakten von länderübergreifender oder erheblicher Bedeutung nach, enthält aber auch selbst einige Fallgrunddaten, aus denen sich ein Überblick über die inhaltlichen Vorwürfe gegen die jeweilige Person ergibt. (Quelle: *https://www.polizeiabkuerzungen.de/kan/*)
- KDD = Kriminaldauerdienst

- KOYOTE = polizeiliche IT-Anwendung
- KPI = Kriminalpolizeiinspektion
- KTU = Kriminaltechnische Untersuchung von Beweismitteln auf Basis naturwissenschaftlicher Analyseverfahren

M

- Mantrailing/Mantrailer = ist die Personensuche unter Einsatz von Gebrauchshunden, die Mantrailer oder Personenspürhunde genannt werden. Dabei wird der hervorragende Geruchssinn der Hunde genutzt (Quelle: *https://de.wikipedia.org/wiki/Mantrailing*)
- Matchmeldung = Treffermeldung
- MEK = Mobiles-Einsatz-Kommando der Polizei
- MfS = Ministerium für Staatssicherheit
- Moosbüffelland = Oberpfalz
- Mossad = Israelischer Auslandsgeheimdienst

N

- »Na, des häd mer der Ochs aff der Fleischbrüggn aa g'sachd« = ›fränkisch‹ (Quelle: *https://de.wikipedia.org/wiki/Fleischbr%C3%BCcke*)
- Natriumhydroxid = weißer hygroskopischer Feststoff, Chemische Formel NaOH
- Neptun = Hotel in Rostock
- Non-Paper = inoffizielles Arbeitsdokument, das keinen bindenden, formalen oder rechtlichen Status hat
- NSA = National Security Agency

P

- Pack mers = Redewendung = Gehen wir
- Pathologie = Klinikabteilung, in der Leichen oder Gewebe untersucht werden

- peu à peu = ›franz.‹ umgangssprachlich für nach und nach
- polymer = ›griech.‹ chem. aus größeren Molekülen bestehend
- PP Mittelfranken = Polizeipräsidium Mittelfranken

S

- Schäufele oder Schäuferla = fränkisches Nationalgericht aus der Schweineschulter (gebraten)
- Schleuse 49 = Schleusenwärterhaus bei Schwarzenbruck
- Schleuse 52 = Liegewiese bei Schwarzenbruck
- Seidla = ›fränkisch‹ für Bierkrug, Bierglas 0,5 l
- SEK = Spezialeinsatzkommando der Polizeien der Länder/ des Bundes
- StGB = Strafgesetzbuch
- StPO = Strafprozessordnung
- Streife Pegnitz 13/11 = Rufname der Polizei in Nürnberg
- SPUSI = Spurensicherung
- Syborg-System = polizeiliche IT-Anwendung zur Abklärung von Rufnummern

T

- Terminal 90 = Trendige Location mit Diskothek, Lounges und Terrasse am Airport Nürnberg
- Theodore »Ted« Robert Bundy = US-amerikanischer Serienmörder, der zwischen 1974 und 1978 mindestens 30 junge Frauen und Mädchen in den Bundesstaaten Washington, Utah, Colorado, Oregon, Idaho und Florida tötete. Nach seiner Festnahme wurde er zum Tode verurteilt und im Florida State Prison auf dem elektrischen Stuhl hingerichtet. Er ist einer der bekanntesten Serienmörder in der Geschichte der USA.
- THW = Technisches Hilfswerk

- TKÜ = Telekommunikationsüberwachung der Strafverfolgungsbehörden und Geheimdienste

U

- Umlaufmappe, grün = Mappe, die aktuellen Schriftverkehr beinhaltet; sollte tagesaktuell bekanntgegeben werden
- Umlaufmappe, gelb = Mappe, die Schriftverkehr bzw. Vermerke des üblichen Tagesgeschäfts beinhaltet; kein Bekanntmachungszeitraum vorgegeben
- Umlaufmappe, rot = dringend/sofort/wichtig
- USK = Unterstützungskommando

V

- VGN-Ticket = Fahrkarte im Verkehrsverbund Großraum Nürnberg

W

- Windschar Hotel = Ferien- und Wellnesshotel, I-39030 Gais bei Bruneck/Südtirol

Z

- ZEVIS = Zentrales Verkehrsinformationssystem zur Identifikation des jeweiligen Fahrzeughalters
- ZKA = Zollkriminalamt

Danksagung

Mein Dank gilt meiner besonderen Quelle, dem Templer83, ohne dein Zutun wäre die Geschichte so nicht entstanden.